Schule – lebenslänglich?

Ulrich Bayer

Schule – lebenslänglich?

Roman

Bibliografische Information der Deutschen Nationalbibliothek:
Die Deutsche Nationalbibliothek verzeichnet diese Publikation in der Deutschen Nationalbibliografie; detaillierte bibliografische Daten sind im Internet über http://dnb.dnb.de abrufbar.

Herstellung und Verlag: BoD – Books on Demand, Norderstedt

ISBN: 978-3-7494-8293-1

Für

Mart & Dagmar

1

Beginn der Aufarbeitung

11. September 2017, 6:00 Uhr morgens. Unruhig wälze ich mich von der einen auf die andere Seite. Eigentlich sollte pünktlich, wie jedes Jahr zu Schulbeginn, der Wecker klingeln. Aber er tut es nicht, denn ich gönne mir eine Auszeit vom Schulalltag. Ein Jahr lang keine Schule, kein Kindergeschrei, keine leidigen Diskussionen mit Eltern, keine Konferenzen. Einfach nur noch Ruhe und sich auf andere Dinge konzentrieren.

Heute wäre der erste Schultag im neuen Schuljahr und ich mit dem Klingeln des Weckers zurück im Hamsterrad. Die in den zwanzig Jahren erlittenen „seelischen Wunden" fortsetzen? Nein. Ich möchte ihnen entgegentreten und sie heilen. Würde ich diesen Schritt nicht gehen, so hätte dieser erste Schultag so begonnen, wie die einhundertvierundachtzig darauf folgenden starten würden. Der ewige Kreislauf hätte mich wieder am Kragen gepackt. Ein Blick in die Zeitung, etwas zwischen die Zähne und ab unter die Dusche. Tasche geschultert und während der Fahrt zur Schule immer die gleichen Gedanken. Mit was für Überraschungen würde ich mich heute herumschlagen müssen? Auf derlei Unvorhergesehenes hatte ich schon lange keinen Bock mehr, waren es nämlich meist die der ärgerlichen Sorte. Notorisch zu spät eintrudelnde Schüler, Schlägereien am frühen Morgen, außerplanmäßige Elterngespräche, Ärger mit vergessenen Hausaufgaben und über allem dieser nicht mehr zu ertragende Dauerlärm. Zum wiederholten Mal frage ich mich, was der Auslöser war, an diesem Punkt auszusteigen? Waren es die Schüler, die gegen Ende in zunehmendem Maße genervt hatten? Vielleicht ein Stück weit. Oder doch die Eltern, die mich über Jahre mit ihren Theorien besseren Wissens, was Schule betrifft, in Beschlag genommen hatten und mir keine Ruhe ließen, wenn es um das Wohl ihres Kindes ging? Würde auch passen. Oder war es doch das Schulsystem, das den Lehrern von Jahr zu Jahr ein weiteres Paket auf die Schultern gesetzt hatte, und diese bei manchen dann leider nicht mehr breit genug waren, um sie zu stemmen? Gut möglich. Selbst der Gedanke an das hart verdiente Geld konnte mich nicht mehr überzeugen, mich weiter zu quälen. Ich wollte einfach nur fort und raus.

Eigentlich, so dachte ich, bringe ich doch die besten Voraussetzungen für den Lehrerberuf mit. In der Grundschule motiviert und ein guter Schüler, bis zu den damals noch gefürchteten Probearbeiten zum Ende der vierten Klasse, die über die weitere schulische Laufbahn entschieden. Eine frühe Form der Grundschulempfehlung, die nicht nur bindend, meines Erachtens knallhart und unfair für die Schüler und deren Eltern war. Drei Klassenarbeiten, Diktat, Aufsatz und Mathearbeit, und dir wird aufgezeigt, in welche Richtung du dich ab dem nächsten Schuljahr aufzumachen hast. Nach Osten würde der Weg zur Hauptschule führen, gen Norden hätte man den Anschluss an die Realschule, schlug man aber die Richtung Nordwest ein, so hatte man das oberste Ziel erreicht: Das Gymnasium. Die Schule also, für die es zumindest für meine Eltern keine Alternative gab. Ich wurde ja schließlich in eine akademische Familie hineingeboren. Das einzige Problem bestand aber darin, dass ich als gerade einmal zehnjähriger Bub, diese verschissene Prüfung versemmelt hatte.

Das ganze Schuljahr nur gute Noten in den relevanten Fächern Deutsch und Mathematik, doch in dieser Prüfung hatte ich versagt. Alle meine Vorleistungen waren Makulatur, so dass ich mit einer einzigen verpatzten Klassenarbeit, in diesem Fall betraf es Mathe, den Gang in die Hauptschule antreten hätte müssen. Heute ist solch eine Art der Grundschulempfehlung Gott sei Dank nicht mehr denkbar. Da für meine Eltern die Hauptschule aber keinesfalls infrage kam, hatten sie für mich entschieden, die vierte Klasse zu wiederholen. Ein zusätzliches Jahr sollte mir nicht schaden, Hauptsache das Gymnasium würde das Resultat der von meinen Eltern in die Wege geleiteten „freiwilligen Wiederholung" sein.

Und tatsächlich enttäuschte ich sie nicht und zog im nächsten Schuljahr feierlich ins Gymnasium ein. Die leicht abfallenden Leistungen, die mit dem Übergang in die weiterführende Schule einhergingen, brachten zunächst keine besorgniserregenden Konsequenzen mit sich. Ab Klasse acht häuften sich dann aber die auffälligen Leistungseinbrüche, die in einem fatalen Halbjahreszeugnis der zehnten Klasse schwarz auf weiß zu lesen waren und nicht mehr weggeleugnet werden konnten. Dort hieß es dann unter anderem: Mathe 5, Deutsch 4, Englisch 4, Französisch 5, Chemie 5, Physik 6, Geschichte/Gemeinschaftskunde 4, Bildende Kunst 5, Musik 4, Sport 1. Ich war also in höchstem Maße versetzungsgefährdet mit nur geringer Aussicht, das Ruder herumzureißen zu können.

An den Tag erinnere ich mich noch genau, damals als Jugendlicher besuchte ich mittwochs und freitags die städtische Disko, obendrein zog es mich dienstags, donnerstags und samstags ins verruchte Jugendzentrum. Dort war Musik und Biertrinken angesagt. Aber zu besagtem Freitag zurück. Nach dem Diskobesuch, die Sinne benebelt von zu viel Bier, ging es zu Fuß Richtung Heimathaus, keine zehn Minuten entfernt. Als ich mich dem elterlichen Anwesen näherte, fiel mir sofort das hell erleuchtete Wohnzimmer auf. Es kam mir verdächtig vor, weil meine Eltern höchst selten nach 23:00 Uhr dort anzutreffen waren. Meist verabschiedeten sie sich schon zwischen zehn und halb elf Richtung Schlafzimmer. Was hatte dies zu bedeuten? Beim Betreten des Wohnzimmers konnte ich die betroffenen Gesichter der zwei, wenn auch leicht verschwommen vom Dunst des Alkohols, erkennen. Was folgte, war eine pädagogische Maßregelung vom Feinsten. Mein Vater war schließlich auch Lehrer, konnte sich aber nicht vollständig in meine derzeitige schulische Situation versetzen, da er schon immer als Streber galt. Immerhin schraubte Vater seine Ansprüche an meine Noten soweit herunter, dass wir uns auf die Note 4 in den kritischen Fächern einigten. Um nicht länger diskutieren zu müssen, gab ich klein bei und versprach, die Wende meiner bisher erzielten Leistungen einzuleiten.

Dem darauffolgenden Montag dann, musste ich mir aber eingestehen, dass dieses Ziel nur mit deutlich mehr Ernsthaftigkeit zu bewerkstelligen war. Und tatsächlich. Hart erkämpfte Vieren brachten mich in die Nähe des vorher noch unerreichbar scheinenden Klassenerhalts. Es hing an der letzten Klassenarbeit und demzufolge am seidenen Faden. Ein Diktat im Fach Französisch sollte über mein Schicksal entscheiden. Gerade dieses Fach. Hätte es nicht ein 1000 Meter Lauf sein können? Hier hatte ich die für viele magische und unerreichbare Schallmauer von drei Minuten, locker im Griff. Da mein Vater schon immer ein sorgfältiger und vorausschauender Planer war, hatte er mir nach dem verheerenden Halbjahreszeugnis eine Nachhilfe in Mathe und Französisch besorgt. Die 5 in Mathe war aber dennoch leider besiegelt und auch im Französischen tendierte die Note zur 5. Es musste also ein Wunder geschehen, dem Schulteufel im letzten Moment von der Schippe zu springen, um die Klasse nicht wiederholen zu müssen.

In der Woche vor der Klassenarbeit wurden also fleißig Diktate geübt, die aber leider nicht zu den erwünschten Ergebnissen führten und mich daran erinnerten, eine Ehrenrunde drehen zu müssen. Das Klassenarbeitsheft vor mir liegend, die Gedanken weit weg, fing der Lehrer, ein penibler Bursche mit geschniegeltem Seitenscheitel und seiner traditionellen Strickjacke, die er auch im Sommer trug, weil er zu jeder Zeit fror, an, den Text vorzulesen. Hörte ich richtig? Er las einen Text, der mir tags zuvor von meiner Nachhilfelehrerin diktiert worden war. Ich witterte die Chance. Die ersten zwei Diktate waren mit der Note ungenügend verloren gegangen. Für eine 4, die ich im Endzeugnis benötigen sollte, musste ich eine 2-3 schreiben. Eine Zensur, die für mich bisher in kosmischer Ferne lag. Jetzt packte mich der Ehrgeiz. Immerhin konnte ich mich noch gut an die vielen Fehlerquellen erinnern und kämpfte, als ging es um mein Leben. Schweißgebadet vor Erwartung nahm ich zwei Tage später das Resultat meiner Arbeit entgegen. Eine 2 minus. Genau die Note, die für mich die Versetzung nach Klasse elf bedeutete. Ungläubig schüttelte mein Lehrer nur den Kopf über diesen nicht zu erklärenden Notenquantensprung.

Unser Französischlehrer fror, wie schon erwähnt nicht nur ständig, es hatte eher den Anschein, dass er tatsächlich physisch als auch psychisch darunter litt. Also wurde jede Unterrichtsstunde bei geschlossenen Fenstern abgehandelt, egal wie verbraucht die Luft im engen Klassenzimmer war. Oftmals hatte man das Gefühl, das Bewusstsein zu verlieren, so wenig Sauerstoff war in der atembaren Umgebungsluft noch vorhanden. Damit hatte er uns eine Steilvorlage für den nächsten Schabernack gegeben. Im tiefsten Winter, bei eisigen Temperaturen deutlich unter null Grad, wurden die Zimmer kräftig durchgelüftet, so dass wir bis zum Stundenbeginn eine Raumtemperatur von maximal zehn Grad erreicht hatten. Ein Unding, ökonomisch gesehen eine wirkliche Dummheit. Uns war das egal. Soweit dachten wir nicht. Wir wollten nur unseren Spaß. Als der Lehrer kurze Zeit später den Raum betrat, war er auch schon wieder verschwunden, um den Rektor der Schule ob dieses Streiches in Kenntnis zu setzen. Was folgte, war eine deutliche Abmahnung seitens der Schulleitung, die sich veranlasst sah, ein Thermometer im Klassenzimmer aufzuhängen, um täglich Rückmeldung über die aktuelle Raumtemperatur zu geben. Wäre die Temperatur unter 15 Grad Celsius gefallen, so war uns angedroht worden, hätten wir mit üblen Konsequenzen zu rechnen. Die Gefahr im Nacken, gewann langsam die

Vernunft die Oberhand und ließ uns von weiteren Vorhaben, die Temperatur im Klassenzimmer nach unten hin zu manipulieren, Abstand nehmen.

Über den schulischen Erfolg konnten sich meine Eltern aber nur einen Sommer lang freuen.

Die elfte Klasse stand an und bedeutete für mich, ein Schuljahr anzugehen, in dem mir deutlich aufgezeigt wurde, dass die Wissenslücken der vergangenen Jahre mich gnadenlos einholten. Chemie und die Mathematik waren der absolute Killer, konnte ich doch leider keine für die Fächer relevanten Formeln benennen, geschweige denn anwenden. Mir dämmerte gleich, dass meine Chancen dieses Schuljahr zu bestehen, auf ein Minimum geschrumpft waren. Zudem hatte sich die Konstellation der Lehrerzusammensetzung für mich verschärft.

Der zukünftige Klassenlehrer sollte der gleiche bleiben wie das Jahr zuvor. Sein Steckenpferd, so seiner Aussage nach, war das Fach Geschichte. Ganz nach meinen Interessen also. Die Geschehnisse und unsere Verarbeitung darüber blieben aber nur als Nebenprodukt jugendlichen Aufbegehrens liegen. Der Naziterror und der Holocaust wurden auf ein Minimum reduziert. Fakten bekamen wir leider nur in Form eines gut strukturierten Tafelanschriebs. Es langweilte mich bis ins Mark. Fragen zu Bild- oder Filmmaterial zu den damaligen Geschehnissen wies er entschieden zurück. Die Schüler könnten seines Erachtens ja dadurch einen bleibenden Schaden davontragen. Wir waren ja „erst" sechzehn Jahre alt.

Selbst zuhause war mir die Zeit des Dritten Reichs nicht vorenthalten worden. Ich durfte schon der amerikanischen Serie „Holocaust" beiwohnen, und das mit zwölf Jahren. Der Oberwitz, wenn man bedenkt, dass in jener Zeit Jugendliche ab dem Alter von sechzehn Jahren gegen Ende des Zweiten Weltkriegs als Kanonenfutter mit Panzerfäusten und Maschinengewehr an die Front versetzt worden waren, um den Endsieg in nationalem Gedanken zu verteidigen. Ich konnte diese Einstellung unseres Geschichtslehrers in keinster Weise akzeptieren oder Verständnis dafür aufbringen, da ich doch früh, dank meiner Eltern, auf der liberal und politisch offenen Bühne Eintritt gefunden hatte.

Die Serie „Holocaust" hatte mich damals schon früh geprägt und mich dazu ermuntert, Fragen zu stellen. Wie kann ein Geschichtslehrer uns das Dritte Reich, den Zweiten Weltkrieg und die Judenvernichtung näherbringen, ohne Bilddokumente oder bewegte Bilder zu präsentieren? Immerhin konnten wir in den Genuss seiner Natokampfsocke kommen. Als Major der Reserve schien es ihm eine Ehre zu sein, uns in die Techniken des Nahkampfes einzuführen. Ein Prozedere, das wir genervt über uns ergehen ließen. Ich empfand es als witzig, weil ich die Bundeswehr „Major-in Reserve-Wurst" nicht wirklich ernst nehmen konnte. Die Natokampfsocke im Anschlag, zeigte er volle Motivation und Begeisterung, die ich an ihm als Lehrer so nie mehr gesehen habe. Zutiefst erschütternd meiner Meinung nach. Ihm war vor allem die Technik, wie man einen Feind auf die schnellste Weise erdrosseln könne, wichtig. Den Lehrer konnte ich leider seit diesem Zeitpunkt nicht mehr für voll nehmen. Das Dritte Reich flott abzuhandeln und zur Tagesordnung überzugehen fand ich als nicht besonders angemessen.

Die Erinnerungen, die ich von meinem Elternhaus mitbekommen hatte, gingen weit tiefer, als uns dieser selbsternannte Geschichtsprofessor näherbringen wollte. Ich würde ihn heute eher als Pfeife bezeichnen. Zudem hatte mir dieser Sack die mündliche Note 6 im Fach Geschichte erteilt, obwohl ich meiner Meinung nach mindestens die 5 verdient gehabt hätte. Selbst mein Argument, dass ich mich in der Vergangenheit doch im Schnitt einmal pro Unterrichtsstunde zu Wort gemeldet hatte, konnte ihn nicht von der mündlichen 6 abbringen. Keine guten Voraussetzungen also, um im neuen Schuljahr brillieren zu können.

In Mathematik hatte die gleiche ungünstige Sachlage zugeschlagen. Ein Lehrer, dessen Obsession es war, Schüler vor dem Bösen des Alltags zu bewahren und meine Kumpels und mich schon mal als Kiffbrüder zu bezeichnen. In den Pausen konnte man diesen Hanswurst oft, versteckt hinter Türen und Säulen, auf Pirsch entdecken, weil er überall Drogen vermutete. Es war köstlich anzusehen, wie sich dieser selbst ernannte Antidrogenbeauftragte lächerlich machte. Absichtlich drehten wir uns in der großen Pause Zigaretten, in Tüten-Form getarnt, aber nur mit normalem Tabak. Nach deren Genuss wurden die Kippen auffällig weggeschnippt. Ein Stockwerk höher beobachteten wir dann den Wicht, wie er über die zahlreichen Bodendecker kroch, nur um die Kippen einzusammeln, um an ihnen zu riechen. Die nächste Mathestunde konnte nachweislich keiner mehr für voll nehmen. Schon beim Eintritt des Lehrers über die Türschwelle ins Klassenzimmer, konnten wir nicht mehr anders als grölend in den Stühlen zu hängen. Meist fanden wir uns dann vor der Tür wieder, um dort dem kindischen Lachen weiter zu frönen.

Ein Lehrkörper darf natürlich nicht von mir übergangen werden. Er war an der ganzen Schule berüchtigt, nicht wie man annehmen sollte wegen seiner Strenge, sondern weil dieser Herr ständig mit einem weißen Chemiekittel unterwegs war, ohne dieses Fach überhaupt zu unterrichten. Er unterrichtete in einem Stil, der jeden Schüler schon nach wenigen Minuten in eine Art Tiefschlaf verfallen ließ. Der Ordner, den ich führte, war überschaubar, um nicht zu sagen, mit nur einzelnen Schlagwörtern zum jeweiligen Thema gefüllt. Ich kann mich noch gut an die Thematik des Kohleabbaus im Ruhrgebiet erinnern. Mit dem überaus spärlichen Tafelaufschrieb konnte man leider nichts anfangen, stand da dort nur das Wort „Kohleflöze“, und das überdimensioniert groß. Es war also ein Ding der Unmöglichkeit, sich auf die Klassenarbeiten vernünftig vorzubereiten, geschweige denn etwas auswendig zu lernen. Die bescheidenen Ergebnisse der Arbeiten waren dann die logische Konsequenz. Was ich an ihm hasste, war die Tatsache, dass er zu Beginn jeder Stunde einen Schüler an die Tafel holte und diesen zu den letzten zwei Unterrichtsstunden befragte. Es war nicht zu ertragen. Glücklicherweise war ich als Kartenordner bestellt worden und ließ mir grenzenlos viel Zeit mit der Rückkehr in den Unterricht. Ab und an aber stand nach meiner Wiederkehr aus dem Kartenraum kein geplagter Schüler an der Tafel, so dass klar war, dass mein Stündchen geschlagen hatte. Er hatte dummerweise mich zur mündlichen Befragung auserkoren.

Hatte man das Glück und das richtige Klassenzimmer, so konnte man auf sein Einfamilienhaus sehen. Es war eine Villa, ganz aus rotschimmernden Ziegelsteinen errichtet. Im Jargon hieß sie nur „die Ziegelburg“. Es war zum Mäuse melken, denn dieses Bauwerk sollte im Laufe der Jahre der Anlass dafür sein, für üble Attacken auf meine Lachmuskulatur zu sorgen. Schaute ich aus dem Fenster und erblickte die Burg, konnte ich mich nicht mehr zurückhalten. Mein Lehrer hatte dafür allerdings weit weniger Verständnis und wertete mein Verhalten zurecht als kindisch. Trotz allem war er ein netter Mensch, dem man aber zumindest zweimal im Jahr übel mitspielte. Am ersten Mai und in den Wintermonaten. Dann nämlich wurde, von wem auch immer, sein Gartentürchen ausgehängt und auf dem Schulgelände deponiert. Hatte man in der ersten Stunde Chemie oder Biologie, so konnte man den armen Tropf am Fenster vorbei schleichen sehen, das Törchen unter dem Arm geklemmt. Im Winter war die Sache etwas brisanter, wurde das Tor dann gemeinerweise auf den gefrorenen Teich, einem kleinen Tümpel gegenüber der Schule, platziert. Da der gute Mann doch schon etwas beleibter war, konnte man beobachten, wie er sich Zentimeter um Zentimeter, unsicheren Fußes schleichend aufs Eis wagte, die Angst einzubrechen als höchste Gefahr im Kopfe, um sein geliebtes Törchen einzufangen. Eine im Nachhinein gemeine Tat, die sich manche in den Kopf gesetzt hatten, doch was tut man nicht alles, um einem den tristen Schulalltag etwas aufzuheitern.

Da die Voraussetzungen für ein erfolgreiches Schuljahr verschwindend gering waren, kam mein Vater ins Spiel. Nach nur einem Tag lotste er mich vom allgemeinen ins wirtschaftswissenschaftliche Gymnasium. Mein lautes, emotionales Abkotzen gegenüber den zukünftigen Lehrern während des Mittagessens, konnten meine Eltern nicht mehr ertragen. Zu Recht.

Im neuen Gymnasium verspätet angekommen, wurde mir mein Motivationsverlust endgültig zum Verhängnis. Warum sich fünfundvierzig oder neunzig Minuten mit dämlichen Klausuren auseinanderzusetzen und eine schlechte Note kassieren, wenn die Abgabe eines leeren Papieres, versehen mit meinem Namen, zum gleichen Ergebnis führte. Die Freizeit in der Cafeteria konnte man schließlich bei einer Zigarette samt Kaffee herrlich nutzen.

Im neuen Umfeld hatten wir es mit dem einen oder anderen schrägen Lehrervogel zu tun. Einer ist mir bestens in Erinnerung geblieben, hatte dieser Mensch eigentlich nichts an einer Schule verloren. Altbacken, spießig und gekleidet, als käme er direkt aus dem 19. Jahrhundert. Ein brillanter Theoretiker ohne Frage, der aber in der Forschung an einem wissenschaftlichen Institut besser aufgehoben gewesen wäre, als sich mit pubertierenden Teenagern herumzuschlagen. Hatten wir ihn schon vor Beginn des Unterrichts im Vorbereitungsraum des Chemiesaales gesichtet, brachen wir jedes Mal aufs Neue in schallendes Gelächter aus. Meist trug dieses jämmerliche Geschöpf eine graue Strickjacke, einem mittelalterlichen Kettenhemd ähnelnd. Ein Ritter der traurigen Gestalt sozusagen. Es war aus und vorbei mit uns. Deshalb konnten wir dem eigentlichen Unterricht größtenteils nicht folgen, da wir uns darauf konzentrieren mussten, unsere kindischen Gefühlsausbrüche zu kontrollieren. Dieses Vorhaben gelang aber selten, so dass wir den Unterricht wieder einmal nur von außerhalb des Klassenzimmers verfolgen durften.

Unser Chemieprofessor hatte zudem eine andere nervige Angewohnheit. Korrigierte Klassenarbeiten wurden von ihm nicht nur inhaltlich bewertet, auch die Rechtschreibung und andere grammatikalische Besonderheiten schienen ihm enorm wichtig zu sein. Man konnte meinen, einen Aufsatz im Fach Deutsch in seinen Händen zu halten.

Für mich begann also wieder die alte Mühle wie das Jahr zuvor und ich spürte vor allem permanent den Notenteufel im Nacken. Fairerweise muss ich mir eingestehen, dass die schwachen Leistungen hausgemacht waren. Ich hatte einfach keinen Bock auf Schule und ließ jeglichen Ehrgeiz vermissen. Dies drückte sich logischerweise knallhart in den erbrachten Noten aus. Da ich nur wenig Lust auf Unterricht verspürte, musste ich mir ernsthaft überlegen, wie ich mir etwas Erleichterung verschaffen konnte. Schnell kam ich auf das Fach der Religionslehre. Immerhin konnte ich dort aus Glaubens- und Gewissensgründen austreten und zwei Unterrichtsstunden herausschlagen.

Unser Religionslehrer war ein Philosoph vom Feinsten, feinsinnig und hoch gebildet, beschäftigte er sich leider im stetigen Monolog mit den unterschiedlichsten Sinnfragen des Lebens und brachte uns damit zum Gähnen. Kein Wunder also, dass ich in diesem Fach im Halbjahr nur auf eine 4-5 kam. Jetzt wendete ich eine geniale Taktik an, um mir zwei Stunden zu ersparen und zudem nicht als Ungläubiger vor ihm dastehen zu müssen. Ich wurde zum Erpresser. Deutlich gab ich ihm zu verstehen, dass ich mit der 4-5 nicht einverstanden sei und forderte daher die glatte 4. Würden meine Zensuren im zweiten Halbjahr die gleichen sein, so mein Rechenspiel, bekäme ich schließlich eine 5 im Endzeugnis. Wegen Religion müsste ich demnach die Klasse wiederholen und das konnte ich nicht mit mir vereinbaren. Der Religionsphilosoph ging natürlich nicht auf den von mir eingefädelten Deal ein. Einen Tag später saß ich im Zimmer des Rektors, um mich dort schriftlich aus Glaubens- und Gewissensgründen vom Religionsunterricht abzumelden. Eine Lüge zwar, doch blieb mir keine andere legitime Möglichkeit, mich um zwei Wochenstunden zu erleichtern. Im Übrigen hatte der Austritt keinerlei Konsequenzen auf meinen weiteren Werdegang in Klasse elf. Auch ohne dieses Fach fiel ich, chancenlos, mit Pauken und Trompeten durch. Selbst mit dem allergrößten Dusel, hätte ich keine Trendwende mehr vollbringen können, so lückenhaft war mein Basiswissen.

In den Fächern Deutsch und Literatur unterrichtete ein überaus seltsamer Bursche. Gerüchte gingen umher, dass es ihm in seiner Freizeit nicht an Freizügigkeit mangelte. Manche würden das Wort „Nudist" in den Mund nehmen. Nachweislich wurde er auf seinem Grundstück splitternackt gesehen, was mir zwar völlig egal war, aber mich auf eine gewisse Weise doch erheiterte. Ich konnte mir beim besten Willen nicht vorstellen, diesen schon etwas älteren Herrn in seiner Peinlichkeit als FKK-Liebhaber zu enttarnen. Trotz allem empfand ich ihn als guten Lehrer, konnte ich doch die Wissenschaft von seinen privaten Obsessionen trennen. Ihm kann ich immerhin nachträglich bescheinigen, mir die Literatur nahe gebracht zu haben, auch wenn wir anfangs miteinander auf Kriegsfuß standen. Ausschlaggebend für diesen ersten Missstand war die Abhandlung über den Don Carlos von Schiller. Ein Auftakt, der mir zum Verhängnis wurde und demzufolge in einer schlechten Zensur mündete. Unsere gegenseitigen Ansichten waren nicht vereinbar und zu weit voneinander entfernt, doch leider saß der Mann, bedingt durch seine Position, die er innehatte, am längeren Hebel. Ich war stinksauer.

In den nächsten Wochen glätteten sich aber die Wogen und sowohl er als auch ich konnten eine stetige Leistungssteigerung bei mir erkennen. Über Lessings Nathan der Weise, der mir einen größeren Erfolg als den des verdammten Don Carlos bescherte, nötigte er uns noch Goethes Faust ab. Für einige in der Klasse ätzend, ich empfand es als Glücksfall. Dieses große Werk der Literaturgeschichte saugte ich wie einen Schwamm auf. Die Tragödie, in der Doktor Faustus einen Pakt mit Mephisto eingeht und Gretchen erobert, hatte mich von Beginn an fasziniert. Ich hatte nach so langer Zeit der schulischen Plage endlich ein Fach entdeckt, das mir zusprach.

Des Weiteren konnte dieser Mann noch auf einem anderen Gebiet punkten und stieg daher immens in meiner Gunst. Sein Unterricht begann grundsätzlich zehn Minuten später, als es der Stundenplan vorsah, dafür endete er zehn Minuten früher. Eine für faule Schüler wie mich also optimale Konstellation. Am Ende des Schuljahres konnte ich zumindest stolz darauf sein, das Fach Literatur mit elf Punkten als zweitbestes Fach abzuschließen. Der Sportunterricht blieb logischerweise außer Konkurrenz, da ich hier ohne großen Aufwand meine vierzehn bis fünfzehn Punkte locker einfahren konnte.

Unser Sportlehrer war etwas ganz Besonderes. Ein Mensch, der mir bis heute positiv in Erinnerung ist. Rothaarig mit Vollbart und von drahtiger Figur. Er forderte uns zwar einiges ab, doch hatte ich immer viel Spaß an seinem Unterricht. Er war ein lockerer und cooler Typ. Vielleicht ist hier meine Sichtweise etwas anders zu betrachten, als die manch anderer Klassenkameraden. Egal ob Leichtathletik, Ballspiele oder Turnen, ich hatte stets Lust, das Talent und zudem die dafür notwendige Konstitution.

Erinnern kann ich mich noch an den 1000 Meterlauf. Im Sportunterricht konnte man mit einer Disziplin drei Zusatzpunkte, also achtzehn Punkte erreichen. Da ich aus einer sportbegeisterten Familie stamme, der Leichtathletik nahestand und zudem beinahe täglich eisenhart trainierte, war es für mich ein Leichtes die Punkte locker einzusammeln. Für die Note 1 benötigte man eine Zeit von 2:51 min, eine wirklich ansprechende Zeit. Nur war diese Leistung nur zu erreichen, entweder wenn man Talent, oder den Ehrgeiz hatte, sich mehrmals in der Woche im Stadion, beziehungsweise sich regelmäßig bei einem Waldlauf einzufinden, um seine Einheiten zu absolvieren. Beide Varianten trafen für mich zu. Ich genoss es, durch die heimischen Wälder zu tänzeln und mit meinen Gedanken weit weg von Schule und der nächsten Klausur zu sein. Der Erfolg im 1000 Meterlauf war dann die logische Konsequenz meines Trainingsaufwands. 2:46 min mussten für die drei zusätzlichen Punkte erreicht werden. Eine durchaus furchterregende Zeitvorgabe, die mir aber nur ein mildes Lächeln entlocken konnte. Meine damals aktuelle Bestzeit stand offiziell bei 2:28 min, so dass die zu erreichenden 2:46 min nicht zum Problem werden sollte. Da ich zu der Zeit voll im Training und Wettkampfmodus war, wollte ich mich auf keinen Fall unüberlegt in dieses Rennen hineinbegeben und kontaktierte meinen Sportlehrer, ob es in Ordnung wäre, mit einer Stoppuhr laufen zu dürfen. Da meine Bestzeit deutlich schneller war als die geforderte Zeit, um die ultimative Note zu erreichen, hatte ich Bedenken, unnötig schnell zu laufen. Ich lief also wie im Training mit der Uhr, um mich zu kontrollieren. Schlussendlich kam es zu einem zufriedenstellenden Abschluss, da ich mit der Zeit von 2:43 min einlief und die achtzehn Punkte locker einfuhr. Einige meiner Klassenkameraden murrten zwar, dass ich so scheinbar leicht diese Punkte für mich einkassiert hatte, doch fand ich die Sichtweise der Jungs daneben, ja sogar unfair mir gegenüber. Hätten sie sich doch auch den täglichen Dauerläufen oder Tempoläufen gestellt, so wären deren Ergebnissen sicher nicht so vernichtend ausgefallen.

Ab der zwölften Klasse tat sich ein neues Problem für mich auf, dass ich bei entsprechender Sichtweise ein Jahr zuvor schon etwas anders hätte einschätzen müssen. Mit Beginn des Kurssystems kam das Fach der Informatik hinzu. Für jemanden, der keinen Computer besaß und dem damals neumodischen Quatsch eher skeptisch gegenüberstand, durchaus nicht die besten Voraussetzungen, um auf etwaige Erfolgsaussichten zu hoffen. Das Problem bestand darin, dass ich ja im Jahr zuvor dem Religionsunterricht abgeschworen hatte und somit keinen weiteren Kurs mehr abwählen konnte. Ich Idiot! Das hieß, dass die Informatik mich bis zum Abitur begleiten sollte. Ich kämpfte mich ohne Chance auf eine vernünftige Note durch die zwei folgenden Jahre. Selbst die abstrusesten Spickzettel, alle in Miniaturschrift angefertigt, konnten mich nicht retten. Ich landete daher die unumstößlichen roten Kurse, das bedeutete schlechter als fünf Punkte in der Endabrechnung zu bekommen. Ich hatte mir also mit meiner Entscheidung, dem Religionsunterricht fern zu bleiben, selbst ins Knie geschossen.

Einige Wochen nach Beginn des neuen Schuljahres bog ich, nun endlich in der dreizehnten Klasse angekommen, auf die Zielgeraden ein, immer den Blick nach vorn gerichtet in Richtung Abitur. Es stand eine große Projektwoche mit abschließendem Schulfest an. Jeder Schüler konnte drei Projekte auswählen. Wer welchem zugewiesen wurde, stand in den Sternen. Ich und meine Kumpels sprachen uns untereinander ab und wählten als erstes Projekt den Floßbau am heimischen Fluss, der Jagst, begleitet von unserem Sportlehrer, der bei allen beliebt war und hoch im Kurs stand. Das Sportprojekt „Tennis" kam bei mir auf Prioritätsliste Nummer zwei. Das dritte Projekt, das ich gar nicht wählen wollte, war ein mir zu diesem Zeitpunkt langweilig erscheinendes

Foto- und Filmprojekt. Es kam, wie es kommen musste. Während meine Freunde sich auf die Floßtour freuen konnten, wurde ich mit dem Filmprojekt belohnt. Ich kochte vor Wut und konnte nicht ausmachen, nach welchen Kriterien die Teilnehmer der einzelnen Projekte ausgewählt worden waren. Als ich dann die Liste der Personen meines vermeintlichen Projekts ins Visier genommen hatte, wusste ich, dass sich der Spaßfaktor gen Null bewegen durfte.

Da ich damals schon volljährig war, entschloss ich, drei Tage krank zu sein und den Projekttagen fern zu bleiben. Es war mir einfach egal. Konnten sie mich doch alle kreuzweise am Arsch lecken. Pünktlich zum Mittwochabend kam dann aber die wundersame Genesung meines vom Ausschusskomitee bitter missachteten Körpers. Auf die Abschlussfete wollte ich unter keinen Umständen verzichten.

Auf dem Fest war zu viel los, als dass jemand sich meiner angenommen hätte, um mit mir über meine Verfehlungen zu sprechen. Ich ließ es locker angehen, besuchte zuerst den Tisch unserer Klasse, die gefüllte Pfannkuchen verkauften. In solch Situationen fühlte ich mich wohl, auch wenn es das verhasste Schulgebäude war. Zudem gab es ein weiteres Argument, dem Fest beizuwohnen. Es war noch nicht verpönt, Bier zu trinken. Das fand ich cool, denn zur damaligen Zeit, musste die Kombination stimmen. Kühles Bier und gute Musik, die es in den 80 ger Jahren zur Genüge gab.

Das Rauchen im Gebäude war mittlerweile verboten. Das störte uns aber in keinster Weise, da die drei verschiedenen Anlaufstationen von Anfang an klar waren. Bier an der Theke holen, schnell zur Tanzfläche eilen und sich positionieren, um anschließende eine Kippe vor dem Eingang der Schule zu quarzen. Das alles war Entspannung pur. An der Tanzfläche hielt man natürlich Ausschau. Welches Mädchen war da, welche würde mir gefallen und das dramatischste … soll ich sie vielleicht auch noch ansprechen? … oder wird sie über ihren Schatten springen und auf mich zukommen? Ein Mädchen hatte ich sofort auf dem Schirm, denn ich hatte sie schon Wochen zuvor in der städtischen Disko ausgemacht. War sie es, die mir in der letzten Zeit Blicke zugeworfen hatte, oder waren es nur Hirngespinste meiner Phantasie? Gekleidet mit braunem Strickpulli, figurbetonter Stretchhose und Birkenstocksandalen. Ich konnte damals nicht wissen, dass diese Person in mir ihren Prinzen sah. Ich nahm meinen ganzen Mut zusammen, stapfte quer über die Tanzfläche und sprach sie an. Und das während Rio Reisers Lied „Junimond". Ich hatte in diesem Moment eine Barriere überschritten, die alles andere in den Schatten stellte. Sie hatte nicht damit gerechnet, dass ich den ersten Schritt tätigte, weil wir in so unterschiedlichen Cliquen unterwegs waren.

Die Liaison hielt nur vier Monate, mein Fehler. Ich war der Depp, der lieber seinen Hobbys nachging und der Liebe keinen Raum ließ. Der Sport war zu dieser Zeit für mich leider die Nummer eins. Deshalb machte es mir wahrscheinlich zu sehr Angst, mich zu binden. Ich wollte frei sein und keine Verantwortung gegenüber irgendjemand tragen. Dennoch war unsere Verbindung in den nächsten Jahren trotz allem so stark, dass mir bei jeder Gelegenheit, in denen wir uns über den Weg gelaufen sind, das Herz in die Hose rutschte. Logischerweise ließ ich mir nichts davon anmerken, sie war mittlerweile anderweitig liiert und unter der Woche weit weg. Sie mit ihrem Freund in Frankfurt und ich im Raum Stuttgart. Es waren immer nur Zufallstreffen während des Wochenendes, in den angesagten Kneipen unserer Heimatstadt. Zu großen Gesprächen kam es dabei nie. Doch jedes Mal war es ein komisches Gefühl auf die Ex zu stoßen.

Jahre später, dank einer Zufallsbegegnung während einer Hochzeit eines Bekannten erhielt ich interessante Informationen über meine Ex-Freundin, die mich aufhorchen ließen. Am Pissoir wurde mir die mittlerweile reife Frau schmackhaft gemacht und ich begann zu recherchieren. Wohin hatte es sie letztendlich verschlagen? Frankfurt war zu groß, um blind drauf los zu suchen. Der Blick ins Telefonbuch hatte keinen Erfolg gebracht. Ich konnte ja nicht ahnen, dass sie nur unter dem Namen ihres mir unbekannten Freundes zu finden war. Vielleicht waren sie ja schon seit Jahren verheiratet.

Ich beschloss, die klassische Überrumpelungstaktik anzuwenden. Geschwind den Telefonhörer in die Hand, um die Nummer ihrer Eltern zu wählen, bevor der Schisser, der in jedem Individuum schlummert, die Oberhand gewinnt. Es war verblüffend, wie schnell ich zu den gewünschten Daten kam. Sitz der Wohnung, E-Mail-Adresse der Arbeitsstelle.

Mit diesen Informationen konnte man durchaus etwas anfangen, und so begann ich das Buhlen um die seit über dreizehn Jahren verschollene Frau. Es waren die spannendsten Wochen, die ich jemals in meinem Leben verspürt hatte.

Glücklicherweise biss der Fisch an. Wir hatten beide noch Feuer für einander und sollten uns zukünftig einmal die Woche in ihrer Mittagspause in der Innenstadt Frankfurts treffen. Es knisterte von Anfang an.

Ein weiterer Aspekt, der die Sache unweigerlich erleichterte, war die Tatsache, dass mein Bruder in Frankfurt wohnte und ich von dort in aller Ruhe zu den geheimen Liebesmissionen aufbrechen konnte. Kein Vierteljahr später waren wir ein Paar und sind nun bereits siebzehnzehn Jahre glücklich verheiratet.

Was das alles mit der Schule zu tun hat? Vordergründig erst einmal gar nichts. Doch sollte sich das im Laufe der Jahre ändern, musste meine Frau doch die täglichen Gemütsschwankungen eines Lehrers ertragen.

2

Abitur und erste Freiheit Nürnberg

Die entscheidenden Prüfungen begannen mit dem Fach Deutsch. Eigentlich sehr angenehm, wie ich mir dachte, da ich mich auf dieses Fach nicht wirklich hatte vorbereiten können. Zwei Aufgaben standen zur Auswahl: Die erste war eine klassische Erörterung zum Thema „Urlaub", die zweite war eine Problemstellung zu einem literarischen Werk. Mich traf der Schlag, als ich den Titel las: „Don Carlos" von Friedrich Schiller. Konnte das sein? Auf die lyrische Herausforderung hatte ich mich doch so sehr gefreut, weil ich im letzten Jahr immer besser damit zurechtgekommen war. Welcher Held im Ministerium hatte bloß diese Entscheidung getroffen? Hätte es nicht der Faust sein können? Das Risiko, erneut zu scheitern, war also durchaus gegeben. Somit wählte ich die verdammte Erörterung. Meine Argumentation empfand ich als sinnvoll, so dass ich mit einem ordentlichen Gesamtergebnis rechnete. Leider sahen die Korrektoren es deutlich anders. Eine enttäuschende 4+ war die magere Ausbeute meiner Ausführungen. Die Tage später anstehende Biologieprüfung ging ich selbstbewusst an. Ich hatte die letzten zwei Jahre kontinuierlich gearbeitet und mein Interesse war tatsächlich nicht nur vorgeschoben, sondern als glaubhaft anzusehen.

Im Großen und Ganzen verlief die Prüfung, so wie ich es mir gewünscht hatte, doch schlichen sich dumme Fehler ein, die ich im Nachhinein als selbst verschuldet ansehen musste. Es ging um die Frage, wie schnell sich das Auge an die Dunkelheit gewöhnen könne. Ob es das blaue oder das rote Licht sei, das einen schneller ans Ziel bringe. Ich musste scharf nachdenken. Rot oder blau? Beide Farben standen jeweils am Ende der für Farben eingeordneten Wellenlängen, also links und rechts der Farbpalette. Noch Wochen später hätte ich mich in den Arsch beißen können, da ich ein Fan des Films „das Boot" bin. X-mal hatte ich mir diesen geilen Streifen schon reingezogen und Schauspieler wahrgenommen, die die Dramatik des Selbstmordkommandos für den aussichtslosen Endsieg eingegangen waren. Warum zum Teufel hatte ich mich dann für die Farbe Blau entschieden? Warum hatte ich genau in diesem Moment nicht den „Kaleun" Prochnow aus dem Film vor Augen, wie er sich bereit macht, sein Sehrohr auszufahren, um einen Konvoi von Frachtschiffen zu orten und anzugreifen?. Fachmännisch wollte ich argumentieren, verwechselte aber die relevanten Wellenlängen der beiden Farben. Ich als Fan dieses Films hatte mich also fast schon lächerlich gemacht. Hätte ich Nachhilfeunterricht bei den Darstellern Jürgen Prochnow oder Martin Semmelrogge erhalten, so hätte ich gewiss eine bessere Note, als die wieder einmal tragisch herbeigeführte und biedere 4+ bekommen.

Als Abschluss folgte die mir verhasste BWL-Prüfung. Betriebswirtschaftslehre. Welch ätzendes Fach. Wen interessierten schon Kosten-Nutzen-Rechnungen oder irgendwelche T-Konten? Unser Lehrer, ein netter Typ, brachte uns dies alles am Beispiel des Grillens bei. Durchaus gut gemeint, weil es dem klassischen deutschen Leben entspricht. Tags über malochen und abends den Grill anwerfen, die Flasche Bier im Anschlag. Die Kurve, die er an die Tafel kritzelte, kam einer Gaußschen Normalverteilung gleich. Das erste Steak war für das Wohlergehen ein Genuss, das zweite konnte den körperlich und geistig gefühlten Nutzen noch deutlich steigern. Ab dem dritten Steak aber stagnierte das allgemeine Wohlbehagen und registrierte einen gewaltigen Nutzeneinbruch körperlichen Wohlgefühls. Die Auswirkungen des vierten Steaks sollte man dann eher nicht mehr kommentieren. Es gibt verbindliche Aussagen von Menschen, die beim Verzehr dieser Menge an Fleisch des Nachts von unerträglichen Gichtanfällen heimgesucht wurden.

Ich hasste dieses Fach, weil es stinklangweilig war und die traditionellen Doppelstunden sich anfühlten, als wären es vier Unterrichtsstunden. Ich kämpfte mich durchaus wacker durch die Prüfung, konnte aber, was mir im Grunde von Anfang an klar war, nicht glänzen. Das Ergebnis war bescheiden. Eine glatte 4. Diese verflixte Zahl hatte mich wie ein Schatten hinweg durch den gesamten Prüfungszeitraum verfolgt. In meinem eigentlich schwächsten Prüfungsfach musste ich auch noch mündlich antreten. Die Aussicht auf Erfolg ging gegen Null. Mein damaliger Mathematiklehrer war ein außergewöhnlicher Kenner der Materie und, was ich ihm bis zum heutigen Tag bescheinigen kann, ein hervorragender Pädagoge, eine Spezies wie sie heutzutage kaum noch anzutreffen ist. Ein Glücksfall. Diesem Mann, der Jahre später den Posten des Rektors übernehmen sollte, saß ich also in besagter mündlichen Prüfung gegenüber. Er kannte meine Schwächen bezüglich der Mathematik, hatte aber die Gabe, mich in die Richtung zu lenken, in der ich mich einigermaßen wohlfühlte. Die Kurvendiskussion war sein Verlangen und ich hatte das Bestreben, ihn nicht zu enttäuschen. Die ersten Fragen konnte ich ohne größeres Gestammel lösen, was mir unbeschreiblichen Auftrieb gab. Im weiteren Verlauf der Konversation kam ich aber, wie zu erwarten, leider an meine Grenzen. Am Ende sprang trotz allem eine für mich zufriedenstellende Note 3 heraus, die ich abends bei guter Musik und dem einen oder anderen Bier im Jugendzentrum begoss. Dort musste man keine Angst haben, schlechte Musik auf die Ohren zu bekommen. Es war zur damaligen Zeit der lässigste Schuppen der Stadt, um ungestört abzuhängen, heute würde man wahrscheinlich die Bezeichnung „chillen“ wählen. Und das nur geschätzt einhundert Meter Luftlinie von meinem Elternhaus entfernt. Egal in welchem Zustand ich beim Verlassen der Location war, es bestand niemals die Gefahr, den Weg nach Hause aus den Augen zu verlieren. Vier bis fünf Minuten zu Fuß, und man befand sich im sicheren Gewahrsam des elterlichen Hauses. Zuhause angekommen, gab es weitere Rituale, die zuverlässig von mir abgearbeitet wurden. Da das Jugendzentrum um 23:00 Uhr dicht war (inklusive meiner Person), war klar, dass ich fünf Minuten später, also gegen 23:05 Uhr die Haustür aufschloss, die Eltern schon, Gott sei Dank, friedlich im Bett liegend. Jetzt kam der klassische Heißhunger, den es zu befriedigen galt. Meist war es eine Fertigpizza, die zusätzlich mit reichlich Käse garniert wurde. Als großer Star Trek Fan hatte ich alle "Raumschiff Enterprise"-Folgen auf Videokassetten. Es war also jedes Mal ein ganz besonderer Genuss, gegen 23:30 Uhr Pizza und Kaptain Kirk gleichzeitig zu genießen.

Das Abitur war durch und es begann die große Rechnerei. Dass ich es geschafft hatte, lag außer Zweifel, aber mit welchem Ergebnis? Dass es eher dürftig ausfallen würde, war klar, aber ich hoffte insgeheim, dass manche Fächer mich noch um den einen oder anderen Zehntelpunkt nach oben katapultierten würden. Dem Sport hatte ich es dann letztendlich zu verdanken, dass ich mit einem Gesamtergebnis von 3,2 abgeschlossen hatte. Ein Abitur, welches man nicht unbedingt an die große Glocke hängen brauchte, aber verdammt nochmal, ich hatte es in der Tasche und ab der Veröffentlichung dieser Tatsache, die Befähigung mich an einer Universität einschreiben zu können.

Nun ging es darum, mich mit einem Studiengang vertraut zu machen, der Sinn machen sollte. Als jemand, dem die Architektur am Herzen lag, schielte ich mit einem Auge in diese Fachrichtung, um wenig später einsehen zu müssen, dass das nichts werden würde. Erstens entsprach mein Abschlusszeugnis nicht den Anforderungen, die mit diesem Studiengang in Verbindung standen und ich hätte sieben Semester Wartezeit absitzen müssen. Zweitens waren meine zeichnerischen Fähigkeiten nur rudimentär vorhanden, so dass ich mich höchstwahrscheinlich schwer getan und mich zumindest auf diesem Gebiet über kurz oder lang ziemlich blamiert hätte. Dieser Gefahr wollte ich mich wirklich nicht aussetzen, so dass ich mir etwas anderes überlegen musste. Da mein Vater, wie schon erwähnt, Lehrer an einem Wirtschaftsgymnasium war, setzte ich mich näher mit diesem Thema auseinander. So ein Studium der Wirtschaftspädagogik wäre doch eine feine Sache, dachte ich mir. Zwar konnte ich wahrlich nicht mit meinen Zensuren prahlen, hatte eine Ehrenrunde gedreht, so betrachtete ich den Lehrerberuf plötzlich von einer ganz anderen Seite. Als Schüler, der die letzten Jahre immer darauf achten musste, nicht vollständig abgehängt zu werden, und eher gebummelt hat, hatte ich doch die besten Voraussetzungen, die schwächeren Schüler zu verstehen. Praktisch auf Augenhöhe zu handeln. Dachte ich, so mein naiver Ansatz.

Das Coole an der Arbeit meines Vaters aber lag doch auf der Hand. Niemand anderes den ich kannte, hatte so viele Ferien und Freizeit wie er. Also weniger arbeiten als andere und in der frei zur Verfügung stehenden Zeit, den vielen Hobbys nachgehen. Über meine damalige Doofheit wundere ich mich noch heute. Dazu lockte die ordentliche Bezahlung, die Ambitionen für das Lehrerstudium zu forcieren. Ich baute mir also wie Pippi Langstrumpf meine eigene Welt um diesen Beruf, die ich mir in Gedanken herrlich nach meinen Annehmlichkeiten ausschmückte. Der Studienort war auch schnell gefunden. Es sollte Nürnberg werden. Mein Vater hatte schließlich in Nürnberg studiert. Meine Kreativität bezüglich der Gestaltung meiner Zukunft war wahrlich mehr als bescheiden ausgeprägt.

Bevor ich auf Wohnungssuche ging, ich hatte ja noch gut drei Monate Zeit, machte ich mich auf und wollte mir ein Bild von der Stadt einprägen. Ich war schwer beeindruckt von der Altstadt Nürnbergs mit den mächtigen Stadttoren und der malerischen Burg, die hoch über der eigentlichen Stadt thront. Der erste positive Eindruck sollte im Laufe der Erkundung noch um ein vielfaches übertroffen werden, als ich den gigantischen und des Wahnsinns entstandenen Bauten des Dritten Reichs gegenüberstand. Ob es das Zeppelinfeld oder die Kongresshalle war. Gigantismus, der das damalige deutsche Volk über alle andere Völker stellen und in ein tausendjähriges Reich münden sollte. Wie die Geschichte letztendlich ausging, dürfte jedem bekannt sein.

Schon die erste Wohnungsannonce in den Nürnberger Nachrichten war von Erfolg gekrönt. Mein Vater hatte eigens dafür gesorgt und die folgende Anzeige aufgegeben: „Studienprofessor sucht für seinen Sohn Zimmer oder Wohnung für ein Studium der Wirtschaftspädagogik". Als ich die Anzeige in der Zeitung las, wäre ich am liebsten lautlos im Boden versunken. Ich, der angehende und ambitionierte Sohn, der in die Fußstapfen seines Vaters treten will und nicht einmal in der Lage ist, seine eigene Anzeige zu verfassen. Na prima und schönen Dank auch!

Telefonisch gemeldet hatte sich ein älteres Ehepaar, die beide die Achtzig bereits überschritten hatten. Der gute Mann war ehemals selbst Diplomhandelslehrer und hatte vollstes Verständnis für unser Anliegen. Seine Frau war von der Art her forsch und ich hatte das Gefühl, dass ihr Gatte eher wenig bis nichts zu melden hatte. Zwei Tage nachdem wir miteinander telefoniert hatten, saß ich bei Kaffee und Kuchen in ihrem mit Kissen, Bildern und vielen weiteren Accessoires reich dekorierten Wohnzimmer und stellte mich den Fragen der alten Herrschaften. Sie wollten einfach nur sicher gehen, ob sie es mit einem seriösen Studenten oder einem Gauner zu tun zu hatten. Nach etwa einer Stunde des Frage- und Antwortspiels wurde mir der Hausschlüssel feierlich überreicht und ich konnte mein neues Reich, das sich im Dachgeschoss ihres Hauses befand, sofort beziehen. Eine durchaus schöne Zwei-Zimmerwohnung mit angeschlossenem Bad und Küche. Einen Haken hatte die ganze Sache allerdings, der dann nach eineinhalb Jahren der Grund für meinen Auszug sein sollte. Das Treppenhaus verlief nicht separat, sondern führte mitten durch das Haus. Mir war schnell klar, dass die Überwachung meiner Person gewährleistet war. Egal zu welcher Tageszeit ich kam oder ging, irgendein Kopf streckte sich mir stets entgegen. Als erwachsene Person kann dies einem aber schnell auf die Nerven gehen und ich wundere mich noch heute, über einen solch langen Zeitraum dort ausgeharrt zu haben.

Nach der ersten Orientierungsphase hatte ich mich gut eingelebt und besuchte mehr oder weniger fleißig die einzelnen Seminare in den verschiedenen Fächern. Leider ging mir das Theoriegewichse schnell auf den Wecker und die Palette an Ausreden, warum ich manchen Seminaren fern blieb, wurde immer länger. Am grässlichsten waren die Sitzungen in der Volkswirtschaftslehre, näher bezeichnet als Mikro- und Makroökonomie. Ich konnte mir beim besten Willen nicht vorstellen, mich in Zukunft für dieses Fach begeistern zu können, so zäh und theoretisch ging es dort zu. Ich hatte sogar mehr für die Mathematik übrig, der ich in Zeiten der Schule eher abgeneigt gegenüber gestanden war. Die Themen der ersten Klausuren waren Analysis und die lineare Algebra. Schwer überrascht war ich dann über die Noten, die ich erreicht hatte. In beiden Arbeiten hatte ich die 3 bekommen und konnte somit die ersten zwei Scheine, die man am Ende für das Vordiplom vorzuweisen hatte, einstreichen. Überreicht von unserem Professor, der alles in allem ein komischer Kauz war. Der ältere, deutlich übergewichtige Herr, der zu den Vorlesungen stets in filzernen Hauspantoffeln auftrat, war einfach köstlich anzusehen. In einem neunzigminütigen Monolog schaffte er es jedes Mal, die gesamte Tafel, angefangen von links oben bis zur finalen Ziffer rechts unten, vollzukritzeln. Meine ersten Erfolge sollten aber schon bald im Keim erstickt werden, nahte der fiese Brocken, mit dem ich mich von Anfang an nicht anfreunden wollte: Die Informatik.

Schon in der Schule hatte ich keinen Zugang zu diesem Fach gehabt und mir rote Kurse eingeheimst. Umso mehr erhärtete sich dieses Problem und ließ mir keine Chance, den Test auch nur ansatzweise zu bestehen. Auf die erste 5, das hieß nicht bestanden, folgte der zweite Misserfolg. Diesmal in einem Fach, dem ich eher zugeneigt war, dem Privatrecht. Die vorgestellten Fälle waren durchaus spannend zu recherchieren. Mit dem Gesetzbuch stand ich aber leider zu jener Zeit noch auf Kriegsfuß, so dass ich zu oft die falschen Paragraphen anwandte, um den Professor davon zu überzeugen, mir eine als ausreichend zu bezeichnende Honoration meiner Bemühungen zu überreichen. Da stand dann wieder diese verflixte 5, gleich bedeutend mit „nicht bestanden". Wiederholen konnte ich jede Prüfung, doch hatte ich überhaupt die Lust und das nötige Durchhaltevermögen, fast jede Klausur zweimal zu schreiben? Das erste Semester ging mit gemischten Gefühlen und Leistungsnachweisen zu Ende.

Das zweite Semester stand an und ich hatte inzwischen einen kleinen, harten Kern von Kommilitonen ausgemacht, mit denen ich zukünftig mehr Zeit verbringen sollte. Leider wirkte sich das nicht besonders förderlich auf die Zensuren aus. Ich saß also fortan abends nicht wie etwa wünschenswert hinter meinem Schreibtisch, um Formeln und anderen Stoff zu pauken, sondern in den angesagten Spelunken der Nürnberger Studentenszene. Wir hatten eine Auswahl an Kneipen getroffen und genossen die Zeit des Abhängens bei Bier und Glimmstängel. Die noch im ersten Semester gezeigten Ansätze, sich gewissenhaft vorzubereiten, verpufften zunehmend und machten ein organisiertes Lernen immer schwieriger. Ab diesem Zeitpunkt und in Anbetracht meiner mangelhaften Initiative bezüglich des Lernens, musste es mir irgendwann an den Kragen gehen. Das Fach Statistik stand an. Qualvoll waren diese Seminare, die zudem in Kleingruppen absolviert wurden. Ich saß also schweißgebadet in einem Klassenzimmer und konnte nicht mehr, wie bisher, in der Masse abtauchen. Ich wurde immer wieder aufgerufen, konnte dem Professor aber leider nicht mehr als ein Achselzucken entgegnen. Ich hasste es und sah mich in meine Schulzeit zurückversetzt. Da es an der Uni keine Anwesenheitspflicht gab, ließ mit der Zeit der Druck zur notwendigen Teilnahme deutlich nach. Was folgte, war ein Desaster in Form der Note 5, mal wieder nicht bestanden. Mit meinem fehlenden Engagement hatte ich mir also ein Eigentor geschossen, denn denjenigen, die versagt hatten, blühte ein mehrwöchiger Crashkurs, mit dem Ziel diese Hürde doch noch nehmen zu können. Wie ein Aussätziger kam ich mir vor, als ich die verschlüsselte Nummer meines Namens auf der Liste am schwarzen Brett entdeckte. Durch dieses Horrorszenario musste ich nun mal durch, selber Schuld.

Die Woche drauf startete tatsächlich dieser als Kurs getarnte Nachhilfeunterricht, den verschiedene Tutoren, sogenannte Lernbegleiter, anboten. Einige von ihnen waren selbst noch Studenten und von den Professoren mit dieser Aufgabe betraut worden. Gott sei Dank saßen nicht die leitenden Professoren mit am Tisch. Die Tutoren erkannten schnell, wo der Schuh drückte. Bei mir war es das Engagement, das ich vermissen ließ. Ich hoffte, dass ich nicht zu doof für den zu lernenden Stoff war. Und es geschah ein Wunder. Die Typen, die uns kräftig forderten und auch noch Hausaufgaben stellten, hatten es tatsächlich geschafft, mich in die Statistik-Spur zu führen. Meine Aufgaben erledigte ich nach bestem Wissen und Gewissen, wollte ich mich doch keinesfalls vor ihnen blamieren. Woche für Woche gab es diese Tutorien, mit dem einzigen Ziel, mich und uns Statistik-Pfeifen auf Vordermann zu bringen und den allseits begehrten Schein auf meinem Habenkonto zu verbuchen. An besagtem Prüfungstermin schlotterten mir dann auch wirklich die Knie. Einer meiner Mentoren holte mich kurz vor der Klausur noch mit den Worten „du hast es drauf, denk an die Ziehung der Lottozahlen" ab. Die gut gemeinte Aufmunterung konnte ich kurz vor der entscheidenden Klausur nicht wirklich einschätzen. Was wollte er mir mit dieser Aussage mit auf den Weg geben? Ich besann mich auf die bevorstehende Aufgabe, die Klausur zu bestehen. An glänzen war nicht zu denken, dies war trotz der Nachhilfe aussichtslos. Aber bitte die vermaledeite 4. Einfach nur ausreichend. Mehr wollte ich ja gar nicht. War das denn zu viel verlangt? Ein Stoßgebet würde mir nicht helfen, also ließ ich es dabei und konzentrierte mich ganz auf die vor mir liegende Klausur. Einsehen durfte man die Prüfungsaufgaben erst, nachdem die rechtlichen Dinge durch vorlesen der Prüfungsordnung verklickert worden waren. Mit schweißnassen Fingern schlug ich die Arbeit auf und konnte zumindest bei zwei der zu bearbeitenden Aufgaben Entwarnung geben. Sollte ich diese, wie sie schon während des Crashkurses besprochen worden waren, zur Zufriedenheit der Prüfer lösen können, dann sollte es für die Note 4 reichen. Immerhin würde diese Bewertung mich ein kleines Stückchen näher an das zu Beginn meines Studiums gesteckte Ziel bringen, einen vernünftigen Abschluss hinzulegen.

Was war ich nervös, als alle Nachzügler eine Woche später zum Rapport zitiert wurden, um ihre Ergebnisse entgegenzunehmen. Ich war zum damaligen Zeitpunkt ja quasi ein Profi, was schlechte Resultate anging, trotz allem verspürte ich eine innere Unruhe, die mich schon seit dem Aufstehen begleitet hatte. Ich würde mich und den Sinn des Studiums ernsthaft hinterfragen müssen, hätte ich diese Klausur, trotz der intensiven Hilfe, nicht bestanden. Die Tatsache in Form des bei allen beliebten Scheines ließ mir einen Stein vom Herzen fallen. Auf ihm war die Unterschrift des Statistik-Professors zu lesen. Was mir weniger gefiel, war die Note 4. Ich hatte zwar bestanden, aber aufgrund meines Engagements der letzten Wochen, war ich doch etwas enttäuscht. Egal. Erfolgreich abgeschlossen und abgehakt. Ich hatte eine große Hürde genommen und konnte mich wieder mehr dem widmen, was mir mehr Spaß machte. Meine Kumpels und das Laufen, in dem ich ambitioniert und durchaus talentiert war, sollten in den nächsten Wochen endlich wieder mehr Aufmerksamkeit bekommen. Meine tägliche Laufstrecke führte mich unweit meiner Wohnung über das Dutzendteich Gelände mit seinen imposanten Nazibauten. Selbst während der härtesten Einheiten musste ich immer wieder staunen und umkreiste nur zu gern diese monumentalen Bauten, die in ihren Ausmaßen für mich nur schwer zu greifen waren.

Seit kurzem hatte sich außerdem herausgestellt, dass mein Kumpel und dessen Freunde dem Kartenspiel des Binokels mächtig waren. Ein Spiel, das wir ab sofort regelmäßig in unseren Tagesablauf einbanden. Zu dritt oder zu viert, egal. Wir hatten Spaß am Zocken und die Gewinne beziehungsweise Verluste beliefen sich im Rahmen des Vertretbaren. Das Spielen und Abhängen wirkte sich aber erneut negativ auf die weiteren Herausforderungen des Studiums aus, was sich im darauf folgenden Semester wiederholt und knallhart auf die Zensuren niederschlagen sollte.

Das Fach der Betriebswirtschaftslehre war das nächste Problem, was wie ein Damoklesschwert über mir hing. Es standen Inhalte wie Operations Ressource, Rechnungswesen und Unternehmensführung im Vordergrund. Langweilig, und, wenn man jede Vorlesung besuchen würde, einfach nur unerträglich. So empfand ich es.

Eine dieser Veranstaltungen war für meinen Geschmack die absolute Frechheit und Provokation. Der Professor, der das Teilgebiet leitete, war anscheinend Frühaufsteher. Seine Vorlesung beschränkte sich auf eine Unterrichtsstunde und fand am Freitag in der Früh von 7:45-8:30 Uhr statt. Jeder hatte sich für diesen Kurs eingeschrieben, da er ja Bestandteil der BWL-Prüfung war. Am Ende der Vorlesungszeit hätte ich diesen Knaben auf offener Straße nicht einmal erkennen können, da ich keine einzige Stunde von ihm besucht hatte. Ich hatte von Anfang an den Plan, mich ab Donnerstagabend nach Hause zu verpissen und das verlängerte Wochenende zu genießen.

Allmählich durchschaute ich mein Studentenleben und wunderte mich, warum ich keinerlei Einblicke in den Alltag eines Lehrers bekam. Es hätte durchaus Sinn gemacht, an einer Schule zu hospitieren, um einschätzen zu können, ob einem der Lehrerberuf überhaupt lag. Leider war dies nicht vorgesehen und so musste ich weiterhin trockene Materie schlucken, ohne zu wissen, ob ich überhaupt in der Lage war, zu unterrichten. Das Studium der Wirtschaftspädagogik unterschied sich bis zum Vordiplom, also ungefähr der Hälfte der gesamten Studiendauer, nicht von dem der eingeschriebenen Studenten, die sich für die Volkswirtschaftslehre oder Betriebswirtschaftslehre entschieden hatten. Wie langweilig muss doch der Beruf des Lehrers sein, dachte ich mir.

Das Ende des Semesters kündigte sich an und es war noch die bei vielen gefürchtete BWL-Prüfung zu absolvieren. Knapp eintausend Studenten fanden sich in der Messehalle ein, wo jeder seinen eigenen Tisch hatte. Es war schon verrückt anzusehen, wie wir penibel in Reih und Glied dasaßen und die Köpfe zu rauchen begannen, als das Startsignal gegeben wurde. Somit konnte der Kampf durch die seitenlangen Aufgaben beginnen. Ich hatte schon nach der zweiten Seite die Orientierung verloren und konnte mir beim besten Willen nicht vorstellen, wie ich zu einem von Erfolg gekrönten Resultat kommen sollte. Die Minuten verrannen und der anfangs von Mut geprägte Kampfeswille bröckelte langsam dahin. Vier Stunden waren für die Arbeit angesetzt, doch schon nach knapp der Hälfte der Zeit, wanderten meine Augen kaum mehr über das von mir erstellte Manuskript, sondern verloren sich immer öfter in der Tiefe des riesigen Raumes, der schätzungsweise siebzig Meter lang und fünfzig breit war. Ich hatte mich fest dazu verpflichtet, nicht schon als Erster abzugeben und wartete stoisch ab. Nachdem zwei Kommilitonen nach gut zweieinhalb Stunden gleichzeitig aufgesprungen waren und ihre Leistungsnachweise abgegeben hatten, hatte ich mein Versprechen an mich selbst eingelöst und konnte ohne größeren schlechten Gewissens den Test, als Nummer drei von eintausend, der Prüfungsaufsicht überreichen. Ich musste mich ernsthaft hinterfragen, ob das, was ich hin gekritzelt hatte, tatsächlich zum Bestehen der Prüfung ausreichen würde. Zwei Wochen später, die Korrektoren mussten für diese Masse von Arbeiten hart gearbeitet haben, stand das Ergebnis fest. Es hatte ja so kommen müssen. Ich hatte die Prüfung versemmelt. Eigentlich durfte ich mich nicht beklagen, ist doch schon die Annahme, eine Prüfung bestehen zu wollen, wichtige Seminare aber zu schwänzen, ein Selbstmordkommando, das von Anfang an zum Scheitern verdammt sein muss. Einen allzu großen Kopf machte ich mir aber nicht, denn es folgte ja die Sommerpause, in der ich mich sammeln und den weiteren Fortgang meines nicht gerade als Husarenritt zu bezeichnenden Studiums planen konnte.

3

Genussvolles Studentenleben

Der Sommer brach an und mit ihm die für mich schönste Jahreszeit, nämlich die vorlesungsfreie Zeit. Es begannen die Wochen, in denen ich mit meinem Kumpel gern die herrlich gelegenen Biergärten unsicher machte. Regelmäßig saßen wir am großen Duzendteich und genossen über Stunden das goldgelbe Gebräu. Mit zunehmender Dauer des Biergartenbesuches kam es aber häufig zu einer Schieflage im Kosten-Nutzen Bereich, die zwar spät abends noch nicht sonderlich ernst genommen wurde, jedoch am nächsten Tag deutlich, in Form eines unangenehmen Unwohlseins, spürbar war. Gern nutzten wir die Gelegenheit, den im Norden Nürnbergs gelegenen Tucherhof einen Besuch abzustatten. Dort spielten immer wieder Bands, die zum Teil ziemlich verschroben waren. Ich erinnere mich noch genau an eine einheimische Countrytruppe, denen es scheinbar wichtig war, möglichst amerikanisch daher zu kommen. Das Outfit lässig, erinnerte es mich aber eher an manche Kindergeburtstage aus meiner Jugend in der Faschingszeit. Die Plastikpistole im Halfter, den Hut tief in die Stirn gezogen und die Sporen für das nicht vorhandene Pferd festgeklemmt an den geschmacklos verzierten Cowboystiefeln, beeindruckten mich schwer. Die Tatsache, dass sie sich auch noch ihrer erträumten Herkunft veramerikanisierten war der Oberbrüller. Ein Bandmitglied wurde doch tatsächlich mit „Bernd aus Gaulnhofen, Tennessee“ vorgestellt. Auch meine ich mich an „Michael aus Schweinau, Texas“, erinnern zu können. Schon die Vorstellung der Jungs im breiten fränkischen Slang war Comedy vom Feinsten. Gaulnhofen, Schweinau und die anderen Namen können übrigens Stadtteilen Nürnbergs zugeordnet werden. Eines muss man aber der Combo zugutehalten. Auch wenn ich nie der ausgesprochene Countryfan war, ihre Sache machten sie, so gut ich das einschätzen konnte, ordentlich. So professionell zumindest, dass ich nicht auf die Idee gekommen wäre, den Biergarten fluchtartig zu verlassen.

Ab und an traf ich mich auch mit einem Kumpel aus meiner Schulzeit, der hier in Nürnberg die weiterführende Schule für Grafik und Design besuchte. Wir hatten uns schon immer gut verstanden und saßen dann des Abends entweder im Rock Café oder in einem recht zentral gelegenen Schuppen, eine Mischung zwischen Disko und Jugendzentrum, der Name ist mir leider entfallen. In dem Laden war zwar nie etwas los, es lief aber stets klasse Musik. Um die Langeweile zu vertreiben, hatten wir uns ein besonderes Spiel ausgedacht. Man bekam für jeden Titel, den man erkannte, Punkte. Hatte man den finalen dritten Punkt auf seinem Konto, so musste der andere für Biernachschub sorgen. Da wir uns beide mit den meist aus Oldies gespielten Titeln hervorragend auskannten, kam es vor allem darauf an, möglichst schnell zu antworten, bevor der andere einem den Punkt abluchste. Schlussendlich war es meist ein ausgeglichener Kampf, so dass jeder zwei bis dreimal den Weg zum Tresen antreten musste.

Während unserer Schulzeit war mir bei ihm eine eigenartige Gewohnheit bezüglich der Messung von Streckenlängen aufgefallen. Fragte man ihn beispielsweise, wie weit es von ihm zur Schule sei, so beantwortete er es in Zigarettenlängen. Sein Weg von zuhause zur Schule waren drei gerauchte Kippen entfernt, was ein normal Sterblicher aber nicht unbedingt einschätzen konnte. Da ich wusste, dass er ein starker Raucher war, konnte die Entfernung nicht übermäßig weit gewesen sein. Umgerechnet entsprach die Distanz ungefähr eineinhalb Kilometer.

Wie schon erwähnt, traf ich mich einmal pro Woche mit meinem damals engsten Studienfreund, nebst zwei weiteren Kumpels, zum Kartenspiel in einer rustikalen Gaststätte. Sie war nicht weit von meiner Wohnung entfernt. Ich konnte also zu Fuß gehen, so dass keinerlei Gefahr bestand, den letzten Bus nach Hause, zu verpassen. Dieser ärgerliche Umstand trat leider immer wieder ein, wenn wir uns in der Innenstadt trafen. Ich hatte entweder die Uhr nicht im Blick, oder aber mein Alkoholspiegel im Blut war zu hoch, um überhaupt auf die Idee zu kommen, mich pünktlich zu verabschieden. Ein Taxi hätte mir aufgrund der Kosten die nächsten Kneipenbesuche versaut, so wählte ich stets die Alternative mich auf Schusters Rappen gen Heimathaus auf die Socken zu machen.

Es kam die Zeit, als sich meine Vermieter für zwei Wochen von mir verabschiedet hatten, um ihren Urlaub bei ihren Kindern zu verbringen. Nach einer kurzen Unterredung mit ihnen, versprach ich, während dieser Zeit Haus und Hof im Blick zu behalten. Das hieß, immer die

Haustüre abschließen, die Rollläden im Erdgeschoss abends herunterlassen, zweimal die Woche die Blumen gießen, den Garten nach Bedarf wässern und den Müll für die Müllabfuhr bereitstellen. Das alles machte mir überhaupt nichts aus, freute es mich doch, mich zwei Wochen ungezwungen im Haus bewegen zu können und zudem frei von Überwachung zu sein. Auch durfte ich den heimischen Garten benutzen, was ich als noble Geste empfand. Es versprach eine kurze Phase des absoluten Genusses zu werden, die ich nutzen wollte. Das Wetter hatte sich zudem, als ob Petrus seine Hand schützend über mich gehalten hätte, zu einem zweiwöchigen Hoch entwickelt und bescherte mir herrliche Tage. Die Tagestemperaturen waren zwar hoch, doch überschritten sie nur selten die 30° Grad. Es waren wunderbar erträglich frühsommerliche Tage, die ich in vollen Zügen genoss. Ich hatte zwar immer noch Seminare zu besuchen, doch interessierte mich das nicht mehr sonderlich. Mein Tagesablauf hatte sich seit diesem Semester grundlegend verändert. Hatte ich anfangs noch den Willen oder das Bedürfnis gehabt, mich spätestens um 10:15 Uhr zu den prägnanten Vorlesungen einzufinden, so war diese Motivation jetzt leider nicht mal mehr im Ansatz zu erkennen. Warum sollte ich mich für etwas quälen, zu dem ich absolut keinen Bock mehr hatte. Langsam musste ich mir ernsthaft Gedanken machen, dass es so nicht weiter gehen konnte. Schließlich, und das wurde mir von Monat zu Monat immer bewusster, kam ja mein Vater für mein Studium auf. Er bezahlte nicht nur die Bude, sondern er war auch großzügig, was die Nebenkosten betraf. Doch der finanziellen Seite wollte ich mich erst im nächsten Semester stellen. Ich wollte mir nicht meinen derzeitig bequemen Job als Hausmeister vermasseln. Deshalb ging ich wieder zum Tagesgeschehen über. Das hieß gemütlich ausschlafen, Frühstücken und einige Besorgungen machen. Nachmittags fuhr ich mit dem Bus meist in die Stadt. Es war herrlich, sich ohne Stress treiben zu lassen. Trotz allem behielt ich die Universität immer noch fest im Auge und besuchte weiterhin das eine oder andere Seminar. Ich hatte mir schließlich vorgenommen, die BWL-Prüfung im zweiten Anlauf doch noch zu meistern.

Am späten Nachmittag absolvierte ich einen meiner vielen Dauerläufe, die mich in der helleren Jahreszeit meist durch den Lorenzer Reichswald führten. Regelmäßig traf ich auf eine größere Truppe, die dort ihre Kondition festigen oder verbessern wollte. Es war die Bundesliga Mannschaft des 1. FC Nürnberg. Nachdem ich sie passiert hatte, musste ich mir ernsthafte Sorgen um deren Fitness machen. Sie liefen so langsam, dass ich das Gefühl hatte, sie gehörten zu einem Seniorenlauftreff.

Der Montag nach einem Pflichtspiel war immer besonders spannend. Ich fuhr zwar gern mit dem Bus, doch das Straßenbahn fahren war an diesen Tagen die Krönung. Vor allem nach Niederlagen war es köstlich mit anzuhören, wie die Mannschaft oder der Trainer durch den Kakao gezogen wurde. Da war von Versagern die Rede, die zu viel Geld verdienten und die Zuschauer im Stich ließen. Die brachten schließlich einiges Geld in die Kasse des Clubs und hätten daher ein Recht auf Engagement und Tore. Die härtesten Kritiker waren die Rentner, die den Trainer schon zum x-ten Mal entließen, hätten sie nur die Möglichkeit dazu gehabt. Nach den hoch emotionalen Ausführungen, schwelgten sie dann jedes Mal wieder in alten Zeiten. Das waren halt noch Kerle damals in den 60ger Jahren.

Siege hingegen wurden deutlich anders beleuchtet. Es kam große Freude zum Ausdruck, der Trainer hatte natürlich alles richtig gemacht und war plötzlich der gute Junge, der den Geist der Mannschaft zum Leben erweckt hatte. Trotzdem wurde nicht im Überschwang gelobt. Die Rentner schoben meist noch das Wort „wenn“ hinterher, wie zum Beispiel „wenn der Trainer in der zweiten Hälfte umgestellt hätte, so wären ganz sicher zwei Tore mehr gefallen“. Ich hatte riesigen Spaß, den alten Herren zuzuhören, die aber, egal wie das Spiel endete, ihrem geliebten Club niemals den Rücken gekehrt hätten. Ein Cluberer ist und bleibt eben ein Cluberer sein Leben lang. Selbst ein Abstieg aus dem Oberhaus in die 2. Liga ließ die Fans nicht resignieren und auf eine baldige Rückkehr in Liga Eins hoffen.

Abends gab es dann zwei Optionen für mich. Die erste war der Besuch einer Kneipe oder Biergartens mit meinen Kumpels. Hier konnten wir nach allen Regeln der Kunst herrlich über missliebige Professoren ablästern, oder uns über die zahlreichen Besucher lustig machen. Es kam dann schnell zu interessanten Beobachtungen und überaus schmeichelhaften Vergleichen. Ich kann mich noch daran erinnern, den „sieben Minuten Mann“ entdeckt zu haben. Wer dies sein könnte, verschwieg ich meinen Freunden zunächst. Sie sollten selbst auf die Lösung des Rätsels kommen. Die nächsten Minuten wurden also die Köpfe in alle Richtungen gestreckt, um diese ominöse Person aus der Masse herausfiltern zu können. Einer von uns machte seine Sache dermaßen auffällig und ungeschickt, dass sich ein Biergartenbesucher tatsächlich beobachtet fühlte. Es war ein Typ um die dreißig, 1,90 Meter groß, mit der Figur eines Bodybuilders. Ich sah das Unheil kommen, als er sich erhob und unseren Tisch ansteuerte. Sekunden später war er auch schon da und fragte den Glotzer, ob er ein Problem mit ihm hätte. Ich sah, wie sich Schweißperlen auf der Stirn meines Kumpels bildeten. Hochroten Kopfes verneinte er die nicht völlig unbegründete Frage. Er hatte doch nur einen Bekannten gesucht, der schon längst da sein sollte. Das war eine durchaus interessante Ausrede, die zwar nicht stimmte, den Pseudobär im Muckishirt aber zufrieden stellte. Nochmals davon gekommen, wollte ich die Lage entschärfen und beschrieb den von mir ins Spiel gebrachten „sieben Minuten Mann". Es dauerte aber noch eine geschlagene halbe Stunde, bis einer aus unserer Runde das Rätsel lösen konnte. Wir konnten uns vor Lachen kaum mehr auf den Bänken halten. Ich hatte schnell festgestellt, dass dieser Mann, bekleidet mit einer Wildlederjacke, einer viel zu großen Jeans und weißen Slippern, die umgangssprachlich gern auch als Trinkerschuhe bezeichnet werden, sich alle sieben Minuten eine Kippe ansteckte. Wir schmissen uns vor Brüllen weg, während wir diesen armen Kerl beobachteten und unseren Spaß auf seine Kosten machten. Auf die Idee, dass es in unserer Clique auch den einen oder anderen „sieben Minuten Mann" gab, kamen wir nicht. Wahrscheinlich beobachteten uns die gleichen Kindsköpfe und hatten ihre Freude daran, unsere Truppe genauso auseinanderzunehmen, wie wir es bei anderen taten. Zumindest schien es meinem Bewusstsein nicht klar zu sein, dass andere Tische ähnliches Verhalten zeigten wie wir.

Soweit zur ersten Option, wie ich den Abend verbringen könnte. Die Zweite bestand darin, einfach zu Hause zu bleiben. Klingt fürs erste nicht sehr aufregend, kann aber auch seinen eigenen Reiz haben, zumal das derzeit verwaiste Haus meiner Vermieter einen gewissen Beweggrund dafür bot. Für diesen Abend bevorzugte ich diese Alternative, da ich bisher nichts von meinen Kumpels gehört hatte und noch etwas müde und angeschlagen vom letzten Treffen war. Ich wollte einfach einen Gang zurückschalten. Da in der Küche meiner kleinen Wohnung der Backofen nicht besonders zuverlässig und daher das Kochen und Backen nur eingeschränkt möglich war, ergriff ich die Gelegenheit, mich in der Küche der Hauseigentümer etwas näher umzusehen. Ich fand einen Herd vor, der in einwandfreiem Zustand war mit einem tadellos funktionierenden Backofen. Meine zuvor erworbene Fertigpizza war dann, nachdem ich sie mit allerlei Zutaten versehen hatte, fünfzehn Minuten später im Ofen. Für diesen Abend hatte ich mich zudem noch mit genügend Bier, ausnahmsweise Hefe Weizen, eingedeckt. Kaum zehn Minuten später hatte ich die duftende Pizza auf dem Teller und machte mich daran, das Weizen mit einer schönen Krone als Zugabe, diese in mich hinein zu schaufeln. Fertigpizza und Bier. Herz, was willst du mehr. Zumindest hatten meine Kochkünste einiges bewegt. In der ansonsten muffigen Bude herrschte nun ein bedeutend angenehmerer Geruch, bedingt durch die Pizza, durch die eine leicht mediterrane Note durch die Räume im Erdgeschoss zog. Anschließend sah ich mich in den übrigen Zimmern der guten Stube um und entdeckte schnell das Fernsehzimmer, das sich im ersten Stock über dem Wohnzimmer befand. Ich war beeindruckt, ein Fernsehgerät mit einer solch riesigen Bildschirmdiagonale vorzufinden. Meine Eltern hatten zwar auch einen für damalige Zeit großen Fernseher, aber an dieses Gerät konnte er nicht im Geringsten heranriechen. Zudem war das Bild von hoher Qualität. So entschied ich für mich, den Abend vor dieser respektablen Glotze zu verbringen. Die Samstage hatten für mich immer eine besondere Bedeutung, da die Bundesligaspiele stattfanden. Leider war aber schon die Sommerpause angebrochen. Eine Zeit des Horrors für jeden Fußballfan. Auch eine Welt- oder Europameisterschaft stand leider nicht an. Es war das verflixte Jahr 1991. Nach der gewonnen Weltmeisterschaft mit dem Sieg über Argentinien, Andi Brehme hatte den entscheidenden Elfmeter versenkt, kamen also harte Wochen auf mich zu. Das nächste Turnier, die Europameisterschaft, startete leider erst im folgenden Jahr, und würde, das wissen wir heute, mit einer Finalniederlage unseres Teams gegen Dänemark enden. Ein solch kleines Land und dann auch noch den großen Favoriten stürzen. Wie peinlich. Wenn man ehrlich ist, war das Ergebnis aber absolut in Ordnung. Die Dänen waren während der neunzig Minuten das bessere Team und hatten eine mit Top Spielern gespickte Mannschaft. Eine Auswahl von hoch begabten Kickern, die für dieses Land bis über den heutigen Tag hinaus eine Ausnahmeerscheinung bleiben wird. Dies ist zumindest meine Meinung.

Ich hatte die Qual der Wahl, mich für ein erträgliches Programm zu entscheiden. Ich wählte einen Krimi aus, dessen Inhalt mir aber nicht mehr im Gedächtnis ist. Anschließend zappte ich auf den zweiten Kanal und sah mir das aktuelle Sportstudio an. Als Sportfan ein guter Entschluss, auch wenn die fußballlose Zeit nur schwer zu ertragen war und ich mich mit anderen Sportarten herumzuschlagen hatte. Irgendwann musste ich vor dem Fernseher eingeschlafen sein, denn als ich aufwachte, lief nur noch das damals jedem bekannte Testbild. Die jungen Leute heutzutage brauchen sich darüber nicht mehr zu ärgern, können sie doch mittlerweile auf ein 24 Stunden Programm zurückgreifen. Es war einfach eine andere Zeit. Zeiten, in denen man seine Hausarbeiten noch mit der Schreibmaschine anfertigen musste, an einen Computer dachte ich zu dieser Zeit noch nicht. Handys konnten damals kaum ausgemacht werden. Und wenn, dann waren diese dermaßen groß, heute wäre man mit ihnen ein Gespött der Gesellschaft.

Die nächsten Tage konnte ich also aus dem Vollen schöpfen und arbeitete fleißig an meinen Kochkünsten. Es wäre zweifellos eine Schande gewesen, die tadellos funktionierenden Küchengeräte nicht zu nutzen. Zwei Tage vor der angekündigten Rückkehr meiner Vermieter, musste ich mich einem in den letzten Tagen entstandenen Problems stellen. Ich hatte bemerkt, dass sich die Luftverhältnisse im Innern des Hauses deutlich verändert hatten, was auf die Tatsache meines motivierten Kochens zurückzuführen war. So dominierte nicht mehr der einst abgestandene Mief, den man in Haushalten älterer Menschen ab und an ausgesetzt ist. Eine Mischung von Gerüchen kam hinzu, die man eindeutig den verschiedenen, von mir zubereiteten Speisen zuordnen konnte. Konzentrierte ich mich darauf, so nahm ich eindeutig die tags zuvor kross gebratenen Bratkartoffeln mit Zwiebeln wahr, aber auch die Aromen zahlreicher Fertigpizzen mischten sich hinzu. Ich riss erst einmal alle erdenklichen Fenster und Türen auf, um einen Durchzug von frischer Luft zu bezwecken. Nach einer Stunde intensiven Lüftens war das Ergebnis jedoch immer noch nicht zufriedenstellend. Deshalb fand ich es vernünftig, die verbleibenden zwei Abende die bisher stark frequentierte Küche im Erdgeschoss zu meiden und mir oben das Essen zuzubereiten.

Am nächsten Tag folgten weitere Lüftungseinheiten, durch die die geruchliche Ausgangssituation Gott sei Dank so gut wie wiederhergestellt war. Den Tag der Rückkehr meiner Vermieter verbrachte ich außer Haus, zugegeben nicht ohne schlechten Gewissens. Ich wollte nicht, dass mich die Herrschaften schon nach den ersten Minuten ihrer Anwesenheit der feindlichen Übernahme ihrer Küche entlarvten.

Als ich am späten Nachmittag die Tür aufschloss, um mich auf Samtpfoten nach oben in mein Reich zu schleichen, war der Weg leider urplötzlich versperrt. Meine Vermieter. Sollte jetzt die große Abrechnung erfolgen? Ihr Lächeln im Gesicht verriet mir aber, dass der Coup des Dauerlüftens scheinbar Früchte getragen hatte. Und tatsächlich. Meinte ich, die Restaromen meiner Kochwut noch in der Nase zu verspüren, so sah die Sache bei den Rentnern gänzlich anders aus. Sie schüttelten mir überschwänglich die Hand und schienen höchst erfreut zu sein, mich wieder in ihrer Obhut begrüßen zu dürfen. Zurück in ihrem Heim bekam ich die besten Komplimente. Hätten sie einen Orden zur Hand gehabt, sie hätten mich zum Hausmeister des Jahres ernannt. Meine Vermieter waren einfach nur froh, dass ihr Haus in dem Zustand war, wie sie es vierzehn Tage zuvor verlassen hatten. Ich hatte ja auch wirklich die mir auferlegten Arbeiten zuverlässig erledigt, die Tatsache ihre Küche benutzt zu haben, ließ ich unerwähnt. Eine Flasche Rotwein war der Dank für meine Bemühungen, die ich am späten Abend vor meinem Minifernseher vollständig leerte. Mir war ein Stein vom Herzen gefallen, nicht peinlich erwischt worden zu sein. Mit einer durchaus angenehmen Bettschwere ließ es sich wohlig schlummern.

Die folgenden Tage waren geprägt von einer freundlichen, fast schon übertrieben überschwänglichen Atmosphäre. Waren bis vor kurzem nur die Wörter „guten Morgen" oder „schönen Abend" oder „schönes Wochenende" gefallen, so wunderte ich mich neuerdings über die offenherzige Konversation. Plötzlich hatten sie Interesse an meinem Studium und verwickelten mich in Gespräche, die wir bisher so noch nie geführt hatten. Sie rückten mir geradezu auf die Pelle, was mich zwar einerseits nervte, ich aber auf der anderen Seite als nette Geste empfand. Ich hatte das Gefühl, dass sie mich mochten, aber auch den Verdacht, dass sie alles tun wollten, damit ich nicht auszog. Diese Mutmaßung hegte ich schon seit einer Weile, erzählten sie nebenbei immer wieder von ihren Kindern, die seit langem nicht mehr in der Nähe wohnten. Ich hatte allmählich die Vermutung, dass sie tatsächlich in mir ihren Ziehsohn sahen. Das machte die ganze Sache um ein Vielfaches problematischer. Einerseits mochte ich sie und empfand eine ehrliche Empathie, auf der anderen Seite war mein Wunsch auszuziehen, eine schon vor Monaten beschlossene Sache, zumindest was mich betraf. Ich hatte zu diesem Zeitpunkt eine Zusage, ein Zimmer im Studentenwohnheim beziehen zu können und musste mich in den nächsten zwei Wochen entscheiden. Die Zimmer in den Studentenunterkünften waren beliebt und die Bewerber standen dafür Schlange. Günstig und mit Gleichgesinnten zu wohnen, zu essen, und zu diskutieren, waren Motivation genug, sich um eines dieser Zimmer zu bemühen. Am Geld sollte es nicht scheitern. Ich zahlte, besser mein Vater, zweihundert Mark für meine Wohnung nahe dem FCN-Gelände, einer absoluten Top-Lage nähe Dutzendteich und Lorenzer Reichswald. Die Lage hätte für mich nicht besser sein können. Ein Witz eigentlich, um zu kündigen. Es war doch eine 2-Zimmer-Wohnung vom Feinsten + Bad + Küche und dazu noch alles für mich alleine. Zudem war ich kein großer Fan von Wohngemeinschaften und wollte meine Ruhe haben. Und das bis zum heutigen Tag. Doch nach über zwei Jahren suchte ich eine neue Herausforderung. Ich wollte ja schließlich nicht bis zum Ende des Studiums bei Oma und Opa bleiben und Small-Talk führen.

Ich kannte die Studentenbuden von Bekannten. Jeder hatte sein neun Quadratmeter großes Zimmer, Gemeinschaftsküche, Bad und Toilette, ähnlich wie man es auf Campingplätzen vorfindet. Zwar nicht grundsätzlich mein Ding, aber es war an der Zeit zu gehen. Doch wie sollte ich das den guten Menschen verklickern, die schon jenseits der achtzig Jahre waren. Mir kam sogar zu Ohren, dass Herr S. vor wenigen Tagen seinen 85sten Geburtstag gefeiert hatte. Ich musste also äußerst sensibel vorgehen, um sie nicht zu enttäuschen oder gar zu verärgern. Da manche Menschen zur Feigheit neigen, verkroch ich mich zunächst in mein Schneckenhaus und wartete ab. Zwei Wochen waren ja durchaus eine Zeit, um unangenehme Entscheidungen von einem auf den nächsten Tag zu verschieben. Nach einer Woche des Wartens war mir aber bewusst, dass ich der Wahrheit ins Gesicht blicken sollte. Ich musste mich dieser unangenehmen Situation stellen und meinen Vermietern reinen Wein einschenken. Meine Strategie war noch nicht eindeutig und ich ließ alles auf mich zukommen. Vielleicht sollte ja in der Spontanität der Erfolg liegen.

Es war ein heißer Tag im Juli. Ich nahm allen Mut zusammen und stellte meine Vermieter, die im Vorgarten zu Gange waren. Es war schwierig, für mich einen Gesprächsansatz zu finden, um nicht zu sagen, ich druckste hilflos herum. Mein betagter, aber immer noch rüstiger Vermieter erkannte schnell, dass etwas im Busch war. Bevor ich meine Absicht des Auszugs überhaupt formulieren konnte, war er schon zur Stelle und sagte nur: „Sie wollen ausziehen!" Den prägnanten Satz sprach er nicht etwa mit einem Fragezeichen aus, sondern es war ein klarer und eindeutiger Ausruf der Empörung. Er war mir zuvorgekommen. Ein 85-Jähriger hatte schon seit längerem das aufziehende Unheil verspürt und es mir nun knallhart auf dem Gehweg vor dem Haus um die Ohren gehauen. Der Mann war konsterniert und nur noch einsilbig, sah den Müllbeutel, der an meinem Handgelenk baumelte, riss den Deckel der Tonne auf und verschwand ohne weitere Bemerkung ins Haus. Ich fühlte mich beschissen. Zumindest musste ich mir nun keine geeignete Ausrede bezüglich des Auszuges mehr einfallen lassen. Das Thema hatte sich erledigt.

Die nächsten Wochen bis zu meinem Auszug verliefen recht unspektakulär. Die Konversation zwischen uns war praktisch eingestellt worden und ich hatte das Gefühl, dass mir meine Vermieter aus dem Weg gingen. So kam es dann an besagtem Tag zu einer eher emotionslosen Schlüsselübergabe und Verabschiedung. Sie taten mir irgendwie leid, doch konnte ich keine Kompromisse mehr machen. Die Würfel waren gefallen. Meine nur spärlichen Einrichtungsgegenstände hatte ich schon die letzten Tage in mein neues Domizil überführt und war gespannt auf meine Mitbewohner vom fünften Stock. Nach einer kurzen Begrüßung durch einen meiner Meinung nach überaus skurrilen Philosophiestudenten, wurde ich den restlichen Mitgliedern der Groß-WG vorgestellt. Die meisten waren mir auf Anhieb sympathisch, ein paar konnte ich nicht wirklich einschätzen. In den nächsten Tagen und Wochen hatte ich aber genügend Zeit, mir ein genaueres Bild meiner Mitbewohner zu machen. Mein Zimmernachbar, ein Hüne von gut 1,90 Metern, studierte an einer Fachhochschule Betriebswirtschaft. Täglich kam er gegen 16:00 Uhr nach Hause und drehte als erstes seine Musikanlage derart auf, dass mein Bücherregal zu vibrieren begann. Mit Beginn des Songs „Vision Thing" von der Band „Sisters of Mercy" war dann die Ruhe vorbei und ich musste alle Aktivitäten, die konzentriertes Arbeiten notwendig machten, einstellen. Selbst an Lesen war nicht zu denken. Immerhin hatte er mit seiner allgemeinen Liederauswahl bei mir voll ins Schwarze getroffen, was die ganze Sache erträglicher machte.

Es gab aber auch die eher unangenehme Sorte von Studenten, die sogenannten Schnorrer. Diese Spezies zeichnet sich dadurch aus, dass sie entweder zu faul oder zu geizig sind, sich selbst mit Fressalien zu versorgen und in dreister Weise die Inhalte der Kühlschränke plündern. Das war durchaus ärgerlich und traf mich schon in der ersten Woche meines Aufenthalts. Abgekämpft von zwei Dutzendteichrunden, also ungefähr zwölf Kilometer, freute ich mich schon auf das Abendessen. Ich hatte mich tags zuvor extra mit frischem Feldsalat und einer Dose Thunfisch eingedeckt. Mit grünen Oliven, Zwiebelringen und ein paar Tomaten, wollte ich mir nach dem harten Dauerlauf die wohlverdiente Belohnung anrichten. Der Feldsalat war schnell geputzt, doch musste ich zu meiner großen Verwunderung feststellen, dass dort wo sich am Morgen noch das Olivenglas und der Thunfisch befanden, gähnende Leere herrschte. Selbst mein Vorrat an Zwiebeln war auf geheimnisvolle Weise von drei auf eine geschrumpft. Die Suche nach den von mir alles geliebten Zutaten für diesen herrlichen Salat, stellte ich dann nach wenigen Minuten resigniert ein. Es ärgerte mich maßlos, doch einen Dieb konnte ich nicht ausmachen. Jede Person, die die Küche betrat, bekam die gleiche Frage von mir gestellt. „Hast du meinen Thunfisch gesehen oder hat vielleicht jemand aus Versehen zugegriffen?" Die kurze und knappe Antwort war leider immer die gleiche. Keiner konnte ermittlungsrelevante Hinweise zu diesem Verbrechen geben. Da ich niemanden falsch verdächtigen wollte, schluckte ich die bittere Pille und es gab letztendlich die abgespecktere Salatvariante.

Von einem weiteren komischen Kauz muss ich natürlich noch berichten, den ich vorher bereits kurz erwähnt hatte. Der Philosophiestudent. Ich hatte schnell erkannt, dass er zu jeder Zeit der Sinnfrage hinterherjagte und jede erdenkliche Gelegenheit suchte, andere ins Gespräch zu verwickeln. Meist mündeten diese in längere Diskussionen. Sah ich diese Person in der Küche oder im gemeinschaftlichen Wohnzimmer, so trat ich meist den Rückzug an. Ich hatte einfach keinen Bock auf Diskussionen über den Sinn des Lebens. Einmal hatte er aber auch mich überrascht und sich lästigerweise zu mir mit an den Tisch gesetzt. Meine Ruhe war dahin, befürchtete ich. Anfangs war der Knabe ja noch ganz friedlich. Doch was nun folgen sollte, übertraf alles, was sich ein rational denkender Mensch in seinen kühnsten Träumen hätte vorstellen können. Ich wunderte mich schon, warum er meine neunundneunzig Pfennig Packung Vollkornbrot in den Händen hielt und sie fokussierte. Die Frage, die er an mich stellte, überforderte mich zunächst, da ich in ihr keinen Sinn sah. Er fragte doch tatsächlich, ob ich beim Verzehr meines Brotes nicht heimatliche Gefühle verspüre. Heimatliche Gefühle? Mein fragender Gesichtsausdruck war ihm natürlich nicht entgangen, so dass er ohne Umschweife die Antwort hinterher schob. Das Brot, das ich in diesem Moment verspeise, sei doch in meiner Heimatstadt hergestellt worden. Jetzt begriff ich. Das Unternehmen „Zimmermann Toast" fertigte tatsächlich dieses Brot in meiner Heimatstadt. Doch hatte ich zu der Firma keine emotionale Verbindung. Ich musste ihm leider eine Absage erteilen bezüglich der heimatlichen Gefühle. Es war für mich ein stinknormaler Vorgang, mein Verlangen nach Nahrungsaufnahme zu befriedigen. Er ließ nicht locker und brachte Beispiele aus der Lebenswelt von Menschen, die mir durchaus einleuchteten. Dass ein Mercedesfahrer aus Stuttgart sich mit dem Daimlerkonzern identifizieren könne sah ich ja noch ein. Auch der Tatsache, dass Hamburger Bürger nah an der Mannschaft des HSV sein konnten, widersprach ich nicht. Aber dass ich mir etwas auf mein Vollkornbrot einbilden könne, das man in jedem Supermarkt Deutschlands kaufen kann, ging dann doch etwas zu weit. Jedenfalls wäre ich auf diese absurde Idee niemals gekommen. Gott sei Dank versandete das Gespräch nach einigen Minuten, da er sich ein neues Opfer ausgesucht hatte. Diese Zeit nutzte ich, um mich schnellstens zu verdrücken. Eines hatte er aber bei mir erreicht. Jedes Mal, wenn ich dieses Vollkornbrot verzehre, muss ich an die heimatlichen Gefühle denken.

Ich hatte mich im Studentenwohnheim gut eingelebt und verbrachte tatsächlich ein bis zwei Stunden pro Tag mit Lernen. Dies konnte als außergewöhnliche Leistung angesehen werden. Was blieb mir aber auch anderes übrig, denn in Kürze standen die Wiederholungsklausuren in den Fächern Informatik und Betriebswirtschaftslehre an. Die fehlgeschlagene Prüfung in Informatik, war im Nachhinein als nichtig angesehen worden. Mehrere Studenten hatten sich nämlich die Prüfungsergebnisse näher angeschaut und festgestellt, dass über achtzig Prozent der Prüflinge durchgefallen waren. Die Verantwortlichen für die Prüfung waren mit dieser Tatsache konfrontiert worden und hatten schließlich klein bei gegeben. Die Prüfung war als zu schwierig anerkannt worden und durfte von jedem der Durchgefallenen erneut und vor allem als Versuch Nummer eins geschrieben werden. Keiner musste also Angst haben, seinen letzten Versuch zu starten. Ich hatte diesmal ernsthaft das Bestreben, die Prüfung zu bestehen und griff zu einem notwendigen Mittel. Der Erwerb der gefürchteten „Stahlknecht-Bibel" sollte mich fit machen. Eine schreckliche Prüfungsliteratur, der ich mich stellen musste. Es war harter Tobak sich durch dieses Werk zu kämpfen. Aber meine Tapferkeit, nicht zu resignieren, muss man mir im Nachhinein hoch anrechnen. Der Andrang am Prüfungstag war enorm. Jeder wollte seine Chance nutzen. Die Aufgaben, die uns erwarteten, waren, meiner Einschätzung nach, als „machbar" einzustufen. Aus dem „Stahlknecht" hatte ich mir einiges Wissen herausgezogen und eingeprägt. Es war das Wissen, dass sich im Kurzzeitgedächtnis verankert hatte und nicht lang Bestand haben sollte. So hatte ich es ja auch geplant.

Diesmal schöpfte ich die Zeit bis zum Ende aus. Die Note 4, die dabei herausgesprungen war, gab mir dann den nötigen Auftrieb und die Motivation, mich in den letzten Wochen bis zur finalen Prüfung der Betriebswirtschaftslehre richtig reinzuknien. Es war zwar hart, aber ich sah keine andere Möglichkeit, der folgenschweren Exmatrikulation zu entgehen. Je näher der Prüfungstag heranrückte, desto nervöser und unorganisierter wurde ich. Ich hatte Probleme, den zu lernenden Stoff für mich zu strukturieren. Am Tag vor der Prüfung hatte ich alle Lehrwerke von meinem Schreibtisch verbannt, da ich meinen jetzt schon leicht verwirrten Geist nicht noch mehr verunsichern wollte.

Die Stunde der Wahrheit schlug an. Kein Zurück mehr und ab durch den Wust der Prüfungsaufgaben. Mit diesem Motto ging ich die

Prüfung an, kam aber schnell an die Grenzen meiner Möglichkeiten. Ich musste feststellen, dass ich bei meinen Vorbereitungen einigen Inhalten zu wenig Aufmerksam geschenkt hatte. Im Nachhinein ein fataler Fehler. Ich kämpfte aber bis zum Schluss. Nach Abgabe meiner Aufzeichnungen verspürte ich zwar Erleichterung, aber auch eine vollkommen geistige Leere. Ich nahm nicht etwa die S-Bahn um von der Messehalle zurück in die Stadt zu fahren, sondern ging zu Fuß, entlang des großen Dutzendteichs Richtung Studentenwohnheim. An der Tribüne des Zeppelinfeldes angekommen, legte ich eine Pause ein und stärkte mich mit Currywurst und einer gekühlten Flasche Bier von der dort stationierten und stark frequentierten Imbissbude, der ich fünfzehn Minuten später eine zweite folgen ließ. Einfach herrlich, Currywurst und Bier. Ob ich die Prüfung bestanden hatte, war mir in diesem Augenblick scheißegal. Der letzte Leistungsnachweis für dieses Semester war abgehakt und ich hoffte, das Vordiplom dann in der Tasche zu haben. Immerhin eine wichtige Zwischenstation für den weiteren Verlauf des Studiums.

Doch leider sollte ich mich täuschen. Die Ergebnisse, die zwei Wochen später am schwarzen Brett der Uni zur Einsicht bereitstanden, trafen mich dann doch mehr, als ich es mir eingestanden hätte. Ich musste dreimal hinsehen, um mich von der Wirklichkeit zu überzeugen. 120 Punkte hatte man erreichen können. 61 Punkte benötigte man zum Bestehen der Prüfung. Das musste doch reichen. Aber warum um alles in der Welt stand hinter meinem Namen die Zahl 59? Es musste ein Druckfehler sein. Doch es war leider keiner. Wieder einmal hatte die unumkehrbare Korrektur zugeschlagen und mir die gnadenlose Realität meines Versagens vor Augen geführt. Hätte mein Engagement dem der Prüfungsvorbereitungen vergangener Semester entsprochen, so hätte ich klein beigegeben und mich nicht geärgert. In diesem Fall war die Sachlage aber eine andere. Ich hatte Durchhaltevermögen gezeigt und hätte nach meiner Ansicht die 61 Punkte verdient gehabt. Aber alles wenn und aber nutzte nichts. Fest stand, dass ich es verkackt hatte und ich mir ernsthaft Gedanken über meine Zukunft machen musste. Ich hätte zwar noch einen Antrag stellen können, die Prüfung nochmals zu wiederholen, aber ich hatte die Schnauze voll von diesen theoriegeschwängerten Fächern. Es war aus und vorbei. Immerhin konnte ich mir einreden, nicht der erste zu sein, der gescheitert war.

4
Neustart

Nach einigen Wochen des Rumhängens, nisteten sich konkretere Pläne in meinem Kopf ein. Da meine damalige Freundin an der Pädagogischen Hochschule in Ludwigsburg für das Lehramt Realschule studierte, konnte ich mir vorstellen, mich dort für ein Studium einzuschreiben. Ich hätte also zwei Fliegen mit einer Klappe geschlagen. Zum einen die derzeitige Wochenendbeziehung zu beenden und zum anderen meine erworbenen Zertifikate sinnvoll einzubringen. Bis zum Beginn des Studiums hatte ich noch ein halbes Jahr Zeit, was mir nicht ungelegen kam. Bis zum Auszug aus dem Studentenwohnheim konnte ich also geschlagene drei Monate abhängen und mich mehr meinen Freunden widmen. Ausgiebige Kneipengänge selbstverständlich inbegriffen.

Der Sommer ging vorüber und es stand ein Tapetenwechsel an. Ich hatte mich dazu durchgerungen, das Studium in Ludwigsburg in Angriff zu nehmen. Ich speckte dafür ab, das hieß von Gymnasium auf Grund- und Hauptschule umzusatteln, was mir persönlich nichts ausmachte. Der gymnasiale Weg war mir ja aufgrund meines bescheidenen Engagements versperrt. Ich hatte die Möglichkeit gehabt, mich für den Realschul- oder den Grund- und Hauptschulgang zu entscheiden. Letzterer war dann mein endgültiger Entschluss. Warum ich diese Entscheidung gefällt hatte, kann ich bis zum heutigen Tag nicht eindeutig begründen. Vielleicht lag es daran, dass man für den Grund- und Hauptschulgang ein Fach weniger studieren musste und das gesamte Studium somit zwei Semester kürzer angesetzt war, was wiederum ein Indiz für meine Bequemlichkeit gewesen wäre.

Das Einschreiben an der PH, wie sie von allen genannt wird, war nur eine Formalität. Die Auswahl der zu studierenden Fächer war für meinen Bereich etwas einfacher zu handhaben, als die des Realschulwegs. Da der Anfangsunterricht verpflichtend war, musste ich nur noch zwei Fächer bestimmen, die ich mir zumuten sollte. Das Erste war das damals noch unter dem Namen „Heimat- und Sachunterricht“ bekannte Fach. Als Zweites wählte ich die Mathematik, hatte ich doch von der Uni schon zwei Scheine in der Tasche, die ich gewinnbringend einlösen wollte. Pustekuchen. Der verantwortliche Professor für Mathe gab mir deutlich zu verstehen, dass mir, trotz der Scheine in linearer Algebra, Analysis und sogar Statistik, die pädagogischen Zugänge fehlten. Ich diskutierte mit ihm, zeigte ihm die Literatur und Leistungsnachweise, doch wollte der sture Bock weder einsehen noch meine Leistungen anerkennen. Ich fand und finde dies, bis zum heutigen Tag, eine Frechheit. Ich wusste, dass ich einiges für die erfolgreich abgelegten Prüfungen getan hatte und sah es nicht ein, zwei weitere Semester für die gleichen Inhalte, die ich ja vorweisen konnte, nochmals aufzubringen. Das Ende der Diskussion war dann, dass ich mich von der Mathematik abwendete. Jetzt musste ich mich um ein neues Fach kümmern und machte eine neunzig Grad Wendung. Aus Trotz wählte ich das Fach der Religionspädagogik. Jeder der mich kennt, hätte das nie für möglich gehalten und als Witz abgetan. Ich empfand es übrigens selbst etwas befremdlich, hatte aber grundsätzlich kein Problem damit. Immerhin entstamme ich einer evangelischen Familie, bin getauft, durchlitt zeitweise die Kinderkirche, nahm am Religionsunterricht teil und war ein zuverlässiger Konfirmand.

Die Suche nach einer geeigneten Wohnung musste ich zunächst nicht forcieren, wohnte ich doch bei einem Freund in Stuttgart und dieser hatte kein Problem damit, mir Unterschlupf zu gewähren. Er besitzt eine wunderschöne Maisonette Wohnung im Stadtteil Feuerbach. Von der Lage ein Leichtes, die Hochschule per S-Bahn zu erreichen. Meinen Freund kann man als liebenswerten Kauz bezeichnen. Großzügig, liberal und loyal. Als Mitbewohner zahlte ich im Monat einhundert Mark. Eine lächerliche Summe, in Anbetracht dessen, dass er die Köstlichkeiten für das Abendbrot gern mit mir teilte, und ich auch keine anderweitigen Nebenkosten zu tragen hatte. Er besaß wie ich kein Telefon. Wenn ich mich also mit einem meiner Kumpels treffen wollte, suchte ich die nächste Telefonzelle auf. Kein Problem, auch wenn ich manches Mal völlig durchnässt zurückkam, weil sich genau während dieser Zeit Starkregen über Stuttgart entlud.

Als ausgewiesener Fan des Sports, konnte man herrlich mit ihm diskutieren. Ob Leichtathletik, Wintersport oder VfB Stuttgart, denen wir beide nahe standen, es ergab sich immer ein Gespräch, das des Öfteren in einem Streitgespräch seinen Abschluss fand. Langweilig wurde es mir zumindest nie, was mir gefiel.

Grundsätzlich fühlte ich mich wohl in Feuerbach, doch hatte ich bald das Bedürfnis, mit meiner Freundin zusammen zu wohnen. Es dauerte nur ein halbes Jahr, bis wir unsere gemeinsame Wohnung in einem Teilort von Ludwigsburg beziehen konnten. Die Bude war nicht die gemütlichste, für den Anfang aber soweit in Ordnung. Die Vermieter wohnten zwar im gleichen Haus, was durchaus ein Argument gewesen wäre, sie nicht zu mieten, doch war es unsere erste Bleibe und wir freuten uns darauf. Auch war der Wohnungsmarkt mittlerweile stark frequentiert und unsere finanziellen Mittel begrenzt, so dass ein vier Sterne Appartement von vornherein nicht infrage kam.

Die Wohnung hatte einige Haken, die wir aber erst nach ein paar Wochen bemerkten. Der erste war, wie schon erwähnt, dass die Vermieter wieder einmal mit im Haus wohnten. Nicht gut. Zweitens hielten sie einen Papagei in einem Minikäfig in deren Küche. Leider befand sich dieser nicht in ihrer Wohnung, die im Obergeschoss war, sondern eine Etage tiefer auf unserer Ebene. Mir war bis dahin nicht klar, wie viel Lärm so ein Vogel machen kann. Und dieser Scheißer machte wirklichen Lärm. Lärm, den keiner von uns länger ertragen konnte und wollte. Nach einer von mir freundlich vorgetragenen Bitte, deckten sie tatsächlich nachts den Käfig mit einem Tuch zu. Unser Schlaf war ab diesem Zeitpunkt gerettet. Unsere Vermieter waren, würde man sie der Fanszene des Fußballs zuordnen, die Ultras vom FC Spießhausen, was letztendlich auch der Anlass für unseren späteren Auszug war. Im Nachhinein könnte ich mich totlachen, damals empfand ich es als nicht besonders witzig.

Meine ersten Tage an der PH waren geprägt von Chaos. Die Suche nach den Räumen der einzelnen Seminare wurde zu einer der größten Herausforderung für mich. Viele Kurse waren überbelegt, so dass man diese auf das nächste Semester verschieben musste. Es war also ein ständiger Kampf, rechtzeitig anwesend zu sein, um sich einen der begehrten Plätze zu ergattern. Ich wollte unbedingt etwas in Biologie belegen und fand tatsächlich einen Vorlesungssaal, der, ich konnte es kaum glauben, nur dürftig besucht war. Selbstbewusst platzierte ich mich mittig im Saal, um dem Professor möglichst gut folgen zu können. Immerhin hatte ich mir vorgenommen, den zweiten Anlauf eines Studiums ernsthafter anzugehen. Umrahmt wurde ich von etwa zwanzig Studenten, von denen ich bisher keine Notiz genommen hatte. Einige warfen mir irritierte

Blicke zu und begannen miteinander zu tuscheln, was mir bald verdächtig vorkam. Als auch noch der Professor das Wort an mich richtete und fragte, aus welchen Gründen ich mich hierher verloren hätte, ahnte ich schon, dass meine Daseinsberechtigung in Kürze zuende gehen sollte. Ich ließ mich aufklären, in einem Hauptseminar zu sitzen. Um weiterhin der Vorlesung folgen zu dürfen, hätte ich ein erfolgreich abgeschlossenes Grundseminar vorweisen müssen, was ja nicht der Fall war. War mir das peinlich. Mit hochrotem Kopf stolperte ich über die Sitze der anwesenden Studenten, denen eine gewisse Schadenfreude anzusehen war.

Nach einigen Wochen hatte ich mich aber an das neue Studentenleben gewöhnt und den Ablauf zumindest so durchschaut, dass ich das Gefühl hatte, meinen Platz gefunden zu haben. Und dann immer wieder die gleiche Frage, die ich mir stellte. Warum tust du dir das Ganze an? Gibt es denn keinen anderen Beruf als den des Lehrers? Scheinbar nicht, sonst hätte ich mich nach dem Nürnberger Desaster in eine andere Richtung orientiert. Kurzum, ich hatte einfach keine bessere Idee. Ich ließ es laufen und im Wissen, dass die Seminare und Kurse verpflichtend waren, glänzte ich durch meine Präsenz. Es war eine ganz neue Erfahrung, sich in Anwesenheitslisten eintragen zu müssen. Ich denke, dass dies ein Grund meines Scheiterns an der Universität war. Mal hier reinschauen, mal dort sich kurz blicken lassen, um es dann doch nach einigen Wochen wieder schleifen zu lassen und gegen Ende des Semesters vollkommen von der Bildfläche zu verschwinden. Es brauchte eine klare Ansage, quasi wie ein Schüler, der stets seinen Stundenplan vor Augen hat.

Meinen peinlichen Auftritt im Biologie-Hauptseminar, hatte ich längst verkraftet und zu meiner Freude sogar noch den Sprung in den schon seit zwei Wochen laufenden Grundkurs geschafft. Er wurde von einem Professor geführt, der streng darauf achtete, dass wir etwas für den künftigen Schulalltag mitnehmen konnten. Was er im Laufe des Semesters von uns verlangte, fand ich richtig klasse. Er wollte uns nicht bei einer Klausur schwitzen lassen, sondern packte die Sache aus der pädagogischen Sichtweise an. Ich musste bis zu einem bestimmten Zeitpunkt ein Herbarium abgeben. Aufgabe war, soweit ich mich erinnern kann, mindestens fünfzehn unterschiedliche Blätter einheimischer

Bäume zu sammeln und zu bestimmen. Zudem verlangte er die zugehörigen Früchte. Diese Arbeit hatte mir unwahrscheinlich Spaß gemacht. Ich war überrascht, mit welchem Eifer ich bei der Sache sein konnte, und was für eine Vielfalt an Pflanzen in unserer unmittelbaren Umgebung wuchs. Während meiner ausschweifenden Spaziergänge wurde mir bewusst, wie blind ich doch bisher durch die Landschaft geeiert war. Ich hatte zwar schon in Nürnberg Seminare erfolgreich absolviert, doch keines hatte mich bisher wirklich interessiert. Mir hatte doch tatsächlich etwas richtig Spaß gemacht.

Es gab fähige Professoren, von denen mir einer noch gut im Gedächtnis geblieben ist. Es war der Mann für die Religionspädagogik. Da das Fach bei mir aus der Not heraus geboren war, wusste ich nicht, ob ich einen entsprechenden Zugang finden würde. Es hatte sich herumgesprochen, dass dieser Professor für den morgigen Tag eine Vorlesung abhalten sollte. Also raffte ich mich auf, um Näheres in Kenntnis zu bringen. Mir fiel auf, dass extrem viele Studenten die gleiche Richtung eingeschlagen hatten wie ich. Es durfte nicht mehr weit sein, als ich plötzlich vor einer Menschenmenge von mindestens zweihundert Personen stand. Alle wollten scheinbar dem gleichen Vortrag des mir unbekannten Mannes beiwohnen. Noch war ich skeptisch, hatte mir aber trotz der vielen Leute einen Sitzplatz sichern können. Mit zehnminütiger Verspätung kam ein bärtiger Mann die Treppen heruntergehastet, leicht nach vorn gebeugt, die Schultern verkrampft hochgezogen, um seinen Platz vor der großen Tafel einzunehmen. Bislang war ihm nicht aufgefallen, dass mindestens zehn Seiten des Manuskripts verstreut auf der Treppe lagen. Hektisch nestelte er in den Taschen seines Sakkos, um an seine Brille zu gelangen, setzte sie sich umständlich auf die Nase und begann die Unterlagen zu sortieren. Irgendetwas schien er zu vermissen, schaute er doch überaus nervös um sich. Die scheinbare Hilflosigkeit wurde abrupt unterbrochen, als ein netter Student auf ihn zukam und ihm die verlorenen Manuskripte reichte. Er wirkte sichtlich erleichtert und startete mit seinem Vortrag. Er legte solch ein erzählerisches Feuerwerk über die zu Zeiten Jesu gängige Praxis der Kreuzigung hin, dass es mir ganz anders wurde. Als er mit seinem Vortrag schloss, schaute ich ungläubig auf meine Uhr und stellte fest, dass der Bursche tatsächlich neunzig Minuten referiert hatte, und war zutiefst dankbar, solch einen kurzweiligen Vortrag erlebt zu haben. Ab diesem Zeitpunkt hatte diese Vorlesung bei mir Kultstatus. Zukünftig sollte ich keine einzige Vorlesung des erzählerischen Künstlers mehr verpassen.

Einen weiteren Dozenten empfand ich außerdem als extrem lässig, trotz seines fortgeschrittenen Alters. Er lehrte die allgemeine Pädagogik. Die Coolness bezog sich zwar nicht auf die Vorlesungen, die etwas trocken daherkamen, doch verblüffte er mich umso mehr, während wir unsere schriftliche Prüfung abzulegen hatten. Ich hatte mir einen satten Spickzettel angefertigt, der jedoch gar nicht zum Einsatz kam. Nachdem die Klausuren verteilt worden waren, verabschiedete er sich mit der Bemerkung, die fertigen Leistungsüberprüfungen bis zu einem bestimmten Zeitpunkt auf dem Pult abzulegen. Wer länger brauche, könne die Arbeit unter der Tür seines Dienstzimmers schieben. Das fand ich schon krass. Die Quote der durchgefallenen Prüflinge ging logischerweise gen Null.

Erstaunlicherweise ging mir das neue Studium bisher leicht von der Hand. Mit Beginn des zweiten Semesters wurden ich und meine Kommilitonen aber dann doch ins kalte Wasser geworfen. Es stand das erste Tagespraktikum an. Das hieß, dass zwei bis drei Studenten mit ihren Professoren einmal in der Woche, für mich war es der Dienstag, sich an einer uns zugewiesenen Schule treffen und unterrichten mussten. Die einzelnen Themen waren zuvor im Seminar besprochen und vergeben worden.

Vor meiner ersten Stunde, die ich vor einer vierten Klasse halten sollte, hatte ich ziemlichen Bammel und war furchtbar nervös. Mir war das Thema „vom Brief zum Empfänger“ zugeteilt worden. Ein Inhalt, der heutzutage im Lehrplan so nicht mehr zu finden ist. Die Vorbereitung auf diese Unterrichtsstunde kostete mich geschlagene drei Tage. Und das für geschissene fünfundvierzig Minuten. Ideen hatte ich Gott sei Dank genug und machte mich ans Werk, um einen möglichst guten Eindruck zu hinterlassen. Ich wälzte Schulwerke, machte Kopien von Bildern und erstellte diverse Arbeitsblätter. Was für ein Wahnsinn. Heute würde ich mir solch eine Stunde mit dem vorgegebenen Inhalt aus dem Ärmel schütteln. Ich würde überhaupt an meine zeitlichen Grenzen stoßen, müsste ich jeder Unterrichtsstunde so viel Zeit und Aufmerksamkeit schenken.

Als ehemaliger Briefmarkensammler hatte ich ja die ganze Bandbreite an Heinemann Briefmarken zur Hand. Schon in den siebziger Jahren sammelte ich, tauschte und bestellte Briefmarken, damals noch per Post. Es war jedes Mal Spannung pur, den Brief zu öffnen und nachzusehen, welche Schätze mir zugeschickt wurden. Und immer wieder Heinemann. Heinemann in allen Farben. Ich hätte sie beinahe bis zur Decke meines Kinderzimmers stapeln können, so viele Heinemann Briefmarken hatte ich angesammelt. Mein Opa, der schon weit über achtzig Jahre alt war, hatte einen Tipp bekommen, was er mir als Kind zum Geburtstag schenken könnte. Neben dem obligatorischen zwanzig Mark Scheinchen steckte er mir einen weiteren Umschlag zu. Briefmarken. An die fünfzig hatte er für mich fein säuberlich im Wasserbad von den Briefumschlägen oder Postkarten gelöst, sie getrocknet und gepresst. Nun folgte die Bescherung. Etwa die Hälfte dieser Briefmarken war mit dem Abbild von Gustav Heinemann versehen. Na toll. Andere hatten einen ähnlich häufig porträtierten Staatsmann zum Thema. Es war der indonesische Staatspräsident und Despot Suharto, ein Diktator, der aber keinesfalls mit dem Demokraten Heinemann zu vergleichen war. Heinemann und Suharto waren also frei von Wert, die restlichen Briefmarken ebenfalls in der Kategorie unspektakulär einzuordnen. Trotz allem war es eine überaus nette Geste meines Opas, über die ich mich sehr gefreut habe.

Ein Dalli-Klick Puzzle als Einstieg und Motivation, hatten mir die nötige Sicherheit gegeben, selbstbewusst aufzutreten und die Stunde ohne Zwischenfälle fortzusetzen. Die Schüler hatten die Aufgabe, Briefumschläge zu falten und mit einer Briefmarke zu bekleben. Natürlich durften Adressat und Absender nicht fehlen. Den Inhalt für das Briefchen sollte sich jeder selbst überlegen. Es funktionierte, und das auch noch in meiner ersten zu haltenden Stunde. Mir fiel ein Stein von Herzen. Ich wunderte mich nur, dass unser Professor, ein älterer konservativer Vertreter seiner Zunft, uns anschließend ermahnte, doch als autoritäre Person aufzutreten. Ihm missfiel nämlich, dass die Schüler uns duzten und uns diese Tatsache nichts auszumachen schien. Wir diskutierten heftig über das für und wider, aber er ließ sich nicht von seiner Meinung abbringen. Die Schüler sollten einen gewissen Respekt und vor allem Distanz zum Lehrer bewahren. Damals hatte ich, als „werdender Lehrer“, eine andere Meinung, würde dem guten Mann aber heute in allen Punkten Recht geben. Ich war einfach noch zu unerfahren, um die Sachlage einschätzen zu können. Die Erfahrung, eine Stunde vor einer Klasse absolvieren zu dürfen, barg eine wichtige Erkenntnis für mich. Anfangs unsicher, war ich mit zunehmender Dauer der Stunde immer sicherer geworden und hatte abschließend eine positive Rückmeldung von meinem Professor erhalten. So könnte es meiner Meinung nach weitergehen.

Und es lief genauso, wie ich mir es erträumt hatte. Fleißig Seminare besuchen und den Blick nach vorn gerichtet, ging ich das weitere Studium an. Ich sah endlich einen Sinn, in dem, was ich machte. Und die praktische Seite blieb nicht auf der Strecke. Ein weiterer Vorteil der Pädagogischen Hochschule gegenüber einer Uni.

Im weiteren Verlauf musste jeder Student ein dreiwöchiges Praktikum an einer Schule absolvieren. Ich entschloss mich, es in meiner Heimatstadt durchzuführen. Meine Mentorin war eine tolle Frau, die mich an die Hand nahm. Das bedeutete, dass sie mich nicht überforderte und mir Zeit gab zu hospitieren. Nach einiger Zeit der Eingewöhnung musste sie aber Stunden von mir einfordern, die wir gemeinsam vorbereiteten. Ich hatte Glück, auf solch eine Mentorin gestoßen zu sein, so dass ich die Zeit meines Praktikums genießen konnte. Der Aufwand hielt sich in Grenzen, mein Kinderzimmer zuhause war stets für mich geöffnet und ich musste mich um nichts anderes kümmern, als die eine oder andere Stunde vorzubereiten. Morgens Schule, danach Mittagessen mit den Eltern, nachmittags etwas Schulvorbereitungen, anschließend Kaffee trinken, eine Folge Raumschiff Enterprise genießen und abends ein gemütliches Läufchen zwischen zehn und fünfzehn Kilometer absolvieren, Vesper und mich mit meinem Kumpel noch zu einem gemütlichen Absacker in der Kneipe treffen. Die Krönung des Abends somit. Herz, was willst du mehr.

Das Kollegium an der Schule, in der ich mein Praktikum absolvierte, empfand ich als angenehm. Ein freundlicher Rektor, eine Mentorin, die mich nicht überforderte, und Kollegen, die mir für meine kommende Berufung, als Lehrer zu arbeiten, Auftrieb gaben. Einer davon, schlagfertig und gewitzt, sollte sechzehn Jahre später mein Rektor werden. Großen Kontakt konnte ich natürlich in der kurzen Zeit nicht zu den Kollegen aufbauen, aber ich nahm die verschiedenen Persönlichkeiten sehr wohl wahr.

Der besagte Kollege, mein späterer Rektor, hatte eine unwahrscheinlich ansteckende Lache, wie sie mir im zukünftigen Berufsleben nicht mehr vorgekommen war. Während meiner Schulzeit hatten ich und meine Schulkameraden die Dauerlache während des Unterrichts stets parat, doch jetzt konnte ich wirklich schon den Unterschied zwischen gekünsteltem und ehrlichen Lachens unterscheiden. Selbst zwanzig Jahre später fällt mir es nicht schwer, den Unterschied zwischen witzig und pseudowitzig auszumachen. Das Praktikum war also für mich sowohl fachlich als auch zwischenmenschlich ein voller Erfolg.

In Ludwigsburg hatte ich mittlerweile schon einige Kumpels gefunden, mit denen ich die Kneipenlandschaft durchlief. Wir ergänzten uns prima und die Gefahr, wieder in alte Nürnberger Muster zu verfallen war gegeben. Beinahe täglich trafen wir uns abends in den angesagten Kneipen Ludwigsburgs und stülpten unsere Biere. Alles war gut, doch zum Glück machte ich nicht den gleichen Fehler wie die Jahre zuvor in Nürnberg. Das Kneipenleben lief nebenher, doch das Studium nahm ich mittlerweile ernst. Als 27-jähriger Student, der in der Schule gebummelt und das erste Studium an die Wand gefahren hatte, sollte ich den Ernst der Lage begriffen haben. Dem war auch so. Egal wo wir versumpften, den am nächsten Tag folgenden Vorlesungen wohnte ich bei. Ich wollte auf keinen Fall wieder mich selbst noch andere enttäuschen.

Das Jahr 1994 brach an, was für mich und meine Freundin besonders ereignisreich werden sollte. Der nächste Umzug stand an. Wir wohnten, wie schon erwähnt, unter dem Dach einer Familie, die ich zwischenzeitlich nur noch als peinlich bezeichnen konnte. Vom Alter her waren sie kaum älter als ich, sie benahmen sich aber so, wie ich es von solch einem Ehepaar nicht erwartete. Ich hatte vorher nie derlei Spießer erlebt. Eines Tages klopfte es an der Tür. Ich war zuhause und dachte an nichts Böses. Vor der Tür stand meine Vermieterin. Scheiß freundlich, aber distanziert. Das war für mich in Ordnung. Kam man mit ihr ins Gespräch, merkte man, dass sie in Wirklichkeit anders tickte. Geld kassieren war eine Selbstverständlichkeit, immerhin fünfhundert Deutsche Mark pro Monat. Den Mieter in Ruhe zu lassen, wenn einen etwas gegen den Strich geht, stellt für diese Art Menschen aber als eine kaum zu bewältigende Aufgabe dar. Höflich fragte ich nach dem Grund ihres Auftritts, denn bisher hatte ich noch keinen derartigen Kontakt mit ihr gehabt. Meine Vermieterin druckste eine Weile herum. Dann platzte es aus ihr heraus:

„Die Vorhänge."

Entgeistert riss ich die Augen auf.

„Bitte?"

Mehr brachte ich beim besten Willen nicht über die Lippen.

„Ihre Vorhänge", wiederholte sie.

Ich verstand immer noch nicht die Intention, worauf ihre Aussage abzielte. Nach verkrampftem Hin und Her wurde sie deutlicher.

„Ihre Vorhänge fallen nicht schön. Schauen sie selbst. Das sieht von außen nicht schön aus."

O.K., dachte ich mir. Unsere Vorhänge fallen nicht so, wie sie anscheinend fallen sollen. Nach einem kurzen Moment der Fassungslosigkeit ging ich in die Offensive und fragte sie, wie denn in ihren Augen so ein Vorhang fallen müsse.

„Anders und schöner" war ihre Antwort.

„Schauen sie es von unten an."

Ein peinlicheres Gespräch hatte ich bis dahin noch nie geführt und bin froh, bis zum heutigen Tag nie mehr mit solch einem Schwachsinn konfrontiert worden zu sein. Die Vorhänge also. Meine Freundin und ich konnten nichts erkennen, was zu dieser Feststellung geführt haben sollte. Wir beließen es dabei und konzentrierten uns auf das Tagesgeschäft, das da hieß Studium. Leider flatterte uns kaum zwei Wochen später ein Brief ins Haus, den wir ernst nehmen mussten. Kündigung des Mietverhältnisses aufgrund Eigenbedarf. Ich empfand dieses Schreiben als einen Witz, waren ihre Kinder doch erst zwei Jahre alt. Wer um alles in der Welt benötigte diese Wohnung zu diesem Zeitpunkt? Es war mir sofort klar, dass sie uns raus haben wollten. Die Vorhänge? Ich verstand es nicht, da wir immer pünktlich die Miete gezahlt hatten, am Wochenende oft nach Hause gefahren sind und weder in der Bude gequalmt noch Partys veranstaltet hatten.

Wir hatten einen guten Riecher bewiesen und schon Wochen vor der Kündigung Kontakt zu Bekannten aufgenommen, die ihre Wohngemeinschaft auflösen wollten. Wir blieben dran und konnten tatsächlich kurz darauf in ein neues Domizil, dazu noch im selben Stadtteil, einziehen. Die Wohnung war etwas größer und deshalb teurer, siebenhundert Mark. Da meine Eltern mich immer finanziell unterstützten, sollte die Miete zu keinem größeren Hindernis werden, auch wenn man ab sofort mit dem Geld ausgeben etwas vorsichtiger sein musste. Zudem hatte meine Freundin ein zwar knappes Budget zur Verfügung, das uns aber dennoch von Nutzen war.

Mit drei Personen hatten wir es in der neuen Bleibe zu tun.

Nr. 1: Der Vermieter. Ein Arschloch, der seine Freizeit lieber mit seinen Freunden auf der Jagd, anstatt seiner Frau, verbrachte.

Nr. 2: Seine Frau. Eine durchaus attraktive Dame, die man zu jeder Zeit ansprechen konnte und immer ein freundliches Wort für einen übrig hatte. Sie litt leider unter Nr. 1, dem Despoten.

Nr. 3: Ihr Vater. Er lebte in der Wohnung unter uns.

Nr. 1 und Nr. 2 hatten ihren Wohnraum im angrenzenden Neubau nebenan. Nr. 3, der Opa, damals schon an die neunzig Jahre alt, war eine Seele von einem Menschen, so wie ich es seiner Tochter, Nr. 2, auch attestieren würde. Eine Frau, oft allein gelassen, entdeckte sie für sich die Esoterik, vor allem die Kraft der Steine war ihr großes Interesse. Da ich schon damals immer Probleme mit meinem Rücken hatte, kam ich in den Genuss ihrer erlernten Kenntnisse. Ich empfand es als entspannend, wenn sie mich massierte und die ihrer Meinung nach heilenden Steine einsetzte. Ob es langfristig etwas gebracht hat, wage ich zu bezweifeln.

Wir hatten uns gut eingelebt und genossen unsere neue Wohnung, die zwar grundsätzlich verratzt war, aber unseren bescheidenen Ansprüchen durchaus genügte. Wenigstens hatten wir die Vermieter nicht mehr im eigenen Haus. Schon zweimal musste ich mich mit diesem Manko herumschlagen, ein drittes Mal hätte ich das nicht mehr mitmachen wollen. Jetzt sah die Sache ganz anders aus. Wir hatten unsere Ruhe und konnten diese Tatsache genießen. Unser Vermieter, den ich kaum zu Gesicht bekam, war ein ungehobelter Mann und Jäger. Von der Kleidung her konnte er sich leider nicht verstecken und dazu noch ein geländefähiges Fahrzeug vor dem Haus. Ich empfand ihn als unfreundlich und war mir schon nach kurzer Zeit sicher, dass er diese Frau nicht verdient hatte. Sie war eine derjenigen, die täglich bei ihrem Vater auftauchte und ihn liebevoll umsorgte. Dieser Mann war steinalt und vor allem stocktaub. Traf ich ihn zufällig, musste ich brüllend eine

Konversation mit ihm eingehen. Aber es war immer ein Genuss mit diesem Menschen zu reden. Er schwärmte nur so von seiner Tochter. Eine Sache nervte aber gewaltig. Pünktlich jeden Morgen um 9:00 Uhr mussten wir sein Laster über uns ergehen lassen. Es war schrecklich, diesem Zigarrenqualm ausgesetzt zu sein. Der Gestank drang durch alle Türen, Nischen und Wände. Es war manches Mal so extrem, dass man die Fenster aufreißen musste, obwohl man noch im Bett lag. An der PH hatte ich oft das Gefühl, dass meine Klamotten nach Zigarren stanken. Während der Vorlesungen streckte ich immer wieder den Kopf in alle Richtungen, um zu überprüfen, ob ich vielleicht in den Fokus geraten war, Quelle der Geruchsbelästigung zu sein. Da sich aber niemand auffällig verhielt, konnte ich davon ausgehen, dass ich den üblen Geruch nur in der Nase und nicht in meinen Klamotten hängen hatte.

5
Endlich wieder Fußball

Der Sommer zog ins Land und mit ihm die Fußballweltmeisterschaft in den Vereinigten Staaten von Amerika. Als amtierender Weltmeister hatten wir uns nicht für das Endturnier qualifizieren müssen. Deutschland war gesetzt und in die Gruppe C gelost worden. Unsere Gegner in der Vorrunde waren Bolivien, Spanien und Südkorea. Also eine durchaus machbare Gruppe, um in die K.O.-Runde einzuziehen. Für die nächsten vier Wochen würde ich das Studium etwas schleifen lassen, da ich mir, als besessener Fußballfan, alles einsaugen wollte. Ich selbst erwartete unsere Mannschaft nach den Vorrundenspielen mindestens auf dem zweiten Platz, wenn nicht sogar auf dem ersten. Einzig die Spanier machten mir etwas Sorgen. Zwar hatten sie schon lange nichts mehr in einem Turnier gerissen, doch gefiel mir ihr Stil, Fußball zu spielen. Unter dem Bundestrainer Berti Vogts konnte es losgehen. Die Spielweise unseres Teams ließ mich aber schnell ins Schwitzen kommen. Es war wirklich keine Augenweide. Ein mühsames 1:0 gegen Bolivien reichte aber, um sich beruhigt auf das nächste Spiel gegen Spanien vorzubereiten. Meiner Meinung nach das Schlüsselspiel der Vorrunde schlechthin. Wieder kam es zu einem zähen Kick, der schließlich in einem Unentschieden mündete. Aber es war die halbe Miete und machte mich zuversichtlich, das letzte Spiel positiv anzugehen. Südkorea galt ja nicht unbedingt als Gigant des Fußballs und sollte von uns German Tanks überrollt werden. Ich hatte mich aber in meiner Einschätzung schwer getäuscht, denn die Südkoreaner hatten sowohl Bolivien als auch den Spaniern ein Unentschieden abgetrotzt. Ich setzte auf die Stärke der Deutschen als Turniermannschaft. Es fing furios für unsere Mannschaft an und mit dem Pfiff zur Halbzeitpause stand es dann auch 3:0 für uns. Das war doch mal was. Ich hatte also Recht mit meiner Annahme, die Südkoreaner zu überrollen. Zur zweiten Halbzeit hatte ich es mir mit Bier und Chips gemütlich gemacht. Bald schon traute ich kaum mehr meinen Augen. War das noch unsere Mannschaft, die da auf dem Rasen stand, oder hatte ich aus Versehen den Kanal gewechselt und war bei einem anderen Spiel gelandet? Mitnichten. Es war tatsächlich noch immer dasselbe Spiel. Nur hatte sich dieses komplett gedreht. Wieso hatten die Deutschen das Arbeiten eingestellt und ließen sich hinten fest zementieren? Als der Anschlusstreffer zum 3:1 fiel, war ich noch guten Mutes. Das 3:2 aber machte mich nervös. Wie sollten wir die letzten zwanzig Minuten überstehen? Mit Kampf und Krampf schaffte es die Mannschaft dann doch, sich ins Ziel zu retten. Die Blamage konnte nochmals abgewendet werden und die Deutschen zogen ins Achtelfinale ein. Der Gegner sollte Belgien sein. Das Spiel gegen die Koreaner ging keineswegs in die Annalen hochklassigen deutschen Fußballs ein, doch werden sich viele die damals dem Spiel beiwohnten, noch an die folgenschwere Aktion erinnern. Den Mittelfinger-Skandal. Stefan Effenberg hatte sich dazu hinreißen lassen, dem Publikum den Stinkefinger zu zeigen. Er war frustriert ob des Spielverlaufs und seiner Auswechslung. Eine Geste die er sich aber hätte sparen können. Es war einfach nur dumm. Für ihn war das Turnier beendet, schmiss ihn doch Vogts im Anschluss an das Spiel aus der Mannschaft.

Tags darauf hatte ich das Bedürfnis auf den Campus zu gehen, in der Mensa etwas zu essen, mit den Leuten quatschen und dem regen Treiben zuzusehen. Gegenüber unserem PH-Gebäude war der bei uns verhasste Bau der Finanzler. Diese Sorte von Menschen, meist steif und konservativ, war bei uns Studenten nicht besonders beliebt. Ausnahmen bestätigen die Regel. Vor dem Eingang der FH, wie sie genannt wurde, lümmelten schon einige angehende Lehrer herum, zu denen ich mich gesellte. Einer ist mir bis heute noch gut im Gedächtnis, war er doch ein ausgewiesener Komiker. Es ist mir damals mehrmals aufgefallen, dass er in seiner näheren Umgebung stets für gute Laune sorgte. Diesmal hatte er sich etwas Besonderes einfallen lassen. Pünktlich zur Mittagspause verließen viele der Finanzstudenten den Campus und bestiegen ihre Fahrräder. Dem Erstbesten, der uns mit dem Drahtesel passierte, rief er lautstark hinterher: „Hey, du hasch was verlore!". Der Angesprochene trat augenblicklich in die Bremsen und schaute sich zu uns um. Die Antwort ließ nicht lange auf sich warten. „An Geschwindigkeit!", brüllte ihm der Spaßvogel entgegen. Der Finanzler konnte sich aber auch verarscht vorkommen, hielten sich doch mindestens ein Dutzend von uns vor Lachen die Bäuche. Die Aktion spornte den Witzbold nur so an und in der Folge wurde der Spaß zu seiner Obsession. Eine geschlagene Stunde verbrachte er damit, den Radfahrern hinterherzuschreien. Eine köstliche Angelegenheit, die ich bis zum Schluss genoss. Die meisten der Angesprochenen empfanden es weniger spaßig und trollten sich. Manche konterten mit zum Beispiel „sehr witzig" oder „Arschloch!". Die Antworten der Getäuschten steigerten unsere gute Laune in eine unermessliche Albernheit. Wir amüsierten uns prächtig auf deren Kosten und freuten uns diebisch, wenn sie beleidigt weiter radelten. Bis heute gebe ich diese Anekdote immer wieder zum Besten.

Mit dem Schalk im Nacken konnte es also mit Fußball weitergehen. Es stand das Achtelfinale an. Wer war schon Belgien? Diesmal traf ich mich mit einem Kumpel, um das Spiel live zu verfolgen. Mit reichlich Alkoholika eingedeckt waren wir guten Mutes. Wir verfolgten ein Spiel, bei dem es hin und her ging. Keiner von beiden konnte aber wirklich brillieren. Schlussendlich hatten wir das bessere Ende für uns und freuten uns über einen 3:2 Sieg. Wir hatten das Viertelfinale erreicht. Jetzt war es also nur noch ein kleiner Schritt in Richtung Endspiel.

Die Leistungen des Teams konnten zwar keine Begeisterungsstürme bei mir hervorrufen, doch musste man das bisherige Auftreten zumindest als effektiv ansehen. Ein Tag vor dem Viertelfinale, Bulgarien sollte der Gegner sein, stand die allseits berüchtigte Sportlerfete an. Es war ein Schulfest, das die Fakultät der Sportstudenten einmal jährlich veranstaltete und das im Foyer der Schwimmhalle und dem angrenzenden Stadion stattfand. Die Veranstaltung platzte regelmäßig aus allen Nähten, da sich nicht nur Sportstudenten einfanden. Eine coole Fete bei Musik, Bier und diversen Häppchen durfte man auf keinen Fall versäumen. Logisch, dass ich mich dort auch einfand, hatte ich doch neben meiner Freundin noch einen weiteren Kumpel, der dieses Fach studierte. Auf dem Fest war immer eine besondere Atmosphäre, ich kann im Nachhinein aber nicht beschreiben, was der Auslöser hierfür war.

Ich stieß auch hier wieder auf den Witzbold, der einige Tage zuvor noch seinen Schabernack mit den Finanzstudenten getrieben hatte. Als Sportstudent würde diese Person nie durchgehen. Er war übergewichtig und wirkte völlig unsportlich. Auf dem Fest spielte dies aber keine Rolle und außerdem studierte auch ich nicht das Fach Sport, er hatte daher die gleiche Daseinsberechtigung wie ich. Der Kollege verbreitete, im Gegensatz zu mir, auch noch gute Laune in einer Art, auf die ich mich zu keiner Zeit, egal wie besoffen ich gewesen wäre, jemals hätte hinreißen lassen. Von irgendjemandem musste er sich eine Schwimmbrille ausgeliehen haben. Aber wozu um alles in der Welt braucht man während einer Fete eine Schwimmbrille? Diese hatte er ordnungsgemäß aufgesetzt und sah damit unendlich bescheuert aus. Er musste schon einige Biere intus gehabt haben, anders ließ sich das, was folgen sollte, nicht erklären. Ich traute meinen Augen nicht, setzte sich der Koloss doch tatsächlich in Bewegung, und zwar nicht, wie anzunehmen wäre, gehend, sondern laufend. Er absolvierte einen 400 Meter Lauf mit aufgezogener Schwimmbrille. Es sah einfach zum Schießen aus, wie er sich fortbewegte. Er kam kaum vom Fleck. Das lautstarke Gestöhne konnte man noch auf der Gegengeraden hören. Ich war nicht der Einzige, der vor Lachen brüllte. Es kam einem vor, als ob er auf dem Jupiter rennen würde, so sehr hatte die Anziehungskraft der Erdmasse seine Beine in Beschlag genommen. Es war einfach nur köstlich mit anzusehen, wie sich dieser Entertainer zum Affen machte. Ihn schien das alles nicht zu stören, ja es machte ihm Spaß, uns zu unterhalten.

Spät kamen wir nach Hause, wieder einmal zu Fuß, da wir den finalen Bus für ein letztes Bier hatten sausen lassen. Am nächsten Tag weckte uns der ätzende Zigarrengestank des Opas. So schnell, wie es mein jämmerlicher Zustand erlaubte, riss ich die Fenster auf, um nicht einer Rauchvergiftung zu erliegen. Das wäre fatal gewesen, fieberte ich doch schon dem Viertelfinale gegen Bulgarien entgegen. Es wäre ja gelacht, wenn wir dieses Team nicht besiegen würden. Doch Vorsicht war angebracht, hatten die Bulgaren immerhin einige Superstars wie Stoichkov oder Balakov in ihren Reihen. Die erste Hälfte war nicht besonders schön anzusehen und die Mannschaften gingen mit einem 0:0 in die Pause. Kurz nach Wiederanpfiff wurde uns ein Elfmeter zugesprochen, den Lothar Matthäus zum 1:0 verwandelte. Ich sah uns schon im Halbfinale. Doch ich hatte mich getäuscht. Kurz nach dem Führungstreffer, ich kam gerade vom Klo, stand es 1:1. Es war wieder einmal typisch, dass ich ein Tor wegen eines Toilettengangs verpasst hatte. Mir blieb nichts anderes übrig, als die Zeitlupe abzuwarten, die während der nächsten Spielunterbrechung nachgeschoben wurde. Stoichkov hatte mit einem Freistoß zugeschlagen. Als dann auch noch der HSV Profi Letchkov das 2:1 für Bulgarien erzielte, ahnte ich schon, in welche Richtung es laufen würde. Die Deutschen fanden in den letzten Minuten keine Mittel mehr, das Spiel zu drehen. Es war aus und vorbei. Wir waren ausgeschieden. Ich konnte es nicht begreifen und stufte die Niederlage als eine der unnötigsten in der deutschen Fußballgeschichte ein.

Keine Wiederholung des Titelgewinns, dafür ein frühzeitiger Rückflug in die Heimat. Das Endspiel bestritten Brasilien und Italien. Es war ein langweiliges und von Taktik geprägtes Spiel, das 120 Minuten ohne Torjubel auskommen musste. Kein denkwürdiges Spektakel und meiner Meinung nach eines Finales unwürdig. Damals kam das geflügelte Wort vom „Rasenschach" hoch. Spannend war dagegen das Elfmeterschießen. Der arme Roberto Baggio zeigte als letzter Schütze Nerven und donnerte die Kugel übers Tor. Brasilien war Weltmeister, 3:2 nach Elfmeterschießen.

Um zur Prüfung für das erste Staatsexamen überhaupt erst zugelassen zu werden, musste damals jeder Student eine ausführliche wissenschaftliche Hausarbeit vorlegen. Nach unserem Mexikourlaub war ich derart fasziniert von der Hochkultur der Azteken, dass ich mir vornahm, über dieses spannende Thema meine sogenannte Zulassungsarbeit anzufertigen. Mein betreuender Professor hatte zunächst Bedenken. Er konnte sich nicht vorstellen, wie ich mit diesem Thema einen pädagogischen Bezug zum Unterricht in der Grundschule herstellen könnte. Eisern hielt ich an meiner Idee fest und konnte ihn letztendlich von meinem Vorhaben überzeugen. Ich startete das Projekt mit vollem Enthusiasmus. Ich konnte nicht nachvollziehen, dass manche Studenten gar keine Idee für ein Thema hatten, das sie interessierte. Diese wurden dann von ihren betreuenden Professoren in der Regel dahingehend beraten, über etwas zu schreiben, was meiner Meinung nach stinklangweilig war. So wurden beispielsweise Themen gehandelt wie „Gedanken über das gemeine Hausschaf" oder „die Milch als Nahrungsmittel". Spannung pur. Ich hätte zu diesen Themen keine zehn Seiten schreiben können. Möglicherweise dachten viele das Gleiche, als sie von meinem Thema erfuhren. Ich hatte als Erstes die Frage zu beantworten, unter welcher Überschrift ich diese Arbeit angehen wolle. „Die Azteken" war zu brav und verwies zudem nicht auf einen schulischen Bezug. Nach langem hin und her hatte ich eine Formulierung parat, mit der ich zufrieden sein konnte. „Menschen im alten Mexiko am Beispiel der Azteken – auch ein Thema für die Grundschule?"

Jetzt konnte ich loslegen, machte es mir im Garten, den wir mitbenutzen durften, gemütlich, und schrieb alle Stichworte auf, die mir in den Sinn kamen. Und es waren viele. Ich wollte mehr über die damalige

Lebensweise der Azteken erfahren. Die Religion musste ich genauso mit einbringen, wie deren Untergang nach der spanischen Invasion unter Hérnan Cortes im Jahr 1519.

Tags darauf machte ich mich auf den Weg nach Stuttgart, um in der württembergischen Landesbibliothek erste Nachforschungen anzustellen. Ich kam bepackt mit etwa zehn Büchern zurück nach Hause, um dort dann aufgrund der Menge an Auswahlmöglichkeiten die Orientierung zu verlieren. Zudem hatte ich noch die Warnung meines Professors im Kopf, der mir deutlich gemacht hatte, den pädagogischen Bezug nicht aus den Augen zu verlieren. Noch hatte ich keine adäquate Lösung für dieses Problem. Es war mir aber zunächst egal, da ich mich möglichst schnell mit dem Stoff und der Ausarbeitung eines fachwissenschaftlichen Beitrags beschäftigen wollte.

Den nächsten Besuch in meiner Heimatstadt, nutzte ich, um mich in der städtischen Bücherei umzusehen. Vielleicht hatte sie ja irgendwelche Schätze zu bieten, die mein Thema betraf. Während meiner Recherchen bemerkte ich nicht, dass jemand dicht hinter mich getreten war, den ich von früher her noch sehr wohl auf dem Schirm hatte. „Kennen Sie Victor von Hagen?“ Zu Tode erschrocken fuhr ich herum und dachte, mich trifft der Schlag. Vor mir stand doch wirklich mein ehemaliger Lehrer, der Mann aus besagter Ziegelburg. Sein Gartentürchen hatte er offensichtlich zuhause gelassen. Was hatte ich mich früher über den Menschen amüsiert. Jetzt, als er anfing, mir Tipps geben zu wollen, fand ich das plötzlich nicht mehr so witzig. Der geschichtsbegeisterte Mann hatte mich am Wickel. Wie sich herausstellte, war Victor von Hagen der Autor eines mir bisher nicht bekannten Standardwerks über die Azteken. Ins Schwitzen geriet ich aber erst, als mir klar wurde, dass er keine Anstalten machte, sich zu trollen. Nein, er half mir sogar bei der Suche nach dem für ihn so wichtigen Werk. Panisch wurde ich, als er mir seine Hilfe anbot und mich in einen langen Monolog verwickelte. Er hatte Lunte gerochen und ließ mich seine Begeisterung für dieses geschichtliche Thema spüren. Wie konnte ich mich nur aus dieser intellektuellen Umklammerung befreien? Sollte ich ihn einfach stehen lassen und die Flucht ergreifen? Das war eigentlich nicht mein Stil und so verwarf ich den kühnen Gedanken gleich wieder. Ich wählte die andere Alternative und gewährte ihm seine penibelst geschilderten Ausführungen. Ich hatte Glück, dass seine Frau plötzlich auftauchte und ihn anwies, doch endlich zum Schluss zu kommen. Sie müsse noch andere Besorgungen machen, meinte sie, und erkannte die Gefahr, vor dem Schließen der Geschäfte nicht alles erledigen zu können. Ich schickte ein Dankesgebet gen Himmel, mir diese Dame als Errettung geschickt zu haben. Mit Verweis auf seinen Namen, den er mir nannte und ich im Telefonbuch finden würde, könnte ich mir jederzeit Ratschläge von ihm holen. Er hatte mich Gott sei Dank nicht erkannt und mit einem seiner ehemaligen Schüler in Verbindung gebracht. Das Werk von Hagens setzte ich, meinem Lehrer sei Dank, ein, eine telefonische Rücksprache vermied ich aber tunlichst. Diese Begegnung hatte mir Aufschwung für meine Recherchen gegeben.

Ich war nun ein regelmäßiger Gast in den Bibliotheken Stuttgarts. Auch hatte ich meine Arbeitsweise verändert. Dem Vater sei es gedankt. Mit dem neuen Computer, den er mir besorgt hatte, konnte ich meine Arbeit deutlich vereinfachen. Meinem Kumpel in Ludwigsburg nötigte ich diverse Privatstunden ab, um mich mit diesem neuen, und für mich damals noch als monströs empfundenem Ding, verständigen zu können. Heute würde jeder nur über meine einstige Unkenntnis lachen, inklusive mir. Doch erstens bin ich bis heute nicht der Mann, der sich mit den neuen Technologien sowie der notwendigen Ernsthaftigkeit und Ausdauer auseinandersetzt, und zweitens schrieben wir damals das Jahr 1995. Eine Zeit, in der nicht jeder einen Personal Computer hatte und die Möglichkeiten der Technik doch noch begrenzt waren. Internet war beinahe ein no go, WhatsApp? Non-existent. Handys? Nur die wirklichen Freaks hatten welche, wurden aber allseits verdächtig beäugt. Ich war genügsam und freute mich, wenigstens mit dem Textverarbeitungsprogramm „Word" Hausarbeiten erledigen zu können. Ein großer Gewinn, wenn man bedenkt, dass ich mein erstes Referat, das ich an der PH zu halten hatte, mit einer alten Olympus Schreibmaschine meines Vaters zu Papier gebracht hatte. Das Resultat des Referats war im Nachhinein betrachtet nicht schlecht gewesen. Man muss wissen, dass ich mich in der schützenden Menge oder abseits stehend wohl fühlte. Kam ich aber ins Rampenlicht und bin Teil oder gar Hauptperson einer Inszenierung, fühle ich mich nicht mehr wohl in meiner Haut. Trotz dieser Veranlagung kam ich aber nicht umhin, das Referat für das so wichtige

Hauptseminar abzuhalten. Ich benötigte ja diesen verdammten Hauptseminarschein. Thema: „Die Revolution der Jugend am Beispiel der Roten Armee Fraktion". Eine Problematik, die für mich wie aus einem Guss war. Ich war politisch interessiert und hatte auch Jahre später durchaus etwas für die Verschwörungstheorien bezüglich der RAF Terroristen Andreas Baader und Gudrun Ensslin übrig. Die Vorkommnisse der damaligen Zeit hatte ich sehr wohl mitbekommen, war ich immerhin schon elf Jahre alt gewesen. Meinen Eltern zum Dank. Sie pflegten eine Gewohnheit, die bis zum heutigen Tag bestand hat. Die Tagesschau um 20:00 Uhr. Als Kind hatte ich schon immer das Privileg, diesem hoch heiligen Ritual beizuwohnen. Sicher konnte ich einigen Themen aufgrund meiner geistigen Entwicklung damals noch nicht folgen, doch die Sache mit den Terroristen, konkret war es die Schleyer Entführung 1977, stieß bei mir auf großes Interesse. Es war für mich unglaublich spannend die Dinge zu verfolgen, die mir wie ein Krimi vorkamen. Ein zweiter Faktor, warum ich meinen Eltern zu dieser Zeit wohlwollend entgegentrat, war die Tatsache, dass sie politische Sendungen im Anschluss an die Tagesschau gleich mitnahmen. Ob es „Monitor", „Report" oder „Panorama" war, meine Eltern waren dabei. Es fiel also nicht sonderlich auf, wenn der elf- oder zwölfjährige Sohn es sich auf einem Sitzkissen zwischen den Beinen seines Vaters gemütlich gemacht hatte. Ich musste mich die ersten Minuten der Übertragung unbedingt unauffällig verhalten, um nicht den Verweis ins Bett gehen zu müssen, zu bekommen. In diesen Momenten war ich besonders glücklich und genoss die Massage meines Nackens durch den Vater.

Er war übrigens auch der Erste, der mich dem Alkohol näher brachte und das schon in erstaunlich jungen Jahren. Im Alter von Zwölf, so meine ich mich zu erinnern, das eine Folge des Ruhrpott Kabarettisten Jürgen von Manger alias Tegtmeier der Anlass war, mir einen Schluck Weißwein in ein niedliches Südweingläschen zu kippen. Ich fand das alles beispiellos und verfolgte den weiteren Verlauf der Sendung „Tegtmeier klärt auf", eine der Lieblingssendungen meines Vaters. Ich fühlte mich, das Gläschen lässig in der Hand, beinahe erwachsen. Anschließend ging ich zufrieden ins Bett. Es war ja schon spät, später als ich sonst ins Bett geschickt wurde, und ich hatte 0,1 Liter Weißwein intus, eine absolute Ausnahme. Deswegen, weil meine Eltern nur sehr sparsam alkoholische Getränke zu sich nahmen und auch noch nehmen. Mein Vater ist ein Mensch, der hin und wieder eine Flasche Bier zum Abendbrot trinkt, aber mehr dann auch nicht. Einem Gläschen Wein ist er nicht abgeneigt, die Flasche Wein langt ihm aber für einen Zeitraum von einer Woche. Meine Mutter trinkt praktisch nie Alkohol, kein Bier, kein Wein, höchstens an Weihnachten ein Glas Glühwein und an Sylvester ein halbes Glas Sekt. Sie verträgt den Alkohol einfach nicht. Sie sagt dann immer „ich glaub, ich bin besoffen". Nach einem winzigen Schluck eine deutliche Ansage, die mich jedes Mal aufs Neue erstaunt und amüsiert.

Nach dem Feuerwerk, das das nächste Jahr einläutet, ist dann aber Schluss. Es ist schließlich außergewöhnlich, dass meine Eltern so lange durchhalten, ist die übliche Zeit, sich ins Schlafzimmer zurückzuziehen, doch schon weit überzogen. Ich fand es damals für ein Paar, das die fünfzig noch nicht überschritten hatte, recht ungewöhnlich so früh ins Bett zu gehen, meist gegen 22:00 Uhr oder kurz danach.

Ich profitierte nicht nur von der liberalen Einstellung meiner Eltern, ich wurde zudem, und wenn auch nicht bewusst, ganz beiläufig politisch erzogen. Mein Vater als Studienprofessor und meine Mutter, ebenfalls belesen, künstlerisch begabt und vielseitig interessiert, waren für mich die besten Vorbilder, um mich politisch weiter zu entwickeln. Zeitlebens lag neben der Tageszeitung jede Woche der Spiegel auf dem Tisch, der mich schon früh in eine politische Richtung gelenkt hatte, der ich tendenziell auch heute noch zugeneigt bin. Die Einstellung meiner Eltern empfand ich immer als lobenswert. Alles was sich auch nur einen Strich rechts der Mitte befand, verpönten sie. Eine Gesinnung, über die ich froh bin.

Ich hatte den Blick auf die RAF gerichtet und vergessen, wie mein Referat dann tatsächlich ablief. Es war nur furchtbar. Kurz und gut, mir versagte die Stimme. Ich hatte Panik und bekam zunächst keinen Ton heraus. Ich schlage die Karriere als Lehrer ein und beim ersten Referat vor Publikum versagt meine Stimme. Wie peinlich.

6

Erste Erfahrungen als Lehrer – die Jungen sollen auch mal ran

Neben meiner Zulassungsarbeit, die ich anzufertigen hatte, musste ich ein zweites Blockpraktikum von drei Wochen absolvieren. Während mein erstes Praktikum gemächlich dahingeplätschert war und ich mich hatte zurücklehnen können, erwischte es mich nun deutlich härter. Ich wurde einer Schule zugeteilt, in der eine resolute Lehrerin meine Begleitung übernahm. Von wegen erst einmal eine Woche hospitieren und sich dann die Rosinenstunden herauspicken, in dem einem praktisch so gut wie keine Fehler unterliefen. Schon am zweiten Tag überraschte sie mich damit, dass ich für den folgenden Tag eine Mathestunde vorzubereiten und zu halten hätte. An und für sich kein Problem, nur hätte ich mir einen Tag mehr Vorlaufzeit gewünscht, um mich besser mit dem Thema auseinanderzusetzen.

Ich sollte eine Stunde in Geometrie halten. Es ging um Quadernetze. Ich hätte mir lieber eine Übungsstunde zur schriftlichen Multiplikation gewünscht, da mein räumliches Denkvermögen zugegebenermaßen begrenzt ist. Nachmittags besorgte ich in diversen Schuhhäusern Kartons. Diese empfand ich als hervorragend geeignet. Mit ihnen konnten die Kinder dann die verschieden rechteckigen Flächen farblich hervorheben. Leider hatte ich nicht genug ergattern können, so dass es denjenigen ohne Karton, während des Unterrichts schnell langweilig wurde. Die von mir auf Tonpapier kopierten Musternetze zum Ausschneiden, Falten und Kleben hatte ich leider nur als Klassensatz, also einmal je Schüler, kopiert. Ich Idiot hätte ahnen müssen, dass sich das eine oder andere grobmotorisch veranlagte Kind unter den fünfundzwanzig befand.

„Herr Baier, wir haben keinen Schuhkarton."

„Ja … ich komm gleich zu euch."

„Herr Baier, ich hab keine Schere."

„Kein Problem, du kannst dir sie von deinem Nachbarn leihen."

„Er gibt mir die Schere nicht."

„Ich komme gleich, ich muss zuerst … Was macht ihr denn mit den Blättern?"

„Wir haben reingeschnitten."

„Aber doch nicht so!"

„Krieg ich ein neues Blatt?“

„Ich hab nur noch eins. Konzentriere dich und schneide bitte sauber aus.“

Zu spät. Das letzte Blatt war dahin und zerschnitten. Das Wort „Bitte“ konnte ich schon bald nicht mehr hören, geschweige denn im Zusammenhang mit pädagogischen Anweisungen aussprechen. Dieses Wort verschwand Jahr für Jahr mehr aus meinem Wortschatz.

Dieses Unwort hatte im letzten Jahr meiner schulischen Betätigung völlig an Bedeutung verloren, hatte ich es unter anderem mit Schülern einer achten Klasse zu tun. Es war die für mich übelste Erfahrung als Lehrer. Es war meinem Empfinden nach die schlimmste Klasse, die ich je in meiner Karriere unterrichten musste. Und ich Trottel hatte mich für dieses Höllenkommando, das damals noch niemand erahnen konnte, freiwillig gemeldet. Immerhin war ich schon zwanzig Jahre im Dienst. Und auf das Hauptfach Mathematik hatte ich zunächst richtig Lust und war motiviert. Es hätte so angenehm werden können, hatte ich mich doch für die ersten Stunden gut vorbereitet und wollte den Schülern etwas beibringen. Ich war bereit für die Aufgabe und hatte echt Bock drauf. Doch leider kam es anders und es sollte für mich das größte Ärgernis und die Enttäuschung schlechthin meiner Lehrerlaufbahn werden. Die gesamte Geschichte dieses unangenehmen Schuljahres, werde ich später nochmals aufgreifen und ausführlich beschreiben.

Ich war Jahre zuvor tatsächlich nicht mehr der Allesversteher, der ein Lehrer doch sein sollte. Als Pädagoge hatte man Verständnis aufzubringen. Bei manchen Dingen und Verhaltensweisen ging mir aber das nötige Verständnis ab.

Aber zurück zu meiner Unterrichtsstunde, die es garantiert nicht den Weg in die Annalen der pädagogischen Auszeichnungen schafft. Mit Fortschreiten der Stunde, musste ich feststellen, dass ich die Kontrolle über diese Bande verloren hatte. Zu wenig Schuhkartons, nicht genügend Kopien, sowie immer das gleiche Problem von fehlendem Arbeitsmaterial, wie zum Beispiel Scheren und Klebstoff. In dieser jämmerlichen Lage konnte mich nur noch der Gong zur großen Pause retten. Eigentlich hatte ich die Kinder anständig in die Pause schicken wollen, ließ es dann aber bleiben, weil sich die Hälfte der Klasse schon verselbständigt hatte und bereits auf dem Weg in den Pausenhof war.

Im anschließenden Feedbackgespräch wurden mir meine Fehler gnadenlos um die Ohren gehauen. Ich war bedient, wurde aber Gott sei Dank für die nächsten Tage geschont. Ich sollte aber noch viele Möglichkeiten bekommen, ausgiebig zu unterrichten.

Ich hatte aus meinen Fehlern gelernt und verbrachte viel Zeit damit, einen strukturierteren Unterricht vorzubereiten, und baute sogenannte „Rettungsschirme" ein, auf die ich zurückgreifen konnte, sollte eine Stunde einmal wieder aus dem Ruder laufen. Es waren vor allem kopierte Zusatzaufgaben für die schnellen Schüler, die einem stets auf die Pelle rücken, wenn sie nicht ausgelastet sind. Von Tag zu Tag wurde ich sicherer, bis zu dem Montag in der letzten Praktikumswoche. Meine Mentorin hatte mir in einem ernsten Gespräch erklärt, dass ich am letzten Tag drei Stunden am Stück unterrichten müsse. Erst glaubte ich, einem Witz zum Opfer gefallen zu sein, doch sie war nicht die Person, die Witze zu reißen pflegte. Sie war immerhin so fair, mich Jungspund nicht völlig im Regen stehen zu lassen, und half mir, die vorzubereitenden Stunden erträglich zu machen.

Meine Mentorin war zwar hart, aber sie tat genau das Richtige, um mich auf das mir bald bevorstehende Tagesgeschäft vorzubereiten. Nach diesen drei Wochen, die ich als stressig empfunden, in denen ich aber vieles mitgenommen hatte, konnte ich mich wieder meiner Zulassungsarbeit widmen.

Den fachwissenschaftlichen Teil hatte ich mittlerweile hinter mir gelassen. Jetzt fehlte der pädagogische Bezug zum Unterricht. Aus purem Zufall hatte ich der Zeitung entnommen, dass ein „Ein-Frau-Theater" in Stuttgart eine Aufführung für Kinder anbot. Schon der Titel „Er sah so aus wie eine gefiederte Schlange", machte mich hellhörig. Als ich das Thema las, traute ich meinen Augen kaum. Das war genau das, worauf ich gewartet hatte. Etwas Praktisches sollte ich in meine Arbeit auf jeden Fall mit einbauen. Das Erzähltheater sollte den Kindern die Geschichte der spanischen Eroberung Mexikos näher bringen. Perfekt für mich, dachte ich mir. Ich wollte die Vorstellung unter keinen Umständen versäumen und machte mich dann auch am darauf folgenden Sonntag auf die Socken ins Völkerkundliche Museum.

Das etwa 50-minütige Stück nahm seinen Lauf. Es begann mit einer an die Kinder gerichteten Frage, was ihnen alles zum Thema „Indianer" einfalle. Sofort fielen Stichworte wie „Apache“, „Winnetou“ oder „Tomahawk“. Es waren die üblichen Antworten von Kindern, die die aus Filmen bekannten nordamerikanischen Indianer beschreiben. Die Azteken waren für alle anwesenden Kinder aber Neuland. Die Schauspielerin verkörperte während der Aufführung beide Völker und Denkweisen gleichzeitig. Mal zeigte sie sich als spanischer Feldherr Hérnan Cortés, dann wieder nahm sie die Position des Aztekenkönigs Moctezuma ein. Vor allem fand ich es schön, wie sie die Kinder in ihren Vortrag mit einbezog. Die Zuschauer konnten dadurch etwas Neues entdecken und waren motiviert bei der Sache. Mit einfachen Requisiten hatte die Schauspielerin, die zugleich Autorin war, die Kinder schnell auf ihrer Seite. Da wurde ein Papierschiff zur spanischen Flotte, ein Besen zum Gewehr umfunktioniert und Kleiderständer standen sich als rivalisierende Armeen gegenüber. Es war ihr gelungen, alle Anwesenden auf eine knapp einstündige Reise mitzunehmen, und sah sich begeisterten Kindern gegenüber, die einen Heidenspaß daran hatten, Wind und Regen akustisch umzusetzen. Es hatte sich gezeigt, dass diese Art der Präsentation hervorragend geeignet war, die Faszination, die in der Geschichte des aztekischen Volkes steckt, als bleibendes Erlebnis in Erinnerung zu behalten. Das Theaterstück empfand ich wie ein Geschenk. Es passte genau zu den Anforderungen, die von Seiten der Hochschule an mich zu diesem Thema gestellt wurden.

Trotz allem empfand ich es noch zu dürftig und machte mir Gedanken, wie ich weiteres Material zum Thema Azteken als Unterrichtseinheit mit einbringen könnte. Also befasste ich mich mit dem Lehrplan. Ich erkannte schnell, dass ich vielfältige Möglichkeiten hatte, das Thema umzusetzen. Es war mir klar, dass ich den Inhalt in eine Richtung lenken musste, damit die Kinder Bezug auf die Gegenwart bekamen. Sie sollten Menschen anderer Kulturen kennen lernen und ihre Eigenarten, religiös oder kulturell, verstehen. Das war es. Ich hatte den pädagogischen Zugang zu meinem Thema gefunden. Es mussten ja nicht unbedingt, wie im Lehrplan vorgesehenen, Ägypter, Römer oder Ritter sein, die Azteken waren genauso geeignet, Inhalte im Unterricht vernünftig aufzuarbeiten. Wie bei den genannten traditionellen und durchaus beliebten Themen, die man in den Schulbüchern finden kann, wollte ich den Kindern das damalige Leben der Indianer in Mexiko näherbringen. Ich hatte zudem ein weiteres Ass im Ärmel, das ich während meiner vielen Besuche in der Landesbibliothek ernsthaft untersuchte. Die aztekische Bilderschrift. Es waren nicht die Hieroglyphen, wie man sie von den Ägyptern her kennt. Sie ist deutlich banaler in der Gestaltung, aber es war eine für mich faszinierende Bilderschrift dieser Kultur, die ich unbedingt in meine Arbeit einfließen lassen wollte. In Europa hätte man zur damaligen Zeit nur milde gelächelt ob dieser Verständigung, hatten wir doch schon knapp einhundert Jahre zuvor den Buchdruck erfunden und konnten Bücher in Serie drucken. Zu jenen Zeiten als Hérnan Cortés Mexiko angesteuert hatte, waren die 95 Thesen von Martin Luther längst an die Tür der Stiftskirche zu Wittenberg gehämmert worden.

Zu Zeiten des frühen 16. Jahrhunderts konnten die Europäer die aztekische Kultur nicht verstehen. Ihnen fehlten zum Beispiel die so gefürchteten Waffen, die Donnerbüchsen. Das Schwarzpulver war schon längst erfunden. Und vor allem hatte das geschriebene Wort in vielen Häusern Einzug gehalten. Wir sahen uns als gebildet an, im Gegensatz zu dieser vermeintlich minder geborenen Rasse. Dinge, die wir besaßen und verteidigten, die die Konquistadoren bei den Eingeborenen leider nicht finden konnten, wurden ihnen als Schwäche ausgelegt. Die aztekischen Krieger waren zwar zahlenmäßig deutlich in der Überzahl, hatten aber durch die neuen Erfindungen der Moderne keinerlei Aussicht, einen Sieg davon zu tragen. Pfeil und Bogen schön und gut, doch gegen die geballte Kraft von Gewehren und vielen anderen mittelalterlichen Waffen, hatten sie nicht den Hauch einer Chance.

In meiner Unterrichtsstunde, die ich im Rahmen des letzten Tagespraktikums in einer vierten Klasse halten musste, wählte ich als Einstieg eine Phantasiereise, die die Kinder, umrahmt mit Meditationsmusik, in die Zeit der damaligen Azteken versetzen sollte. Die Schüler konnten sich auf die neue Art des Unterrichtseinstieges einlassen, lediglich zwei von ihnen, die auch sonst zu den auffälligeren und schwer zu motivierenden Schülern gehörten, nahmen nicht an der Phantasiereise teil, störten aber immerhin die anderen nicht während der Entspannungsphase. Das Ergebnis verblüffte mich, hatte ich doch erstmals solch eine „Reise“ durchgeführt. Waren einige der Kinder während des Unterrichts bisher eher gehemmt, sprachen sie nun frei über die Erlebnisse, die sie in den letzten fünf Minuten erfahren hatten. Den weiteren Verlauf der Stunde empfand ich als vollen Erfolg. Ich hatte Arbeitsblätter zur Hand, in denen ein Lückentext zu bearbeiten war. Er war easy. Ich wollte niemanden überfordern und mich auf der sicheren Seite bewegen. Die zweite Station waren Arbeitsblätter mit Bildern und Texten, die die Kinder ausschneiden und zuzuordnen hatten. Es lief alles wie am Schnürchen. Und es war das erste Mal, dass ich nicht die Glocke zur Pause herbei sehnte, sondern das Klingeln mich aus meinem pädagogischen Schaffen riss. Ich empfand durchaus Stolz, etwas Eigenes zustande gebracht zu haben und stellte abschließend für mich fest „du bist bereit für den nächsten Schritt."

Ich hatte tatsächlich alle Praktika abgeschlossen, genügend Unterrichtsstunden abgehalten und meinte einschätzen zu können, was auf mich in den nächsten eineinhalb Jahren zukommen sollte. Das Referendariat. Doch mein Urteil basierte nur auf Momentaufnahmen.
Meine fertig ausgearbeitete Zulassungsarbeit, musste ich natürlich noch lektorieren lassen. Ich wollte als angehender Lehrer auf keinen Fall eine Arbeit abgeben, die mit Rechtschreib- und Grammatikfehlern übersät war. Und wer sonst kam hier besser infrage als mein Bruder. Als promovierter Germanist war er der perfekte Ansprechpartner für mich. Er hätte nie abgelehnt, selbst wenn er weder Lust noch Zeit gehabt hätte. Grundsätzlich gefielen ihm meine Ausführungen, doch was er mir per Post zurückschickte, war für mich eine Hausaufgabe, die mir noch einmal etwa drei Tage Zeit abnötigte. Mein Bruder nahm es sehr genau mit der Korrektur, im Nachhinein der richtige Weg, mir meine Fehler aufzuzeigen. Motiviert korrigierte und verbesserte ich die beanstandeten Textstellen. Ich kämpfte mich tapfer durch den ganzen Wust an Fehlern und wurde belohnt. Die 1,5, die ich für meine Arbeit bekam, erfreute mich und mein Bruder hatte seinen nicht unwesentlichen Anteil dazu beigetragen.

Doch bevor ich in das hochheilige Amt eingeführt werden und meinen Schwur auf die Verfassung abgeben sollte, hatte ich einen weiteren letzten Brocken vor mir. In Kürze musste ich die entscheidenden mündlichen Prüfungen ablegen, um mein erstes Staatsexamen abzuschließen. Ohne dieses Papier brauchte ich nicht einmal im Entferntesten an das Referendariat denken. Das hieß Lernmaterialien sichten und vor allem büffeln. In der Erziehungswissenschaft musste ich in meinem

Hauptfach Heimat- und Sachunterricht antreten. Daneben durfte ich sowohl meine studierten Nebenfächer Evangelische Theologie und den Anfangsunterricht nicht außer Acht lassen. Zudem hatte ich mich für das ergänzende Studienfach der Pädagogischen Psychologie entschieden. Ich ging die Sache überaus diszipliniert an, wobei ich zugeben muss, den Anfangsunterricht vor mir her geschoben zu haben. Es hatte sich im Verlauf der vergangenen Semester herauskristallisiert, dass die Arbeit mit den ganz Kleinen nicht wirklich mein Ding war, was sich dann auch später bewahrheiten sollte.

Mit meinem Kumpel aus dem Allgäu bildete ich ein herrliches Lernteam. Er wohnte im Studentenwohnheim und wir pflegten zweimal die Woche für uns bedeutende Rituale. Das erste hatte eigentlich gar nichts mit Lernen oder der Beschäftigung wichtiger Studieninhalte zu tun. Jeden Montagabend trafen wir uns nämlich in einer von Studenten stark frequentierten Kneipe. Bei reichlich Bier konnte es schon einmal sein, das wir das Lokal erst gegen 24:00 Uhr verließen. Stand am nächsten Morgen ein Tagespraktikum auf dem Programm, nahm ich nur die Hälfte wahr, da ich mich vom Alkohol noch nicht vollständig erholt hatte. Mein Freund war ein absoluter Fahrradfanatiker und steuerte die Kneipe, egal welches Wetter herrschte, mit seinem Bock an. Die Heimfahrt hingegen, muss laut seinen Erzählungen aber regelmäßig tückisch verlaufen sein. Immer wieder berichtete er von diversen Stürzen, die er aber Gott sei Dank glimpflich überstanden hatte. Dies zum Thema kleine Kinder und Besoffene.

Über einen Vorfall musste ich mich dann aber wirklich köstlich amüsieren. Es war tiefster Winter und die Temperaturen lagen weit unter dem Gefrierpunkt. Ich war schon in der Kneipe und wartete im Genuss des ersten Bieres, als ein Schneemann den Raum betrat. Es hatte in den letzten Minuten derart angefangen zu schneien, dass mein Kumpel, in diesem Moment leider noch mit dem Fahrrad unterwegs, von Kopf bis Fuß eingeschneit war. Es war schon komisch, solch ein Wesen zu erblicken. Kurze Zeit später fragte mein Kommilitone höflich nach einem Papiertuch, saß er nämlich in einer ausladenden Pfütze und klatschnass vom geschmolzenen Schnee. Es sollte noch besser kommen. Nach etwa drei Stunden verabschiedeten wir uns und er bestieg sein Gefährt, das zugegeben etwas altmodisch daherkam. Als er in die Eisen stieg, vernahm ich ein lautes Krachen. Als ich mich umdrehte, sah ich, wie mein Kumpel von seinem stählernen Ross hart abgeworfen worden war. Die vordere Gabel war gebrochen. Es war ein Bild für Götter, wie er mit dem defekten Fahrrad über der Schulter von dannen schlich. Schon der Gedanke daran, ihn etwa drei Kilometer lang sich abschleppen zu sehen, und dazu noch bergauf, befeuerte meine Schadenfreude.

Das zweite zu erwähnende Ritual bezog sich auf den Mittwoch. Ich fand mich seriös wie immer mit meinen Lernmaterialien bei ihm ein. Es gab zwei Alternativen, die uns jede Woche aufs Neue beschäftigten. Zuerst lernen oder Bundesligamanager spielen.

„Wir könnten auch erst eine Runde Bundesligamanager spielen und dann lernen" meinte ich, genervt von den sich immer wiederholenden und nervenden Inhalten des zu lernenden Projektunterrichtthemas.

Es war köstlich, weil uns neben der ernstgemeinten Lernstunden im Nachhinein betrachtet der Bundesligamanager wichtiger war, auch wenn es mein Freund bis heute vehement abstreitet. Er war die treibende Kraft, die zehn Projektschritte des damaligen Projektgurus Gudjons ausführlich abzuarbeiten. Nach vier Wochen konnten wir beide den ganzen Prozessverlauf auswendig, was wiederum zur allgemeinen Erheiterung beitrug, weil wir es ständig wiederholten und von Woche zu Woche alberner auftraten.

Im Rahmen des Projektunterrichts sollten wir uns neben den theoretischen Projektschritten auch praktische Beispiele für deren Umsetzung überlegen. Wir grübelten und grübelten. Auf was ich mich vertiefen sollte, ist mir leider entfallen, mein Freund erzählte mir aber immer die gleiche Geschichte, die er der Jury während seiner mündlichen Prüfung erzählen wolle. Projektunterricht, das heißt, man hat ein Thema und muss auf Teufel komm raus einen Bezug zum eigentlichen Leben finden. Wenn auch manches Mal an den Haaren herbeigezogen. Nach der vierten Vorführung meines Freundes, den alltäglichen Bezug des Projektunterrichts zum Heimat- und Sachunterricht herzustellen, war dann tatsächlich keine ernsthafte Konversation mehr möglich. Es war immer der gleiche Ablauf. Wir predigten die zehn Schritte Gudjons herunter, danach folgten unsere praktischen Umsetzungen. Mein Kumpel hatte sich auf die Landwirtschaft eingeschossen. Das Thema Kartoffel animierte ihn, einen Bauern in die Schule einzuladen oder ihn auf seinem Hof zu besuchen, der dann über seine Arbeit berichten und die Kinder mit seinem Traktor aufs Feld fahren sollte. Dort würden sich dann sicher weitere Fragen ergeben, wie zum Beispiel „wie viel PS hat denn dein Traktor?", oder „das ist aber ein riesiges Feld. Was machst du, wenn du mal richtig musst?" Durchaus sinnvolle Fragen, wenn man sich vorstellt, allein auf einem fünf Hektar großen und zudem noch abgeernteten Acker zu stehen und dringend seine Notdurft verrichten zu müssen.

Das eigentliche Augenmerk lag also auf dem Bundesligamanager. Es war der erste seiner Art und für die heutige Zeit primitiv. Trotzdem hatte er seinen Reiz. Jeder suchte sich eine Mannschaft aus, die er durch die Bundesligasaison begleiten wollte. Mein Freund wählte den SSV Ulm, für mich kam natürlich nur der VfB Stuttgart infrage. Die spielenden Mannschaften konnte man damals nur durch Ein- und Auswechslungen beeinflussen, der Computer übernahm das Spiel. Die Spielstärke veränderte sich im Laufe der Saison je nach Tabellenplatz. Durch geschickte Ein- und Verkäufe auf dem Transfermarkt, konnte man seine Mannschaft verstärken, musste aber immer genau aufs Geld achten. Es machte riesigen Spaß und von Woche zu Woche stieg daher der Anteil des Computerspiels gegenüber Gudjons zehn Projektschritten linear an. Den Spaßfaktor konnte ich für mich übrigens noch um einiges steigern, da ich auf unlautere Mittel zurückgriff. Von einem Bekannten, der sich mit Computerspielen auskannte, bekam ich den entscheidenden Tipp, wie ich meine Mannschaft ohne Geldverlust verstärken könne. Im Hintergrund des Stadions konnte man das Bild des Bankinstituts erkennen. Drückte ich mit der Maus auf die Tür der Bank, war mein Kontostand auf wundersame Weise um 100.000, damals noch D-Mark, gestiegen. Ich nutzte also die Toilettengänge meines Kumpels schamlos aus, um mich zu bereichern. Doch musste ich vorsichtig und schnell agieren, um mich nicht des Betrugs verdächtig zu machen. Zu oft konnte ich den Trick mit der Banküberweisung nicht treiben, sonst wäre ich aufgeflogen. Kein Wunder also, dass am Ende der gespielten Saison der VfB weiter oben in der Tabelle stand als der sauber geführte SSV Ulm.

Was mich durchaus verwirrte, war die Tatsache, dass mich der SSV Ulm in der darauffolgenden Saison deutlich in die Schranken verwies und den Weg in die Champions League schaffte. Wie konnte das sein? Mein Team hatte die ganze Saison über auf einem höheren Level gespielt und ich tätigte zudem einträgliche Transfers. Ich konnte es nicht für möglich halten und zweifelte schon an meiner Taktik. Was ich erst später erfahren habe, war, dass mein Freund irgendwann die gleiche Methode, was den Betrug anging, angewendet hatte. Eine durchaus faire Angelegenheit was meine vorherige und als windig zu bezeichnende Vorgehensweise anging, hatte ich ihn ja um die Meriten der Saison gebracht. Doch dass er mit seinen Ulmern, man muss sich nur den Verein SSV Ulm vor Augen führen, der den übermächtigen VfB nie auch nur das Wasser hätte reichen können, trotz allem den Durchmarsch schaffte, konnte ich in diesem Moment nicht begreifen.

Unsere mündliche Prüfung im Fach Heimat- und Sachunterricht stand an. Mein Freund, der vor mir dran war, hatte eine 1,5 vorgelegt. Wir hatten die gleichen Inhalte, also hoffte ich, vielleicht auch in diese Dimensionen vorstoßen zu können. Ich blieb aber bescheiden und wäre mit einer Note 2 oder 2,5 durchaus zufrieden gewesen.

Mein Professor, der mich mit seinem Prüfungsassistenten begrüßte, war ein etwas teigiger Bursche, der unter den Studenten durchaus beliebt war. Er war ein Vertreter der Sorte, der seine Vorlesungen stets zehn Minuten später als geplant in Angriff nahm, dafür aber im Gegenzug zehn Minuten vor der Zeit zum Ende kam. Dies kam meiner damaligen Arbeitsweise und Konzentrationsfähigkeit sehr entgegen. Er hatte eine weitere Angewohnheit, die mir im Verlauf der Jahre immer mehr aufgefallen war. Sobald der gute Mann seine Vorlesung beendet hatte, war er Sekunden später verschwunden und ward nirgends mehr gesehen. Das einzige was man noch erhaschen konnte, war sein durch die aufgenommene Geschwindigkeit wehender Trenchcoat, der die Anstalt fluchtartig verließ. Es hielten sich hartnäckige Gerüchte, dass der werte Professor abgegebene und zu bewertende Hausarbeiten nicht immer korrigierte, sondern eine Einheitsnote vergab, die keinem wehtun sollte. Ein dreister Student soll sogar den Test gemacht haben und seine Hausarbeit nur mit Deckblatt, Inhaltsangabe und angehängten unbeschriebenen Papieren versehen und zur Abgabe gebracht haben und hierfür die Note 2 bekommen haben. Inwieweit dies der Wahrheit entspricht, hat meiner Meinung nach, nie wirklich jemand recherchiert.

Die Prüfung startete mit den zu erwartenden Fragen nach den zehn Projektschritten. Diese konnte ich den Prüfern wie aus der Pistole geschossen zuverlässig servieren, hatte ich den Mist doch lange genug auswendig gelernt. Mit einigen praktischen Beispielen konnte ich meiner Meinung nach sogar etwas brillieren, wagte aber im Anschluss an die Prüfung noch keine Prognose in Bezug auf meine Leistung. Ich wollte nicht enttäuscht sein, würde ich eine schlechtere Note bekommen, wie ich sie mir, meinem Empfinden nach, gegeben hätte. Ich musste mich dann auch nicht länger vor dem Prüfungszimmer herumplagen und wurde nach etwa zwei Minuten wieder hineingerufen. Sie verkündeten mir die Note 1,5. Wahnsinn! Ich hatte mit meinem Kumpel gleichgezogen. Einen besseren Auftakt für die nächsten noch anstehenden Prüfungen hätte es für mich nicht geben können.

Die kommenden Prüfungen verliefen ordentlich, was mich weiter beflügelte. Mit dem Fach Religion hatte ich mittlerweile meinen Frieden geschlossen, obwohl es ursprünglich nur eine Notwahl, im Nachhinein aber die absolut richtige Entscheidung gewesen war. Die trockenen Vorlesungen in Mathematik zu Zeiten meines Nürnberger Studiums konnten den Ausführungen meines zwar etwas verpeilten, aber sowohl hochintelligenten als auch schlagfertigen Theologieprofessors nicht annähernd das Wasser reichen. Es war zu jeder Zeit ein Genuss, diesen Mann zu erleben. Jedes Wort von ihm empfand ich als Magie, gerade ich, der zwar getauft und aus einem gläubigen Elternhaus entstammt, die Religion aber eher nur beiläufig mitnahm, also ein Ritterschlag für jemanden, der einen für theologische Problemstellungen begeistern konnte.

Als Kind durchlief ich die für damals als normal angesehenen Phasen der christlich geistigen Kultur. Man war Teil eines evangelischen Kindergartens, kam dann in die Schule und besuchte logischerweise den protestantischen Religionsunterricht. Es war immer das gleiche Prozedere. Unser damaliger Relilehrer, ich empfand ihn schon als steinalt, obwohl er nicht einmal das Alter hatte, in dem ich just in jenem Moment, während ich diese Zeilen schreibe, bin. Er war nebenbei Förster und trat oft in selbiger Kleidung auf. Ein Lied zur Einstimmung, es war furchtbar. Sein Gesang leierte dermaßen in Höhen und Tiefen herum, dass selbst wir als Grundschulkinder den Spaß an den Kirchenliedern während dieser Zeit verloren. Anschließend gab es die klassische biblische Erzählung. Dies fand ich wiederum recht ansprechend, kannte ich doch die meisten Geschichten schon von zuhause oder aus der Kinderkirche. .... Kinderkirche .... Wie ich sie gehasst habe. War die Erzählung beendet, kam immer die gleiche Aufgabe: „So, und jetzt malt ein Bild zu der Geschichte!" Zugegeben konnte er nicht wissen, dass ich das unbegabteste Kind im Fach Zeichnen war und bis zum heutigen Tage leider bin. Gemein fand ich nur, dass er jede Woche die Hefte einsammelte und Noten für die Bilder vergab. Die Beurteilung war anschließend winzig klein in der rechten unteren Ecke des Bildes, völlig unscheinbar zu erkennen.

Ich war grundsätzlich ein guter Schüler, kannte die Lieder und Geschichten und konnte mich produktiv zu den Themen und Fragen unseres Lehrers äußern. Doch schon allein die Äußerung „malt dazu ein Bild", versetzte mich sofort in eine Schockstarre, aus der mich nur meine Mutter befreien konnte. Sie war eine begnadete Zeichnerin, eine Person, die der Kunst sehr nahe stand und Talent hatte. Leider konnte sie diese nie ausschöpfen, da die Familie und der damals klassische Erziehungsauftrag ihr im Weg stand. Der Mann schafft das Geld heran, Mutter kümmert sich um Kinder und Haushalt. Das altherkömmliche Gesellschaftsbild also.

Es waren die einfachsten Bilder, die mir meine Mutter zeichnen musste. Es sollte kein Problem werden. Ich denke, sie ahnte schon seit längerem, dass meine künstlerische Begabung was das Malen anging gen Null tendierte, und opferte sich, die peinlichen Kritzeleien, die dem Alter von vier bis fünf-jährigen Kindern zugeordnet werden konnten, etwas zu frisieren. Ich war ja mittlerweile schon neun Jahre alt. Die zeichnerischen Aktivitäten meiner Mutter überwachte ich aber peinlichst genau, war mir doch von vornherein klar, dass sie zu detailliert und in der Ausführung viel zu professionell vorging. Ich ermahnte sie ständig, nicht so schön zu zeichnen, es würde doch auffallen. Mein Vorschlag, nur die Umrisse der Personen zu skizzieren, war dann ein Kompromiss, mit dem ich leben konnte. Die vom Lehrer geforderte Szenerie setzte meine Mutter in herrlichen Konturen um, die nur angehaucht mit Bleistift skizziert waren, den Part des Ausmalens musste ich dann selbst übernehmen. Aufgrund meiner grobmotorischen Vorgehensweise was die Maltechnik anging, flog der von mir als Hilfeschrei ausgesandte, aber dennoch als Betrug zu betrachtend, nicht auf, und bescherte mir wöchentliche Noten einer biederen 3. Das war für mich in Ordnung. Ich wusste, dass es noch die mündliche Mitarbeit gab, dort konnte ich endlich den Malus der Bildenden Künste abschütteln und schlussendlich die Endnote 2 einfahren. Alles andere hätte ich als absurd empfunden, bloß weil mir nicht das Talent in die Wiege gelegt worden war, zeichnen zu können.

7
Kindheitserinnerungen

Die Kinderkirche war mir schon von Anbeginn ein Dorn im Auge. Als Kind hatte man einfach nicht die Befugnis, dem normalen Gottesdienst beizuwohnen. Ich konnte das zwar zur damaligen Zeit in Anbetracht meines jungen Alters nicht verstehen, musste mich aber dennoch in die Obhut der verantwortlichen Kirchenvertreter begeben. Ich kann nicht abstreiten, dass ich schon immer gern am Wochenende länger im Bett verweilen wollte, doch meine Eltern, passionierte Frühaufsteher, machten mir regelmäßig einen Strich durch die Rechnung. Mein ganzes Gejammer half nichts, ich hatte mich dem Willen der Eltern zu beugen. Ich wurde pünktlich am Gemeindehaus entlassen, während mein Vater den Gang zur Kirche antrat.

Es waren im Grunde zwei Dinge, die mich damals an der Kinderkirche gestört haben. Erstens wollte ich neben meinem Vater sitzen und nicht bei anderen, von den Eltern für eine Stunde verstoßenen Kindern, und zweitens faszinierten mich schon in jungen Jahren, die beeindruckenden Hallen, in denen der Gottesdienst abgehalten wurde. Wir saßen nur im doofen Gemeindehaus. Viele Jahre später erst, ich war schon lange ein Freund der Architektur, konnte ich die Leistungen der Baumeister des Mittelalters annähernd begreifen.

Die gotische Kirche unserer Heimatstadt wurde im Jahre 1398 geweiht. Sie wurde erbaut über den Resten einer romanischen Vorkirche aus dem 13. Jahrhundert. Welch Leistungen hatten diese Tüftler und Statiker in vielen Jahrzehnten ihres Schaffens vollbracht.

Die Kinderkirche war für mich nichts anderes, als der Reliunterricht in der Grundschule. Singen, Geschichten hören und dann auch nicht viel mehr. Die Verantwortlichen waren bemüht und in ihrem ganzen Wesen liebenswerte Personen, doch war es mir irgendwann zu langweilig. Bald schon hatten meine genervten Eltern ein Einsehen mit mir und muteten mir den Gang in die Kinderkirche nicht mehr zu. Ich war erlöst und konnte ab sofort am Sonntagmorgen gemütlich mit meinen Armeen Krieg spielen.

Es hatte mir schon seit längerer Zeit Spaß gemacht, Plastiksoldaten aus dem Zweiten Weltkrieg zu sammeln. Es waren die Figuren der Maßstabsgröße 1:72. Winzige Soldaten, die zu meiner Zeit, man schrieb die

70ger Jahre, hoch im Kurs standen. Heute würde kein Kind oder Jugendlicher mehr auf die Idee kommen, sich so einem Hobby zu widmen. Ein gut animiertes Computerspiel kann den Krieg schnell ersetzen. Ich kann mich noch an die Ballerspiele Counter Strike oder Unreal Tournement erinnern. Heute spart man für ein Computerspiel und dann gibt man Feuer. Die verschiedenen Levels geben dir wochenlang Glück. Dinge, von denen wir damals noch nichts ahnten. Computerspiele, die vielleicht erst ansatzweise in den Köpfen von genialen Softwarespinnern herumgeisterten. Wir schrieben immerhin erst das Jahr 1976. Mein Taschengeld gab ich zu dieser Zeit nur für die Minikämpfer, nebst Panzern aus. Ob es die Truppe der in Afrika unter Rommel kämpfenden Soldaten war, oder die Gurkas im fernen Südostasien, ich hatte etwa eintausend Minikrieger, verstärkt durch Panzer und anderes diverses Kriegsgerät. Der Königstiger war das Prachtexemplar meiner Sammlung. In meinem Kinderzimmer wurden Schlachten inszeniert, Manöver abgehalten und Truppenaufzüge für längst verstorbene Diktatoren veranstaltet. Ich kann mir bis heute nicht erklären, wie ich zu diesem Fimmel kam. Meine Eltern und Großeltern waren weit weg von irgendwelchen Kriegsfanatismen. Keiner von ihnen hätte jemals die Motivation gehabt, mich in Kriegsphantasien zu treiben. Es geschah aus meiner eigenen Idee heraus und machte mir einfach Spaß.

Weniger witzig fand ich allerdings, als ich eines Tages aus der Schule kam, in mein Kinderzimmer ging und hoffnungsvoll der nächsten Schlacht entgegenfieberte. Was ich dort vorfand, ließ mich erstarren. Ein Drama bahnte sich an. Wo waren die von mir peinlichst genau in Stellung gebrachten Soldaten der deutschen Wehrmacht? Auf der Gegenseite nahm ich sehr wohl zwei Panzer wahr, die der Fraktion der Engländer zuzuordnen waren. Doch auch deren Armee hatte sich binnen weniger Stunden um ein Vielfaches dezimiert. Nicht einmal gefallene Soldaten, die ich wenigstens noch zu Grabe hätte tragen können, waren auffindbar. Ich war außer mir und suchte nach dem Grund dieser Tragödie, welche sich während meiner Abwesenheit ereignet haben musste. So sehr ich auch Nachforschungen betrieb, es blieb vorerst ein Geheimnis, das sich aber bald lösen sollte. Ich war untröstlich über den Verlust meiner tapferen Spielfiguren, es mögen Dutzende gewesen sein. Genauso wie die vielen Toten und verloren gegangenen Soldaten aus den Weltkriegen, musste ich meine Mannen als „vermisst im Einsatz für das Vaterland" melden.

Mein Verdacht fiel sofort auf eine Person, die mein Zimmer öfter als andere in Betracht kommende Subjekte, betrat. Meine Mutter. Sie stritt natürlich ab, die von mir bestens vorbereitete Offensive gegen die alliierten Truppen untergraben zu haben, konnte sich aber auch nicht mein Gejammer über den plötzlich Verlust von an die knapp einhundert tapferen Soldaten erklären.

Es sollte ein Zufall sein. Ich hatte die Mülltüten zu entsorgen, was für mich kein Problem war. Auf dem Weg zur Mülltonne erspähte ich den aufgeplatzten Staubbeutel unseres Staubsaugers. Warum sollte dieser platzen, war meine berechtigte Frage. Ein Beutel platzt doch nicht, nur weil er Staub und Haare eingesaugt hat. Nein, deswegen sollte ein Staubbeutel normalerweise nicht platzen. Doch war dieser geplatzt aufgrund einer tragisch aufgesaugten Armee aus deutschen und englischen Plastiksoldaten mit aufgestecktem Bajonett im Format 1:72, die einfach nur perfekt im Raum positioniert, und dazu noch mit Tarnfarbe versehen bestens geschützt waren. Meine Mutter hatte nur das getan, was sie in all den Jahren immer getan hatte. Das Zimmer saugen. Es wäre unfair ihr gegenüber, zu erwarten, diese kleinen Wichte zu erkennen. Sie hatte wirklich Wichtigeres zu tun. Dass ihr keiner bei ihrer Arbeit half, war schon Grund genug, sie nicht für dieses Massaker auf dem Schlachtfeld verantwortlich zu machen. Ich kramte mit aller Vorsicht die letzten noch verwendbaren Krieger aus dem Müll und wollte die wirklichen Verluste erst am nächsten Tag begutachten. Tags darauf musste ich zugeben, dass viele meiner Soldaten gefallen waren, ein Schicksal, mit dem ich schweren Herzens leben musste.

Die Truppe der Plastiksoldaten wurde zu dieser Zeit durchaus kriegsmüder und kam allmählich zum Stillstand, weil ein anderer bedeutender Faktor in meinem Leben Einzug hielt. Es war mein zehnter Geburtstag und ich war zwischenzeitlich ein Fan der Beatles geworden. Im Verlauf der vielen Jahre hatten sich immer die gleichen Lager gebildet. Die einen bevorzugten die Rolling Stones, während die anderen auf die Beatles standen. In den Kneipen kam es stets zu emotionsgeladenen Streitgesprächen, wer denn jetzt eigentlich die bessere Musik machte. Wie gesagt war ich dem Beatles-Lager zugehörig. Für mich lagen Lichtjahre zwischen den Bands, nicht nur was die Musik anging, sondern auch der Kreativität der vier Liverpooler Köpfe wegen. Ich mochte diesen eitlen Gockel Mick Jagger schon deshalb nicht, weil er wie ein wild gewordener Hampelmann herumgrölte. Zugegeben sind einige ihrer Stücke nett anzuhören, spätestens nach dem dritten Lied geht mir aber dieses immer gleiche Rock`n´Roll Gedudel auf die Nerven. Als die Diskussion um ihren Gitarristen Keith Richards Fahrt aufnahm, brach ich meistens die geführten Gespräche dann ab, wenn ein Stones Fanatiker tatsächlich behauptete, Richards Gitarrenspiel hätte die Größe eines Jimi Hendrix. Der Vergleich Keith Richards mit Jimi Hendrix war dann doch der blanke Hohn, absolut absurd, so dass ich den Gesprächspartner zurecht nicht mehr für voll nehmen konnte.

Zu Beginn meiner Beatleskarriere bekam ich von meinen Eltern ein Taschengeld in Höhe von 20 Mark. Das weiß ich genau, kostete nämlich eine Schallplatte der Beatles 19,90 DM. Das hieß für mich, dass ich einmal pro Monat eine dieser kostbaren Scheiben erwerben und dazu noch 10 Pfennig sparen konnte. Der Kauf meiner ersten Platte ist mir immer noch bestens im Gedächtnis, da an diesem Nachmittag ab 15:00 Uhr mein Kindergeburtstag stattfinden sollte. Meine Mutter machte einen furchtbaren Terror, als ich pünktlich um fünf Minuten vor zwei Uhr Anstalten machte, das Haus in Richtung des Plattenladens zu verlassen. Dieser öffnete nach der Mittagspause um 14:00 Uhr. Ich könne doch jetzt nicht mehr fortgehen, würden doch bald die geladenen Kinder aufkreuzen. Ich begriff ihre Einwände natürlich nicht, lag der Laden doch nur etwa fünf Gehminuten von zuhause entfernt. Der Zwang, mir diese Platte besorgen zu müssen, war so übermächtig, dass ich alle Ermahnungen in den Wind stieß und mich auf die Socken machte. Um 14:15 Uhr war ich dann auch wieder daheim, als stolzer und glücklicher Besitzer meiner ersten Langspielplatte:

„A Hard Days Night".

Ein Meisterwerk aus den frühen Jahre der Pilzköpfe. Noch heute schlummert der Schatz, also über vierzig Jahre später, bei mir zuhause, und zwar im Keller. Mit der Umstellung auf CD und anderer digitaler Möglichkeiten waren die schwarzen Scheiben fürs Erste aus der Musikbranche verbannt.

So sollten im Laufe der nächsten Monate noch einige Alben der Beatles in meinen Besitz kommen. Anfangs stand ich eher auf die frühen Beatles mit den klassischen Songs, wie „She Loves You", „I Want To

Hold Your Hand" oder „Any Time At All", die auf den LP's „Rubber Soul", „Beatles For Sale" und meiner zuerst gekauften Platte zu finden waren. Im Laufe der Jahre veränderte sich mein Geschmack hin zu den späteren Werken, die meines Erachtens nur so vor Kreativität sprühen. Mein Favorit ist das legendäre „Weiße Album", mit dem sich die verschiedenen Charaktere der Musiker deutlich geformt hatten. Später brachten es dann John Lennon und George Harrison bei mir zu Kultstatus. Andere Interpreten füllten zudem mein schon reichlich gefülltes Plattenregal. Jimi Hendrix, Deep Purple und viele Vertreter der Rockmusik vergrößerten die Bandbreite meines mittlerweile entstandenen Musikfanatismus.

Eine Person musste dabei aber gehörig unter meinem Faible für laute Musik leiden. Es war meine Schwester. Es muss ihr gewaltig auf die Nerven gegangen sein, die stundenlang vor sich hin wummernden Bässe ertragen zu müssen. Heute habe ich dafür vollstes Verständnis, denn die Woodstock Hymne von Jimi Hendrix „Star Spangled Banner" muss nicht jedermanns Sache sein. Im Laufe der vielen Jahre, hoffe ich, dass sie mir verziehen hat.

8

Abenteuer Referendariat

Nach dem Abdriften in die vergangenen Tage meiner Kindheit und Jugend komme ich aber wieder zurück zu meinem pädagogischen Hochschulstudium. Ich hatte jetzt also tatsächlich die Prüfungen und damit das erste Staatsexamen in der Tasche. Nun interessierten eigentlich nur noch der Gesamtnotendurchschnitt und das sich daraus ergebende Ranking im Vergleich zu den anderen Absolventen. Das Referendariat durfte jeder ohne zeitliche Verzögerung absolvieren, die Note der ersten Staatsprüfung wurde dann später mit den Leistungen im anderthalbjährig dauernden Vorbereitungsdienst verrechnet. Also sollte man tunlichst mit einer ordentlichen Note den Dienst antreten, um nicht gleich von vornherein abgehängt zu werden.

Damals gab es noch nicht den heute zu beklagenden Lehrermangel, sondern es entfielen mehrere Personen auf eine zu vergebende Stelle. Nach dem Referendariat wurde also nochmals gerechnet und die wenigsten von uns konnten auf einen direkten Einzug ins Lehramt hoffen. Aber dazu mehr zu späterer Zeit. Ich war jedenfalls höchst angetan über meinen Schnitt von 1,9. Ich empfinde es bis heute noch immer, dass eine Eins vor dem Komma eine durchaus lobenswerte Leistung ist.

Es stellte sich die Frage, wo ich mein Referendariat absolvieren wollte. Da ich mich in Ludwigsburg wohl fühlte und über ein gutes Netzwerk samt Freunden verfügte, ließ ich die ersten Gedanken an eine Rückkehr in meine Heimat schnell wieder fallen. Eine weise Entscheidung dahingehend, sich endlich vollends vom Elternhaus abzunabeln. Ich blieb also dem Schulamtsbezirk Ludwigsburg erhalten und wurde zwei Schulen in einer nahegelegenen Stadt zugeteilt. Mit beiden konnte ich zufrieden sein. Eine gemütliche Grundschule und eine damals noch als Hauptschule geführte Schule. Auch stellte sich schnell heraus, dass ich mit den für mich zuständigen Mentoren richtig Glück hatte. Eine sehr erfahrene Lehrerin begleitete mich im sogenannten Anfangsunterricht in ihrer ersten Klasse. Davor hatte ich besonderen Bammel, da ich keinen sonderlichen Bock auf diese Minimenschen hatte. Die Dame war an der Grundschule unsere Konrektorin und eine absolute Powerfrau. Ich hatte totales Glück mit ihr, nahm ich nämlich schnell wahr, dass sie eine Vollblutlehrerin war. Es machte ihr keinerlei Probleme, jede Stunde mit vollem Elan und der notwendigen Begeisterung anzugehen. Sie hatte einfach Spaß am Unterrichten und besaß einen unglaublichen Fundus an Liedern und Geschichten. Es konnte sein, dass sie in einer Phase der Unruhe ein Lied aus dem Stehgreif auspackte, sich ein Kind schnappte und mit diesem einen Tanz vollführte. Die Kinder waren begeistert von dieser resoluten Dame und klebten ihr an den Lippen, wenn sie wieder einmal eine ihrer haarsträubenden Erzählungen zum Besten gab. Sie fraßen ihr buchstäblich aus der Hand. So etwas hatte ich im bisherigen Verlauf meiner vielen Hospitationen noch nicht gesehen und es beeindruckte mich schwer.

Meine Ansprechpartnerin im Fach Heimat- und Sachunterricht war von ihrer Art völlig anders. Sie war kontrolliert und eher unnahbar, aber ich mochte sie. Sie war korrekt und ich fühlte mich gut aufgehoben. Einmal in der Woche setzten wir uns zusammen und besprachen den Unterricht, den ich vorzubereiten hatte.

In meinem speziellsten Fach, die evangelische Religionslehre, musste ich die Schule wechseln und im Sekundarbereich meine Leviten erwerben. Die Religion war für mich das Fach, das mit dem größten Fragezeichen versehen war. Was würde auf mich zukommen? Als ich das Lehrerzimmer erstmalig betrat, begrüßte mich eine unglaublich beeindruckende Gestalt, die mir zugeordnet worden war. Ein schlanker Bursche von hohem Wuchs, um die 1,90 Meter groß und auffallend breiten Schultern. Er stellte sich als mein Mentor vor. Schon die ersten Worte, die er von sich gab, weckten in mir eine besondere Art von Sympathie, die sich auch bewahrheiten sollte. Mit tiefer und sonorer Stimme empfand ich ihn zunächst als zurückhaltend und distanziert. Ich schätzte ihn auf Anfang vierzig. Er war freundlich und besprach mit mir die weitere Vorgehensweise, wie der Unterricht in der sechsten Klasse ablaufen könnte. Im Nachhinein war er genau die Person, die mich zum eigentlichen Lehrer erzog. Nicht unnötig schwätzen, kurze Absprachen und ab durch die Mitte. Später wurde mir klar, dass weniger an Geschwätz oft mehr Wert hatte. Schon nach kurzer Zeit hatte dieser Mensch mir also den Ablauf der täglichen Arbeit herrlich vermittelt. Natürlich durfte ich auch bei ihm hospitieren. Aber in einer Zeit, die deutlich kürzer war, wie es mir die Damen der Grundschule gewährt hatten. Er hatte eine tolle Art mit den Schülern umzugehen. Vor allem fiel mir sein gelassenes Wesen auf, selbst in den nervigsten Situationen kühlen Kopf zu bewahren. Das Highlight war aber, und ich weiß nicht, ob er vor mir alle Register seiner Fähigkeiten ziehen wollte, vor der Klasse ein Lied zu trällern. „Ohne Gitarre? Kein Klavier?", dachte ich mir. Ein Gesang ohne Hilfsmittel an den Mann zu bringen erschien mir schon eigenartig und durchaus gewagt. Aber was folgen sollte war für mich, der das Gitarrenspiel recht ordentlich beherrschte, ein wirkliches Vergnügen. Er sang ein mir bisher nicht bekanntes Lied, das seines Gleichen suchte:

„Jesus wohnt in unserer Straße."

Er präsentierte den Song in einer Art, dass dieses Erlebnis später zum geflügelten Wort wurde und mit einem Schmunzeln Einzug in unsere Beziehung fand. Dieser Mann, der mir Monate später das „Du" anbot, ist bis zum heutigen Tage, zwanzig Jahre später, einer meiner und mittlerweile unserer treuesten Freunde geblieben. Die Tatsache, dass seine Frau ebenfalls eine unwahrscheinlich liebenswerte Person ist, hat den Kontakt nie abreißen lassen, obwohl wir uns nun schon seit neun Jahren nicht mehr im näheren Umkreis von ihnen befinden. Eine für mich einmalige Sache. Wir verstehen uns blendend, auch wenn wir uns Monate nicht sehen oder sprechen sollten. Der Gesprächszugang war immer leicht gewesen und ist es bis heute. Es sind Begegnungen, die einem eine tiefe Vertrautheit vermitteln. Ein Genuss. Mit anderen Freunden aus der Ludwigsburger Zeit, mit denen ich deutlich öfter zugange und in den Kneipen unterwegs war, ist der Kontakt zwischenzeitlich eingeschlafen. Bei manchen finde ich es schade, bei anderen fällt es mir leichter, es hinzunehmen. Einige von ihnen waren nur auf ihren Mikrokosmos, ihrer näheren Umgebung, fixiert. Mehr ging nicht. Deshalb konnten sie sich nicht für Neues öffnen und sind für mich und meine Frau leider gegangen. Aber es ist nicht schlimm. Wir haben ja uns, unsere Hunde Franz und Oskar sowie ein paar zuverlässige und stets willkommene Freunde, die uns immer noch besuchen kommen.

Mein Religionskumpel, der es damals noch nicht war und mich korrekt distanziert behandelte, entließ mich erstaunlich schnell in die Eigenverantwortung.

„Machen sie mal. Sie brauchen mich doch nicht. Oder? Falls sie noch Fragen haben, sie können sich ja jederzeit melden."

Das waren seine Worte, als er mir die Verantwortung der Klasse übergab. Hoppla, dachte ich. Jetzt wird's ernst. Er hatte mich tatsächlich vom einen auf den anderen Tag ins kalte Wasser geworfen. Bisher hatte ich die Erfahrung gemacht, dass ich gemütlich hospitieren durfte. Fürs Erste war ich verwirrt, ob dieser gefühlt unsensiblen Art der Machtübertragung. Ich hielt wie immer mein Maul, was nach all den Jahren des Rückblicks nie ein Fehler gewesen war. Ich ließ mich auf die neue Situation ein und hatte ja noch den Rettungsanker in Person meines Mentors vor Augen. Sollte etwa schief gehen, würde ich ihn konsultieren, so schwor ich mir. Damals wusste ich nicht, ob er es aus pädagogischer Sicht von Nöten sah, den jungen Kollegen frühzeitig mit dem Alltag des Unterrichts zu konfrontieren oder ob er einfach nur meine Person analysierte und seine Meinung gebildet hatte, nämlich dass dieser Grünschnabel es schon schaffen würde. Heute weiß ich, dass er es mir tatsächlich zugetraut hatte, eigenverantwortlichen Unterricht zu halten, wie er mir bei einem unserer späteren Treffen anvertraute. Es gab Unterrichtsstunden, die wie warme Butter auf dem Brot verliefen. Alles passte. Dann kamen Tage, an denen ich alles in die Ecke schmeißen wollte. Meinen Mentor kontaktierte ich in diesen Phasen aber nie. Ich merkte mit der Zeit, dass ich es selbst in die Hand nehmen musste, um meine Lehrerpersönlichkeit allmählich aufzubauen.

Mit dem Beginn des Referendariats begann der leidige Pflichtbesuch des begleitenden Seminars in Heilbronn. Den ganzen Dienstag und auch noch den Donnerstagnachmittag musste ich dafür opfern. Ich wohnte in Ludwigsburg und zum Seminar hatte ich den Weg nach Heilbronn zu bewältigen. Wie sollte ich das ohne ein Auto schaffen. Wäre Stuttgart der Ort der Ausbildung gewesen, so hätte ich kein Problem damit gehabt, mich mit öffentlichen Verkehrsmitteln zu bewegen. Selbst meine Schulstätten wären mit der S-Bahn kein Problem, auch hätte ich den Bus zur Schule bekommen. Doch wie sollte ich innerhalb einer großen Pause von der einen zur anderen Schule gelangen. Ich wäre gern zu Fuß gelaufen, doch die Zeiten, in denen die großen Pausen eine Stunde dauern sollten, hatte es damals noch nicht gegeben und wird es in Zukunft mit großer Wahrscheinlichkeit nicht geben.

Ein wichtiger Faktor in unserer Familie war unter anderem mein Vater, dem natürlich nicht entgangen war, dass das Referendariat anstand. Meine wohnliche Situation war ihm bekannt, und die Tatsache, dass mein Einsatzgebiet deutlich weitläufiger war, als das in unserer heimatlichen Kleinstadt ist, beschäftigte ihn. Großzügig wie er war, schnappte er mich eines Samstags, um mit mir den Gebrauchtwagenfundus seines seit mehr als dreißig Jahren verlässlichen Autohauses zu durchforsten. Ein Neuwagen kam natürlich nicht infrage, es sollte ein gebrauchter Kleinwagen werden. Ich wäre mit allem zufrieden gewesen, hatte ich nämlich bis zu diesem Zeitpunkt noch kein eigenes Auto besessen. Und das mit dreißig Jahren. Andere meiner Bekannten hatten im Alter von zwanzig längst ihren eigenen Schlitten, wie sie dazu gekommen waren, war mir angesichts der Anschaffungs- und Unterhaltungskosten immer ein Rätsel gewesen. Da mein Vater noch nie ein Fachmann der Autoszene war und keine große Zeit für Verhandlungen verbringen wollte, einigte man sich schnell für ein Gefährt in Höhe von 4.500 Mark. Ein Deal, den ich als akzeptabel empfand, hatte ich ja genauso wenige Kenntnisse von Marken, Tachoständen oder den Abschreibungen von Gebrauchtwagen, die den Kaufpreis regulierten. Ich war einfach nur glücklich, den Schlüssel meines ersten Autos in der Hand halten zu dürfen. Ein wahrlich abgöttisches Geschoss. Ein weißer Ford Fiesta mit Dieselmotor älteren Baujahrs. Zumindest war mit diesem Gefährt nicht daran zu denken, in Stuttgart für Aufmerksamkeit zu sorgen.

Mir war das alles völlig egal. Mein Vater hatte, ohne dass ich danach gefragt hatte, die Situation erkannt und reagiert. Den weißen Fiesta fand ich in Ordnung. Alles was wichtig war, funktionierte und er hatte ein Radio und dazu noch mit Kassettenrecorder. Eine aussterbende Spezies, die mir damals aber gerade recht kam. Ich besaß hunderte von Kassetten mit der in meinen Augen geilsten Musik auf Gottes Erdboden. Noch heute könnte ich sie jedem Interessenten präsentieren und viele Geschichten zu deren Entstehung erzählen. So musste man zum Beispiel damals noch von LP auf Kassette überspielen. Die Kassette und die Platte hatten aber unterschiedlich lange Laufzeiten, so dass man ausrechnen musste, wie viele Songs auf eine Seite der Kassette gingen. Gab es ein Problem, musste man mit der Reihenfolge der Lieder jonglieren. Waren nur noch vier Minuten Platz auf der Kassette, ging das letzte Lied auf der ersten Seite der Platte natürlich fünf Minuten. Das hieß, dass es vor Beendigung abgewürgt würde, und das wollte ich nie. Das dritte Lied der zweiten Seite hatte aber eine Laufzeit von 3:45 Minuten. Perfekt geeignet, dieses vorzuziehen, um die anderen dann nachzuschieben. So hatte man abschließend alle Songs, zwar nicht in der Originalreihenfolge wie auf Platte, aber was wichtig war, es war die komplette Mucke drauf.

Der Bock lief gut und ich hatte ab diesem Zeitpunkt eine neue Freiheit erlangt. Mein eigenes Auto inklusive der Musikkassetten.

Ich hatte etwas Probleme, mich mit der Stadt Heilbronn, meinem Seminarort, anzufreunden. Immerhin eine Großstadt mit über 100.000 Einwohnern. Weinberge wo man nur hinsieht, der Neckar durchzieht die Stadt. Eigentlich irgendwie schon schön.

Vielleicht lag es daran, dass das Veranstaltungsgebäude in einer weniger attraktiven Gegend lag. Die Einführungsveranstaltung in der Sporthalle verlief so, wie ich sie schon mehrmals im Studium erleben durfte. Langweilig mit viel Blabla. Vor lauter Leuten konnte man mit niemanden ins Gespräch kommen, geschweige denn, dass man überhaupt Bock drauf hatte. Ich wusste ja noch nicht einmal, welcher Gruppe ich zugeteilt worden war.

Anschließend fuhr ich mit dem weißen Fiesta heimwärts. Froh wieder zuhause zu sein, telefonierte ich Minuten später mit meinem Kumpel. Wir hatten nämlich das gleiche Bedürfnis. Wir wollten uns mitteilen. Und zwar aus dem identischen Grund. Wir waren beide nur genervt. Er hatte sein Referendariat ebenfalls aufgenommen und erzählte mir am Telefon den gleichen Mist, den ich keine zwei Stunden zuvor selbst erlebt hatte. Eine Stunde später trafen wir uns in unserer damaligen Stammkneipe und philosophierten über den Ablauf der Veranstaltungen. Es war ein typisches Gespräch, was sich im Laufe der nächsten Jahre deutlich erhärten sollte. Er sprach von seinem Seminar, ich von meinem. Ich fragte ihn nach den Dingen, die ihn bewegten und bestärkte ihn, doch so weiter zu machen. Er hatte Ideen, doch hatte ich das Gefühl, dass sie bei ihm mit der Anzahl der Biere deutlich stiegen. Tage später war von den ambitionierten Ansätzen meines Freundes aber leider nicht mehr viel übrig. Es war eher eine einseitige Beziehung, hatte ich den Eindruck. Analog der Biere fragte er zumindest nie nach meinem Befinden beziehungsweise Problemen oder anderen Dingen, in denen er mir vielleicht eine Hilfe hätte sein können. Er war halt mein Kneipenkumpel, mit dem ich viele Stunden verbrachte, ob in Kneipe oder Biergarten, wo wir jahrelang viel Spaß miteinander hatten.

Vom Seminar aus wurden die unterschiedlichen Gruppen für die einzelnen Fächer gebildet, denen man zugeordnet wurde. Am ersten Tag in Heilbronn war ich wirklich sehr gespannt, wer denn nun in meiner Gruppe, im eigentlichen Hauptfach Pädagogik sein würde. Ich empfand es als sehr freundlich und ungewöhnlich, dass wir in den Pausen sowohl Kaffee als auch Brezeln umsonst bekamen. Ich fand es klasse, wenn man bedenkt, dass ich als Lehrer im Jahr 2016 für einen pädagogischen Tag mit Übernachtung, Verköstigung und eineinhalbtägiger Langeweile inklusive Pseudofortbildung knapp einhundert Euro hinblättern musste. Zurückerstattet wurde nur ein Bruchteil. Und auch nur, weil ich unzählige Formulare ausgefüllt hatte. Sollte ich nochmals in den Alltag der Schule zurückkehren und eine solche Fortbildung mit Übernachtung anstehen, würde ich da ganz sicher noch einmal nachhaken. Meine Frau schüttelte jedes Jahr aufs Neue nur den Kopf über diese Pfeifen im Amt, die dafür verantwortlich sind, Fortbildungen zum Wohle der Kinder sich auch noch von ihren Angestellten bezahlen zu lassen.

Und dazu noch diese leidigen pädagogischen Tage. Gerade weil über den Kopf hinweg bestimmt wird, dass man sich in einem Eventhotel einzufinden hat, um dort scheinbar wichtige Ansätze für den Schulalltag mitzunehmen.

Meine Frau wird auch immer wieder zu Fortbildungen geschickt. Oftmals über Nacht. Ihre Situation ist folgende:

Fakt Nummer 1: Sie bekommt einen Mietwagen.

Fakt Nummer 2: Essen während des Seminars geht klar. Warum sollte sie auch für etwas zahlen, für das sie vom Arbeitgeber beauftragt wurde.

Fakt Nummer 3: Übernachtung im Hotel ist kein Thema.

Meine Frau hatte mich ausgelacht, nachdem ich ihr die Rechnung für diesen pädagogischen Tag vorgelegt hatte. Fette einhundert Euro für Übernachtung + Essen + Getränke. Eine Lächerlichkeit, die von den Verantwortlichen auch noch schön geredet wurde.

„Das war doch toll. Hat doch Spaß gemacht."

Allein der späte Abend mit den Kollegen hat mir Spaß gemacht, mehr aber auch nicht. Der Gewinn, den ich durch diese Veranstaltung erhalten sollte, ging für mein Empfinden gegen Null.

Es hatte mich ein Wochenende meiner heiligen Freizeit gekostet und ich hatte auch noch drauf gezahlt. Na prima. Hat es uns denn Spaß gemacht?

Meine Gruppe der Pädagogik und des Heimat- und Sachunterrichts leitete eine wahnsinnig engagierte Lehrerin, die jede Stunde minutiös vorbereitete und viel Anschauungsmaterial zum Seminar mitbrachte. Es war zum Teil wirklich originell, was sie von uns verlangte, manchmal war es mir aber schlichtweg zu dick aufgetragen. Die ständigen, sogenannten Stationenarbeiten mit hunderten von Arbeitsblättern überstieg das Maß an Input, das ich im Stande war aufzunehmen. Sollte das moderner Unterricht sein? Ich konnte mir nicht vorstellen, dass Schüler einer dritten oder vierten Klasse diese Flut von Informationen stemmen konnten. Dazu das ständige Verlangen nach einem handlungsorientierten Unterricht. Und immer wieder diese Stationenarbeiten. Man verlor schnell die Übersicht.

Wir durften hin und wieder bei ihr in der Klasse hospitieren und ich stellte fest, dass es sich meist um Showstunden handelte. Ich konnte mir beim besten Willen nicht vorstellen, dass die gute Frau sich auf jede Unterrichtsstunde so vorbereitete. Der ganze Wust an Materialien, Arbeitsblättern und selbst gebasteltem, das sie über den Kindern ausschüttete, konnte wirklich nicht ihr ernst sein. Ganz ehrlich – hätte ich später so gearbeitet, wäre ich mit den 24 Stunden, die ein Tag nun mal hat, nie im Leben ausgekommen. Doch die damalige Pädagogik verlangte den handlungsorientierten Unterricht, am besten auf Basis dieses, in meinen Augen völlig übertriebenen Stationenlernens. Wollte ich gute Beurteilungen und Zensuren, musste ich mich den Vorgaben notgedrungen beugen.

Für die Unterrichtsbesuche hieß es also, möglichst aufwendige Showstunden zu basteln, in denen der Schüler nicht für eine Minute zur Ruhe kommen durfte. Es kann schon Spaß machen, den Kindern so etwas zu bieten, doch ist der zeitliche Aufwand immens. Ich konnte nicht glauben, dass diese Art des Unterrichtens normal sein sollte. Und der Alltag zeigte sich dann später auch völlig anders. Den ganzen Schnickschnack, den wir im Seminar aufgedrückt bekommen hatten, konnte ich so gut wie nie oder nur selten anwenden. Man entwickelt seinen eigenen Stil und überlegt sich Strategien, lernt von den Kollegen, kupfert hier und dort etwas ab und bringt seine persönliche Note mit ins Spiel.

An eine Sache kann ich mich aber noch gut erinnern, denn sie hat mir immer Spaß gemacht. Es waren allgemeine oder mathematische Knobelaufgaben. Sie waren zum Teil richtig knifflig. Wir bekamen aber auch einfachere Aufgaben, die ich dann tatsächlich später regelmäßig im Unterricht und den Klassenarbeiten eingesetzt habe. Für manche waren sie ein Horror, konnten sie einfach nicht logisch denken und hätten sich gern mit billigen Plus- und Minusaufgaben auseinandergesetzt. Es waren dann eben jene Schüler, die sich jenseits der Note drei bewegten. Es gab Kinder, die schon bei der Durchsicht der Arbeit in Tränen ausbrachen, weil wieder einmal eine Knobelaufgabe auf dem Papier stand. Sie waren verzweifelt. Bei genauer Betrachtung hätte jeder dieser Schüler wenigstens einen halben der zu vergebenen 4,5 Punkte absahnen können. So ging es beispielsweise um drei Hunde, denen man bestimmte Spielsachen, in diesem Fall einen Ball, einen Schuh und einen Knochen, zuzuordnen hatte. Die Namen Enzo, Bobby und Anka, sowie die Fellfarbe der Tiere mussten ebenfalls erkannt werden. Es begann mit zwei einfachen Sätzen. „Der Hund ganz rechts hat keinen Ball. Der Hund ganz links hat einen Knochen." Spätestens jetzt, so dachte ich, sollte doch jedem klar sein, dass der rechte Hund also einen Schuh und der mittlere einen Ball haben musste. Und selbst wem das noch nicht klar war, sollte der Satz „der Hund ganz links hat einen Knochen" doch auf die Sprünge helfen. Zack und einen halben Punkt im Sack. Ich hatte das Gefühl, dass einige dieser Mathestars nur die Technik des Lesens beherrschten, den Inhalt aber nicht erfassen konnten. Ich hatte zumindest Spaß bei der Knobelei und viele Kinder konnten sich auch gut auf diese Art von Aufgaben einlassen.

Ebenso gefürchtet waren die von mir erstellten Sachaufgaben. Ich fand es von Anfang an langweilig, irgendwelche Textaufgaben aus Büchern zu übernehmen. Ich fragte mich immer, wer sich diese belanglosen Aufgaben ausgedacht hatte. „Tim nimmt sich aus einer Schale drei Nüsse, Sandra fünf und Nina zwölf. In der Schale sind jetzt noch zweiunddreißig Nüsse." Was für eine langweilige Story. Bei mir kamen vier Lausbuben ins Spiel, die abwechselnd faulige Äpfel an die Scheune von Bauer Muff warfen. Ich hatte immer den Anreiz, möglichst die absurdesten Geschichten zu erfinden. Später nahm ich dann meine Hunde Franz und Oskar mit ins Repertoire auf. In jeder Klassenarbeit mussten die Schüler sich auf kleine Gemeinheiten einstellen. Ich hatte aber großes Vergnügen beim Erfinden der Geschichten, die zum Teil auf der Wahrheit basierten. Auf meine Hunde in Zusammenhang mit der Schule und den Sachaufgaben in Mathematik, werde ich zu einem späteren Zeitpunkt noch zurückkommen.

Grässlich, so empfand ich es jedenfalls, war das Seminar im Fach Anfangsunterricht. Ich hatte schon früh den Verdacht, etwas unglücklich in der Auswahl, zumindest was dieses Fach anging, agiert zu haben. Den Anfangsunterricht streben meist Frauen an, die sich für geeignet sehen, später eine erste Klasse zu führen. Dementsprechend war ich der einzige Mann. Schon unsere erste Zusammenkunft entpuppte sich als Horror. Es kam zu den klassischen Rollenspielchen, die ich bis heute hasse. Man sollte mit einem Frage- und Antwortspiel, die persönlichen Eigenschaften der anderen Teilnehmer erraten. Es war mir aber völlig egal, mit wem ich es zu tun hatte, geschweige denn wollte ich zu viel von mir preisgeben. Der Höhepunkte der Peinlichkeit mündete in einem Lied aus der Kategorie Rolf Zuckowski. Nichts gegen diesen Menschen, doch gehörte dieses Lied, meiner Meinung nach, schlichtweg in den Kindergarten. Es war ein Lied mit Bewegungen und dämlichen Tanzeinlagen. Ich weigerte mich, mitzusingen, da meine deutlich tiefere Stimme jeden falschen Ton verraten hätte. Das dazugehörige Gehopse war dann besonders idiotisch und ich wunderte mich über den enthusiastischen Einsatz der anderen. Nach eineinhalb Stunden zog ich schweißgebadet von dannen, in der Hoffnung, mich für die nächsten Treffen möglichst unsichtbar in der Gruppe bewegen zu können.

Die weiteren Wochen verliefen zum Glück etwas entspannter, musste man sich ja auch fachwissenschaftliche Kenntnisse aneignen. Also weniger Zeit für bewegungsorientierte Inhalte, denen ich nichts abgewinnen konnte. Das Abschlusslied jeder Sitzung musste ich aber dann doch über mich ergehen lassen.

Eines Nachmittags, ich dachte an nichts Böses, traf mich der Bannstrahl einer überaus motivierten Anfangsunterrichtlerin. Sie hatte sich scheinbar gut für diese Einheit vorbereitet und präsentierte stolz ihr Vorhaben. Hätte ich eine Ahnung gehabt, was kommen sollte, ich hätte mich kurzfristig in den Krankenstand versetzt. Es fing damit an, dass sie uns kurz den Inhalt und die Umsetzung des von ihr selbst inszenierten Stückes erklärte. Sie hatte den Text eines Kinderliedes umgedichtet, was natürlich erst eingeübt werden musste. Und nicht nur einmal. Zweimal. Dann präsentierte sie eine eigens erfundene Geschichte mit Tieren, die Kinder ansprechen sollten. An alle Einzelheiten kann ich mich leider nicht mehr erinnern, aber ich meine, dass die Biene, die Katze, der Frosch, das Eichhörnchen, das Reh und der kleine Wurm vertreten waren. Jeder Teilnehmer wurde einem Tier zugeordnet und dann begann das weltbewegende Spiel. Unsere selbsternannte Chefgestaltungspädagogin übernahm die Federführung und führte uns durch eine Geschichte, die auf einer Wiese stattfand. Jeder hatte die Anweisung erhalten, Töne von sich zu geben, und diese durch passende Bewegungen zu untermalen. „Dann kam die Biene sumsumsum ..." Nun sollte ich mit kräftigem Flügelschlag und Bienensummen durch das Zimmer gleiten. Unvorstellbar für all diejenigen, die mich kennen. Hätten mich meine ehemaligen Kumpels, mit denen ich während der Schulzeit umhergezogen war, gesehen, sie hätten sich eingenässt, wären vom Stuhl gefallen oder hätten einen weitaus gehässigeren Freudentanz veranstaltet. Mein Freund aus Nürnberger Tagen, der die Entfernungen und Zeiten immer anhand der Anzahl gerauchter Zigaretten angab, wäre am Boden gelegen. Und er hätte vermutlich mehr als drei Kippen gebraucht, um sich zu beruhigen. Und dann immer wieder dieses Lied, das nach jedem tierischen Rundgang eingeflochten wurde. Schlimmer erwischte es tatsächlich den Frosch und den Wurm. Ich konnte es nicht fassen, als ich zwei Kolleginnen von Mitte Zwanzig quakend durch den Raum hopsend und kriechend ohne Armeinsatz erblickte. Das Schlimme war, nicht nur Dinge tun zu müssen, die ich nie auch nur ansatzweise freiwillig in die Tat umsetzen würde, zudem war es fürchterlich, dass sich dieser ganze Mist in die Länge zog und sich nicht nur auf einen einzigen dämlichen Einsatz beschränkte. Nein, ich musste dreimal durch das Klassenzimmer fliegen bis ich nach geschlagenen zwanzig Minuten endlich erlöst war. Ich schämte mich in Grund und Boden. Dieser Donnerstagnachmittag sollte aber auch das Härteste an Erfahrung bleiben, das man mir im Laufe des Studiums zugemutet hatte. Auf der Rückfahrt stoppte ich an einer Tankstelle und deckte mich mit einer Flasche Rotwein, sowie zwei Dosen Bier ein, wovon ich die erste noch während der Fahrt hinunterkippte. Die Hammerkassette von Prodigy besänftigte mich auf der Heimfahrt. Der Song „Smack My Bitch" gab einen hervorragenden Kontrast, um mich von dem ganzen Mist abzulenken. Der Trollinger sollte mir, nachdem das Bier mich schon zeitig etwas besänftigt hatte, den Abend erträglicher machen. Ich musste dieses nachmittägliche Debakel aus dem Kopf bekommen. Aber das war nicht wirklich schwer. Neben dem Alkohol half wie immer die Musik, um meinen Kopf wieder einigermaßen frei zu bekommen.

Ich hatte das Bedürfnis nach einer Musik, in der ich ganz aufgehen konnte. Es gab also nur eine Möglichkeit zum Abschalten: Jean-Michel Jarre. Ich war schon seit vielen Jahren besessen von seiner Musik. Computermusik vom Feinsten. Er war, wie die deutsche Gruppe Kraftwerk, deren Fan ich übrigens auch schon seit Urzeiten bin, der Wegbereiter für jegliche Technomusik, die wir heute über den Äther empfangen können. Ein Meister, der schon in den 70ger Jahren für Furore gesorgt hatte. Wer kennt nicht seine Hymne „Oxygene IV" aus dem Jahr 1976. Ein Stück, mit dem er Musikgeschichte geschrieben hat. Ich war also soweit, um mich von Jean-Michel Jarre in eine andere Welt beamen zu lassen. Die beiden Lautsprecher meiner Anlage verlegte ich aufs Parkett und platzierte sie direkt an meine Ohren. Eine Decke als bequeme Unterlage und ein Kissen sollten den Hörgenuss noch steigern. Und es war ein Genuss. Allen gestressten Lesern gebe ich hiermit tatsächlich die Empfehlung, sich Kopfhörer auf die Ohren zu drücken und einmal Jean-Michel Jarre zu hören. Es darf auch ein bisschen lauter sein. Jedem lege ich „Souvenir de Chine" ans Herz, um zu entspannen. Man muss es einfach nur zulassen und genießen. Es ist wundervoll.

Unsere Fachkraft für die evangelische Religion war eine resolute Frau, die uns forderte, was ich spätestens im Zuge der beratenden Unterrichtsbesuche erkennen sollte. Viele Dinge im Seminar waren nicht unbedingt mein Ding, aber ich hatte mich nun mal für dieses Fach entschieden und musste jetzt durch. Jammern half leider nicht.

Vor allem die wöchentlichen Gesangseinlagen hatten es in sich. Man musste schon ein dickes Fell besitzen, um den musikalischen Part des Seminars zu ertragen. Sie spielte auch noch Gitarre, was ich immer gleich skeptisch betrachtete, waren es nämlich meistens die grauenvoll runtergeschrubbten Akkorde mit zudem falsch gestimmten Saiten, die mein Gehör nicht ertragen konnte. Ich wundere mich immer über den

Mut mancher Menschen, Instrumente einzusetzen, die sie nicht beherrschen. Ich jedenfalls hätte von dem Unternehmen Abstand gehalten, konnte ich doch gut einschätzen, wovon man lieber die Finger lassen sollte. Nun gut, die Frau führte ja nichts Böses im Schilde, sie meinte es einfach nur gut mit uns und ihren Schülern. Es waren auch nicht die klassischen Relilieder, die ich aus meiner eigenen Grundschulzeit kannte, gruselig waren vielmehr die modernen Lieder, die für den Glauben einfach umgetextet worden waren. Stolz stellte sie uns den Song „she came to me one morning" vor. Mir schwante Böses, als sie die ersten Akkorde anschlug. War das nicht? Ich traute meinen Ohren kaum. War ihr tatsächlich entgangen, dass der eigentliche Titel des Liedes „Lady In Black" heißen sollte und der Welthit der Band Uriah Heep war. Dieses Lied, und dann noch christlich auf Deutsch umgedichtet. Für mich nur furchtbar. Es passte nichts. Wenn die Mitglieder der Kultband von der Existenz dieser grauenvollen Umsetzung und Verunglimpfung ihres Songs wüssten, sie würden nur ungläubig mit dem Kopf schütteln. Einen Klassiker der Rockgeschichte so zu verhunzen. Ich ließ es aber stoisch über mich ergehen. Die Besuche in ihrer Klasse zeigten mir aber, mit welchen Mitteln sie arbeitete. Eine Kerze für die Morgenandacht und das Einstiegslied als Ritual. Alles war fein aufeinander abgestimmt. Die Farbe der Kerze passte zu dem Tuch, auf dem sie stand. Ich hatte den Eindruck, vor einem reich gedeckten Gabentisch zu sitzen. Stilvoll zu den Themen des Unterrichts und der jeweiligen Jahreszeit angemessen, waren bestimmte Sächelchen fein säuberlich und durchaus entsprechend um die Kerze verteilt. Es konnten beispielsweise Pfingstrosen, eine selbst hergestellte Dornenkrone mit einem Kreuz, eine Schale mit Obst oder eine Vase mit Getreide sein. Wirklich schön anzusehen. Bei ihr fiel mir wieder einmal dieses Mammutprogramm für eine einzige Stunde auf. Schon wieder eine Showstunde, um uns vorzuführen, was für einen tollen Unterricht sie absolvierte oder war es doch der für sie ganz normale Schulalltag? Ich konnte mir bei dieser Frau, so motiviert sie auch da vorne stand, nicht vorstellen, dass sie jedes Mal diesen wahnsinnigen Aufwand betrieb. Fragen wollte ich sie dann doch nicht. Das verkniff ich mir lieber und blieb wie so oft unauffällig in Deckung.

9
Über Hausmeister

Interessante Begegnungen, die ich in meinem Vorbereitungsjahr hatte, waren die mit den Hausmeistern. Irgendwie merkwürdige Gesellen, denen man anfangs immer mit Vorsicht begegnen musste. Ich hatte zwei zur Auswahl. Der erste war ein Choleriker, der alle Lehrer als Idioten bezeichnete. Für einen angehenden Pädagogen wie mich starker Tobak. Ich kann mich auch noch ganz genau an unseren damaligen Hausmeister aus Zeiten des Gymnasiums erinnern. Ein Arschloch! Doch dachte ich immer, seine Aversion wäre nur auf uns Schüler bezogen. Viele Jahre später musste ich leider einsehen, dass diese Menschen es nicht nur auf Schüler abgesehen hatten. Der Despot, von dem ich spreche, war ein Menschenverächter, einer dem ich jegliches Verständnis absprach, es auch nur auf eine einigermaßen vernünftige Ebene der Konversation zu schaffen. Es war von Anfang ein Akt der Unmöglichkeit, mit diesem Mann auf einem anständigen Niveau zu kommunizieren. Sein Auftreten war dadurch geprägt, alle Lehrer, nur aufgrund ihres Beamtenstatus als faul und dumm zu bezeichnen. Ich hielt mich wie immer zurück, was vernünftig war. Wäre ich diesem blöden Hund im späteren Leben begegnet, so hätte ich mich bestimmt nicht nur mit einem billigen Contra zufriedengegeben. Er war einfach nur ein Trottel, aus dessen Mund nie auch nur ein freundliches Wort kam. Wirklich armselig.

Der andere Hausmeister aus meiner Stammschule war ebenfalls ein wirrer Typ, ein Zeuge Jehova, der nicht hinter dem Berg hielt, dass er Lehrer nicht mochte. Ich ließ ihn einfach nur quatschen und regte mich nicht über seine unqualifizierten Kommentare auf. Ich hatte aber tatsächlich einen guten Draht zu ihm, kein Wunder, ließ ihn schwätzen, und amüsierte mich beinahe täglich über seine verbalen Peinlichkeiten. Quasi in einer Dauerschleife zog er über die Lehrerschaft her. Es war einfach phänomenal und ich konnte mich herrlich über seine Ausführungen erheitern. Er steigerte sich regelmäßig in eine Art Aversion, die keiner mehr ernst nehmen konnte.

Interessant war aber, dass er mir irgendwann eröffnete, dass seine Tochter mit einem Australier zusammengekommen und durchgebrannt sei, was er natürlich als absolut verwerflich fand und sogleich diverse Hasstiraden gegenüber Ausländern abfeuerte. Nach vorsichtigem

Nachfragen biss der Fisch an. Ich hatte ihn sozusagen am Kanthaken. Er erzählte mir, gerade mir, der nur Referendar war, die ganze Geschichte, die er als tragisch und anrüchig, ich aber als Befreiung seiner Tochter empfand. Sie hatte sich diesem ganzen religiösen, meiner Meinung nach eher sektenmäßigen Mist entsagt und war mit ihrem Freund, den sie zudem geheiratet hatte, nach Australien ausgewandert. Eine böse Schlappe für den Zeugen Jehova-Hardliner. Im weiteren Verlauf des Gesprächs merkte ich ihm an, dass er deutlich milder wurde. Also änderte ich meine Taktik. Ich gab der Plauderei eine neue Richtung. Ich fragte ihn, seit wann und ob er schon immer an dieser Schule tätig sei. Ich merkte ihm eine gewisse Unsicherheit an, die er aber sofort im Keim ersticken ließ. „Ich hab viele Jahre wo anders geschafft", war seine Antwort. Diese Äußerung ließ ich aber nicht gelten und hakte sogleich nach.

„Ja wo?"

„Ja wie wo?"

„Ja wo haben sie denn gschaffd?"

Er schaute mich durchdringend an, als ob ich einen an der Waffel hätte. Erst jetzt wurde mir bewusst, dass sich noch kein Lehrer für ihn interessiert hatte, wie ich es gerade tat. Er war doch tatsächlich jahrelang in meiner Heimatstadt tätig gewesen. Ich konnte es nicht glauben. Ich dachte, ich spinne. Will er mich verarschen, weil er vielleicht meinen Heimatort kennt? Ich war mir unsicher aufgrund dieser überraschenden Reaktion. Doch fiel mir sofort eine Fangfrage ein, die ihn bei falscher Antwort als Schwätzer entlarven würde. In meiner Stadt gibt es nämlich ein Kaufhaus von Kultstatus, das mir der Hausmeister sicher würde nennen können.

„Oha, wirklich interessant. Ich bin übrigens dort geboren. Was für ein Zufall, dass sie da mal gelebt haben."

Ich wollte ihn in die Falle locken und fand mich irre raffiniert. Deswegen wagte ich die Frage, wo er dort immer einkaufen gegangen war. Als er auch noch genau das altansässige Kultkaufhaus der Stadt erwähnte, war ich völlig platt. Es zog mir regelrecht den Boden unter den Füßen weg. Er hatte tatsächlich die Wahrheit gesagt. Dieser Bursche hatte jahrelang in meiner Heimatstadt gewohnt. Unglaublich! Jetzt bekannte ich Farbe und öffnete mich ihm gegenüber. Dass ich ein waschechter und geborener Junge dieser Stadt war, konnte er nicht fassen. In den nächsten Minuten entwickelte sich ein Gespräch zwischen uns, das ich kurz zuvor noch für undenkbar gehalten hätte. Auf der einen Seite der grünschnäblige Referendar, der nichts zu melden hatte, auf der anderen Seite der bis zu diesem Zeitpunkt stinkstiefelige Hausmeister, der ein Problem mit Lehrern hatte. Hausmeister contra Azubi. Wir philosophierten minutenlang über meine Heimatstadt, in der er scheinbar jahrelang unauffällig gelebt hatte, und über den bekannten bei allen Einheimischen beliebten Einkaufstempel, was ihm offensichtlich unheimliche Freude bereitete. Wir waren auf dem gleichen Level angelangt und ab diesem Zeitpunkt Verbündete. Auch wenn er die Lehrer immer zu triezen im Sinn hatte, mit mir trieb er kein übles Spiel mehr. Er war ab sofort ein Hausmeister, den sich viele andere so wünschen würden und der mir im Verlauf meiner anstehenden Prüfungen noch eine große Hilfe sein sollte.

10

Leidige Unterrichtsbesuche

Im Seminar hatten wir aber auch immer wieder unseren Spaß. Vor allem die Pädagogik und Sachunterrichtsgruppe hatte es in sich. Ein Typ mit badischem Dialekt, war ein cooler, aber durchaus schräger Vogel. Mit mir komplettierte ein flippiges Mädchen, die für jeden noch so blöden Scherz offen war, den Kreis der Ludwigsburger Truppe. Anfangs wollten wir uns für den Dienstag mit der Fahrerei abwechseln, doch disponierten wir schnell um. Das Auto des Badensers war eine Schrottkiste und wir hatten stets Angst, unser Ziel Heilbronn nicht zu erreichen. Ich meine mich zu erinnern, dass immer irgendwelche Gänge Probleme machten und er beim Schalten den einen oder anderen Gang überspringen musste.

Es stellte sich heraus, dass er ein ziemlicher Geizhals war, aber trotz allem nett und witzig. Später wurde er für ein Jahr mein Kollege und ich wunderte mich über seine Angewohnheit, Flaschen zu sammeln, um das Pfandgeld einzukassieren. Da wir also dem Auto nicht trauten, wurde der Besitzer von seinen Pflichten entbunden und wir beschränkten uns auf die Verwendung von nur noch zwei Fahrzeugen.

Donnerstagnachmittag fuhr ich oft alleine, da ich morgens Pflichtunterricht an der Schule zu absolvieren hatte und von dort aus direkt zum Seminar fuhr. Auf der Rückfahrt nahm ich dann des Öfteren die zuvor erwähnte flippige und etwas durchgeknallte Kollegin mit. Wir hatten immer viel Spaß und agierten albern wie Kinder. Weniger witzig empfand ich aber eine Heimfahrt, bei der ich zunächst eine Tankstelle ansteuerte, um Diesel zu zapfen. Übermütig wie sie war, sprang sie aus der Karre.

„Ich erledige das, kein Problem."

„Wenn du meinst. Nur zu."

Ich verweilte solange im Auto und dachte mir nichts Böses, als dieses Luder an mein geöffnetes Fenster trat und „Hände hoch!" schrie. Im gleichen Moment hatte sie schon abgedrückt und es ergoss sich ein Schwall Treibstoff ins Innere des Wagens. Das meiste bekam meine so schön orange leuchtende neue Hose ab. Sie entschuldigte sich etwa gefühlte eintausend Mal während der anschließenden Heimfahrt, konnte sich aber vor Lachen kaum halten. Als wir vor ihrer Wohnung angekommen waren, rang ich ihr noch das Versprechen ab, falls sie nochmals mit mir mitfahren wolle, das Auto nicht mehr zu verlassen. Die Dieselnote meiner Hose sollte nie mehr ganz verschwinden.

Das Referendariat plätscherte so vor sich hin. Es zog der Alltag ein. Ich absolvierte meine eigenen Unterrichtsstunden und das Seminar lief nebenher. Eigentlich eine angenehme Zeit, die aber nur begrenzt war. Die ersten Unterrichtsbesuche standen an und mit ihnen nicht nur die Vorbereitungen für die jeweiligen Stunden, sondern auch die ausführlichen Unterrichtsentwürfe, die meist um die fünfzehn Seiten füllten. Ich hatte zuerst die Situation der Klasse abzuhandeln, um dann in die Sachanalyse überzugehen. Man berichtete zum Beispiel über die Problemfälle, die in jeder Klasse auftraten. Ich hatte es vor allem mit Kindern zu tun, die unter einem Aufmerksamkeitsdefizit litten. ADS oder ADHS wie man es heute gern zu sagen pflegt. Kinder also, die einfach nur sich selbst und ihr Umfeld nerven. Ich hatte von Anfang an den Verdacht, dass es Kinder waren, die Probleme im Elternhaus hatten. Kinder, deren Eltern entweder sich nicht genügend kümmern konnten oder wollten, oder aber ihrem Filius keine eindeutigen Grenzen setzten. Mit diesem Problem wurden dann die Lehrer konfrontiert, sozusagen „macht ihr mal". Von Anfang an kotzten mich diese Kinder, zumeist Jungs, und ihre Eltern an, waren sie doch ein Spiegelbild ihrer Erzeuger. Diese hatten dann auch noch die Frechheit, sich zu beschweren oder kritisch nachzuhaken, wenn in der Schule nicht alles nach ihren Wünschen lief. Es verlief nie so, geschweige denn, dass die kleinen Rotzlöffel bereit gewesen wären, etwas an ihrer Situation zu ändern. Es war immer der gleiche Mist. Die Schüler konnten oder wollten nicht zuhören und verhielten sich auffällig verhaltensgestört. Es machte mich wahnsinnig. Und kein Kind konnte dafür verantwortlich gemacht werden. Sie konnten es einfach nicht besser.

Während einer Unterrichtsstunde in einer ersten Klasse, ich wurde gefragt, ob ich nicht für eine kranke Kollegin einspringen könnte, obwohl ich als Auszubildender dies nicht zwingend hätte tun müssen. Für mich war es aber kein Thema und so stand ich also vor besagter Klasse. Nach der Begrüßung wunderte ich mich, dass von irgendwo her seltsame Töne zu hören waren. Anfangs konnte ich sie noch nicht orten und begab mich auf die Suche nach der Störquelle. Kurze Zeit später wusste ich, woher die Signale herkamen. Ein kleiner Wicht kauerte tatsächlich unter seinem Tisch und meinte, die Aufmerksamkeit auf sich lenken zu wollen. Ich fragte ihn zuerst freundlich, ob er nicht zeitig wieder auf seinen Stuhl kommen wolle. Keine Antwort. Nur ein noch lauteres und nervigeres Gezeter, auf das ich absolut keinen Bock hatte. Abermals beschwichtigte ich den jungen Mann, doch vernünftig wie die anderen zu sein. Es hatte den Anschein, dass meine Botschaft nicht angekommen war und überlegte mir den nächsten Schritt. Sollte dieser Bursche im Alter von sieben Jahren wirklich die Macht haben, den Ablauf des gesamten Unterrichts zu manipulieren beziehungsweise seinen Mitschülern diesen zu vermiesen. Also schritt ich zur ersten Tat meines hoheitlichen Auftrags zum Wohle der anderen, die einen durchschnittlichen Unterricht wohlverdient hatten. Ein kurzer Griff unter den Tisch und ich hatte den Burschen am Kragen. Keine zehn Sekunden später platzierte ich ihn samt Stuhl auf den Flur vor der Tür des Klassenzimmers. Nach einem kurzen und ernsten Gespräch ließ ich ihn dann dort hocken und widmete mich der restlichen Klasse, die wirklich überaus lieb war. Ich gab den Kindern unterschiedliche Arbeitsblätter zur Auswahl, deren Aufgaben sie motiviert angingen. Alle fünf Minuten schaute ich nach meinem Spezialfall, der immer noch beleidigt vor der Tür saß. Nach etwa einer viertel Stunde bemerkte ich jedoch eine Veränderung bei meinem Sozialfall. Ich hatte das Gefühl, dass er deutlich unruhiger geworden war. Weitere fünf Minuten später saß er nicht mehr auf dem ihm zugewiesenen Stuhl, sondern wanderte vor dem Zimmer auf und ab. Ich wartete ab und ließ ihn fürs Erste einmal schmoren. Kurz bevor ich abermals nach ihm sehen wollte, klopfte es an der Tür. Der Bub streckte seinen Kopf ins Zimmer und fragte, zu meinem Erstaunen sehr höflich, ob er wieder reinkommen dürfe. Ich sah ihn an und hatte verstanden. Natürlich durfte er wieder Teil der Klassengemeinschaft sein. Zumindest hatte er etwas begriffen. Es war herrlich ihn zu beobachten. Ohne weiter Ärger zu machen oder andere zu stören, schnappte er sich ein Arbeitsblatt und begann für sich zu malen. Und das für den Rest der Stunde. War ich zu hart gewesen? Auf dem Rückweg zum Lehrezimmer hatte ich ein schlechtes Gewissen. Doch im Nachhinein betrachtet, hatte ich genau richtig reagiert. Es geht schließlich auch um Schüler, die motiviert sind und Spaß an der Schule haben. Und zudem hatte der Bub verstanden.

Der erste Unterrichtsbesuch stand an. Auch noch im Fach evangelische Religion. Mein Mentor war sich der ernsten Situation durchaus im Klaren und lud mich erstmalig zu sich nach Hause ein. Quasi der Ritterschlag. Mit anderen Kolleginnen wurden die fälligen Besuche nur in der Schule besprochen. Was sollte auf mich zukommen? Gespannt tanzte ich dann auch bei ihm an und ließ mich am großen Esstisch nieder. Eine wirklich gemütliche Wohnung. Nach den etwas steifen Startschwierigkeiten bot er mir das „Du" an. Ich empfand es als eine unglaubliche Auszeichnung, hatte ich ihn ja schon seit Beginn unseres ersten Treffens in der Schule ins Herz geschlossen. Sein Argument hierfür war einfach und durchaus nachzuempfinden.

„Jetzt gilt es etwas umzusetzen, das wir nicht in zehn Minuten abhandeln können", so sein Kommentar.

Als erfahrener Lehrer hatte er natürlich Recht und wir saßen geschlagene zwei Stunden da und diskutierten darüber, wie der erste Unterrichtsbesuch ablaufen sollte. Er hatte eine Idee, die mir gefiel. Es ging um Geschichten Jesu. Warum sollten wir nicht verschiedene davon vorbereiten? Ich fand es genial, wie wir die Erzählungen zusammenfassten, um ein weiteres Konzept umzusetzen. Wir wollten unterschiedliche Bildergeschichten als Puzzleteile in Briefumschläge verteilen. Die Schüler sollten die Aufgabe bekommen, die Teile richtig zusammenzusetzen, auf DIN-A4 Papier zu kleben und zu bemalen. Quer durch das Klassenzimmer sollte eine Schnur gespannt sein. Nach einer gewissen Zeit würde ich die Partnerarbeit beenden und die Kinder anweisen, ihre Kurzgeschichte zu erzählen. Als Sicherheit sollte jeder einen kurzen Text zu den Bilderfolgen bekommen. Jede Kleingruppe konnte also eine kurze Geschichte aus dem Leben Jesu zum Besten geben und sie an die Wäscheleine hängen. Abschließend würden wir gemeinsam die Geschichten chronologisch ordnen. Mit einem guten Gefühl machte ich mich auf den Heimweg, um letzte Vorbereitungen für den Unterrichtsbesuch zu treffen.

Mir fiel ein Stein von Herzen, als die Stunde zuende war und ich das Gefühl hatte, dass alles top gelaufen war. Denkste wohl! Ich und vor allem auch mein Mentor sollten uns übelst getäuscht haben. Im Anschluss an den Unterrichtsbesuch gab es das klassische Feedbackgespräch in einem eigens für uns zugewiesenen Raum bei Kaffee und Brezel. Zunächst war ich ganz gelassen, hatte ich doch den Unterricht als angenehm empfunden, zumindest was Verhalten und Mitarbeit der Schüler angeht. Auch die Reflexion war aus meiner Sicht gelungen. Die Schüler hatten zumindest klar erkennen können, dass Jesus Geburt am Anfang der Leine seinen Platz hatte und die Bildergeschichte zur Kreuzigung ganz rechts hängen musste. Wie ich schon erwähnt hatte, war meine Religionsberaterin und Leiterin der Seminargruppe eine resolute und voll motivierte Dame, die uns einiges abforderte. Sie hatte es an diesem Tag nicht unbedingt nur auf den Unterricht abgesehen, der in meinen und auch den Augen meines Mentors gut verlaufen war. Sie zielte auf den ausführlichen Unterrichtsentwurf ab, was mir zunächst spanisch vorkam. In einer Art, die ich bisher von ihr nicht kannte, wurden mir die wahren Fakten um die Ohren gehauen. Wie könne ich neun Geschichten erzählen lassen und keine Abhandlungen der Sachanalyse darüber verfassen. Ich begriff nicht, was sie von mir eigentlich wollte. Auch mein Berater schien verwirrt ob ihrer Aussage zu sein. Tatsächlich hätte sie von jeder einzelnen, dämlichen Puzzlegeschichte eine Sachanalyse von mir verlangt. Ich wäre wahrscheinlich der erste Referendar gewesen, der einen ausführlichen Unterrichtsentwurf von über einhundert Seiten geschrieben hätte. Ein erster Tiefschlag, der mich und meinen nun noch näher an mich herangerückten Mentor aber nicht aus der Fassung bringen sollte. Es war ja erst der Beginn von drei beratenden Unterrichtsbesuchen.

Es gab aber auch die andere positive Seite der Medaille. Es war der Unterricht, der mir leicht von der Hand gelaufen war. Der normale Alltag lief vor allem im Fach Heimat- und Sachunterricht wie geschmiert. Diesen Umstand hatte ich unter anderem meinem Rektor der Grundschule zu verdanken, der mir entgegenkam und mich zu schonen wusste. Ein alter Haudegen, dem bewusst war, dass das Referendariat durchaus auch Stress zu bieten hatte. Mein Lehrauftrag sah vor, dass ich zwei Klassen im Sachunterricht zu unterrichten hatte. Von Glück konnte ich sagen, dass mir beide dritte Klassen für dieses Unternehmen zugeschanzt worden waren. Das hieß, dass ich jeweils nur einmalig Vorbereitungen zu treffen hatte und diese in beiden Klassen einsetzen konnte.

Eine Erleichterung, die ich durchaus zu schätzen wusste. Eben in diesem Fach stand dann auch der nächste beratende Unterrichtsbesuch an. Ich wählte die meiner Meinung nach angenehmer zu unterrichtende Klasse für den Unterrichtsbesuch aus. Diesmal wollte ich auf Nummer sicher gehen und hatte nicht die Absicht noch einmal in die Falle zu tappen. Thema der Unterrichtsstunde sollte das Getreide sein. Eine Thematik, mit der ich schon in den ersten Stunden gut zurechtgekommen war. Mir geisterte schon Inhalt und Ablauf der Stunde im Kopf herum und ich entschloss mich dazu, auf die Stationenarbeit zurückzugreifen. Da der zeitliche Vorlauf bis zum Besuch von ausreichender Dauer war, konnte ich mich entspannt, aber zielstrebig an die Arbeit machen, den lästigen ausführlichen Unterrichtsentwurf in Angriff zu nehmen. Das Thema konnte wirklich gut angepackt werden und geeignete Literatur stand mir zur Genüge zur Verfügung. Für die Auswahl der unterschiedlichen Stationen besprach ich mich mit meiner Mentorin, die mir hilfreiche Ratschläge gab. Ich musste unbedingt einen handlungsorientierten Projektunterricht anbieten, da ich vom Seminar her wusste, dass meine Beratungslehrerin von dieser Art des Unterrichtens überzeugt war.

Ich konzentrierte mich auf die vier Getreidesorten Weizen, Gerste, Roggen und Hafer. An Station 1 hatten die Kinder, die ich vorher in Vierergruppen eingeteilt hatte, die Getreideähren auf Din-A4 Papier abzuzeichnen und mit ihrem Namen zu versehen. Ich wollte ja zu einem späteren Zeitpunkt die Ergebnisse durchsehen. Wichtig war vor allem, nicht nur Bilder anzuschleppen, sondern konkretes Material vorzulegen. Dieses hatte ich fleißig während der Sommerferien auf verschiedenen Getreidefeldern gesammelt.

An Station 2 hatten die Schüler Puzzleteile der Ähren zusammenzusetzen.

Die Dritte war der Renner. Ich hatte von zuhause Hämmer und größere Steine mitgebracht, mit denen die Körner des Hafers zu Haferflocken geklopft werden mussten. Diese Arbeit hat den Kindern riesig Spaß gemacht, mich aber kurzzeitig aus dem Konzept gebracht, da ich den Lärmfaktor unterschätzt hatte. Vier Kinder klopften unablässig mit Hammer und Steinen auf die armen Körner ein und verwandelten sie zu Haferflocken. Das allgemeine Problem bestand darin, dass das akustische Signal mit Triangel im Getöse unterging und ich mehrmals wie ein Irrer auf dieses Instrument einschlagen musste, bis alle verstanden hatten, dass die Station gewechselt werden sollte.

Die Fühlbox an der nächsten Station musste in Partnerarbeit absolviert werden. Die Schüler hatten das unterschiedliche Getreide zu ertasten und zu benennen.

Die fünfte und letzte Aufgabe, die ich mir ausgedacht hatte, sollte die Kinder motivieren, handlungsorientiert zu lernen. Sie sollten Getreide pflanzen. Bereitgestellte kleine Blumentöpfe mussten zunächst mit Blumenerde gefüllt werden. Anschließend hatte jeder die Aufgabe, einige Getreidekörner in die Erde zu drücken und anzugießen. Schließlich mussten die Blumentöpfe noch beschriftetet werden, für welche Getreidesorte man sich entschieden hatte. Es standen ja vier zur Auswahl.

Die Stunde war im Nu vorüber und jeder Schüler hatte alle Stationen mindestens einmal durchlaufen. Ich war zufrieden und hatte das Gefühl, dass alles nahezu reibungslos geklappt hatte und war gespannt auf das anschließende Reflexionsgespräch. Hatte ich vielleicht doch wieder einen entscheidenden Fehler gemacht, der mir bisher noch nicht aufgefallen war? Sollte es abermals zu einer knallharten Abrechnung kommen?

Etwas unsicher betrat ich das Beratungszimmer und wartete erst einmal ab. Bammel bekam ich dann doch, als mir meine Chefin den klassischen Beginn für das Gespräch übergab. Die Selbstreflexion zur Stunde. Logischerweise versucht man sich und seine gehaltene Unterrichtsstunde selbstbewusst und positiv anzupreisen. Ich hatte das Gefühl, dass mir das gelungen war. Ich war auch der Meinung, meine Ziele erfüllt zu haben. Ein Lächeln in ihrem Gesicht verriet mir, dass ich mit meiner Einschätzung nicht ganz falsch liegen sollte. Sie selbst war durchaus angetan vom Unterricht und äußerte sich lobend über die Stationen, die den Kindern das Arbeiten mit allen Sinnen handlungsorientiert eröffnet hatten. Nach der Pleite des ersten Unterrichtsbesuchs hatte ich wieder Selbstbewusstsein getankt. So konnte es doch weitergehen.

Das Referendariat und der damit verbundene Unterricht wurden langsam zur Routine. Die Fahrten nach Heilbronn zum Seminar waren Pflicht und langweilten mich von Monat zu Monat immer mehr. An einem Dienstag im September musste ich dem Seminar tatsächlich aber eine Absage erteilen. Ich war nicht etwa krank, aber in meiner Heimatstadt war gerade das Fränkische Volksfest zuende gegangen. Man spricht auch von der fünften Jahreszeit. Für einen Einheimischen wie mich ist das Volksfest ein viertägiges Pflichtprogramm, das zwingend abgearbeitet werden muss. Damals bedeutete es noch, die vier „Feiertage" im Bierzelt mit meinen Freunden zu verbringen. Das war mal! Doch jedes Jahr wird mir immer wieder aufs Neue bewusst, welche Mengen an Bier ein Körper verarbeiten kann. Da ich, wie viele andere auch, jeden Tag über den Durst getrunken hatte und spät ins Bett gekommen war, wurde der nächste Morgen jedes Mal zu einer Tortur. Bis zum Mittag erholte ich mich aber meist wieder soweit, um erneut Richtung Festgelände abzumarschieren. Der Montag, dem letzten Volksfesttag, der ein bedeutender Tag für die Einheimischen ist, verlief im Grunde genauso, wie die drei Tage zuvor. Angeschlagen von zu hohem Biergenuss, wankte ich gegen Mitternacht heimwärts. In diesem Moment konnte ich mir beim besten Willen nicht vorstellen, wie ich am nächsten Tag pünktlich um 9:00 Uhr im Seminar in Heilbronn erscheinen sollte. Den Wecker stellte ich aber trotz allem auf 6:00 Uhr. Das Klingeln am nächsten Morgen riss mich zwar aus dem Schlaf, doch meine umnebelten Lebensgeister gaben mir klar zu verstehen, besser liegen zu bleiben. Ich hatte das Gefühl, höchstens eine Stunde geschlafen zu haben, so miserabel empfand ich meinen gesundheitlichen Zustand. Ich dachte, ein Bus hätte mich angefahren. Selbst der Gang auf die Toilette wurde zur Qual. Die Geister wurden also erhört und ich blieb tatsächlich liegen. Auch für das notwendige Telefonat, um mich ordnungsgemäß abzumelden, war ich nicht in der Lage. Letztendlich wäre es auch fahrlässig gewesen, mich in diesem Zustand mit meinem PKW auf die Autobahn zu wagen. Ich fuhr also erst am späten Nachmittag zurück nach Ludwigsburg, obwohl ich immer noch nicht ganz meine Normalform erreicht hatte.

Weitere Wochen verstrichen und es kündigte sich die Vorweihnachtszeit an. Eigentlich eine schöne und besondere Zeit des Jahres. Vor allem für Kinder. Als Lehrer empfand ich das natürlich ganz anders. Es mehrten sich Unterrichtsstunden, die für Basteleinheiten genutzt wurden. Diesen konnte ich deutlich weniger an Euphorie abgewinnen, als es erforderlich gewesen wäre, doch musste ich mich dem unausgesprochenen aber gefühlt allgegenwärtigen Druck der Eltern und Kollegen beugen. Ich hatte keine andere Wahl. Ich wälzte also unzählige Hefte und Ordner für den Unterricht, um mich fortzubilden und um den Kindern einigermaßen gerecht zu werden. Ich versuchte es mit einfachen Dingen, wie Sterne ausschneiden, die mit farbigem Transparentpapier beklebt werden sollten. Das Ergebnis meiner ersten Weihnachtsbastelei konnte sich meiner Meinung nach sehen lassen.

Für die nächsten Tage hatte ich mir das Ziel gesteckt, mangels Kreativität, die Klassenzimmer meiner Kollegen auszuspionieren, um mehr Impulse für meine bescheidenen Bastelkünste zu bekommen. An einem Nachmittag, an dem kein Unterricht anstand, wollte ich, praktisch als verdeckter Ermittler, die Aufgabe angehen. Als ich das erste Klassenzimmer aufgeschlossen hatte und eintrat, traute ich meinen Augen nicht. Das ganze Zimmer war nahezu vollständig dekoriert. Kein Vergleich zu meinem, in dem bisher nur ein paar läppische Sternchen an den Fenstern klebten. Es war schnell klar, dass ich ordentlich Gas geben musste, wollte ich mich nicht bei unserer Weihnachtsfeier, die für die folgende Woche geplant war, vollends blamieren. Alle Kinder und Lehrer hatten nämlich an besagtem Tag, dem sogenannten Tag der offenen Türen, die Möglichkeit, andere Klassenzimmer zu besuchen und die jeweiligen Bastelangebote in Anspruch zu nehmen. Die restlichen Tage bereiteten mir enormes Kopfzerbrechen. Wie konnte ich in der kurzen Zeit mein Klassenzimmer noch weihnachtlich aufrüsten, ohne Opfer des allseits herrschenden Vorbereitungswahns zu werden? Ich stieß auf einen interessanten Vorschlag aus einem Ordner für Bildende Künste unserer Schule. Vordrucke mit Häuserfronten konnte man auf schwarzes Tonpapier kopieren und vervielfältigen. Die Kopien sollten ausgeschnitten, gefaltet und abermals, wie bei meinen Weihnachtssternen, mit farbigem Transparentpapier beklebt werden. Stellte man ein Teelicht in die Mitte des gefertigten Hauses, so schimmerte es aus ihm in allen erdenklichen Farben. Die Idee fand ich klasse und sie konnte auch organisatorisch ohne größeren Aufwand umgesetzt werden. Drei Tage später und dazu noch pünktlich zu unserer Weihnachtsfeier hatten meine Schüler eine kleine, leuchtende Stadt aus dem Boden gestampft. Es sah richtig gut aus. Logischerweise wurde dieses Bastelangebot am Tag der offenen Türen von mir präsentiert. Leider hatte ich vergessen, eine passende Musik bereitzustellen, so dass in meinem Klassenzimmer musikalische Stille herrschte. Doch konnte ich damit leben, zumal in zwei anderen Zimmern die berühmt berüchtigte Weihnachtsbäckerei von Rolf Zuckowski lief. Die Kinder finden es toll, für mich ist es aber ein Ding der Unmöglichkeit, auf dieses Werk zurückzugreifen, da es fast schon einer vorsätzlichen Körperverletzung gleich kommt.

Nach den Weihnachtsferien nahm das Seminar noch einmal Fahrt auf. Die mündlichen Prüfungen waren schon nah herangerückt. Das hieß für mich aufs Neue, zu büffeln. Immerhin hatte ich mittlerweile den Anspruch, ordentlich abzuschneiden. Die Inhalte der Prüfungen für die einzelnen Fächer waren mir bekannt. Ein Fach blieb allerdings übrig, das beachtet werden sollte. Das Schulrecht. Einmal in der Woche war ich im Laufe des vergangenen Jahres von meinem Rektor darin geschult worden. Vor lauter Paragraphen und Sachverhalten, die im Schulleben beachtet werden müssen, verlor ich irgendwann die Orientierung. Ich kam auf eine Idee, wie ich dem Ganzen entgegen steuern konnte. Ich klebte zwei Din-A3 Blätter zusammen und erstellte ein riesiges Schaubild mit allen erdenklichen rechtlichen Anforderungen und Regeln, die mit der Schule in Zusammenhang standen. Es war eine ungeheure Herausforderung, doch am Ende hatte ich etwas in der Hand, mit dem ich lernen konnte. Ich lernte alles auswendig und prägte es mir photographisch ein. Am Ende der mündlichen Prüfung verkündete man mir die Note 1,0. Es war der Hammer. Auch die weiteren Prüfungen verliefen erstaunlich positiv. Sollten die entscheidenden Lehrproben, die doppelt zählen, genauso gut verlaufen wie die Prüfungen bisher, so konnte ich auf ein gutes Gesamtresultat hoffen.

Im Heimat- und Sachunterricht und der Religion verliefen die Prüfungslehrproben dann tatsächlich hervorragend und wurden jeweils mit einer 1,5 gewertet. Was für ein Wahnsinn. Gerade ich, der in der Schulzeit und während des ersten Studiums in Nürnberg ständig abgekackt war. Ich muss zugeben, dass etwas Stolz in mir aufkam.

Die finale Lehrprobe sollte also die Entscheidung bringen, mit welchem Notendurchschnitt ich das zweite Staatsexamen abschließen würde. Gerade der Anfangsunterricht, vor dem ich immer großen Respekt und zugegebenermaßen Schiss hatte, baumelte wie ein Damoklesschwert über meinem Kopf. Eine Showstunde musste her, die ich mit meiner Mentorin, unserer Konrektorin, dann auch sinnvoll zusammengebastelt hatte. Die Stunde hatte alles, was eine zielgerichtete Grundschulpädagogik aufweisen musste. Ein Lied im Stuhlkreis, antizipierendes Lesen und noch ein Tänzchen zum Abschluss. Also der blanke Horror. Dennoch konzentrierte ich mich voll und ganz auf diese letzte Herausforderung meiner Referendariatszeit. Mit Gitarre und Liedblatt ausgerüstet startete ich in die Stunde. Ich konnte mir den Text natürlich immer noch nicht merken, so dämlich fand ich den Song. Heute habe ich den Titel des Liedes leider vergessen, oder vielmehr nur verdrängt. Die Kinder hatten es deutlich einfacher. Erstens waren sie vom Lied begeistert und zweitens arbeiten Kinderhirne in Sachen auswendig lernen erwiesenermaßen um ein Vielfaches besser, als das von Erwachsenen.

Im zweiten Teil der Darbietung wäre ich aber tatsächlich vor Peinlichkeit lieber im Boden versunken. Als Koch verkleidet hatte ich Gemüse auf dem Markt besorgt, um es auf die Burg des Königs zu bringen. Dort sollte ein Fest anstehen. Mein überdimensioniert großer Einkaufszettel war während meiner Besorgungen leider in den Regen gekommen und hatte einige Buchstaben verwischt, die die Kinder, im Halbkreis vor meinem Verkaufsstand sitzend, ergänzen mussten. Den Kindern bereitete die Aufgabe große Freude, allein ich kam mir, beäugt von den Prüfern, etwas dämlich mit meiner Kochmütze und Schürze vor. Der abschließende Tanz der Kinder, denen die unterschiedlichen Gemüsesorten zugeordnet wurden, konnte ich aber erst mit etwas Verzögerung beginnen. Wieder zurück im Stuhlkreis, hatte ein Knirps die Aufmerksamkeit auf sich gezogen, indem er sich vom Stuhl hatte fallen lassen. Als zwei andere dieses Ereignis auch noch zum Anlass nahmen, den Übeltäter zu imitieren und sich ebenfalls auf dem Boden räkelten, hatte ich Angst, die Stunde könnte mir entgleiten. Knallhart wurde ich einmal mehr mit den Tücken des Anfangsunterrichts konfrontiert. Selbstbewusst packte ich die Burschen an den Armen und zog sie wieder zurück auf ihren Stuhl. Eine ernsthafte Ermahnung meinerseits brachte die Bubis Gott sei Dank zur Vernunft.

Der Abschlusstanz mit meiner Gitarre im Anschlag konnte also beginnen. Da tanzte dann der Kopfsalat mit dem Sellerie, die Petersilie mit dem Blumenkohl und so weiter. Ich schämte mich in Grund und Boden. Ein heilloses Durcheinander war entstanden. Ich sehnte mich dem Ende des Liedes entgegen, wie bei einem fiesen Zahnarztbesuch. Drei Minuten später hatte ich es geschafft. Die Stunde war mitsamt meinen Nerven am Ende. Ich konnte meine Leistung überhaupt nicht einschätzen und wartete ungeduldig auf das Ergebnis der Prüfer, die sich zur Beratung zurückgezogen hatten. Dieses Mal wurde meine Leidenszeit des Wartens deutlich länger auf die Folter gespannt.

„Warum brauchen die so lang?“, nuschelte ich vor mich hin.

Ich bemerkte gar nicht, dass ich den Gang bestimmt schon zwanzig Mal auf und ab geschlichen war. Das Warten zerrte an meinen Nerven. Abermals verfiel in ein Selbstgespräch.

„Was hat das zu bedeuten? Das gibt`s doch nicht. Hab ich es verkackt?“

Nach einer geschlagenen viertel Stunde wurde ich ins Zimmer gerufen, um meine zuvor schon von mir zusammengebastelte Selbstreflexion zu präsentieren. Schweigend saßen die Prüfer vor mir, die meine Ausführungen aufmerksam verfolgten. Ich fühlte, wie der Kloß in meinem Hals anwuchs und mich in Beschlag nahm. Ich schaffte es gerade noch so, meinen zuvor vorbereiteten Monolog für diese Unterrichtsstunde zu beenden, ohne dass mir die Stimme versagte. Anschließend verfolgte ich, fast schon in Trance, die abschließenden Bemerkungen meiner Inspektoren. Es wurde ernst. Was konnte ich erwarten? Zumindest konnte ich den Ausführungen der Prüfer entnehmen, nicht durchgefallen zu sein. In Anbetracht des Aufwands meiner Vorbereitungen, wäre dies einer Katastrophe nahe gekommen.

Der Prüfungsvorsitzende war mir sehr unsympathisch. Er war Rektor einer Hauptschule und spielte sich als der große Zampano auf. Er laberte einen völligen Stuss daher, weshalb ich in unserer Diskussion einige Mal kontra geben musste. Ich wäre doch kein Grundschullehrer und überhaupt das mit den verwischten Buchstaben. Dass es sich um antizipiertes Lesen handelte, hatte er leider nicht begriffen. Doch hatte er sich schon früh seine Meinung gebildet. Ich hatte keine Chance mich anständig zu verteidigen, weil er auf keines meiner entgegen gebrachten Argumente einging. Trotz allem konnte ich Minuten später aufatmen. Mit der 2,0, die ich bekam, konnte ich hervorragend leben. Meine Mentorin eher nicht, um nicht zu sagen war sie außer sich vor Wut.

„Dieses Arschloch!“, waren die ersten Worte, die über ihre Lippen kamen.

„Das Arschloch hat überhaupt keine Ahnung vom Anfangsunterricht! Der hat uns beschissen!"

Ich versuchte sie zu besänftigen, indem ich ihr mitteilte, dass ich mit meiner Note zufrieden sei. Sie konnte sich aber immer noch nicht beruhigen und war den Tränen nahe. Und immer wieder „dieses Arschloch". „Das war doch eine klare Eins!", tobte sie weiter. Wir konnten letztendlich nichts an der Tatsache der 2,0 ändern. Im Fortgehen schrie sie nochmals „so ein Arschloch! Ich werde nie wieder einen Referendar betreuen! Nie wieder!" Sie tat mir tatsächlich ein bisschen leid, war es doch eigentlich ihre Stunde gewesen. Ich war jedenfalls durch mit dem Thema und erleichtert, diese gute Note in meinem Wackelfach abgesahnt zu haben.

11
Erste Anstellungen

Ich hatte also eine Gesamtnote von 1,8 erreicht und mein zweites Staatsexamen in der Tasche. Ich war total happy und wahnsinnig erleichtert. Ab jetzt war ich offiziell zugelassen, um an einer allgemeinen Schule unterrichten zu dürfen. Doch leider musste ich erst einmal abwarten. Das Noten Ranking war zwar ordentlich, doch gab es mehr Absolventen als Stellen, wie anfangs schon erwähnt. Jetzt kam der Schritt, den ich bis zum heutigen Tag nicht verstehe. Ich musste mich bis zu meinem ersten regulären Einsatz arbeitslos melden. Ich bekam also Geld vom Amt. Dafür hatte und habe ich noch immer kein Verständnis. Falls man gebraucht wird, geht es mit sofortiger Wirkung an die Schule und man wird dementsprechend ab dem ersten Tag vorschriftsmäßig bezahlt. War das Schuljahr zuende, so blieb mir nichts anderes übrig, als mich erneut arbeitslos zu melden. Ich empfand dieses ganze Prozedere als erniedrigend und hatte das Gefühl auf einem Abstellgleis gelandet zu sein. Wenn man sein Staatsexamen nach harter Arbeit im Referendariat erworben hat, so sollte die oberste Schulbehörde meines Erachtens seine Fürsorgepflichten erledigen. Kein Wunder also, dass sich viele wohl überlegen, ob sie den Lehrerberuf überhaupt ergreifen wollen. Und dann wird über den Mangel an Lehrern geheult.

Es dauerte dann auch bis Anfang Oktober, bis ich ins staatliche Schulamt beordert wurde. Die Lage meiner Situation hatte ich zugegebenermaßen natürlich genossen, denn so hatte ich vier Wochen länger Ferien als die bereits fest angestellten Lehrkräfte. Mir wurde ein Vertrag bis zum Schuljahresende angeboten. Die Schule lag praktisch um die Ecke. Mein Lehrauftrag war nicht übel, bis auf die Tatsache, dass ich zwei Stunden in der Woche eine Klasse mit Migranten zu unterrichten hatte. Sie waren zwischen sieben und neun Jahre alt. Nicht, dass ich etwas gegen Flüchtlinge oder Ausländer habe, ich hatte bisher nur noch nie mit Kindern gearbeitet, die praktisch kein Wort deutsch sprachen. Zunächst war ich die Begleitung einer Kollegin und konnte mich etwas zurücklehnen. Doch bald schon fielen mir ihre krankheitsbedingten Fehlzeiten auf, die mich jedes Mal in Verlegenheit bringen sollten. Es begann eine Phase, in der ich nur noch an diese blöden Stunden denken konnte. Niemand hatte mich eingeführt, geschweige denn, dass mir Materialien, die ich für diese Mission unbedingt benötigt hätte, zur Verfügung gestellt worden waren.

Ein Kind fiel mir von Anfang an auf. Es kramte entweder im Mäppchen oder seinem Schulranzen herum.

„Was suchst du denn, kann ich dir helfen?", war meine berechtigte Frage.

Zunächst beachtete mich dieser Winzling nicht. Kurz zuvor hatte ich ein Arbeitsblatt ausgeteilt, das eine Szene während der großen Pause auf dem Schulhof zeigte. Ich liebe diese Wimmelbilder, auf denen es immer wieder etwas Neues zu entdecken gibt. Nachdem die Anweisung zum Bemalen der Kopie erfolgt war, schien der Kleine immer noch nicht am Ziel seiner Suche angekommen zu sein. Was hatte er vor? Sein Mäppchen mit den Buntstiften lag doch auf dem Tisch und mehr brauchte man zur Erledigung der Aufgabe ja nicht. Verzweifelt hob der Bub den Kopf und stammelte:

„Ich bin keine bjau".

Ich hatte mal wieder nicht verstanden. Ich bin keine bjau?

Was meinte der Junge mit der Aussage „ich bin keine bjau"? Ich wies ihn an, endlich mit der Aufgabe zu beginnen, was er dann auch tat. Irgendetwas schien ihn aber zu beunruhigen. Deshalb beobachtete ich ihn genau, ob ich des Rätsels Lösung aufdecken könne. Nach einigen Minuten fiel mir auf, dass er alle möglichen Farben zum Einsatz gebracht hatte, außer der Farbe Blau. Langsam dämmerte es mir und ich war mir beinahe sicher, über was er sich zuvor beklagt hatte, nämlich „ich habe keine Blau." Das Problem wurde von mir schnell behoben, indem ich ihn neben einen anderen Schüler gesetzt hatte, der alle Farben anbieten konnte.

Diese beiden Unterrichtsstunden empfand ich immer als Horror, weil ich keine Ahnung hatte, ob meine Vorbereitungen der Norm entsprachen. Jedes Mal verließ ich frustriert das Klassenzimmer und hatte Schwierigkeiten, die Sache für mich abzuhaken. Die Kinder konnten nichts dafür. Ich hatte einfach nur Pech gehabt, und Forderungen was meinen Lehrauftrag anging, konnte ich beim besten Willen nicht stellen. Der nachmittägliche Dauerlauf sowie das abends in der Kneipe wohlverdiente Bier richteten mich aber Gott sei Dank immer wieder auf.

Unverschämt empfand ich aber, was den Freitag anging. Ich hatte bis zur großen Pause Unterricht und musste während dieser, die eigentlich zur Erholung da ist, in eine Schule wechseln, die knapp drei Kilometer entfernt in einem anderen Stadtteil lag. Ich schaffte es meist auf den letzten Drücker, um zwei Religionsstunden vor dem Wochenende zu absolvieren. Religion an einem Freitag, noch dazu in den letzten beiden Stunden? Mir wurde sofort klar, dass diejenige, die für die Verteilung des Stundenplans verantwortlich gewesen waren, kein Gespür für Randstunden hatten. Religion zählt nur wenig und kann gern dorthin versetzt werden, wo es niemanden stört. Außer dem verantwortlichen Lehrer. Ein no go meines Erachtens. Es konnte nicht vermieden werden, dass viele der Stunden in die Hose gingen oder überhaupt kaum stattgefunden hatten. Die Schüler hatten, verständlicherweise, nach einer mit Unterricht vollgepackten Woche, an einem Freitag keinen Bock mehr, sich mit irgendwelchen Jesusgeschichten herumzuschlagen.

In diesem Schuljahr unterrichtete ich drei Religionsgruppen von der siebten bis zur neunten Klasse. Die Achter waren schon damals die nervigste Klasse und demonstrierten mir immer wieder aufs Neue ihre kreative Blödheit. Zudem waren die Religionsschüler der siebten und achten Klasse zusammen geworfen worden. Die daraus entstandene Mischung aus pubertierenden Jugendlichen war kaum zu ertragen. Nicht nur, dass ich es als Unding empfand, den Unterricht zu dieser Zeit abhalten zu müssen, auch der Umstand, dass 28 Schüler im Raum saßen und transpirierend vor sich herumstanken, betrachtete ich als Zumutung. Nach einigen Wochen des Unterrichts, hatten sich mir auch schon die Klassenkasper und Spinner offenbart. Einen überaus nervigen Schwätzer, konnte ich, was seinen Geisteszustand anging, noch nicht richtig einschätzen. Er verwickelte mich gern in irgendwelche Diskussionen. Ich hatte das Gefühl, dass er mich provozieren und aus der Reserve locken wollte. Bis zu einem bestimmten Punkt konnte ich damit umgehen, doch irgendwann war es dann auch gut. Ich schenkte ihm keine Aufmerksamkeit mehr und ließ ihn links liegen.

Ein anderer, eher eine tragische Figur, was sich später noch bewahrheiten sollte, machte ganz anders auf sich aufmerksam. Als ich eines Freitags um 12:00 Uhr meinen Unterricht starten wollte, saß der Junge auf einem Schrank im Klassenzimmer und meinte, den Unterricht boykottieren zu wollen. Ein kräftiger Bursche, der eine schwierige soziale Vorgeschichte aufzuweisen hatte. Grölend saß er dort oben und entertainte sowohl mich als auch den Rest der Klasse. Das Problem war nicht, dass er da oben auf dem Schrank saß, sondern, dass einige andere auf diesen Zug des Schwachsinns aufgesprungen waren und ebenfalls Faxen machten. Ich war Junglehrer und hatte zu diesem Zeitpunkt noch selten mit Disziplinproblemen zu tun gehabt. Jetzt kam die Aufgabe auf mich zu, zu kommentieren und zu sanktionieren. Da dieses Fach nur einstündig in der Woche im Stundenplan vertreten war und bis heute ist, und die Unterrichtsstunde schon fortgeschritten war, ersparte ich mir die notwendige Konversation mit dem Deppen auf dem Schrank. Ich ließ ihn einfach für den Rest der Stunde dort oben sitzen. Ich fühlte aber, dass mit ihm etwas nicht stimmen konnte.

Mein erster Job nötigte mir alles ab. Ich hatte nicht mal mehr jemanden, mit dem ich die Problematik abends reflektieren konnte, da ich die Beziehung zu meiner damaligen Freundin beendet hatte und wieder allein lebte. Auf der Suche nach einer neuen Wohnung war ich schnell fündig geworden. Sie war zwar einfach, doch genau das richtige für mich. Und dazu noch im Rahmen meines Budgets. Mein ehemaliger Mentor der Religionspädagogik hatte sich angeboten, mir beim Umzug zu helfen. Es war eine Wohnung mit Tageslichtbad und einer riesigen Terrasse, ich denke an die $30m^2$. Die Nachbarn waren soweit in Ordnung, und für meine Kiste stand sogar eine Garage zur Verfügung. Ich hatte es also zu einigem Luxus gebracht, den ich bis dahin nie hatte. Aber das Wichtigste: Die Wohnung war bezahlbar. Ab diesem Zeitpunkt hatte ich mich endgültig gedanklich von meiner ehemaligen Beziehung gelöst und genoss meine neue Wohnung. Ganz auf mich allein gestellt, konnte ich nun kommen und gehen, wann ich wollte. Treffen mit Kumpels wurden nicht mehr angesäuert kommentiert, überhaupt musste ich mich vor niemandem mehr rechtfertigen. Eine durchaus neue und angenehme Erfahrung.

Mittlerweile hatten wir schon Frühjahr, um die ersten Sonnenstrahlen im Liegestuhl auf meiner gigantischen Terrasse zu genießen. Es begann die Zeit, in der ich mich deutlich weniger um die Schule, dafür umso mehr um meine zwei Freunde kümmerte. Es verging praktisch kein Tag, an dem wir abends nicht in irgendwelchen Kneipen unterwegs waren. Die Folge war natürlich abzusehen, nämlich dass ich am nächsten Tag nicht mehr zu einhundert Prozent meine Pflicht erfüllen konnte. Es war wie verhext. Ich nahm mir jedes Mal vor, nur zwei Biere zu trinken, wenn ich am nächsten Tag zur ersten Stunde antreten musste. Soweit ich mich erinnern kann, schaffte ich dieses Vorhaben der Bierkonsumreglementierung höchst selten. Dementsprechend elend fühlte ich mich am nächsten Morgen zu Beginn des Unterrichts. Daran waren aber auch meine Freunde nicht ganz unschuldig, bestellten sie fröhlich weiter, sobald ihr Glas leer war. Es lief immer auf das Gleiche heraus. War mein Bier leer, orderte ich ein Neues. War das Getränk meines Kumpels geleert, obwohl meines noch halb voll war, war es kein Thema, dass er sich ein neues kommen ließ. Trinktechnisch waren wir nur selten im Einklang, was sich als fatal erweisen sollte, je länger sich der Abend hinzog. Aber eigentlich war ich ja selbst schuld. Ich hätte einfach nach Hause gehen können.

Im Verlauf des nächsten Vormittags konnte mein Körper aber Entwarnung geben und ich setzte den tags zuvor vorbereiteten Unterricht weitestgehend wie geplant in die Tat um.

Das Schuljahr entwickelte sich gut, bis zu jenem Zeitpunkt, als wieder einmal ein Schulgottesdienst anstand. Normalerweise erledigten das die Pfarrer. Doch leider sahen das meine Religionskollegen anders. Sie sprühten nur so vor Begeisterung, den Gottesdienst vorbereiten und abhalten zu dürfen. Ich konnte dem natürlich nichts abgewinnen, wollte ich doch einfach nur meine Ruhe haben. Ja ich verwünschte sie sogar, als sie mich zur Mitarbeit motivierten. „Nein" konnte ich nicht sagen, war ich doch neu im Kollegium und dazu noch im ersten Jahr meiner so jungen Karriere. Trotz allem hasste ich sie dafür, dass sie mich in die Geschichte mit hineingezogen hatten. Denn wenn du einmal ja sagst, ist die Falle zugeschnappt und du wirst zur Vorbereitung eines jeden Gottesdienstes verhaftet. Na herzlichen Glückwunsch dachte ich mir, begab mich aber in mein Schicksal, um keinen unnötigen Ärger zu bekommen, falls ich bocken sollte. Das einzige an dem Gottesdienst, was mir entgegenkam und mich im Nachhinein besänftigte, war die Tatsache, dass meine Religionsstunden an diesen Tagen ausfielen.

Die letzten Wochen bis zu den Sommerferien vergingen

unglaublich schnell und bald schon konnte ich mich wieder in die lange Warteschlange beim Arbeitsamt einreihen. Das Schuljahr war beendet und man ließ mich, zusammen mit vielen anderen Lehrkräften, wie eine heiße Kartoffel fallen. Arbeitslosengeld kam den Staat billiger, selbst für diese kurze Überbrückungszeit, bis zum nächsten Feuerwehreinsatz. Und der ließ nicht lange auf sich warten.

Im Schuljahr 1999/2000 bot man mir eine abermals befristete Stelle in Backnang an. Ich wusste nicht, was ich davon halten sollte, beschränkte sich der Auftrag nur auf vierzehn Unterrichtsstunden pro Woche. Ich sollte aber jeden Tag antreten, was mich bei der geringen Anzahl von Stunden gleich stutzig machte. Zudem lag die neue Schule etwa 35 Kilometer von meiner Wohnung entfernt. Was sollte ich tun? Ich wollte unbedingt im Geschäft bleiben und nahm die Stelle daher an. Was gab es auch für Alternativen? Ich fühlte mich als Fachidiot und nicht unbedingt vielseitig in anderen Berufssparten einsetzbar. Ich biss also in den sauren Apfel und wurde vor Ort vorstellig. Begrüßt wurde ich von einem schon etwas älteren buckligen Herrn, dem Rektor für den Bereich der Grund- und Hauptschule. Der Komplex, dem ich zugewiesen worden war, hatte gigantische Ausmaße. Neben unserer Schulart waren sowohl eine Realschule als auch ein Gymnasium untergebracht. Es handelte sich um ein Bildungszentrum mit über 100 Lehrkräften. Es gab zwei Lehrerzimmer, in denen jeder seinen eigenen Arbeitsplatz hatte. Gut also, um in der Menge unauffällig abzutauchen. Ganz nach meinem Geschmack, dachte ich mir.

Mein neuer Vorgesetzter war konservativ gekleidet, aber nicht unsympathisch. Er sprach mit einer heißeren Fistelstimme. Nach einem kurzen Gespräch präsentierte er mir meinen zukünftigen Stundenplan, der es in sich hatte. Unverständnis kam bei mir auf, als ich meinen Dienst für den Dienstag in Augenschein nahm. Nur eine Stunde konnte ich auf dem Tableau finden. Eine einstündige Mathestunde in Klasse fünf von 11:00 bis 11:45 Uhr. Das bedeutete, dass ich für einen mickrigen 45-minütigen Unterricht mein Auto 70 Kilometer bewegen und auf den Straßen und den vielen Staus, für die der Großraum Stuttgart bekannt ist, Zeit und Nerven aufbringen musste. Wenigstens hatte ich mir eine Palette an geiler Musik zusammengestellt, die mir diesen blöden Umstand etwas versüßen sollte. Die Einzelstunde am Dienstag hatte aber noch etwas anderes im Sinn, so empfand ich es jedenfalls schon wenige

Wochen nach Dienstantritt. Ich war vor Ort und konnte damit jederzeit zu einer Vertretungsstunde herangezogen werden. Und die gab es mehr als genug. Mein lockerer Dienstagmorgen endete meist erst eineinhalb Stunden später, als es der Stundenplan versprach. Ich fand es nicht korrekt, doch wusste ich schnell von den Problemen des allgemeinen Unterrichtsausfalls und verrichtete meine zusätzlichen Stunden, ohne groß zu lamentieren. Möglichst effektiv sollte die Schule arbeiten und sich im Vergleich zu anderen Schulen dadurch einen Vorteil verschaffen, nicht zuletzt, um neue Schüler anzulocken. Clever eigentlich, doch persönlich fühlte ich mich ausgenutzt und wertete es als verschwendete Zeit, die zwar als Mehrarbeit erkannt wurde, für die ich aber nie auch nur einen Pfennig gesehen hab. Das einzige, was ich zu hören bekam, war die Bereitschaft zur Solidarität gegenüber kranken Kollegen. „Für dich springt doch auch jemand ein, wenn du krank bist“, entgegnete mir einer meiner Kollegen. Grundsätzlich hatte er Recht, trotz allem nervte es mich, dass dieser Dienstag mit der einstündigen Mathestunde der scheinheilige Aufhänger für zusätzliche Vertretungsstunden war.

Durch meine Tätigkeit in der Religionslehre bekam ich schnell Kontakt zu meinem Religionskollegen. Ein Mann um die fünfzig mit fettigem Haar und null Geschmack für Klamotten. Turnschuhe, Jeans und nach Schweiß riechende, ausgewaschene T-Shirts standen bei ihm hoch im Kurs. Da wir eine Unmenge an Schülern hatten, oft waren die Klassenstufen fünfzügig, wurden die Reiligionsgruppen aufgeteilt. Eine mit einer beachtlichen Größe von 25 Schülern übernahm also ich, mein Kollege unterrichtete die andere Gruppe. Als der gute Kollege wieder einmal krank war und ich die Vertretung für ihn übernehmen musste, wurde nach einer kurzen Phase des Unterrichts, von allen Seiten nur noch rumgemotzt. Ich konnte es zunächst nicht begreifen, woher der Unmut der Schüler kam, vermittelte ich den Jugendlichen doch den gleichen Stoff, den sie bei meinem Kollegen auch hören sollten. Schnell begriff ich, auf was sie hinaus wollten.

„Können wir keinen Film sehen?“, kam es sogleich von einem Schüler aus der letzten Reihe.

„Bei unserem Lehrer schauen wir immer Filme“, beschwerte sich ein Mädchen.

Konnte es sein, dass sich mein Kollege tatsächlich nur dem Medium des Videorecorders bediente, anstatt Unterricht nach Lehrplan zu halten? Das konnte ich vorerst nicht glauben.

Das ganze Ausmaß seiner Auffassung von Unterricht wurde mir Wochen später bestätigt, als er mich zu sich nach Hause einlud, um geeignete Unterrichtsmaterialien zu sichten. Er wohnte in einem älteren Reihenhaus aus den 70er Jahren, von außen zunächst nichts Außergewöhnliches. Als ich eintrat, kam mir jedoch schon der erste Schwall verbrauchter Luft entgegen. Überall lagen verratzte Teppiche herum, unter denen sich ein seltsam gemusterter, für meinen Geschmack hässlicher PVC Boden befand. Ich hatte das Gefühl, in einer Messibude zu stehen. Spätestens jetzt wurde mir alles klar. Wie Schuppen fiel es mir von den Augen.

Nachdem wir einen Kaffee getrunken hatten, mein Kollege hatte extra Schokoladencroissants besorgt, führte er mich ins Reich seiner Arbeitsmaterialien. Im düsteren Wohnzimmer hingen überall vergilbte Vorhänge, so dass wir am hellichten Tag Licht benötigten, um uns zu orientieren. Ich schaute mich um, konnte aber keine Ordner oder Bücher erkennen. Das einzige was mir neben der Unordnung und des Drecks auffiel, waren hunderte von Videokassetten, die in Regalen fein säuberlich aneinandergereiht und beschriftet waren. Er hatte einen dermaßen großen Fundus, dass ich ins Staunen geriet. Angesichts dieser Unmenge von Videos, wurde mir bewusst, dass der Mann tatsächlich seinen Unterrichtsauftrag im Abspielen von Filmen sah. Das konnte doch nicht wahr sein. Klar freuen sich Kinder und Jugendliche, wenn ein Film eingelegt wird und sie nicht den Ausführungen des Lehrers folgen müssen. Doch verpufft meiner Meinung nach schnell der Anreiz, sich auf Filmchen einzulassen, wenn dies zu häufig geschieht. Manche Schüler nehmen dies dann zum Anlass, sich mit anderen Dingen zu beschäftigen und die Unterrichtsstunde als „Freistunde“ anzusehen. Ich halte von dieser Art der Pädagogik nicht besonders viel und sehe es eher als kontraproduktiv an. Trotz allem wählte ich mir einige Videos aus, auf die ich in den nächsten Wochen zurückgreifen konnte. Verurteilen wollte ich meinen Kollegen aber dann doch nicht, konnte ich damals ja nicht wissen, wie ich mich in fünfzehn Jahren fühlen sollte. Vielleicht würde ich die ganze Sache ja aus einem ganz anderen Blickwinkel her sehen und anders beurteilen.

Trotz allem, und das kann ich heute von mir behaupten, hatte ich bis dahin nur selten, wie eben beschrieben, unterrichtet.

Langsam etablierte ich mich in den Reihen der Hauptschule. Im Vergleich zur Realschule oder gar des Gymnasiums, war unser Schülerklientel vom Verhalten her auf einem ganz anderen Level. In manchen Klassen herrschte die pure Anarchie. Vielen Schülern war es einfach egal, wenn ein Lehrer den Raum betrat. Mich erwischte es im Übrigen in zwei von fünf Klassen, die ich zu unterrichten hatte, und zwar eine fünfte Klasse in Mathematik und eine sechste in Biologie. Obwohl Bio schon als Schüler eines meiner Lieblingsfächer gewesen war, hielt meine Euphorie nicht lange an. In der Klasse gab es mehrere Chaoten, ja, ich würde sie fast schon als Idioten bezeichnen. Es ist die Art von Schülern, die zu nichts Bock haben, außer zu stören und unqualifiziert rauszuschwätzen. Einer von ihnen war besonders schlimm. Dieser Junge versuchte von Anfang an, die Aufmerksamkeit auf sich zu lenken, koste es, was es wolle. Ob Wurfgeschosse, blödes Gelaber oder andere Provokationen, er kannte sich wirklich beispiellos aus, wenn es darum ging, den Unterricht zu stören. Als Lehrer hat man dann mehrere Möglichkeiten, diesen Störfaktoren zu begegnen. Als Erstes wird eine Ermahnung ausgesprochen. Ein persönliches Gespräch scheitert meistens, da der Schüler eine Stunde später in die gleichen Muster des Störens zurückfällt. Dann folgt eine Belehrung mit dem Verweis auf den Trainingsraum, um sich selbst zu reflektieren. Selten nur ist dieser Aufenthalt von Erfolg gekrönt, fühlt man sich ja stets im Unrecht und bockt. Die Möglichkeit des nachmittäglichen Nachsitzens ersparte ich mir. Mir war klar, dass der bestrafte Schüler niemals zu einem dieser Termine erscheinen würde, was zur Folge gehabt hätte, unnötig Benzin für die siebzig Kilometer zu verpulvern. Es interessierte den Burschen gar nicht, ja er lachte auch noch über die von mir ins Spiel gebrachten Sanktionen. Es war furchtbar, wie dieser Typ meine Nerven malträtierte, und das während einer Doppelstunde. Ich überlegte mir, ob ich mir diesen Affenzirkus noch weiter ansehen sollte und entschloss mich für einen Tagebucheintrag. Diskussionen über Diskussionen folgten. Als er dann auch noch irgendwelche Sachen im Klassenzimmer herumwarf, wurde mir seine verzwickte Situation langsam bewusst. Wie sich herausstellte, war dies nämlich nicht sein erster Klassenbucheintrag gewesen. Das hieß, es wurde eng für ihn, um nicht nach §90 der Erziehungs- und Ordnungsmaßnahmen von der Schule zu fliegen.

Die nächsten Biologiestunden verliefen deutlich entspannter, da der Störenfried mittlerweile für zwei Wochen von der Schule verwiesen worden war. Somit hatte ich den ersten Schulausschluss meiner Karriere miterlebt, und, mit meinem Eintrag sogar mit besiegelt. Mir war es egal, denn die ganze Geschichte ging auf die Kappe des Schülers. Es sollte nicht der letzte Eintrag von meiner Seite gewesen sein, und diverse Schulausschlüsse waren in den darauf folgenden Jahren keine Ausnahme mehr. Zumindest betreute ich nun eine Klasse, die nach dem Schulausschluss des Störenfrieds deutlich entspannter zu unterrichten war und es auch verdient hatte.

12
Es gibt Wichtigeres als Schule

Ab Juni 2000 sollte jedoch ein anderes Ereignis im Vordergrund stehen und die Schule an den Rand der Bedeutungslosigkeit drängen. Es war an einem Wochenende, als ich der Hochzeit eines guten Kumpels beiwohnen durfte. Es war eine herrliche Atmosphäre bei Kaiserwetter um die dreißig Grad. Das Bier lief, so dass die Schlagzahl der Toilettenbesuche rasant angestiegen war. Ich suchte wie so oft an diesem Abend das Klo auf, um meine Blase zu erleichtern. Dort stand ein mir nicht unbekannter Typ, den ich aber schon Jahre nicht mehr gesehen, geschweige denn gesprochen hatte. Es war der Ex der Schwester meiner früheren Freundin, zu der ich, seit über zehn Jahren keinen Kontakt mehr gehabt hatte. In den späten 80gern waren wir für ein paar Monate ein Paar, hatten es aber nicht geschafft, eine dauerhafte Beziehung einzugehen. Schuld daran war ich, was ich zu Beginn meiner Erzählung ja schon erwähnt habe. Es war aber das wohl einschneidenste Erlebnis, meines bisherigen Daseins. Ich könnte diese spannende Geschichte immer wieder aufs Neue erzählen. Wie gesagt, mein schulisches Engagement litt deutlich unter der nun an Nummer eins stehenden neu entflammten Liebe. Sobald ich aus der Schule nach Hause kam, warf ich den Computer an. Aber nicht um irgendwelche Unterrichtsvorbereitungen in Angriff zu nehmen, nein, ich hatte das Bedürfnis, sofort die ersten E-Mails an die Frau zu verschicken, in die ich ein zweites Mal verknallt war. Damals von mir noch etwas kühl rübergebracht, glänzte ich nun umso mehr mit einer Sprache, die vor Liebesbezeugungen nur so strotzten. Und das Wichtigste an allem. Meine Nachrichten an sie waren wirklich ernst gemeint.

Für mich begann ab Juni die spannendste Zeit meines Lebens. Jedes Mal, wenn ich in meine Bude stürmte und der Rechner hochfuhr, war ich gespannt wie ein Flitzebogen. Der Erwartung „was hat sie mir heute schon geschrieben?", folgte die bange Ungewissheit in Form von „Hat sie mir überhaupt eine Nachricht übermittelt?". Im nächsten Moment konnte ich Entwarnung geben, war sie doch eine überaus fleißige und originelle Schreiberin, die mich auf Trab hielt, was das Verfassen meiner Botschaften anging. Es war ganz in meinem Sinn, schrieb ich ja zu jeder Tages- und Nachtzeit zurück. Alle E-Mails, habe ich natürlich ausgedruckt und verwahre sie bis zum heutigen Tag in dem ultimativen blauen Ordner. Die ganze Sache nahm solch eine Dynamik an, dass mir selbst die schwierigen Schüler nichts mehr anhaben konnten. Ich schwebte quasi auf Wolke sieben. Den schulischen Alltag meisterte ich mit einer Lässigkeit, wie ich es mir ein paar Wochen zuvor noch nicht hätte vorstellen können. Es war mir alles egal und ich wurde zunehmend gelassener. Für mich war es nur noch wichtig am Ball zu bleiben und die Stunden des E-Mail-Verschickens zu genießen. Sie konnte nur tagsüber aus ihrem Büro Nachrichten übermitteln, da sie liiert war, und es gewiss aufgefallen wäre, wenn sie von zuhause geschrieben hätte. Ich arbeitete vor allem am Abend und nachts im Anschluss an einen meiner vielen Kneipenbesuche. Sie sollte sich am kommenden Tag an ihrem Arbeitsplatz nicht langweilen, so dass sie zuverlässig am frühen Morgen von mir mit Mails gefüttert wurde.

Als das Schuljahr zu Ende gegangen war, hatte ich mich abermals arbeitslos melden müssen. Schon wieder dieser nervige Papierkram, nur um in sechs Wochen vielleicht erneut antreten zu müssen. Aber egal. Ich hatte mich mit diesem verwaltungstechnischen Prozedere längst abgefunden. Es folgte ein Zufall der besonderen Art, der mir wie ein Geschenk vorkam. Freunde hatten eine Flugreise gebucht und wussten, dass mein Bruder in Frankfurt wohnte. Für mich war es kein Thema, die beiden an den Flughafen zu fahren, hatte ich doch mit diesem Freundschaftsdienst noch etwas anderes im Sinn. Ein Treffen mit der Frau natürlich, mit der ich schon seit einigen Wochen in regem Kontakt war. Meine ehemalige Freundin aus den achtziger Jahren. Ich fragte höflich nach, ob wir uns nicht am Römer treffen könnten, da ich in Frankfurt einquartiert sei. Wenn es nicht klappen sollte, wäre es auch nicht schlimm, so meine Aussage. Was natürlich glatt gelogen war. Es hätte mich angekotzt, sie nach so einer langen Zeit nicht wieder sehen zu können. Sie war außer sich und beharrte auf einem Treffen. Ihrem Lebensgefährten erzählte sie von dem alten Freund, mit dem sie sich in der Innenstadt Frankfurts treffen wolle. Sie war auch noch ehrlich und verschwieg nichts. Da ihn die Vergangenheit seiner Freundin nicht sonderlich interessierte und er vor allem nicht misstrauisch war, hatte er keine Einwände für dieses Treffen. Ich saß superpünktlich am Treffpunkt, als ich eine weibliche Person auf mich zukommen sah. Von weitem schon konnten wir uns das Grinsen nicht verkneifen. Sie war tatsächlich gekommen. Die Begrüßung empfand ich als Befreiung. Endlich stand sie vor mir. Die ganzen E-Mails konnten nicht darüber hinwegtäuschen, dass wir uns immer noch zueinander hingezogen fühlten. Sie trug einen markanten grünen Rock in Natofarben, der sich während des Fußmarsches in Richtung einer Äppelwoikneipe um die eigene Achse gedreht hatte. Ihr fiel es als erstes auf, dass sie nun ihren Arsch vorne trug. Ich genoss den ganzen Abend mit ihr im Biergarten. Endlich wieder jemand, mit dem man Spaß haben und Blödsinn reden kann, stellte ich erleichtert fest. Was mir zudem entgegenkam, war, dass sie sich nicht den ganzen Abend an ein Glas Wasser oder Apfelsaftschorle klammerte, sondern kräftig den Äppler zusammen mit mir genoss. Die Zeit raste dahin und wir hatten uns so viel zu erzählen. Es kamen nochmals die Geschichten von damals hoch, als wir für ein paar Monate zusammen waren. Kneipenbesuche, zarte Küsse, aber dann doch nicht mehr. Der für sie tragischste Besuch damals war Anfang Januar 1987. Wir hatten ein Treffen in meinem Elternhaus vereinbart. Sie war pünktlich. Wir waren allein und scheinbar zu allem bereit. In der Küche küssten und fummelten wir uns in eine Ekstase, als es an der Haustür klingelte. Meine zwei Kumpels liefen pünktlich zur Vier-Schanzen-Tournee ein. Die Gedanken meiner damaligen Freundin und heutigen Frau mussten grauenvoll gewesen sein und sind in einem ihrer Tagebücher äußerst witzig illustriert.

Nur knapp ein Jahr später wusste mein bester Freund aber Bescheid. Ihm war schnell klar, was ich in den Wind geschossen hatte. Ich hatte ja oft genug herumgejammert und den Zeiten hinterhergeheult. Doch leider hatte ich Pech. Sie war mit einem anderen Typen zusammen und sollte sich alsbald für fast zehn Jahre nach Frankfurt verabschieden. Ich hatte einfach meine Chance verpasst. Sie ging ihren Weg, ich den meinigen.

Als wir uns so gegenüber saßen, kam diese Vertrautheit wieder hoch. Wir hatten uns zwar jahrelang aus den Augen verloren, doch jetzt hockten wir voreinander und witzelten herum. Und natürlich wurden die alten Zeiten thematisiert. Es war immerhin schon dreizehn Jahre her, und immer noch konnten wir darüber lachen, über die vergebenen Chancen, vor allem aber darüber, wie blöd ich mich angestellt hatte. Wir redeten und es knisterte zwischen uns beiden. Ab diesem Moment glaubte ich zu wissen, dass wir das gleiche Bedürfnis hatten: Nochmals auszubrechen aus dem mittlerweile langweiligen Alltag. Für mich sollte das kein Problem sein, da ich seit fast zwei Jahren solo war. Für sie jedoch war es eine Gratwanderung zwischen erworbener Sicherheit, Gewohnheit und dem Reiz auf etwas Neues. Unsere erste Beziehung, die nach wenigen Monaten in die Hose gegangen war, war möglicherweise unsere Rettung auf lange Sicht, weil wir immer noch gedanklich miteinander verbunden waren. Ich befürchtete, dass sie schon wusste, wie die Sache weiter gehen würde, zu oft streichelten wir uns die Hände. Mich freute das natürlich ungemein, doch sie war in der Zwickmühle. Eine Wohnung mitsamt Freund hinter sich zu lassen, würde einen großen Einschnitt in ihrem Leben bedeuten. Das wusste sie natürlich. Doch die Versuchung, das Verliebtsein zuzulassen, eröffnet einem oftmals neue Wege und Sichtweisen aus dem tristen Alltag. Ich war zu diesem Zeitpunkt gerade einmal 33 Jahre alt, sie 30. Ein Alter also, in dem man sich nicht unbedingt schon in die Alltagslangeweile begeben will. Unsere Mail-Kontakte, sowie die Treffen während der großen Ferien, veränderten alles. Einmal in der Woche trafen wir uns ab sofort während ihrer Mittagspause in der Stadt. Ein wahnsinniger Aufwand, für eine kurze Zeit des Glücks 200 Kilometer zu fahren. Aber was macht man nicht alles für die Liebe. Nach der ersten emotionalen Begrüßung gingen wir meist in ein Café in der Innenstadt. Anschließend schlenderten wir am Main entlang und machten es uns oft auf einer Bank gemütlich. Es schien, dass wir schon öfter beobachtet worden waren. Zumindest kann ich verbindlich aussagen, dass ein Müllfahrzeug hupend an uns vorbeigefahren ist und wir winkend animiert wurden, weiter so ekstatisch herumzuknutschen. Uns war es egal, ertappt worden zu sein. Wir waren einfach nur verliebt und genossen die zeitlich begrenzten Stunden, die uns blieben.

Ein Ereignis darf natürlich nicht unkommentiert bleiben. Es war die Fußball Europameisterschaft im Sommer 2000 in Belgien und den Niederlanden. Das deutsche Team unter ihrem damaligen Trainer Erich Ribbeck trat an, um ihren 1996 gewonnen Titel zu verteidigen. Wie so oft traf ich mich mit meinem Kumpel in der Kneipe, um die Open air Atmosphäre zu genießen. Der Genuss sollte sich aber in Grenzen halten. Es spielte ein Haufen, der für den großen Mist, was zusammengekickt wurde, den ich für das beispiellose miserable Abschneiden als verantwortlich ansah. Wir zusammen mit Rumänien, Portugal und den Engländern. Keine einfache Gruppe, aber als Turniermannschaft keine unlösbare Aufgabe. Schon das erste Spiel gegen den vermeintlich schlechtesten der drei Gegner, Rumänien, ging nur unentschieden aus. 1:1. Eine Steigerung war also zwingend notwendig, um nicht schon nach der Vorrunde nach Hause fahren zu müssen. Am nächsten Spieltag hieß der Gegner Portugal, das mit dem Superstar Luis Figo und anderen Topspielern antrat und zu meinen Favoriten zählte. Man konnte dem Spiel kaum zusehen, außer man war Portugiese, so schwach zeigten sich die Deutschen. Was folgte, war eine Klatsche. 0:3. Wie peinlich. Nicht den Hauch einer Chance hatten sie uns gelassen. Jetzt schrillten die Alarmglocken. Nur noch ein Sieg konnte uns weiterhelfen. Dass das Spiel gegen die Engländer mit 1:0 verloren ging, wunderte mich an diesem Abend nicht mehr. Wir waren ausgeschieden und hatten eine desaströse Leistung gezeigt. Am liebsten wäre es mir gewesen, dieses Turnier ganz aus den Annalen des deutschen Fußballs zu streichen. Nach dem Spiel wurde diskutiert, wer welche Fehler gemacht hatte und wie man diesen grauenvollen Turnierauftritt hätte erfolgreicher gestalten können. In unsere Diskussionsrunde platzte ein Jugendlicher herein, der mich zu kennen schien.

„Hallo Herr Baier, alles gut?", sprudelte es aus ihm heraus.

Zunächst konnte ich das Gesicht und die schon etwas angetrunkene Stimme nicht zuordnen. Beim genaueren Hinsehen erkannte ich dann doch meinen ehemaligen Schüler aus dem Religionsunterricht.

„Hallo Andreas", entgegnete ich ihm höflich.

„Was machst du denn hier?"

Und schon saß er neben mir. Es war der Problemschüler, der damals auf dem Schrank Faxen gemacht hatte. Nun begann das nervige Gelaber. Unbedingt wollte er mich auf ein Bier einladen, was ich aber entschieden zurückwies. Er erzählte mir nebenbei, dass er am nächsten Tag zur Hauptschulabschlussprüfung in Deutsch antreten wolle. Oh je, dachte ich mir. Ich versuchte ihm klar zu machen, dass seine Idee, sich am Vorabend der Prüfung zu besaufen, vielleicht nicht die Beste war. Ich wandte mich wieder meinem Kumpel zu, und hoffte dadurch, ihn mit einer gewissen Missachtung zum Abbruch seiner Laberattacke bewegen könnte. Es schien zu funktionieren. Aus dem Augenwinkel nahm ich wahr, dass er sich tatsächlich trollte. Er hatte sich entfernt, nur um zwei Minuten später mit zwei Bieren wieder neben mir zu stehen. „Prost!“, schrie er mir, schon mit deutlicher Schräglage, ins Ohr. „Zum Wohl“, erwiderte ich. Ich konnte nicht mehr anders, als mit ihm anzustoßen. Lange hielt er sich Gott sei Dank nicht auf, hatte er schon weitere Opfer auf dem Schirm, um diesen das Ohr abzukauen. Als ich mich von meinem Freund verabschiedet hatte, war mein Schüler schon verschwunden. Vielleicht hatte ihn die Vernunft gepackt, und er war doch nach Hause gefahren, um sich die äußerst wichtige Mütze Schlaf zu gönnen. Einige Tage später hatte ich von einem ehemaligen Kollegen erfahren, dass dieser Schüler doch nicht an der Deutschprüfung teilgenommen hatte, da er nachts noch in eine Schlägerei verwickelt und von der Polizei in Gewahrsam genommen worden war. Es war im Übrigen nicht das erste krumme Ding, das er abgezogen hatte. Die Suppe musste er nun selber auszulöffeln. Was letztendlich aus ihm geworden ist, kann ich nicht sagen. Ich habe meine Recherchen dahingehend eingestellt.

13
Erste Krankheitsvertretung

Das Ende der großen Ferien rückte näher, und mit ihm kamen dann auch die ersten Pflichtveranstaltungen an der neuen Schule, um das Schuljahr einzuleiten. Für mich bedeutete das leider, dass ich keinerlei Chance mehr hatte, kurzfristig ein Treffen unter der Woche in Frankfurt zu vereinbaren. Ich musste also wieder die alte Methode des E-Mail Kontakts forcieren. Das Mühlrad begann sich erneut zu drehen und mit ihm kamen all die Dinge, die mir so sehr verhasst waren. Zum Beispiel die leidigen Konferenzen, in denen ich nur rumsaß und Däumchen drehte. Einiges im Plenum zu regeln und anzusprechen macht ja durchaus Sinn, aber sich mit jedem kleinen Furz zu beschäftigen, den man in einem kurzen Gespräch unter Kollegen regeln kann, fand ich schon immer übertrieben und äußerst nervig.

Die Gesamtlehrerkonferenzen an der neuen Schule verliefen keinen deut besser als die Konferenzen der Jahre zuvor. Mir fielen gleich zwei Kollegen auf, die sich ständig zu Wort meldeten und durch ihre ausschweifenden Monologe dafür verantwortlich waren, dass die Konferenz ums Verrecken nicht enden wollte. Trotz allem hielt ich mich mit Bemerkungen oder einer verdächtigen Mimik zurück, da ich neu an der Schule war und nicht schon in den ersten Wochen zum Stinkstiefel abgestempelt werden wollte. Das Kollegium machte aber dennoch einen angenehmen Eindruck, was sich im weiteren Verlauf des Schuljahres auch bewahrheiten sollte. Ein Bursche fiel mir sofort auf. Eine mächtige Gestalt von über 1,90 Metern Größe. Er hatte die Angewohnheit, sich über alles köstlich aufzuregen und es zu kommentieren. Seine Zusätze „unglaublich, ich kanns nedd fassen“, erheiterten mich fast täglich. Mit seiner Nebensitzerin sollte ich aber noch ordentlich zusammenrumpeln. Es geschah morgens, kurz vor dem Beginn des Unterrichts. Ich hatte einen der begehrten Plätze am Kopierer ergattert, als mich eine Person mit der Bemerkung „Alter vor Schönheit“, zur Seite schob und mich dumm dastehen ließ. Was sollte ich auch gegen diese Frau ausrichten? Es war ein Fleischberg unglaublichen Ausmaßes, etwa 1,70 Meter groß und schätzungsweise 150 Kilogramm schwer. Da der Unterricht in Kürze beginnen sollte, zog ich schweigend von dannen. In der großen Pause fing mich die Dame, ich habe selten eine so direkte Frau erlebt, schon an der Tür des Lehrerzimmers ab. Sie verzichtete auf die Höflichkeitsfloskel des Siezens und kam gleich zur Sache. „Tut mir leid. Ich bin halt manchmal ein Elefant." Vom Aussehen her, fand ich ihren Vergleich nicht einmal völlig daneben. Ich versicherte ihr, dass ich nicht beleidigt oder verärgert wäre, was auch tatsächlich der Wahrheit entsprach. Sie wirkte etwas verwundert über meine Reaktion, hatte sie doch einen Gegenschlag von mir erwartet. Doch von mir kam nichts. „Ist schon in Ordnung, kein Problem, alles gut", erwiderte ich nur. Ab diesem Zeitpunkt hatte ich eine neue Freundin gewonnen.

Aber trotz allem konnte ich immer noch nicht mit der erforderlichen Lockerheit meinen Aufgaben entgegentreten. Ich hatte zwar eine Festanstellung an der neuen Schule im Stuttgarter Norden, lief aber immer noch unter der Bezeichnung „Krankheitsvertretung". Und zwar nochmals für ein Jahr. Als Vertretung entwickelt man schnell einen Blick für die üblichen Verdächtigten, die regelmäßig im Krankenstand sind.

Die ersten zwei Wochen verliefen ohne großen Stress. Bisher hatten sich nur wenige Kollegen krank gemeldet. Das hieß für mich Däumchen drehen. Von außerhalb war ich bisher auch noch nicht angefordert worden. Die Sache sollte sich aber schnell ändern, denn schon bald wurde ich ins Rektorat beordert. Ich sollte für die nächsten vier Wochen an einer anderen Schule einspringen. Jetzt wurde es also tatsächlich ernst.

Am darauf folgenden Tag meldete ich mich beim Rektor der neuen Schule. Schnell wurde klar, dass ich es mit einem Arschloch zu tun hatte. Von sich eingenommen, arrogant gegenüber den Kollegen und jederzeit für dumme Sprüche gut. Nicht mein Fall. Trotz allem versuchte ich, mich mit ihm zu arrangieren, hatte ich doch im Hinterkopf, dass mein Engagement nur von kurzer Dauer sein sollte. Die Vierte, die ich zu betreuen hatte, war eine überaus anständige Klasse, mit denen gut zu arbeiten war. Ob in Deutsch oder Mathematik, ich konnte das Pensum, das ich mir vorgenommen hatte, ohne größeren Verzug abarbeiten. Trotz allem kam es im Verlauf meiner Tätigkeit zu einem Zwischenfall, den ich bis heute nicht vergessen habe. Einmal in der Woche hatte ich Aufsicht in der großen Pause. Schreiende und herumtobende Kinder waren der Normalfall. Ich hatte unter anderem die Aufgabe, darüber zu wachen, dass der Streit zwischen Schülern nicht eskalierte. Nichts Schlimmeres, als heulende Kinder, die sich gegenseitig beschuldigen, für die Auseinandersetzung verantwortlich zu sein. Während der Streitschlichtung hörte ich immer zwei unterschiedliche Geschichten. Einen Schüler hatte ich näher ins Visier genommen. Es war ein Junge aus meiner Klasse, der wild mit einem Fußball herumkickte. Ich hatte das Gefühl, dass er mit Absicht versuchte, andere Kinder abzuschießen. War es ihm gelungen, so freute er sich diebisch über seinen Erfolg. Ich durfte dies natürlich nicht durchgehen lassen und stellte ihn. Während des Gespräches schien er zur Vernunft gekommen zu sein, also ließ ich ihn in Ruhe. Als er aber in Torwartmanier einen weiteren Schuss abfeuerte und einen Erstklässler aus gerade einmal fünf Meter Entfernung ins Gesicht traf, war es mit mir vorbei. Der Kleine lag heulend am Boden und war nicht mehr zu beruhigen. Jetzt knöpfte ich mir den Bösewicht vor. Er hatte jeden Tag das Gleiche an, nämlich einen Trainingsanzug. Ich hasste diese ballonseidenen Freizeitklamotten, die sich der jeweiligen Leibesfülle sprichwörtlich glänzend anpassten. Die Verlockung ihn am Kragen zu packen, setzte ich in die Tat um und schüttelte ihn ein paar Mal hin und her, bis zwei heulende Kinder am Boden lagen und sich im Staub räkelten. Ich hatte überreagiert und mit jeder weiteren Minute, die verstrich, steigerte sich mein schlechtes Gewissen. In der nächsten Stunde saß der Schüler, immer noch schluchzend, auf dem Boden neben seinem Stuhl. Nach der Stunde entschuldigte ich mich bei ihm und er trottete von dannen. Ängste kamen in mir hoch, denn der Schüler war immerhin ein Grieche. In meiner Phantasie malte ich mir schon aus, wie der gesamte Clan aufmarschieren und Blutrache an mir nehmen würde. Mein einziger Rettungsanker war der Weg nach Frankfurt zu meiner Freundin, die ganz Ohr für mein Desaster war und mich wieder ausrichtete. Und das unter der Woche. Es war mir egal, morgens um fünf Uhr zu starten, um rechtzeitig vor der Klasse zu stehen.

Am nächsten Tag betrat ich mit einem mulmigen Gefühl das Schulhaus und begab mich unverzüglich ins Klassenzimmer. Die Hälfte der Schüler war schon da, inclusive meines durch mich herauf beschworenen griechischen Problems. Ich schaute mich um, von einem Clan war aber weit und breit nichts zu sehen. Wollten sie mich vielleicht während der großen Pause oder erst am Ende des vormittäglichen Unterrichts meucheln? Nach der letzten Stunde verblieb nur noch ein Schüler im Klassenraum. Mein griechischer Bub. Wartete er tatsächlich auf seine blutrache schwörende Familie? Doch nichts geschah. Als der Junge mir noch freiwillig seine Hilfe anbot, die Tafel zu wischen und Blumen zu gießen, war ich völlig perplex. Ich konnte also davon ausgehen, dass er zuhause den Vorfall nicht einmal erwähnt hatte, vielleicht hätte er ja dadurch noch mehr Ärger bekommen. Mir fiel ein Stein von Herzen und ich nahm mir vor, in Zukunft weniger Emotionen ins Spiel zu bringen.

14
Festanstellung

Nach diesem Jahr hatte ich aber endlich mein Ziel erreicht, zu Recht, wie ich fand. Ich hatte mich durchgebissen und alle Krankheitsvertretungen angenommen, egal an welcher Schule und unter welchen Bedingungen. Von anderen wusste ich, dass sie die Segel gestrichen und sich eine andere Aufgabe gesucht hatten. Ich hingegen wurde feierlich in den Beamtenstatus gehoben. Ein gutes Gefühl. Da ich den Stufenschwerpunkt Grundschule gewählt hatte, wurde ich Klassenlehrer einer dritten Klasse. Schon der erste Elternabend brachte mich ordentlich ins Schwitzen. Es war der Erste überhaupt, den ich abhalten musste. Ich stand also vor einer Meute von Eltern, die mich natürlich genau kennenlernen wollten. Leicht zitternd begann ich meinen Vortrag, den ich zuhause gut vorbereitet hatte. Ich wollte mich auf keinen Fall in die Ecke drängen lassen. Ich empfand es aber als äußerst furchtbar, dort vorne zu stehen, während die Eltern da saßen und mich kritisch beäugten. Ich wollte unter keinen Umständen einen Fehler begehen oder etwas Falsches sagen, was die Eltern vielleicht zum Anlass hätten nehmen können, unbequeme Fragen zu stellen. Nach gut eineinhalb Stunden war der Spuk vorbei. Ich hatte meinen ersten Elternabend schadlos überstanden. Meine Klasse war im Großen und Ganzen ja auch in Ordnung, bis auf einen Schüler, der mir im Verlauf der nächsten zwei Jahre noch gehörig auf die Nerven gehen sollte, einschließlich seiner Mutter, einem Ackergaul von unglaublicher Größe. Schon im Anschluss an den ersten Elternabend verwickelte sie mich in ein Gespräch, es war aber ein nerviger Monolog ihrerseits. Sie erzählte von den Problemen ihres Jungen und wie man damit umzugehen hätte. Ich hörte mir alles an, wollte mir aber mein eigenes Bild von dem Bub machen. Keine zwei Tage später wusste ich Bescheid. Es war ein Kind mit einem eklatanten Aufmerksamkeitsdefizit. Wenn er keinen Bock mehr hatte, verweigerte er die Arbeit und verhielt sich nur noch nervig. Er konnte einfach seinen Mund nicht halten. Ging ihm etwas gegen den Strich oder fühlte er sich falsch verstanden, konnte es sein, dass er sich bockig unter den Tisch setzte oder, was im Laufe des Schuljahres noch des Öfteren vorkommen sollte, einfach nach Hause spazierte. Er war kein dummes Kind, ganz im Gegenteil. Er hatte für sein Alter eine hervorragende Allgemeinbildung, flippte aber leider bei jeder Kleinigkeit aus. Eigentlich sollte ich alle Kinder gleich behandeln, doch bei diesem sensiblen Jungen machte ich eine kleine Ausnahme. Um ihn nicht ständig unter dem Tisch vorziehen zu müssen, ignorierte ich den einen oder anderen Gefühlsausbruch und ließ ihn gewähren. Zum Wohle meiner Nerven und der Klassengemeinschaft, versuchte ich die sogenannte pädagogische Mitte zu suchen und hatte damit Gott sei Dank Erfolg. Der Bursche wurde zunehmend handzahmer.

Einen wirklich großen Standortvorteil gab es für die Stuttgarter Schüler. So konnte man zum Beispiel kostenlos sämtliche Museen besuchen. Wollte man zusätzlich eine Führung, so kostete es jeden Schüler einen müden Euro. Fast schon lächerlich, angesichts des tollen Angebots, das sich einem bot.

Die nächsten Jahre schöpfte ich diesen Bonus voll aus und zählte bis zu zehn Museumsbesuche pro Jahr. Ob ein naturwissenschaftliches, ein völkerkundliches Museum oder die Staatsgalerie, ich und meine Schüler nahmen alles mit. Im Rahmen einer Unterrichtseinheit zu den Menschen der Steinzeit, hatte ich beispielsweise einen Termin für meine Klasse in Hochdorf vereinbart. Ein kleiner Ort im Landkreis Ludwigsburg mit einem imposanten Keltengrab nebst Museum. Alles lief nach Plan, doch auf dem Rückweg zum Bus wurde ich eines Besseren belehrt. Mein ADHS Spezialfall hatte wieder einmal eine fixe Idee. Ich dachte, ich sehe nicht recht, als ich ihn mit nacktem Oberkörper laufen sah. Und das bei einer Temperatur um die fünf Grad über Null. Ich beschleunigte meinen Gang, um ihn so schnell wie möglich abzufangen. Nach einem kurzen, ernsten Gespräch, war er aber keinesfalls bereit, seine hinter sich her schleifenden Klamotten anzuziehen. Ihm wäre nicht kalt, so die Aussage. Ich wusste, dass es schwierig werden würde, ihn vom Gegenteil zu überzeugen, schließlich kannte ich ja mittlerweile seinen Dickkopf. Als wir an einer Bäckerei vorbei kamen, wendete sich das Blatt. Einige von den Kindern fragten, ob sie sich eine Kleinigkeit kaufen dürften. Grundsätzlich hätte ich nein gesagt, in diesem speziellen Fall war die Sachlage aber eine andere. Auch der Nackedei war unter den Schülern, die Hunger hatten. Das war meine Chance, ihm einen Deal vorzuschlagen: Er dürfe sich etwas kaufen, wenn er doch endlich sein T-Shirt anziehen würde. Ich merkte genau, dass er mit sich kämpfte. Es dauerte eine Weile, bis er sich geschlagen gab. Er streifte sich sein Shirt über und hatte die Klinke zur Bäckerei schon gedrückt, als ich nochmals nachlegte. „Und wie sieht es mit dem Kapuzenkittel aus?“ Er gab mir deutlich zu verstehen, dass sich die Einigung nur auf das T-Shirt und nicht auf den Kapuzenkittel bezogen hatte. Ich musste ihm also Eintritt zur Bäckerei gewähren, weil ich mein Angebot unzureichend formuliert hatte. Immerhin lief er jetzt nicht mehr mit nacktem Oberkörper umher und es schien mir so, dass beide Seiten mit dem Kompromiss leben konnten.

Es folgten wieder ruhigere Wochen mit Zwischenfällen, die zu bedeutungslos waren, um sie niederzuschreiben. Doch der Oberknaller sollte noch kommen. Ich präsentierte meinen Schülern eine literarische Kurzfassung von Michael Endes „Jim Knopf und Lukas der Lokomotivführer“. Neben diesem Werk zähle ich genauso den Räuber Hotzenplotz, Pippi Langstrumpf oder das Sams zur Pflichtlektüre eines jeden Kindes. Es sind wundervolle und zeitlose, für mich wahre Meisterwerke der Kinderbuchliteratur.

Wir lasen also Jim Knopf. Die meisten der Kinder kannten zwar das Buch nicht, aber dafür die Filme der Augsburger Puppenkiste. Das war die Idee! Wieso sollten wir im Anschluss an die Lektüre nicht diesen Film ansehen. Als Kind vergötterte ich dieses Marionettentheater. Heutzutage muss ich immer wieder schmunzeln, wenn in der Fußball Bundesliga kurz vor Anpfiff des Spiels die Wimpelübergabe durch die Kapitäne stattfindet. Während die einen ihre langweiligen Wimpel mit den Vereinsfarben überreichen, bekommen die Gegner des FC Augsburg immer eine hölzerne Puppe aus der berühmten Augsburger Puppenkiste überreicht. Was muss es für ein herrliches Gefühl sein, Urmel oder einen der Blechsoldaten in den Händen zu halten.

Bestimmt hätte ich mir die Videokassette in der Kreisbildstelle ausleihen können. Doch warum sollte ich unnötige Zeit verschwenden, wenn vielleicht einer meiner Schüler diesen Film hatte. Nach kurzer Anfrage meldete sich tatsächlich einer. „Ich hab den, ich hab den!“, schrie einer euphorisch. Es war der Junge, der mir schon die ersten Wochen im neuen Schuljahr deutlich zugesetzt hatte, das ADHS-Bürschchen. Da sich niemand anderes meldete, fiel die Auswahl nicht schwer. Am nächsten Tag stand er pünktlich zur ersten Stunde auf der Matte und präsentierte mir stolz die Videokassette. Ich erkannte sofort, dass es keine gekaufte Originalversion war. Wahrscheinlich hatten die Eltern den Film aus dem Fernsehen aufgenommen, was durchaus in Ordnung ging. Der Junge konnte den ganzen Vormittag an nichts anderes mehr denken, als an seinen Jim Knopf Film. Er löcherte mich praktisch im fünfzehn Minuten Takt, was mir schon nach kurzer Zeit furchtbar auf die Nerven ging. Im Laufe des Vormittags hatte ich aber dann irgendwann die Schnauze voll. Ich gab ihm deutlich zu verstehen, dass wir den Film heute garantiert nicht mehr sehen würden, was ihn wieder einmal in die Verzweiflung trieb. Er tobte. Er wolle den Film jetzt auf der Stelle anschauen. Dies kam für mich aber nicht infrage, da ich mir das Material erst einmal ansehen und Vorbereitungen treffen musste. An der Schule gab es nur zwei mobile Medienwagen, mit denen man die Kassette abspielen konnte. Ich hatte mich also vorher erst in eine Liste einzutragen, um an das von allen Kollegen geschätzte Fahrzeug zu gelangen. Immerhin konnte ich zwei Tage später Vollzug verkünden. Meinem Schüler, der mich auf Schritt und Tritt verfolgte, um nähere Informationen betreff des Videorecorders zu erhalten, erklärte ich die Situation. Ich warnte ihn aber überaus deutlich, mir nicht länger auf den Sack zu gehen. Ansonsten würde ich die ganze Angelegenheit abblasen. Meine durchaus ernst gemeinte Drohung schien ihn tatsächlich zu beeindrucken, da er mich am nächsten Tag vollkommen in Ruhe ließ.

Die Schüler waren außer sich vor Freude, als ich mit dem sperrigen Medienwagen tags darauf angerollt kam. Von allen Seiten wurde gezogen, geschoben und gedrückt. Etwa zehn Schüler waren urplötzlich zu den wichtigsten Roadies der Grundschule mutiert. Dass sie in ihrer Euphorie eher kontraproduktiv auftraten, störte mich dabei in keinster Weise. Alle standen sich irgendwie im Weg. Sie wollten einfach nur hilfsbereit sein. Schon allein die Tatsache empfand ich als nett, auch wenn sie uns in diesem Fall einige Minuten mehr an Zeit kostete. Es ist die Hilfsbereitschaft der Kinder, die noch unverdorben sind und gern zur Schule gehen. Einer der Vorteile, die die Primarstufe gegenüber der Sekundarstufe birgt. Die Kinder sind wissbegierig und wollen gefüttert werden.

Zuhause hatte ich mir tags zuvor die Kassette in meinen Recorder geschoben und schwelgte in Erinnerungen meiner eigenen Kindheit. Ich fand es einfach nur klasse, wie die Augsburger Puppenkiste diese Geschichte umgesetzt hatte. Den ganzen Film hatte ich mir dann aber doch nicht angeschaut, was sich im Nachhinein als Fehler herausstellen sollte. Wie um alles in der Welt konnte ich auch ahnen, was noch kommen sollte. Eltern hatten den Videofilm für die Klassengemeinschaft zur Verfügung gestellt und an besagtem Tag hatte ich alles vorbereitet. Alle Kinder inklusive mir, freuten sich auf diesen Film. Ich genoss es, mir nach vielen Jahren wieder einen absoluten Klassiker reinzuziehen. Auch die Schüler waren total bei der Sache und amüsierten sich köstlich. So wollte ich es weiterhin handhaben, dachte ich mir. Filme in Ordnung, aber natürlich nicht jeden Tag. Da war mir mein Kollege aus dem letzten Schuljahr noch in guter Erinnerung. Der Film sollte eine kleine wohlverdiente Belohnung für gute Mitarbeit sein und sich auf maximal zwei Unterrichtsstunden pro Monat beschränken.

Der Film neigte sich dem Ende zu und ich packte die ersten Sachen zusammen, um zügig meinen Vormittag zu beschließen. Ich war also anderweitig beschäftigt, als ich eine sonderbare Unruhe im Raum bemerkte. Hatte ich etwas verpasst? Ich hatte. Als ich mich nämlich dem Monitor zuwandte, sah ich eine Szene, die absolut nicht jugendfrei war. Der Abspann wurde abrupt unterbrochen durch einen Porno vom Feinsten. Ich konnte es nicht glauben. Einige Schüler schauten weg, andere lachten. Der Junge, der mich so lange gelöchert und den Videofilm bereitgestellt hatte, saß mit offenem Mund und aufgerissenen Augen da und konnte es nicht fassen, was da auf dem Bildschirm vor sich ging. Ich hechtete im freien Flug Richtung Fernbedienung und drückte panisch alle erdenklichen Knöpfe, um meinen Schülern weiteres Aufklärungsmaterial zu ersparen. Gefühlte zehn Sekunden hatten sie bereits den schlüpfrigen Streifen über sich ergehen lassen müssen. Wie peinlich. Besonders hart traf es meinen Video Papst, der mir arglos diese Kassette zur Verfügung gestellt hatte. Er war geschockt. Ich merkte ihm an, dass es ihn peinlich berührt hatte, aber er konnte wahrlich nichts dafür. Er tat mir leid. Ich lenkte die allgemeine Unruhe aber schnell in geordnete Bahnen, indem der normale Unterricht wieder im Vordergrund stand. Eine Mathematikstunde war wie geschaffen, um auf andere Gedanken zu kommen. Aufgaben an der Tafel, die alle in ihr Heft übertragen mussten und zum Abschluss ein Arbeitsblatt, das sie als Hausaufgabe zu bearbeiten hatten. Es gab nach dem Eklat also keinerlei

Anstalten mehr, groß nachzufragen. Die Kinder waren zu beschäftigt.

Mit der Mutter des ADHS Jungen, hatte ich es nicht immer leicht, stand sie doch regelmäßig vor oder nach dem Unterricht vor der Tür zum Klassenzimmer, um mit mir zu sprechen. Das nervte gewaltig. Schon am nächsten Elternabend wollte sie alles genau wissen. Er fing um 19:30 Uhr an und ich hoffte, pünktlich um 21:00 Uhr nach Hause fahren zu können. Doch leider hatte ich die Rechnung nicht ohne die selbsternannte Pädagogin gemacht. Egal ob es um Noten oder die Hausaufgaben ging, stets meldete sie sich zu Wort, um nochmals nachzuhaken. Ich fühlte mich bald schon in die Ecke gedrängt. Sie fragte mich Dinge wie:

„Gibt es Noten für die Hausaufgaben?"

„Nein. Aber sie fließen selbstverständlich in die allgemeine Beurteilung mit ein."

Sie ließ nicht locker und wollte sogleich wissen, zu wie viel Prozent denn die mündliche Note an der Gesamtnote ausmache.

„Schriftlich zählt doppelt, mündlich einfach", war meine Antwort.

„Könnten sie uns ein Beispiel an die Tafel schreiben, um es besser zu verstehen?"

Darauf war ich nicht vorbereitet und wünschte ihr in diesem Moment die Krätze an den Hals. Hatte die Frau es tatsächlich nicht begriffen? Schriftlich doppelt, mündlich einfach, was gab es da nicht zu verstehen? Oder war sie nur zu dumm, um es zu kapieren? Ich zeigte ein aufgesetztes Lächeln und sagte „aber natürlich." Da ich nichts Schriftliches vorbereitet hatte, musste ich mir ein Beispiel aus der Nase ziehen. Jetzt sollte mein Auftritt kommen, der mich nervöser werden ließ, als ich es sowieso schon war.

„Also … in den vier Mathearbeiten des ersten Halbjahres schreibt ein Schüler … nehmen wir einmal an eine 3, eine 3,5, eine 2,5 und eine 4. Mündlich gebe ich dem Kind eine 2,5. Der Schüler steht also im Schriftlichen auf … 3 + 3,5 + 2,5 + 4 = 13. Die dreizehn multipliziere ich mit zwei. Jetzt verrechne ich diese noch mit der mündlichen Noten von 2,5. Wie gesagt, mündlich zählt einfach, schriftlich doppelt. Dann haben wir 28,5 : 9 = 3,1. Der Schüler steht also auf einer glatten drei. Verstanden?"

Sie nickte mit dem Kopf und ich hatte den Verdacht, dass sie mich nur auf die Probe stellen wollte. Aber das war nur eine Vermutung. Als ich einen unauffälligen Blick zur Uhr warf, stellte ich fest, dass es schon halb Zehn war. Eigentlich hatte ich spätestens um diese Uhrzeit mit allem durch und zuhause sein wollen. Da keine weiteren Fragen mehr anstanden, beschloss ich den Elternabend und packte meine Sachen, um endlich gehen zu können. Pustekuchen. Es standen etliche Mütter Schlange, um mich zu konsultieren. Dies passiert bis zum heutigen Tag bei jedem Elternabend. Manche wollen einfach nicht begreifen, dass es in dieser Veranstaltung nur um allgemeine Dinge, was die Schule betrifft, geht. Sie können es nicht lassen, mir ein Privatgespräch über ihr Kind aufzudrücken. Ich behaupte schlichtweg, dass es vielen lästig ist, einen Termin auszumachen, um in meine Sprechstunde zu kommen, nach dem Motto „jetzt bin ich ja schon mal da, da könnte ich doch gleich …"

Da ich mich nicht mehr ewig aufhalten wollte, hörte ich mir zwar alles an, hielt mich aber mit meinen Aussagen zurück. Hätte ich mich hineinbegeben, wäre kein Ende in Sicht gewesen. Das wollte ich tunlichst vermeiden. Kurz vor 22:00 Uhr waren dann endlich die letzten Plagegeister verschwunden und ich konnte mich nach Hause verpissen. Später legte ich den Beginn meines Elternabends auf 19:00 Uhr fest. Einige meiner Kollegen konnten das überhaupt nicht verstehen, da sie die gemütliche Runde für 20:00 Uhr anberaumten, um möglichst allen Eltern Gelegenheit zur Teilnahme zu geben. Gegen mein Argument konnten sie aber dann doch nicht ankommen. Dienstags und mittwochs steht oft die Champions League in meinem Fokus, so dass ich unbedingt pünktlich zum Anstoß daheim sein möchte. Da zu den Klassenpflegschaftssitzungen auch immer wieder Männer erscheinen, wird mir das vollste Verständnis für mein Handeln entgegengebracht.

Mit dieser mächtigen Frau, sie war mindestens 1,85 Meter groß und sicher weit schwerer als ich, was nichts Außergewöhnliches ist, sollte ich aber noch richtig zusammenrumpeln. Wieder einmal hatte sie mich abgefangen, um mir die Leviten zu lesen. Dieses Mal zog sie aber dermaßen vom Leder, so dass ich völlig konsterniert dastand und mir in dieser Situation nichts zu meiner Verteidigung einfallen wollte. Sie warf mir vor, ihren Sohn nicht die gleiche Aufmerksamkeit entgegenzubringen, wie ich es bei anderen Schülern tat. Und überhaupt sei sie mit der Note des letzten Aufsatzes nicht zufrieden. Sie habe den Aufsatz ihres Sohnes mit anderen aus der Klasse verglichen.

Ich konnte es nicht fassen. Wie um alles in der Welt sollte sie denn wissen, dass ich ihren Sohn scheinbar schlechter behandeln würde als die anderen Kinder aus der Klasse. Bisher hatte sie zumindest noch nicht am Unterricht teilgenommen. Eine solche Anschuldigung, und das vor vorbeigehenden Schülern und Lehrern – eine Frechheit! In Gedanken hatte ich sie schon längst den Geiern zum Fraß vorgeworfen, so einen Hass hatte ich auf diese Frau. Den gesamten Tag über ging mir diese üble Konfrontation nicht mehr aus dem Kopf. Dementsprechend war an einen ruhigen Schlaf nicht zu denken. Ich wälzte mich von der einen auf die andere Seite und schmiedete die wirrsten Pläne, wie ich diese Frau um die Ecke bringen könnte. Mitten in der Nacht beschloss ich, zum Gegenschlag auszuholen, und zwar in schriftlicher Form. Ich stand also auf und formulierte einen gesalzenen Brief. Ich saß zwei Stunden und schrieb mir die Seele vom Leib. Gegen 4:00 Uhr morgens war die Sache erledigt und ich fühlte mich deutlich besser. Es musste einfach raus.

Am nächsten Morgen vor der ersten Unterrichtsstunde, die Schüler durften das Schulgebäude erst mit dem Klingeln betreten, sah ich die Alte, wie sie einmal mehr im Gang herumlungerte. Meine Chance. Den Brief in der Hand, ging ich strammen Schrittes auf sie zu, um sie zu stellen. Noch bevor ich ihr den Brief überreichen konnte, platzte es aus mir heraus.

„Was glauben sie überhaupt, wer sie sind? Was soll der ganze Mist mit den Beschuldigungen? Haben sie nichts Besseres zu tun, als mir das Leben zur Hölle zu machen! Sie sollten sich schämen! Und was ihren Sohn angeht …“

Ich redete mich derart in Rage, dass ich den Brief total vergaß. Nach meiner Brandrede, die deutlich lauter ausgefallen war, als vielleicht nötig, ließ ich sie, betroffen drein glotzend, auf dem Gang stehen. Den Brief hielt ich noch immer in der Hand. Gott sei Dank. Sein Inhalt war nämlich um einiges emotionaler gehalten, als meine spontan erfolgte Eruption der Gefühle. Die nächsten Tage verschonte sie mich mit Besuchen vor dem Klassenzimmer.

An Stuttgart schätzte ich, wie schon erwähnt, dass wir freien Eintritt in sämtliche Museen hatten. Lediglich einen Euro musste jeder Schüler berappen, wenn man eine Führung gebucht hatte. Also beschloss ich, mit meiner Klasse die Staatsgalerie zu besuchen. Es fehlte nur noch eine Begleitperson. Ich musste mir aber keine allzu langen Gedanken darüber machen, da mich mein ADHS-Spezialist schon am nächsten Tag auf dem Lehrerparkplatz abgefangen hatte und mir freudig offenbarte, dass seine Mutter mitgehen wolle. „Oh Gott, auch das noch!", dachte ich. Trotz allem konnte ich nichts an der Situation ändern. Freiwillige, die ihre Hilfe anbieten, lädt man nur ungern aus. Also arrangierte ich mich mit der Tatsache, dass sie uns begleiten würde. Am Tag des Ausflugs stand sie überpünktlich mit ihrem Sohn auf der Matte. Wir begrüßten uns höflich, aber mit einer gewissen Distanz. Den Auftakt sah ich also erst einmal als gelungen an. Im weiteren Verlauf unserer Unternehmung kam es sogar immer wieder zu dem ein oder anderen Small Talk. Sie war mittlerweile scheißfreundlich zu mir und hatte auch ihre Stimme unter Kontrolle. Der Ausflug mit ihr wurde tatsächlich zum nicht vorhersehbaren Erfolg. Es schien, dass es richtig gewesen war, ihr einmal den Kopf zu waschen. Ab diesem Zeitpunkt war unser Verhältnis so, wie es sein sollte, nämlich auf einer erwachsenen Ebene, um vernünftig miteinander umzugehen. Ihr Junge hatte sich aber leider weiterhin nicht im Griff. Er war völlig unberechenbar und sollte noch des Öfteren während des Unterrichts den Heimweg antreten.

Das Schuljahr nahm ohne größere Eklats seinen Weg und der Jahresausflug stand an. Ein Kollege aus dem Sekundarbereich bot sich an, uns seinen Reiterhof zu zeigen, Reiten und Grillen inbegriffen. Ich fand die Idee außerordentlich interessant, musste ich mich doch nicht mit den ganzen Vorbereitungen herumschlagen. Er war ebenfalls Junglehrer, allerdings einer der aufbrausenden Art. Aus ihm floss genau das heraus, was er in diesem Moment auch dachte, ungefiltert und äußerst grenzwertig. Er betitelte seine Schüler offenkundig als Arschlöcher. So weit war ich bisher immerhin noch nicht gegangen. Ich wusste, dass es nicht angemessen war, mich auf dieses Niveau zu begeben. Vorerst wenigstens. Wir fuhren also wertungsfrei pünktlich mit der S-Bahn, um danach einen gemütlichen Spaziergang bis zum Reiterhof zu unternehmen. Von wegen gemütlich. Nach einer Weile fiel mir auf, dass der Kollege sich seltsam benahm. Voller Eifer ahmte dieser Bursche den sadistischen Sergeant aus dem Film „Full Metal Jacket" nach. Laut singend mussten die

Kinder diesen absoluten Schwachsinn wiederholen. Mein Kollege war sozusagen der Drill Sergeant. Aber die Schüler, vor allem die Jungs, schienen unglaublichen Spaß an dem Gegröle zu haben, so dass ich als Klassenlehrer beschloss, erst einmal nicht einzugreifen. Ich kam mir vor wie in einem amerikanischen Ausbildungslager, in dem Soldaten auf einen Einsatz in Vietnam vorbereitet werden sollten. Eine meiner Meinung nach unangenehme Sache, zumal uns Wanderer entgegenkamen und uns irritiert musterten. Mir war dieses Gehabe nur peinlich, doch war es für mich interessant zu sehen, wie mein Kollege eine ganz neue Facette an Verhalten zeigte, die ich bis zum Tag des Ausflugs nicht erahnen konnte. So fragte er einen Schüler, der für den einen oder anderen Blödsinn bekannt war, als dieser mal wieder aus der Reihe getanzt war, ob ihm jemand „ins Hirn geschissen habe". Ein für mich fragwürdiger Umgang mit Grundschülern. Er zeigte auf diesen paar Kilometern sein wahres Gesicht, ja sogar seinen Charakter, beziehungsweise kam seine Charakterschwäche zum Vorschein, ohne dass ein Psychiater hinzugezogen werden musste.

Der Ausflug war aber, trotz unseres strengen Sergeant, eine runde Sache, mit der alle zufrieden sein konnten. Das Einzige was mich etwas störte, war die Tatsache, dass er sich als Klassenlehrer aufspielte und haufenweise Anweisungen gab. Eigentlich war ja ich die erste Bezugsperson meiner Schüler. Und ich hätte keinesfalls eine Sprache angewandt, die unangemessen gegenüber Grundschülern gewesen wäre. Doch war ich zu feige, ihn in die Schranken zu verweisen. Immerhin hatte er alles arrangiert und viel Zeit für diesen Ausflug investiert. Die Zeit auf dem Reiterhof war aber dann doch richtig klasse. Das Feuer war schon von den Mitarbeitern angeschürt worden und die Pferde standen für diejenigen bereit, die es wagten, sich auf einen kleinen Ritt einzulassen. Ich empfand es als entspannend. Die Jungs spielten Fußball, die Mädchen drehten Runden auf den Gäulen oder vergnügten sich mit anderen Spielen. Ich konnte mich gemütlich zurücklehnen. Wir waren in der Pampa angelangt. Und kein Verkehr, der für Besorgnis erregen sollte.

15
Endlich angekommen

Als Klassenlehrer empfand ich meine neue Klasse als angenehm, streichen wir einmal die nervigen Ausraster meines ADHS-Sprösslings. Man konnte ausgezeichnet mit ihnen arbeiten und es gab einige wirklich begabte Kinder. Zu meinem Rektor hatte ich einen guten Draht, unter anderem weil er ein fanatischer Anhänger der Leichtathletik war. Ich selbst entstamme einem Haus, in der diese Sportart einen ganz besonderen Stellenwert genießt. Als er meine Bestzeiten erfuhr, war er entzückt und übertrug mir gleich die Aufgabe, talentierte Schüler nach Stuttgart zum Speedy Coup zu begleiten und zu betreuen. Das war kein Problem für mich, eher eine angenehme Abwechslung zum ansonsten tristen Alltagsgeschäft.

Meinen Chef würde ich als sportlich austrainiertes Kraftpaket bezeichnen, ein Sprintertyp, damals zwischen 45 und 50 Jahre alt. In unseren Gesprächen über die Leichtathletik fiel mir auf, dass es ihn noch immer furchtbar fuchste, nicht eine 10er Zeit über 100 Meter geschafft zu haben. Sein Rekord, wie er mir versicherte, lag bei 11,0 Sekunden, was ich ihm durchaus abnahm. Er war keinesfalls ein Schwätzer, der mit seinen Leistungen hausieren gehen wollte. Was mich an ihm störte, war, dass er dermaßen nach Schweiß roch, dass einem regelrecht übel wurde. Wäre er zu Zeiten des Ersten Weltkriegs im Einsatz gewesen, so hätte er sicher Verwendung als Giftgaswaffe gefunden. In den Gesprächen vermied ich es tunlichst, mich näher als einen Meter an ihn heranzuwagen. Nicht nur ich wunderte mich, warum seine Frau nicht schon längst eingeschritten war und ihn mit frischen Hemden versorgt hatte.

Ich als Leichtathlet, war also ein Verbündeter von ihm und musste mich am Anfang der Woche regelmäßig stellen, weil er gern vom letzten Sportfest erzählte. Er war schließlich ein offizieller Kampfrichter des Deutschen Leichtathletikverbandes, der am Wochenende auf den Sportplätzen im Einsatz war. Ich konnte nicht anders, als mich den Gesprächen zu stellen, hielt aber, wie oben schon erwähnt, einen Sicherheitsabstand ein, um nicht in den giftigen Schwaden des fiesen Schweißes ohnmächtig zu werden. Aber im Grunde war er ein netter Mensch.

An der Schule fühlte ich mich wohl, hasste aber die leidigen Konferenzen, die sich teilweise bis zu drei Stunden hinzogen. Es war einfach nur nervig. Mein Chef konnte dem nicht entgegensteuern, quasselte er doch genauso viel, wie die anderen Labertaschen. Er verfiel ständig in nichtssagende Monologe, die mich innerlich auf die Palme brachten. Die Bezeichnung „Logorrhoe", also eine krankhafte Geschwätzigkeit in Bezug auf diesen Knaben, sollte im Laufe der Zeit zum geflügelten Wort werden. „Wollen die anderen denn nicht nach Hause?", fragte ich mich. Und die Frage war und ist bis heute durchaus berechtigt. Viele, mit denen ich näheren Kontakt hatte beziehungsweise habe, kotzen regelmäßig ab, wenn es um das Thema Gesamtlehrerkonferenz geht. Doch während der Konferenz wird sich fleißig zu Wort gemeldet, um die ganze Geschichte unnötig in die Länge zu ziehen. Dieser Umstand hat mich schon immer gestört. Konferenz O.K., aber bitte im Rahmen des Erträglichen, was Dauer und Häufigkeit angeht.

Das einzig Positive an ihnen war, dass ich mich im Anschluss mit meiner Frau in Stuttgarts Kultkneipe schlechthin traf. Eine Kneipe, die vor einhundert Jahren noch als Klohäuschen diente und heute den Namen „Palast der Republik" trägt. So sieht sie bis heute immer noch aus. Coole Leute, lässige Musik, einfach perfekt für einen oder zwei Absacker. Meine Frau pendelte damals noch zur Arbeit nach Frankfurt. Ein beschissener Weg. Manch einer heult herum, wenn er dreißig Minuten zum Arbeitsplatz benötigt. Sie nahm jeden Tag die Wegstrecke von zweieinhalb Stunden in Kauf. Jeweils hin und zurück. Sie verbrachte also täglich fünf Stunden in Bus, S-Bahn und ICE. Wenn es normal verlief. Ein Wahnsinn. Kurze Zeit später einigten wir uns für sie auf eine vier Tage Woche. Scheiß auf das Geld, das Wohlbefinden war uns wichtiger.

Das Schuljahr konnte ich mit gutem Gewissen abschließen und gab mein Wunschformular für das nächste Jahr, das jeder Lehrer bekommt, zurück an die Schulleitung. Die Ferien empfand ich natürlich wie immer als zu kurz, beschwerte mich aber nicht.

Das vierte Schuljahr lief prima an, waren die Kids noch immer wissbegierig und machten keinen großen Ärger. Mein ADHS Vertreter war ein Jahr älter und hatte seine stressbedingten Ausbrüche deutlich besser im Griff. In meiner Klasse war auch ein Zwillingspaar aus dem Irak. Was ich als angenehm empfand, war die Tatsache, dass es ein Junge und ein Mädchen war. Ich konnte sie also leicht voneinander unterscheiden. Sie intelligent, motiviert, und schrieb nur Einser und Zweier. Ihr Bruder war möglicherweise der Pascha zuhause. In einer muslimischen Familie werden die Jungs oft anders hofiert, als das bei den Mädchen der Fall ist. Aber in der Schule hatte sich das Blatt schnell gewendet. Sie die Aufmerksame, er der Hinterbänkler, der den Unterricht über sich ergehen ließ. Sie mit verständlicher Sprache, er dem Nuscheln zugewandt. Er stammelte leider nur herum, so dass ich kaum ein Wort verstand. Entsprechend war dann auch die Verteilung der Noten. In den Fächern Deutsch, Mathematik sowie Heimat- und Sachunterricht stand das Mädchen immer zwischen Eins und Drei, ihr Bruder musste sich leider mit den Noten Vier bis Sechs zufriedengeben. Wenigstens war er sportlich und konnte bei mir eine gute Note im Sportunterricht einfahren, worüber er mächtig stolz war. Immerhin ein Fach, in dem er seiner Schwester ebenbürtig war, denn auch sie war sportlich. Sport war für den Burschen alles, logo. Alles andere konnte er nämlich leider nicht oder nur mäßig.

Erstmalig musste ich in diesem Schuljahr im Fach BK/TW ran, also der Fächerverbund aus Bildender Kunst und Textilem Werken. Bildende Kunst? Textiles Werken? Und dann auch noch ich, mit meiner Minderbegabung auf diesen Gebieten. Mir war von Anfang an klar, dass ich dieses Fach niemals in den Griff bekommen würde. Doch konnte ich einen Trumpf Ass aus dem Ärmel ziehen: Meine Frau. Eine kreative Person mit einem außergewöhnlichen Talent, was das Zeichnen angeht. Über viele Jahre hatte sie schon meinen Unterricht gerettet, wofür ich ihr bis heute dankbar bin.

Nachdem wir anfangs mit Wachsmalstiften und Wasserfarben gearbeitet hatten, musste ich unbedingt dem Textilen Werken gerecht werden. Wir entschlossen uns, den Weg des Knüpfens einzuschlagen. Eine aufwendige Arbeit, aber die Kinder würden über Wochen beschäftigt sein. Ein genialer Schachzug. Es wird etwas Komplexes eingeführt und die Schüler brauchen ewig, um ihr Werkstück abzuliefern. Da meine Frau zu dieser Zeit eine Kehlkopfentzündung plagte und sie sich zuhause auskurierte, hatte sie genügend Zeit ein Musterstück anzufertigen. Das Ergebnis ihrer Bemühungen war ein Fachwerkhaus, dazu sehr Abgelungen. Alles war vorbereitet, ich musste nur noch die einzelnen Abläufe den Schülern erklären. Die zu knüpfenden Motive sollten die Schüler selbst zeichnen. Der Zwillingsbruder hatte eine fixe Idee. Als

Fußballfan empfand ich es nicht als abwegig, dass er ein Stadion mit Spielern knüpfen wollte. Tolle Idee, fand ich zumindest. Doch war ich von Anfang an skeptisch, ob seine Feinmotorik ausreichen würde, ein anständiges Ergebnis zu erzielen. Der arme Kerl hatte sich einiges aufgehalst. Doch ich ließ ihn gewähren. Seine ersten Zeichnungen waren bodenlos, ja es erinnerte mich sogar an meine Kindheit und die damit verbundenen Kritzeleien. Die ersten Entwürfe hatten die Schüler schon auf Papier gebracht. Diese waren aber zum Teil so miserabel und vor allem viel zu klein, dass ich sie so nicht durchwinken wollte. Es benötigte zwei bis drei Anläufe, damit ich grünes Licht geben konnte. Jetzt begann die eigentliche Arbeit. Den Vordruck musste man nur noch mit Kohlepapier auf den Stramin übertragen und man hätte loslegen können. Aber so einfach war die Sache dann doch nicht. Meine Frau hatte mich vorab in die Geheimnisse des Knüpfens eingeführt und ich hatte mittlerweile genügend Kenntnisse, um sie anzuwenden. Grundsätzlich war das Knüpfen tatsächlich kein Hexenwerk, vor dem ein Mann hätte fliehen müssen. Ich hatte es im Griff und konnte den Schülern bei Problemen helfen. Mir entging natürlich nicht, dass einige Kinder sehr begabt waren, und dreimal so schnell arbeiteten als manch andere Schüler. Ich wusste, dass sie mit ihrem Werkstück viel früher fertig werden würden, während sich einige Mitschüler noch abquälten. Also beschloss ich, den Überfliegern einen neuen Job zu geben. Sie sollten den Minderbegabten, als Kind hätte ich mich auch zu ihnen zählen müssen, Beistand leisten. Es funktionierte alles hervorragend. Schlussendlich hatte ich tatsächlich von jedem Schüler seinen geknüpften Miniteppich mit den unterschiedlichsten Motiven. Die Ergebnisse waren zum Teil der Wahnsinn, so gut waren sie. Das Fußballstadion meines Zwillings war aber als einzige Arbeit leider noch nicht fertig gestellt, so dass er wieder einmal die schwächste Zensur bekam. Ich empfand es aber aus meiner Sicht als äußerst kulant, ihm eine vier zu geben. Mehr hatte seine Arbeit einfach nicht verdient, keine Frage. Das Stadion mit den Spielern war übrigens mit guter Phantasie nur ansatzweise zu erahnen.

Die nächsten zwei Jahre hatte mich mein Rektor nochmals für die Klassenstufe drei und vier eingeplant. Für mich eine angenehme Sache, konnte ich doch die gleichen Arbeitsmaterialien wie zuvor einsetzen und mich schulisch weiter entwickeln. Es waren die Jahre, in denen ich an der Außenstelle unterrichtete. Da die Stammschule zu wenig Platz hatte, standen uns Klassenräume für die Grundschule plus Lehrerzimmer im Gebäude einer Realschule zur Verfügung. Zunächst konnte ich nichts damit anfangen, weil ich zu den übrigen Kollegen, die in der Sekundarstufe unterrichteten und zu denen ich einen guten Draht hatte, nur noch spärlichen Kontakt hatte. Mit der Zeit aber hatte ich mich der Situation angepasst. Wir waren insgesamt zu acht und ich der einzige Mann. Auch die Umgebung lernte ich schnell zu schätzen. Direkt hinter dem Schulgebäude öffnete sich ein riesiges Waldgebiet, das einiges zu bieten hatte. Verwunschene Pfade, ein herrlich gelegener Spielplatz, eine Jugendfarm mit allerlei Tieren, sowie das Waldheim, in dem wir zu späterer Zeit noch einige Tage verbringen sollten. Ich war also weg von dieser Innenstadtschule, die kaum einen Grashalm um sich hatte. Ein Betonklotz aus der Nazizeit, monumental und kalt. Den Wald nutzte ich mittags häufig für eine meiner Laufeinheiten. Das Laufen war für mich schon immer der Ausgleich zum nervigen Alltagsgeschäft gewesen und zugleich die Zeit, in der ich mich auspowern konnte. Es war nicht nur das lockere Jogging, auf meinem Trainingsplan standen unter anderem Dauerläufe über zwanzig Kilometer, die ab und an in unter achtzig Minuten, also einem Schnitt von schneller als 4:00 Minuten pro Kilometer, heruntergerissen wurden. Für mich Entspannung pur, für andere der Horror. Es waren die Tage, an denen Lehrerkonferenzen stattfanden und ich keine Zeit hatte, nach Hause zu fahren. Und immer wieder diese nichtssagenden Konferenzen, die ich nach wie vor als lästig empfand. Absprachen und dergleichen, die mich kaum tangierten, weil ich schon immer ein Einzelkämpfer war. Ich nahm praktisch nichts mit, außer dass ich genervt und gestresst dem Ende dieser Sitzungen entgegenfieberte, um mich anschließend mit meiner Frau in Stuttgart im Palast auf ein zwei Biere zu treffen.

In diesen Jahren wurde mir übrigens schon bewusst, was das Wort „Inklusion“ für eine Bedeutung hatte. Mit dem Begriff wurde noch lange nicht hausieren gegangen, doch hatte man damals schon die gleichen Probleme wie heute. Einer meiner Schüler hatte eine Vollmacke. Selbst heute würde ich das so noch unterschreiben. Er war strohdumm und brachte mich regelmäßig auf die Palme, weil er nur dusselig vor sich hingrinste. Ich wollte seine Eltern kennen lernen und vereinbarte einen Termin, zu dem beide erschienen. Ab diesem Zeitpunkt wunderte mich nichts mehr. Es hatte den Anschein, dass beide der Trinkerliga angehörten. Ihr Alter war schwer zu schätzen. Vom Gesicht hätten sie schon um die sechzig Jahre alt sein können, die Figur der Mutter war jedoch die einer Zwanzigjährigen. Ich wollte ihnen einen anderen Bildungsweg für ihr Kind schmackhaft machen, da er meines Erachtens bei uns völlig fehl am Platz war, doch hatte ich keine Chance damit. Sie verwiesen immer und immer wieder auf die Note im Deutschunterricht. Dort hatte er nämlich eine sichere Vier. Und tatsächlich. Der Junge war ein Phänomen. Strohdumm zwar, aber im Memorieren war er brillant. Er konnte Übungsdiktate und Lernwörter so gut abspeichern und bei Bedarf abrufen, dass er in jedem Diktat Zensuren zwischen zwei und drei bekam. Er konnte also nicht durchfallen, egal welche Aufgabenstellung ich von der Klasse verlangte. Seine Aufsätze waren dagegen bodenlos. Ein zu benotender Aufsatz war zum Beispiel, sich eine Geschichte zu folgenden Reizwörtern zu überlegen: „Kindergeburtstag – Schnitzeljagd – Glück gehabt". Nachdem ich mit den Kindern ausführlich besprochen hatte, was eine Schnitzeljagd überhaupt ist, konnte es losgehen. Mein Diktatüberflieger saß da und konnte mit der Aufgabe nichts anfangen. Nach einer geschlagenen halben Stunde schien ihm etwas zum Thema einzufallen. Als ich die Hefte eingesammelt hatte, kam die lästigere Aufgabe auf mich zu. Die Korrektur. Ein Punkt im Leben eines Lehrers, der gern vergessen wird. Lehrer sind faul, so die Meinung vieler. Doch kostet es Stunden, diesen Wust an Kritzeleien durchzusehen, zu korrigieren und zu bewerten. Und dazu noch die vielen Elterngespräche, die meist nach dem gleichen Schema ablaufen. „Zuhause hat mein Kind nie Probleme mit den Aufgaben." Ich konnte diesen verlogenen Scheiß der Eltern, meist waren es Mütter, die ihren Nachwuchs in ein besseres Licht rücken wollten, nicht mehr hören. Nachdem ich wenige Tage zuvor mit den Eltern dieses, meiner Ansicht nach geistig zurückgebliebenen Kindes gesprochen hatte, war ich gespannt, was er mir abgeliefert hatte. Es war nicht viel und daher auch in kurzer Zeit korrigiert. Er hatte leider nichts verstanden. Er hatte die Papierschnitzel mit dem Schweineschnitzel verwechselt. In seinen Ausführungen waren es nicht tausende Papierschnitzel, die die Jäger in die Irre führen sollten, sondern ein gebratenes Schnitzel, das der Jäger erlegt hatte. Hatte er nicht aufgepasst oder wirklich nicht begriffen? Wir hatten doch alles vorher besprochen, zudem hatte jeder einen kurzen Text zum

Nachlesen, was eine Schnitzeljagd ist und wie sie funktioniert. Die Teilnehmer dieses Spiels bestehen aus zwei Gruppen, von denen eine die Jäger sind und die andere die Gejagten. Die Flüchtenden haben einen gewissen Zeitvorsprung, um falsche Fährten mit den sogenannten „Schnitzeln" zu legen. Die Verfolger haben die Aufgabe, die vorausgeeilte Truppe zu jagen und zu stellen. Ich dachte, die Spielregeln wären einfach genug, so dass es jeder verstanden hätte. Leider hatte mein Schüler entweder nicht aufgepasst oder war schlichtweg zu dumm. Während der Korrektur befürchtete ich eher Letzteres. Ein Wortlaut aus seinem schriftlichen Werk war: „Ich nahm mein Schnitzel, warf es hinter einen Baum und versteckte mich im Gebüsch." Der Junge, so leid er mir tat, hatte tatsächlich nichts begriffen. Er war ein Phänomen, was Diktate oder Gedichte auswendig zu lernen betraf, aber fragte man ihn nach irgendeinem Inhalt, kam leider nichts. Er konnte zwar alles auswendig runter rattern, doch verstand er den Sachverhalt nicht. Zudem folgte das nächste Problem. Da er schon zwei Jahre älter als seine Mitschüler war, verhielt er sich nicht immer so, wie man es von einem Grundschüler erwartete. Hier und da ein unauffälliges Gegrabsche den Mädchen gegenüber, sollten mich in Alarmzustand versetzen. Ich konnte es nicht beweisen, bestellte aber sofort die Mutter ein, weil einige Eltern offenen Unmut bezüglich des pubertierenden Schülers zeigten. Letztendlich ging es aus wie beim Hornberger Schießen. Mutter war zwar besorgt, aber nicht unbedingt einsichtig. Ihr Sohn würde doch so etwas nicht tun, so ihre Antwort. Trotz allem versicherte sie mir, mit ihrem Sohn zu reden. Die Eltern der Gegenseite waren nach Rücksprache weitestgehend zufrieden, weil ich die Mutter gestellt hatte. Im Nachhinein konnte der Junge weiterhin bei uns auf der Schule bleiben, obwohl er nach wie vor völlig fehl am Platz war. Mir war alles Recht, Hauptsache ich hatte meine Ruhe. Doch die hat man als Klassenlehrer in einer Grundschule dann doch nie. Nervige oder aufdringliche Eltern, zumeist Mütter, die um einzelne Punkte, ja sogar um halbe Punkte feilschen, als ob wir auf einem osmanischen Bazar handeln würden. Eltern, die Begabungen ihrer Kinder in den Vordergrund stellen, von denen ich seit über einem Jahr nichts entdecken konnte. Kinder, die nie auch nur einen Anteil von Schuld haben sollen, wenn es wieder einmal Probleme mit Mitschülern gibt. Es war und ist einfach zum Kotzen. Ich hasste zunehmend diesen Job mit der ganzen Heuchelei.

Was mir noch schwer zusetzen sollte, ereignete sich im Februar des darauffolgenden Jahres. Natürlich hatte ich mir schon im Dezember Gedanken gemacht, wie es weitergehen sollte. Jedes Jahr kam dieses leidige Thema auf den Tisch. Es ging darum, wer im nächsten Schuljahr als Krankheitsvertretung abbestellt werden würde. Für mich kam diese Aufgabe nicht infrage, da ich diese Tätigkeit schon zwei Jahre lang ausgeübt und die Schnauze davon gestrichen voll hatte. Grundsätzlich ändert sich nichts an den Aufgabengebieten, doch weiß man nie, wohin es einen verschlägt. Um einigermaßen sicher zu gehen, dass ich nicht zu den engeren Kandidaten gehören sollte, konsultierte ich meinen Rektor. Dieser versicherte mir, dass ich doch erst das zweite Jahr hier sei und ich weiter meine Erfahrung als Klassenlehrer sammeln sollte. Für mich eine klare Ansage. Es gab schließlich auch den Stichtag, um der aktuellen Schule den Rücken zu kehren und sich an einer anderen zu bewerben. Bis spätestens Anfang Januar mussten die Anträge abgegeben sein. Mit der Aussage meines Rektors war ich zufrieden, strebte ich nämlich tatsächlich einen weiteren Durchgang an, eine dritte und vierte Klasse zu führen. Ich konnte also beruhigt in die Weihnachtsferien gehen und machte mir keinen weiteren Kopf. Auch nach den Ferien sollte es nichts Erzählenswertes geben, was meiner Arbeit entgegenkam, aber für einen Junglehrer eine tödliche Gefahr bedeuten kann. Die Alten sind sicher und nicht ohne weiteres in eine andere Richtung zu bewegen. Zu lang harren sie in den klassischen Strukturen und sind praktisch unkündbar, was ihre Stellung angeht. Selbst bei der Auswahl der Klassenstufen und Fächer scheinen sie gesetzt. Kein Rektor hat das Bedürfnis sich mit jemandem anzulegen, der seit zwanzig Jahren die gleiche Tätigkeit ausübt.

Der Schulalltag lief ohne Probleme, so wie ich es mir vorgestellt hatte. Ich hatte zu diesem Zeitpunkt noch meinen täglichen Ausgleich. Das Joggen. Obwohl sich meine Dauerläufe für die klassischen Läufer nicht so anfühlten. Sie fingen eigentlich nie unter zehn Kilometer an und konnten sich bis auf eine Länge von zwanzig bis fünfundzwanzig Kilometer ausdehnen. Wenn ich einen guten Tag hatte, wurde ich im Verlauf der Einheit nicht wie anzunehmen schwächer, sondern immer stärker. Ein ambitionierter Hobbyläufer absolviert seine Läufe vielleicht in einem Fünf-Minuten-Schnitt pro Kilometer. Das ist nicht schlecht. Ich und die ganze Truppe, mit denen ich mich regelmäßig traf, hatten aber andere Zeiten im Kopf. Da wurden die zehn Kilometer schon einmal in fünfunddreißig Minuten heruntergerissen, ohne an die Grenzen der Leistungsfähigkeit zu kommen. Es machte einfach Spaß sich auszupowern und war der Sport, der auf meinen Körper wie maßgeschneidert passte.

Anfang Januar versammelte sich das Kollegium zur ersten Gesamtkonferenz im neuen Jahr. Es ging wie so oft um Termine und andere organisatorische Dinge. Als die Sprache bezüglich der Vertretungskraft für das kommende Schuljahr auf den Tisch kam, wurde ich hellhörig, blieb aber gelassen, hatte ich doch die mündliche Zusage, weiterhin als Klassenlehrer an meiner Stammschule verbleiben zu können. Es kam, wie es kommen musste. Niemand aus dem Kollegium hatte sich freiwillig für diesen Job gemeldet. Jetzt hatte mein Chef ein Problem. Er musste sich genau überlegen, wer für diese Aufgabe geeignet wäre und vor allem, wem er es zumuten könne. Einige Kollegen fielen sofort durch dieses Raster, waren sie schon zu alt dafür oder in einer wichtigen Funktion an der Schule tätig, auf die man nicht verzichten wollte. Ich hatte mich ja vorab bei meinem Rektor rückversichert und musste mir diesbezüglich keine Sorgen mehr machen. Doch es kam ganz anders.

Der Februar hatte sich fast schon zum Ende geneigt, als mein Rektor mit mir das Gespräch suchte. Ich dachte gleich an einen seiner Wettkämpfe, die er am Wochenende besucht hatte, um mir davon zu berichten. Doch es sollte ganz anders kommen, als ich es erdacht hatte. Als ich im Rektorat vorstellig wurde, wurde ich mit etwas konfrontiert, das ich nicht mehr auf dem Schirm hatte. Er wies mich an, mich zu setzen. Seltsam, dachte ich mir. Hatte ich etwas verbrochen oder übersehen, dass er nicht duldete? Nein. Er hatte etwas ganz anderes im Sinn. Sein Gestammel ließ mich nichts Gutes erahnen. Er redete um den heißen Brei. Und tatsächlich ließ er dann auch die Katze aus dem Sack. Er hatte mich auserkoren, im nächsten Schuljahr die Krankheitsvertretung zu übernehmen. Er hatte mich beschissen. Ich hatte vor knapp sechs Wochen die mündliche Zusicherung als bindend angesehen, umso enttäuschter war ich jetzt, zum dritten Mal den Feuerwehrmann für den Schulamtsbezirk spielen zu müssen. Hätte er mir vor einigen Wochen frühzeitig reinen Wein eingeschenkt, so hätte mich diese Bürde nicht sonderlich getroffen, weil ich dann schon längst über alle Berge gewesen wäre. Ich war frustriert und dies alles hatte natürlich Einfluss auf meine Klasse. Ich hatte nicht mehr die Kraft und Motivation, mir den Arsch aufzureißen. Den wichtigsten Ausgleich zum beschissenen Schulalltag nahm ich mir, wann immer ich wollte. Kam ich genervt zuhause an, schmiss ich meine Schultasche in die Ecke, um eine Laufeinheit einzuschieben. Abschalten war angesagt. Während dieser Dauerläufe konnte es sein, dass ich mich in einen Rausch lief. Im Anschluss fühlte ich mich wie neugeboren. Ausgepowert, aber top fit und ganz auf der Höhe.

Mit meinem Rektor kam es übrigens zu keinen sportlichen Gesprächen mehr, weil ich mich grundsätzlich zurückgezogen hatte. Die große Pause nutzte ich nicht mehr, um mit den Kollegen zu palavern, sondern lungerte außerhalb des Schulgeländes herum, eine Kippe rauchend, und genoss die Ruhe, die man an einer Schule sonst kaum bekommt. Laufen und Rauchen. Ein wirklich dummes Laster – das Rauchen. Hätte ich auf die Zigaretten verzichtet, ich weiß nicht, wo ich sportlich gelandet wäre.

Es fiel nicht einmal sonderlich auf, dass ich mich absichtlich meinen Kollegen entzog. Sie waren alle nett, doch hatte ich keinen Bock mehr auf die Dynamik. Keinen Bock mehr, über Schüler abzukotzen, auch keinen Bock, über die Schulleitung zu lästern. Ich wollte einfach nur meine Ruhe und meine Klasse in die weiterführenden Schulen verabschieden. Dies war mein Auftrag, und den setzte ich in die Tat um. Ende Juli war dann Gott sei Dank auch Schluss mit dem ganzen Theater. Die großen Ferien standen an, endlich.

Ein weiterer Turnus war mir leider verwehrt. Bis heute hege ich den Verdacht, dass ich für den Vertretungsjob ausgewählt worden war, weil klar war, dass ich am wenigsten Ärger machen würde, um diese Aufgabe zu übernehmen. Eine clevere Taktik meines Rektors. Diejenigen, die noch infrage gekommen wären, waren unbequem. Keifende Weiber, die ihren Arsch nicht einen Zentimeter vom Alltagsgeschehen fort bewegten. Sie hätten Gift und Galle gespuckt. Mein Rektor hätte auf Granit gebissen. Deshalb hatte er, meines Erachtens, den Weg des geringsten Widerstandes gewählt. Ich war schlicht und einfach beschissen worden.

Die Tatsache, dass ich als Krankheitsvertretung auserkoren worden war, machte mich stinkig. Warum hatte er mir das nicht schon

Anfang Dezember offenbart? Ich hätte mich rechtzeitig verabschieden und an eine andere Schule wechseln können. Erneut brachte ich den ganzen Frust der Schule mit nach Hause, zum Leidwesen meiner Frau. Es war einfach nicht fair, dass die Alteingesessenen wieder einmal ihren Freifahrtschein für das nächste Schuljahr bekommen hatten. Warum auch? Es gab ja noch Lehrer wie mich. Die Tatsache der Degradierung stumpfte mich zunehmend ab. Ich glaube nicht, dass auch nur einem der älteren Lehrer jemals so viele Krankheitsvertretungen im Laufe ihrer Karriere aufgehalst worden waren, wie mir und anderen Junglehrern zugeteilt wurden.

Den Aufsatz mit der Reizwortgeschichte nahm ich zum Anlass, tatsächlich eine Schnitzeljagd durchzuführen. Da der Wald direkt hinter dem Schulgebäude begann, musste ich nicht auf den Straßenverkehr Rücksicht nehmen. Wir zogen Lose, wer zu den Jägern gehören sollte und wer in der Gruppe der Gejagten war. Es gab klare Absprachen, unter anderem, dass wenn die Papierschnitzel aufgebraucht waren, sich jeder im Umkreis von höchstens einhundert Metern zu verstecken hatte. Wer als letztes gefunden wurde, war der Sieger des Spiels. Die Verfolgten bekamen einen Vorsprung von zehn Minuten, brauchten sie schließlich auch mehr Zeit, um ihre Fährten zu legen. Auch einigten wir uns darauf, dass die Gruppe zusammen bleiben sollte. Es konnte also losgehen. Für viele Kinder war es Spannung pur, hatten sie doch bisher noch nie an einer Schnitzeljagd teilgenommen. Eine Mutter hatte sich bereit erklärt, als Aufsichtsperson die Gruppe der Gehetzten zu begleiten. Ich schloss mich den Jägern an. Zehn Minuten später stürmten wir los, um uns auf die Suche zu machen. Nach kurzer Zeit sahen wir uns dem ersten Problem gegenüber. An einer Kreuzung teilten sich die Spuren. Die eine bog nach links ab, die andere verlief weiter geradeaus. Wir einigten uns, links abzubiegen, und folgten der Fährte. Sie führte in eine Sackgasse. Wir hatten den falschen Weg gewählt und mussten zurück zur Weggabelung, um dem anderen Weg zu folgen. Die Jagd ging weiter und wir tappten das eine oder andere Mal erneut in die Falle. Die Flüchtenden hatten ihre Aufgabe, uns zu narren, hervorragend umgesetzt. Irgendwann endete die Spur und wir hatten das Ziel erreicht. Jetzt mussten wir uns nur noch auf die Suche begeben und die Verstecke ausfindig machen. Schnell wurden dann auch die ersten Kinder gefunden.

Es ging ruckzuck, so motiviert war meine Gruppe am Werk. Es schienen alle gefunden worden zu sein, als eine Schülerin nebenbei bemerkte, dass ein Schüler noch fehle. Und tatsächlich. Ich schickte dieses Mal alle Kinder auf die Suche, obwohl das Spiel ja eigentlich beendet war. Das vermisste Kind wäre zum Gewinner ernannt worden, wenn nicht eine dumme Sache dazwischen gekommen wäre. Wir suchten und suchten, doch fanden wir den Burschen nicht. Wo hatte er sich bloß versteckt? Nach einer halben Stunde erfolglosen Suchens wurde es mir langsam mulmig. Ich konnte doch nicht mit einem Kind weniger zurück zur Schule gehen. Also beschlossen wir, nach ihm zu rufen. Geschlagene fünf Minuten krakelten wir wild durcheinander, als er endlich daher getrottet kam. Die fünf Minuten hatten sich wie eine Ewigkeit angefühlt. Mit einem Grinsen im Gesicht wollte er seine Ehrung entgegennehmen. Ich wollte aber sicher gehen, ob er den Siegertitel überhaupt verdient hatte und forderte ihn auf, uns sein Versteck zu zeigen. Dort angekommen, wunderte es mich nicht, dass wir ihn nicht hatten finden können. Es lag einen halben Kilometer weit von der Endmarkierung entfernt. Da war er im Gebüsch gesessen und hatte sich gewundert, dass ihn niemand gefunden hatte. Ich war stinksauer. Er hatte die Spielregeln zu seinen Gunsten geändert. Der Sieg wurde ihm noch an Ort und Stelle einstimmig aberkannt und einem anderen Kind zugesprochen. Nach diesem Highlight, das mich einige Nerven gekostet hatte, verliefen die letzten Wochen bis zu den großen Ferien in ruhigem Fahrwasser. Ich hatte nun schon das fünfte Jahr an dieser Schule absolviert und davon zwei Durchgänge der Klassen drei und vier als Klassenlehrer heil überstanden.

16

Erster Rückschlag

Die großen Ferien standen wieder einmal an. Die Zeit, die ich über alles schätzte. Weg vom Alltagsjob, weg von dem ätzenden Gekreische, dessen Lärm sich durch alle Gänge um ein Vielfaches aufbauscht und mich innerlich aggressiv macht. Warum muss man in Gottes Namen immer nur so herumbrüllen. Mittlerweile hasste ich diesen Umstand der Lärmbelästigung so sehr, dass ich zehn Minuten früher als bisher die Schule betrat. Zu dieser Zeit waren nämlich noch keine Schüler im Schulhaus, sondern lungerten bis zum Klingeln vor der Türe oder im Pausenhof herum.

Das neue Schuljahr startete für mich recht unspektakulär. In den ersten Wochen sollten nur wenige Stunden für mich als Vertretungslehrer anfallen. Zudem teilte ich den zu auffangenden Unterricht mit einem Kollegen, der an unserer Schule schon immer als Krankheitsvertretung eingesetzt wurde. Ein Typ, der unglaublich nett war, aber ein Problem hatte. Er war Alkoholiker und wurde daher für keinen Klassenlehrer- oder Fachlehrerjob nominiert. Er war seit vier Jahren an der Schule und um die fünfzig. Er hatte während dieser Zeit nicht einmal eine Schultasche dabei. Wenn er morgens im Lehrerzimmer einlief, begann das große Schwitzen. Seine Vertretungsstunden waren berüchtigt, bei den Schülern aber höchst willkommen. Normalen Unterricht gab es bei ihm praktisch nie. Entweder zeigte er einen Film oder er schnappte sich aus der Turnhalle Federball- und Tischtennisschläger und ließ die Schüler spielen. Wenn das Wetter schlecht war oder er keinen Film parat hatte, lief es auf eine Hütestunde heraus. Die Schüler mussten sich selbst beschäftigen. Es konnte aber auch sein, dass er einfach nicht anzutreffen war, weil er sich in einen abgelegenen Winkel der Schule verzogen hatte, zu dem kein Schüler Zutritt hatte. Soweit war ich bisher immerhin noch nicht gesunken und versuchte, in den Stunden dort anzuknüpfen, wo die Schüler stehengeblieben waren. Grundsätzlich gab es aber auch von meiner Seite die eine oder andere Unterrichtsstunde, die ich mir hätte ersparen können, zum Beispiel, wenn ich keine Anweisungen oder Arbeitsmaterialien seitens des erkrankten Lehrers bekommen hatte. Es sind die Stunden, die einem wie eine Ewigkeit vorkommen.

Der tägliche Horror für mich war der Gang ans „schwarze Brett" vor der ersten Unterrichtsstunde, der mich tierisch stresste und meinen Puls zuverlässig in die Höhe schnellen ließ. Mit was hatte ich zu rechnen und welche Chaoten Truppe musste ich bespaßen. Die Ungewissheit, was der Tag bringen sollte und dazu noch ohne jegliche Vorbereitung stresste mich ungemein.

Einen ganz bestimmten Tag jedoch werde ich niemals vergessen. Unser neuer Konrektor, ein furchtbarer Schwätzer, war für die Vertretungspläne zuständig. Nach dem ersten Blick auf das „schwarze Brett", konnte ich Entwarnung geben. Es war nichts für mich dabei. Ich wollte mich setzen, als besagter Schwätzer grinsend auf mich zukam und mir verkündete, dass ich den ganzen Vormittag die neunte Klasse zu vertreten hätte. Ich fühlte, wie sich Panik in mir ausbreitete. Das Herz begann zu rasen. Eine neunte Klasse hatte ich bisher noch nie unterrichtet. Ich hoffte, dass er mir Arbeitsblätter oder anderweitige Aufgaben, die die erkrankte Person vielleicht zur Verfügung gestellt hatte, übergeben würde – aber leider Fehlanzeige. Nichts, rein gar nichts, an dem ich mich hätte entlanghangeln können. Dumm und dämlich stand ich da, pure Verzweiflung machte sich breit. Wie um alles in der Welt sollte ich fünf Stunden ohne Vorbereitung überstehen? Die letzte Aktion meines Vorgesetzten war, dass er mir einen Apfel zuwarf und mir viel Spaß wünschte. Da brachen alle Dämme. Mir schossen die Tränen in die Augen, Schweiß lief mir übers Gesicht. Ich konnte gar nichts dagegen tun. Er hatte es geschafft, die Schule, dieser ganze Wasserkopf der Ämter und Ministerien hatten es fertiggebracht, mich in diesem Moment zu brechen. Schluchzend schulterte ich meine Tasche und verließ das Schulgebäude. Ich hatte keine Kraft mehr, schon gar keine Nerven. Ich war innerhalb von wenigen Sekunden zu einem Bündel des Elends geschrumpft und fühlte nichts mehr. Im Augenblick dieser Verzweiflung und Mutlosigkeit war mir alles scheißegal. Die Vertretungsstunden, die Schule, einfach alles, sollten sie mich doch rausschmeißen. Ich ging ohne ein weiteres Wort von mir zu geben und fuhr auf direktem Weg zu meiner Hausärztin, die mir das Leid gleich ansah und mich sofort in ihr Sprechzimmer führte. Auch dort konnte ich mich fürs Erste nicht beruhigen und stammelte verstört herum. Ihr war von Anfang an klar, dass für mich die Grenze der Belastbarkeit erreicht war und ich einen stressbedingten Nervenzusammenbruch erlitten hatte. Sie verordnete mir eine einwöchige Ruhephase. Mit den darauffolgenden Herbstferien hatte ich also immerhin zwei Wochen Frieden vor der Schule. Eigentlich hätten damals schon die Alarmglocken bei mir läuten sollen, um meine Tätigkeit kritischer zu hinterfragen. War es überhaupt mein Job und weshalb ließ ich keine Alternativen zu?

Nach den Herbstferien war ich zwar psychisch einigermaßen wieder hergestellt, doch war ich nun an einem Punkt angelangt, an dem ich nur noch wenig Gutes an meinem Job sehen konnte. Klar, das Gehalt, das mir monatlich überwiesen wurde. Ein Gehalt, das immer, und zwar bis zum heutigen Tag, dem meiner Frau hinterherhinkt. Für mich war das nie ein Problem. Warum sollte der weibliche Ehepartner nicht mehr verdienen? Schlussendlich machen wir ja gemeinsame Sache und fahren gut damit. Doch sollte das Geld der einzige Beweggrund sein, Lehrer zu bleiben? Ich konnte es zur damaligen Zeit noch nicht beantworten, meinte ich ja auch, keine Alternative zu dem Job zu haben. Als Lehrer fühlte ich mich in einer Sackgasse, unfähig andere Möglichkeiten für mich zuzulassen. Es gab nichts außer diese beschissene Schule. Das eindimensionale Denken saß fest in meinem Hirn. Zudem hatten meine Frau und ich ein neues Fass geöffnet. Die Entscheidung sollte mich noch mehr an der Schule und deren heuchlerischen Idealen zweifeln lassen.

Am Karfreitag 2006 konnten wir unseren Welpen bei Kaiserslautern abholen. Neun Wochen alt. Ein schwarzer Labrador. Er sollte auf den Namen „Franz" hören, was er bis zum heutigen Tag auch tut. Mehr oder weniger. Wir hatten uns also einer Hunderasse bedient, die als die verfressendste gilt, was ich, ohne zu zögern, unterschreibe. Sie fressen einem sprichwörtlich die Haare vom Kopf. Selbst nachts, wenn sie scheinbar tief schlafen, stehen sie zuverlässig quer bei Fuß, wenn die Türe des Kühlschranks oder der Speisekammer bewegt wird. Der kleine Kerl wurde zu meinem zweiten Job, und zwar zu einem Job, dem ich zunehmend mehr abgewinnen konnte, als dem der Schule. Dieser ganze Mist, der sich täglich wiederholte, kostete all meine Nerven, Ärger über Ärger. Wollte ich das überhaupt noch? Gegröle auf den Gängen, Müll auf dem Pausenhof, obwohl überall Mülleimer bereitstehen. Warum konnten die Papiertüten nicht ordentlich entsorgt werden? Diese Frage beschäftigt mich sogar heute noch.

Vermüllung und Vandalismus sind zwei Dinge, die ich nie verstehen und entschuldigen möchte. Viel lieber würde ich diese Idioten gern am Kragen packen dürfen, damit sie den Pausenhof auf Vordermann bringen, und zwar so, dass man ohne gesundheitliche Vorbehalte das Pausenbrot, das zu Boden fällt, ohne Bedenken aufheben und essen kann.

Ein Mädchen aus der siebten Klasse kam auf die glänzende Idee, auf der Toilette Klopapierrollen anzuzünden. Die Rauchentwicklung hatte den Rauchmelder ausgelöst und nur wenige Minuten später war die Feuerwehr vor Ort. Es war noch einmal glimpflich ausgegangen. Ob das Mädchen für diesen Unsinn mit einem zeitweiligen Unterrichtsausschluss bestraft wurde, kann ich heute nicht mehr sagen, zumindest sah ich sie wenige Tage später wieder an der Schule. Brandstiftung, die Kosten sind nicht unerheblich, und dann solch eine billige Konsequenz. In meinen Augen einfach lächerlich.

Interessant waren für mich die Aussagen, die ich ständig von meinen Kollegen hören musste. Jeder schien den Beruf des Lehrers gern auszuüben, doch fragte ich mich, warum die meisten dennoch nur am Abkotzen waren. Scheiß Schüler, ätzende Konferenzen und von der Schulleitung hätten sie durchaus gern mehr Rückendeckung, so die gängigen Beschwerden. Ich musste mich immer wieder fragen, warum diese Kolleginnen und Kollegen sich nicht eine andere berufliche Nische gesucht hatten. Bei manchen vermutete ich den Grund der Sicherheit. Beamter auf Lebenszeit, ordentliches Geld, ausgedehnte Ferien und viele Stunden, in denen man sich dank freier Zeiteinteilung zurücklehnen kann, wenn man es will. Doch so einfach kann man den Job dann doch nicht sehen. Man kann sich ihn aber sicher so zurechtbiegen, dass er durchaus erträglicher ist.

Die Wochen zogen sich endlos in die Länge und jeden Morgen stand ich vor der gleichen Frage. Wer hat sich krank gemeldet und in welcher Klasse muss ich vertreten. Es war überhaupt nicht mein Ding, unvorbereitet in die Schule zu kommen und mir für die Kinder beziehungsweise den Jugendlichen irgendeinen Mist aus den Fingern zu saugen.

Ärgerlich empfand ich es, dass ich eines schönen Tages den Vertretungslehrer für dessen Vertretungsstunde vertreten musste. Nicht weil er etwa kurzfristig erkrankt war, nein, der Bursche hatte sich tatsächlich in ein abgeschlossenes, nicht frequentiertes Treppenhaus verkrochen und war auf Tauchstation gegangen. Äußerst kollegial, dachte ich mir. Ich ließ es über mich ergehen und hatte keine Lust, ihn darauf anzusprechen. Trotz allem ärgerte mich die Tatsache, zusätzlich außerplanmäßigen Unterricht zu halten, während mein Kollege sein Versteckspiel mit uns trieb.

Als eine Kollegin, die eine siebte Klasse zu führen hatte, längerfristig ausfiel, wurde mein Part als Vertretungslehrer plötzlich gefordert. Aufgrund psychischer Probleme, so die Aussagen anderer Kollegen, würde sie möglicherweise erst im nächsten Schuljahr ihre Arbeit wieder aufnehmen können. Sofort begann es in meinem Kopf zu rattern. Psychische Probleme? Wahrscheinlich hätte ich mir schon zur damaligen Zeit eine Auszeit nehmen müssen, so angeknackst fühlte ich mich. Ein psychisch labiler Vertretungslehrer vertritt eine krankgeschriebene Lehrerin, die psychisch angeschlagen war. Eine wahrlich hervorragende Kombination für eine erfolgreiche Zukunft dieser Klasse.

Auf was für eine Klasse musste ich mich also einstellen? Immerhin wollte ich nicht noch einmal in diesem Schuljahr frühzeitig die Segel streichen, um mir eingestehen zu müssen, überfordert zu sein und abermals heulend vor meiner Hausärztin zu sitzen. Schon der erste Blick auf die Namensliste der neuen Klasse, zeigte mir, dass ich es offensichtlich mit der italienischen Mafia zu tun hatte. Und wir schrieben ausgerechnet das Jahr 2006. Jedem Fußballfan mussten just in diesem Moment die Alarmglocken läuten. Die geheimen Ängste mir Italien als Gegner vorzustellen, blendete ich vorerst aus, da wir dank der Auslosung in der Vorrunde auf andere Kontrahenten treffen sollten, und ich noch Wochen Zeit hatte, um mich geistig auf dieses Spektakel vorzubereiten. Aber Fußball Weltmeisterschaft und Italien ... zu oft hatten wir schon gegen diesen Gegner im entscheidenden Moment verloren.

Die ersten Stunden in der neuen Klasse verliefen gut und ganz nach Plan. Ich musste praktisch alle Fächer abdecken. Neben Deutsch, Mathematik und Englisch, sollte ich sogar Musik unterrichten. Mit Deutsch und Mathe hatte ich kein Problem. Englisch riss ich so lala nach dem Buch runter. Im Fach Musik musste ich mir aber etwas überlegen. Schließlich wollte ich ja nicht vor der Meute stehen und mit ihnen „Spannenlanger Hansel, Nudeldicke Dirn“ einstudieren. Schnell hatte ich aber ein Konzept ausgearbeitet, dass die Schüler in Gruppenarbeit fordern sollten. Jede Gruppe musste eine bestimmte Musikrichtung aufarbeiten und in Form eines Referats vorstellen. Mit dieser Arbeit sollten die Schüler für die nächsten Wochen zur Genüge beschäftigt sein. Das kam mir gerade recht, musste ich sie nur beaufsichtigen und stand als beratende Instanz im Hintergrund zur Verfügung. Dabei werde ich einen Schüler sicher niemals mehr vergessen. Die Gruppe hatte sich für den Blues als Musikstil entschieden. Ein durchaus machbares Kapitel in der Musikgeschichte. Internet war vorhanden und wurde ausgiebig von allen genutzt. Den Vortrag überstand ich nur, weil ich mich aufs Äußerste zusammenriss. Der Junge konnte es einfach nicht besser. Aus dem Mississippi Delta Blues machte er selbstbewusst den Missippippi Delta Blues. Für mich gab es leider kein Halten mehr, da die übrige Klasse schon vor mir grölend vor Lachen am Boden lag. Nach der Stunde dachte ich nur: Der arme Kerl", musste dabei aber noch immer kopfschüttelnd grinsen.

Der Zeitpunkt, zu dem ich die Klasse übernahm, konnte für mich besser nicht liegen. Wir waren bereits im zweiten Schulhalbjahr und es stand das einwöchige Sozialpraktikum an. Ob in Kindergärten, Grundschulen, Altersheimen oder mobilen sozialen Diensten, die Schüler waren in ganz Stuttgart verstreut tätig, und das Beste, ich musste sie wenigstens einmal besuchen. Da ich keine anderen Stunden, außer meiner siebten Klasse mehr hatte, wurde es eine traumhafte Woche. Gemütlich ausschlafen und dann hinein in meinen Audi TT mit seinen 225 PS. Eine geile Kiste, mein bisher tollstes Auto. Zuverlässig, schnell und bequem. Und auch nicht so spritschluckend, wie man es von so einem Geschoss erwarten würde. Ein Jahr später haben wir ihn dann doch gegen einen deutlich braveren Daimler Kombi eingetauscht. Unser Franz war einfach zu groß geworden. Anfangs gab es mit dem TT noch kein Hundeproblem. Man klappte einfach die Rücksitze um, und das Hundebaby hatte genug Platz. Das einzig Nervige war, dass Franz natürlich zu uns nach vorne wollte und regelmäßig ausgestreckt über der Handbremse am Schaltknüppel lag. Mit der Zeit hatte er aber so an Größe zugenommen, dass er stehend schon die Decke des Wagens touchierte und mir ständig die Sicht nach hinten nahm.

Ich kaperte also gemütlich gegen 9:00 Uhr meinen TT und fuhr nach Stuttgart, um die Schüler an ihrem Praktikumsplatz zu besuchen. Ich stellte Fragen und war durchaus interessiert, ob sie sich solch einen

Job für die Zukunft vorstellen könnten. Ich musste selbstverständlich auch Rückmeldung der leitenden Angestellten einholen, ob alles in Ordnung war. Ich war erstaunt, dass es keine negativen Mitteilungen gab. Lediglich ab und an die Aussage: „Der könnte etwas mehr aus sich rausgehen", wurde bemängelt. Das wunderte mich nicht, waren einige Jugendlichen doch wahnsinnig phlegmatisch aufgrund ihrer Leibesfülle oder des fehlenden Antriebes. Auf Deutsch gesagt verhielt sich der eine oder andere Schüler im Praktikum genauso wie im Unterricht: Die Bocklosigkeit dominierte. Trotz allem empfand ich diese Woche als die Beste meiner bisherigen Schulkarriere. Schüler besuchen und mit ihnen zu sprechen, das lag mir. Und diese gaben mehr oder weniger ihr Bestes. Wenigstens musste ich mir keine Beschwerden anhören oder hatte ein Schüler durch Fehlzeiten geglänzt, wie es in den folgenden Jahren leider immer wieder der Fall sein sollte.

Das Schuljahr nahm seinen Lauf und mit ihm das Sommermärchen von Deutschland. Die Fußballweltmeisterschaft stand an. Unsere Gegner in der Vorrunde waren Costa Rica, Polen und Ecuador. Eine Gruppe also, die meines Erachtens zwingend machbar sein sollte. Aufgrund der Schülerkonstellation mit italienischen Höllenhunden, schielte ich natürlich bangen Blickes auch auf die Mannschaft, die uns in entscheidenden Spielen des Öfteren aus dem Turnier rausgeschmissen hatte. Das Jahrhundertspiel von 1970 sollte eine Mahnung sein. Wir starteten gegen Costa Rica ordentlich ins Turnier. 4:2, obwohl der eine oder andere, ob der zwei Gegentore, seine Nase rümpfte. Polen zwangen wir mit einem knappen 1:0 in die Knie. Mit Ecuador konnte ich kaum etwas anfangen. Sie hatten sich immerhin in der starken Südamerikaqualifikation durchgesetzt und mussten daher ein Team sein, das man unter keinen Umständen unterschätzen durfte. Meine Zweifel waren aber letztendlich unbegründet. Wir siegten locker mit 3:0 und hatten mit der vollen Punktzahl die Gruppe gewonnen. Italien setzte sich ebenfalls souverän durch. Mit zwei Siegen und einem Unentschieden gegen Tschechien zogen auch sie ins Achtelfinale ein. Uns erwartete Schweden, Italien traf auf Australien. Beide Mannschaften hatten also nicht unbedingt die schwersten Aufgaben zu bewältigen. Die Deutschen setzten sich gegen Schweden mit 2:0 durch und auch die Italiener wurden ihrer Favoritenrolle gerecht. Für uns kam es im Viertelfinale aber ganz dick. Argentinien hieß der Gegner, während die Italiener mit der Ukraine Glück hatten. Italien machte kurzen Prozess und zog mit einem 3:0 ins Halbfinale ein. Wir hatten aber leider ein anderes Kaliber vor der Brust. Es war dann auch das Spiel, das ich erwartet hatte. Eisenhart in der Gangart und taktisch geprägt. Nach 120 Minuten hatte der Schiedsrichter das Spiel endlich, bei einem Spielstand von 1:1, abgepfiffen. Elfmeterschießen war angesagt. Aus deutscher Sicht beruhigte mich dieser Umstand ein wenig, hatten doch alle Mannschaften die Hosen voll, wenn es gegen die Deutschen zum Elfmeterschießen ging. Eine kurze Nachfrage bei den Engländern oder Franzosen, würde die bittere Wahrheit einer solchen Niederlage mit all seinen Emotionen nochmals aufkochen lassen. Und wieder einmal hatten wir an diesem Tag die besseren Nerven.

Die Gruppenzuweisung hatte es tatsächlich geschafft. Ein Halbfinale gegen Italien. Ich hätte mir jeden anderen Gegner als die Italiener gewünscht, aber wir waren gut drauf mit unserer jungen Truppe und den Trainern Klinsmann und Löw, die schon im Vorfeld der WM für viel Unverständnis gesorgt und neue Trainingsmethoden eingeführt hatten, die die alte Garde der Fußballexperten zum Kopfschütteln bewegten. Der Einzug ins Halbfinale zeigte aber, dass die beiden und der gesamte Trainer- und Betreuerstab alles richtig gemacht hatten. Schon jetzt war die Mannschaft der Gewinner, egal wie das Turnier enden würde. Mir schwante nichts Gutes, als der Kick angepfiffen wurde. Ich durchlief die Partie zwischen Euphorie und Verzweiflung. Nach neunzig Minuten stand es 0:0. Es sollte eine beschissene Verlängerung folgen. Ich erinnerte mich an das Jahrhundertspiel von 1970, obwohl ich das Spiel natürlich nicht live miterlebt habe, war ich doch erst vier Jahre alt. Als Fußballfan hatte ich aber das Spiel, beziehungsweise Sequenzen davon, Jahre später verinnerlicht. Sollten wir wie damals wieder scheitern? Leider ja. Dem 1:0 folgten wütende Attacken unseres Teams, doch ohne Erfolg. Eine Unachtsamkeit in der letzten Minute, wurde zum Todesstoß. 2:0. Das war es. Aus und vorbei. Das glücklichere, clevere und abgezocktere Team hatte gewonnen.

Der nächste Tag wurde zum Spießrutenlauf gesäumt von zynischen Schülern italienischer Herkunft. Ich ließ mich aber nicht provozieren, trotz allem fuchste mich die Niederlage gewaltig. Dass die Italiener dann auch noch das Endspiel mit 5:3 im Elfmeterschießen gegen

Frankreich gewannen, sei nur beiläufig bemerkt. In Erinnerung bleibt eigentlich nur der Kopfstoß vom genialen Spielgestalter Zidane an seinem Kettenhund Materazzi, der ihn durch das ganze Spiel hin mit den übelsten Worten provoziert hatte. Italien war also zum vierten Mal Weltmeister, während wir uns immerhin mit einem dritten Platz schmücken durften. Ein 3:1 Sieg über Portugal. Im Nachhinein eine starke Leistung.

Den Tag nach dem Finale hätte ich gern unter die Rubrik „Vergessen" abgelegt. Meine gesamte italienische Mafia war zum Unterricht nicht erschienen, was mich aber keinesfalls erstaunte. Die Klasse war auf die Hälfte der Schüler dezimiert, während meine siegreichen Italiener, müde vom grün-weiß-roten Auto-Corso, in ihren Betten schlummerten und vom großen Sieg träumten. Er sollte ihnen vergönnt sein.

Mit dieser bitteren Pille ging das Schuljahr zuende, und bedeutete damit auch den Abschied von dieser Schule. Ich hatte mich fristgerecht anderweitig beworben, nachdem ich ein Jahr zuvor beschissen worden war. Es war die Konsequenz, die ich aus dem Ganzen gezogen hatte. Mein Vertrauen, das ich der Schulleitung entgegengebracht hatte, war enttäuscht worden. Kollegium hin oder her. Das letzte halbe Jahr hatte mich zwar wieder einigermaßen versöhnt, doch ging es mir um eine andere Sache. Versprechen geben und nicht einhalten wollen empfand ich als unglaublich schwach seitens der Schulleitung.

Der letzte Schultag verlief für mich dann doch nicht so flott und unspektakulär, wie ich es mir erhofft hätte. Es folgte die obligatorische Zeugnisausgabe. Bisher habe ich noch nicht erwähnt, dass ich eigentlich einen Schüler mehr in der Klasse hatte, der aber meist durch Fehlzeiten aufgefallen war. Die Tage, in denen er uns seine Anwesenheit schenkte, waren begrenzt. Ein türkischer Junge, schon sechzehn Jahre alt, groß, schlank, schleimig gegelte Popperfrisur, sprachlich allerdings auf einem gehobenen Niveau. Er hatte die siebte Klasse schon zweimal durchlaufen, was jedoch nicht auf fehlende Intelligenz zurückzuführen war. Er war einfach nur faul und schwänzte die Schule, wann immer es ihm einfiel. In diesem Jahr hatte er schon über einhundert Stunden unentschuldigt gefehlt, was ich als völlig untragbar empfand, mir letztlich aber egal war. Ich musste mich wenigstens nicht über jemanden aufregen, der seine Entschuldigungen nicht brachte, weil er sowieso nicht da war. Ich wunderte mich, dass solch ein Schüler von der Schulleitung nicht schon längst ausgeschlossen worden war. Es machte in meinen Augen keinen Sinn, ihn noch weiter zu hofieren. Er tanzte dann aber rechtzeitig einen Tag vor der Zeugnisausgabe an, um sein Zeugnis im Sekretariat abzuholen. Zufällig war ich zugegen und versagte ihm, sein Zeugnis schon ein Tag vor der eigentlichen Zeugnisausgabe in Empfang nehmen zu dürfen. Ich verwies ihn auf den morgigen letzten Schultag. Er sollte sich doch gefälligst sein Zeugnis mit den schriftlich von mir festgehaltenen Fehltagen, wie die anderen Schüler auch, im Klassenverband abholen. Tags darauf stand er tatsächlich auf der Matte. Mir war es egal, ihm sein Zeugnis mit 110 Fehltagen zu übergeben. Logischerweise hatte er das Klassenziel erneut nicht erreicht, hatte er ja bei fast jeder Klassenarbeit unentschuldigt gefehlt. Besser als die Ungenügend konnte ich ihm daher leider nicht geben. Hausgemacht. Er musste damit klar kommen. Heute würde mich interessieren, ob diesem überheblichen Bürschchen überhaupt eine Chance auf einen Ausbildungsplatz gegeben wurde. Im Nachhinein habe ich erfahren, dass er einem wohlhabenden türkischen Clan entstammt, daher brauchte ich mir keine Sorgen um seine Zukunft machen.

Nach der letzten Stunde und der Verabschiedung meiner Schüler hatte ich keine Lust mehr im Lehrerzimmer aufzukreuzen, sondern ging schnurstracks ins Sekretariat. Dort gab ich meinen Schulschlüssel ab, verabschiedete mich von unserer guten Seele, der Schulsekretärin, und verpisste mich durch die Hintertür. Wieso sollte ich noch die Abschlusskonferenz über mich ergehen lassen, wenn ich im kommenden Schuljahr eh nicht mehr im Kollegium war. Auf meine offizielle Verabschiedung konnte ich gut und gern verzichten, vor allem wenn ich das letzte Jahr nochmals Revue passieren ließ. Die Vertretungsgeschichte lag mir immer noch schwer im Magen. „Ich bin dann mal weg", so mein Gedanke. Das Präsent zum Abschied, eine wirklich tolle Biographie zur Rockgeschichte, wurde mir Tage später per Post übermittelt. Das Kapitel „Schule Stuttgart" war für mich somit abgeschlossen.

17

Eine neue Herausforderung

Meinen nächsten Job trat ich dann in einer Schule in Ludwigsburg an. Eine Stadt, die zwar nicht riesig in ihrem Ausmaß ist, aber trotz allem Großstadtflair versprüht. Es war ein Auftrag an einer Hauptschule in der Innenstadt. Wiederum eine Brennpunktschule wie man gern sagt. Doch sollte man mit diesem Begriff nicht zu sehr in die Offensive gehen, weil kein Rektor das gern hören möchte. Es sind doch Kinder wie alle anderen, und vor allem soll man für sie auch das notwendige Verständnis aufbringen. Hatte ich im Nachhinein anscheinend nicht.

Mein neuer Rektor, der meines Erachtens nach der klassischen 68-er Bewegung zuzuordnen war, war auf den ersten Blick eine coole Socke. Schon im ersten Gespräch bot er mir das „Du" an, was zwar ungewöhnlich, aber für mich kein Problem war. Ob „Sie" oder „Du", für mich machte es keinen Unterschied. Er war mein Chef und ich war weisungsgebunden. Dass er meiner Meinung nach ein ausgesprochener Öko war, störte mich in keinster Weise. Ich musste vor allem Religion unterrichten, was mir zunächst nicht sonderlich schmeckte. Ich hatte aber auch einen Auftrag in einer siebten Klasse im Fach WZG, Welt-Zeit-Gesellschaft. Eigentlich mein Steckenpferd, habe ich doch schon immer Geschichte und Geographie geliebt.

Ich war also gespannt auf meine erste Stunde und sollte einmal mehr bitter enttäuscht werden. Ich fand einen Haufen vor, der an Lustlosigkeit und peinlichem Benehmen nicht zu toppen war. Warum schon wieder dieses Prozedere? Du startest motiviert in ein neues Schuljahr und landest im gleichen Hamsterrad des Vorjahres. Einfach nur frustrierend. Doch durfte man dies nicht öffentlich von sich geben, zumindest so lange der Öko-Papst anwesend war und gut gelaunt die zwischenmenschlichen Beziehungen unter den Kollegen zu fördern versuchte.

Diese Klasse hatte es in sich. Ein Schüler war besonders auffällig. Ein Junge aus schwierigem Elternhaus, wie mir vorab mitgeteilt wurde. Und? Konnte ich etwas dafür? Es hat mich schon immer angekotzt, dass ständig auf die gleiche Schiene verwiesen wurde. Der arme Junge, der nichts dafür kann. Der Bursche war ein Phänomen, was das Verhalten anging. Ich hatte bisher noch nie ein übleres Subjekt unterrichtet. Dass er ständig störte, war der Normalfall. Er provozierte aber nicht nur seine Mitschüler, sondern auch mich. Es war ein normaler Vormittag, als ich zum Gegenschlag ausholen sollte. Wie immer begrüßte ich die Klasse mit dem obligatorischen „Guten Morgen". Mittlerweile hatte ich keine Ansprüche mehr, eine nette Geste zurückzubekommen. Es kam nichts. Trotz allem und bis zum heutigen Tag war und ist es mir wichtig, die Schüler angemessen und respektvoll, trotz allen Unmuts, zu begrüßen und zu verabschieden.

Ich startete also meinen Unterricht. Im Verlauf der Stunde bemerkte ich, dass der besagte schwererziehbare Schüler, er saß in der ersten Reihe, sich mitsamt seines Tisches mir genähert hatte. Zudem zog er Grimassen der Art, die ich bisher während meines Unterrichtens noch nicht gesehen hatte. Damit begeisterte er logischerweise einen Großteil der restlichen Schüler. Ich fühlte mich hilflos und mit seinen Faxen hatte er mich am Kanthaken. An vernünftigen Unterricht war nicht mehr zu denken. Im gleichen Moment spürte ich, dass irgendetwas meine Jeans streifte. Was war das? Ich konnte es nicht fassen. Er hatte tatsächlich seine Schuhe an meiner Hose abgestriffen. Als er mich dann auch noch hämisch grinsend fixierte und dabei seine Zunge genüsslich über die Oberlippe strich, hatte ich genug. Ich forderte ihn auf, das Klassenzimmer zu verlassen, was er natürlich verweigerte. Ihm war die große Show wichtiger, als am Unterricht konstruktiv teilzunehmen. Nach der zweiten Aufforderung wurde es mir dann zu bunt. Ohne Vorwarnung packte ich diesen kleinen Drecksack am Kragen und beförderte ihn nach draußen. Es kostete mich alle Kraft, der Bursche ging deutlich Richtung Fettwanst und stemmte sich mit aller Gewalt seiner Masse gegen die von mir eingeleitete Maßnahme. Er konnte von Glück sagen, dass ich ihm keine reingehauen hatte, denn nichts anderes hatte er verdient. Ich hielt alles im Klassenbuch fest und informierte meinen Rektor bezüglich des Vorfalls.

Was darauf folgte, war der Knaller, den ich aber absolut nicht witzig finden konnte. Mein Rektor hörte sich alles an, fiel mir aber unverzüglich ins Wort, wie ich über einen seiner Schüler so reden könne. Man müsse doch Verständnis zeigen, was er bei mir bislang noch nicht gesehen habe. Verständnis? Hatte ich mich verhört? Empathie für jemanden aufbringen, der nur Scheiße daher labert und den Unterricht mit allen

Mitteln zu stören versucht? Verständnis für einen Schüler, der seine Schuhe an meiner Hose abstreift und eindeutige Gesten folgen lässt? Ich konnte nicht anders und stufte meinen Chef ab sofort als peinlichen Öko ein. Wieder einmal ein feiger Hanswurst, der mich im Stich gelassen hatte. Und zwar nach einem Vorfall, der in keinster Weise mehr zu entschuldigen war. Seine Aussagen und das Auftreten mir gegenüber war die schlimmste Erfahrung, die ich bisher erlebt hatte. Wo war die hochgepriesene Fürsorgepflicht? Sie war nicht da. Mein Rektor hatte sich auf die Seite des kleinen Arschlochs geschlagen und mir verbal in die Fresse gehauen.

Als es um die Weiterbeschäftigung an der Schule ging, hielt er sich dann auch entsprechend bedeckt. Ich sollte an der auf dem gleichen Campus benachbarten Grundschule ein Deputat übernehmen. Für eine Doppelstunde in Religion der Klasse sieben könne ich ja weiter an der Schule unterrichten, die Türen stünden auch in Zukunft für mich offen. Was für ein beschissener Heuchler. Er wollte mich von der Backe haben. Und zwar, weil ich für ihn unbequem geworden war und mir den ganzen „Verständnis-Scheiß" nicht mehr anhören wollte. Abgesehen davon war ich im Nachhinein aber gar nicht traurig darüber. Mir war bei meinem Engagement in dieser Hauptschule immer wieder aufgefallen, dass sich einige der Kollegen nicht gerade positiv über die benachbarte Grundschule und deren Lehrerinnen- und Lehrer geäußert hatten. Ich war also gespannt, was auf mich zukommen sollte, wechselte ich doch nur von Gebäude A nach B.

Mein neuer Rektor war auf den ersten Blick ein Kauz, der ein ausgesprochener Morgenmuffel und für mich anfangs schwer einzuschätzen war. Doch sollte ich mich täuschen. Mit der Zeit lernte ich ihn von einer ganz anderen Seite kennen. Als Vorgesetzten, den ich mir schon immer gewünscht hatte. Ein toller Typ, etwas verschroben vielleicht, aber authentisch.

Meinen Kollegen begegnete ich völlig unvoreingenommen. Ich wollte selbst meine Erfahrungen machen und mich nicht von irgendwelchen Gerüchten beeinflussen lassen. Ich bekam eine dritte Klasse. Eigentlich kein Problem, dachte ich. Hatte ich ja schon zwei Durchgänge der Klassen 3 und 4 absolviert. Und tatsächlich gab es anfangs keinerlei Probleme. Die Schüler schienen motiviert zu sein. Ich stellte aber schnell fest, dass es ein großes Leistungsgefälle innerhalb der Klasse gab. Es waren auf der einen Seite Kinder, die aus einfachen familiären Verhältnissen oder Migrantenfamilien stammten. Auf der anderen Seite kamen Kinder aus gebildeten, akademischen, wohlhabenden Elternhäusern. Der absolute Gegensatz also.

Was die neuen Kollegen betraf, konnte ich nicht eine Aussage, die zuvor über die einen oder anderen herumkursierten, bestätigen. Es stimmte einfach gar nichts von dem, was die Ehemaligen gelästert hatten, es waren ausschließlich freundliche und jederzeit hilfsbereite Kollegen. Das erste Problem, das auftauchte, kam dann auch nicht von Seiten der Schüler oder Kollegen, sondern von den Eltern. Es waren die Akademiker, die sich nach dem ersten Aufsatz, eine Bildergeschichte, sofort zu Wort meldeten, nachdem ich die Geschichten korrigiert und benotet hatte. Jeder Schüler erhielt von mir zudem ein paar nette Worte und Verbesserungsvorschläge. Darauf folgte ein Brief der Elternvertreter, dessen Inhalt ich nicht recht deuten konnte. Mehrere Eltern wünschten offenbar einen sogenannten runden Tisch, um mit mir über das Problem zu reden. „Welches Problem?", dachte ich. Die Klassenarbeit war ordentlich ausgefallen, lediglich die absoluten Spitzennoten waren nicht erreicht worden.

Da saßen sie dann nebeneinander und mir gegenüber. Drei Eltern, selbst eine Person, die das Protokoll führen sollte, war gefunden worden. Ich kam mir vor wie in einem Kriegsverbrechertribunal. Richter und Staatsanwalt vor mir und ich, beschuldigt einer Tat, von der ich bisher noch nichts wusste. Es ging vor allem um die Frage, wie die Noten zustande gekommen waren. Ich erläuterte mein Konzept, merkte aber schnell, worauf sie hinauswollten. Nicht das sie um Noten feilschen wollten, vielmehr ging es einfach nur um Notentransparenz, die ihres Erachtens aus dem von mir geschriebenen Text nicht ersichtlich sei, womit sie Recht hatten. Nach einigem hin und her, schlug ich vor, ein Punktesystem zu entwickeln, aus dem klar hervorgeht, wo Punkte verschenkt worden waren. Schon im zweiten Aufsatz wendete ich diese Tabelle an, aus der jeder genau entnehmen konnte, wie viele Punkte ein Kind für Inhalt, Rechtschreibung und die grammatikalischen Ausarbeitungen bekommen hatte. Da ich weder eine negative noch überhaupt jedwelche Rückmeldung erhielt, sah ich die Sache für mich als erledigt an. Das Punktsystem übernahm ich ab diesem Zeitpunkt in meine Aufsatzkorrektur. Es wurde zu einer Bereicherung, die die Eltern angeregt hatten. Eine meiner Meinung nach gerechte und transparente Sache und ich musste mir kein unnötiges Geschwafel mehr aus den Fingern saugen.

In diesem Jahr machte mich ein Kollege auf einen interessanten Wettbewerb aufmerksam, den ich näher unter die Lupe nehmen wollte. Es war der „Känguru-Wettbewerb". Es galt mathematische Aufgaben unterschiedlicher Schwierigkeitsgrade mit logischem Geschick zu lösen. Ich hatte mir den Test aus dem Internet besorgt und wollte mich vorab selbst überprüfen. Es ging ganz locker los. Von Aufgabe zu Aufgabe wurde es zunehmend verzwickter und gegen Ende kam ich richtig ins Schwitzen. Es machte mir aber Spaß, zu knobeln, und ich wollte unbedingt mit meiner Klasse daran teilnehmen.

Ein Schüler war mir von Anfang an ins Auge gestochen. Ein Junge, der kaum oder so gut wie gar nicht lernen musste, zumindest im Hinblick auf die Mathematik. Es schien mir, als ob er den Unterricht nur am Rande verfolgte. Fragte ich ihn jedoch etwas aus heiterem Himmel, hatte er die Antwort sofort parat. Mit seinen Eltern vereinbarte ich einen Termin, um über ihren Sohn zu sprechen. Es kam heraus, dass er schon getestet worden war und über einen Intelligenzquotienten von 152 verfügte. Ich hatte es also mit einem hochbegabten Kind zu tun. Ich stellte die legitime Frage, wie ich ihrer Meinung nach mit so einem Burschen umgehen sollte. Die Eltern, keinesfalls eingebildet und durchaus sympathisch, wollten, dass er genauso behandelt und gefüttert werden sollte, wie die anderen Schüler seiner Klasse. Sie wollten das Jahr erst einmal abwarten und den Knaben in seiner Entwicklung beobachten. Diese Einstellung fand ich vernünftig. Doch interessant waren dann doch die Ergebnisse aus dem „Känguru-Wettbewerb", der deutschlandweit durchgeführt wird. Mein Mathe-Überflieger war nicht nur der Beste der Klasse und der ganzen Schule. Er ließ exakt 95 % aller Teilnehmer Deutschlands hinter sich, obwohl er dem jüngeren Jahrgang angehörte. Unfassbar! Als Preis durfte er sich ein Gesellschaftsspiel aussuchen. Was für eine meisterhafte Idee für einen Hochbegabten.

Meinem Rektor war überaus wichtig, ständig im Austausch mit den Kollegen zu sein. Deshalb war es Gang und Gäbe, sich einmal pro

Monat während einer Gesamtlehrerkonferenz zu treffen und Alltagsprobleme beziehungsweise organisatorische Dinge zu wälzen. Mich nervte dieser Umstand tierisch. Hätte die Hälfte an Sitzungen nicht ausgereicht? In diesem Punkt war mit ihm aber nicht zu diskutieren und da ich Befehlsempfänger war, nahm ich es dann auch so hin.

Mit meinem Kollegen, einem passionierten Tischtennis-As, hochaufgeschossen und mit Pferdeschwanz bis fast zum Gesäß, hatte ich viel Spaß. Wir nutzten unsere Albernheiten, um uns die leidigen Konferenzen ein bisschen angenehmer zu gestalten. Einen Kollegen nahmen wir dabei besonders aufs Korn. Ein furchtbar netter Typ, der gern mit seinen Leistungen im Seniorensport der Leichtathletik hausieren ging. Man konnte Spaß mit ihm haben, aber in den Konferenzen wurde er für uns zum roten Tuch. Es gab nicht eine Aussage, die er einfach so stehenlassen konnte. Immer schien er gezwungen, eine Diskussion anregen zu müssen. Diese ewige Debatten kosteten Stunden, die ich anderweitig und durchaus sinnvoller hätte verbringen können. Mit der Zeit machten wir Strichlisten, wie oft er sich zu Wort gemeldet hatte. Das ging bald so weit, dass wir bei jedem Strich in Gefahr kamen, in lautes Gelächter zu verfallen. Ein Problem, das unserem Rektor nicht entging. Er war es dann auch, der mich eines Tages auf diesen Missstand aufmerksam machte. Es war mir etwas peinlich, dachte ich doch, dass wir unauffällig agiert hatten. In Zukunft sollten wir uns deutlich mehr zusammenreißen, hin zu einer halbwegs glaubhaften Ernsthaftigkeit.

Es begann die Adventszeit und ich wurde mit den alljährlichen Ritualen dieser Schule konfrontiert. Der Tag der offenen Türen. Die Kinder konnten von Zimmer zu Zimmer gehen und die jeweiligen Bastelangebote der anderen Klassen nutzen. Ich hatte mit meinem Tischtennisprofi vereinbart, gemeinsame Sache zu machen. Das war alles schön und gut, bis auf die Tatsache, dass er auf seinem Computer diese grässliche Weihnachtsbäckerei laufen ließ. Ein Werk, das ich nicht ertragen konnte. Schon Jahre zuvor hatte es an einer anderen Schule Bastelangebote für die Schüler plus Weihnachtsbäckerei gegeben. Ich war also ein gebranntes Kind. Es konnte mich nicht trösten, dass es den Kindern gefiel.

An diesem Morgen sollten wir uns ein Katz- und Mausspiel der besonderen Art liefern. Musste er einem Kind helfend unter die Arme greifen, konnte ich unauffällig die Musik leiser drehen, suchte ein Kind

Rat bei mir, so drehte er den Lautstärkepegel wieder nach oben. Das ging so weit, dass wir irgendwann abwechselnd die Lautsprecher ein- und ausstöpselten. Die Zeit verging zumindest schneller als gedacht, was als positiv angesehen werden durfte.

Ein anderes Ritual war dagegen neu für mich. Jede Klasse hatte ein weihnachtliches Mandala zu erstellen, das in einem Umzug aller Kinder durch das Schulhaus präsentiert wurde. Auf einem Samttuch in der Größe von 1,50 Meter mal 1,50 Meter sollte das Bild Schritt für Schritt im Klassenverband entstehen. Ich wählte Mandarinen, Orangen und farbige Christbaumkugeln aus. Jeweils ans Ende platzierten wir Teelichter in grünen Gläschen. Bei weihnachtlicher Beschallung (bei mir tatsächlich klassische Musik und nicht die dämliche Weihnachtsbäckerei von Rolf Zuckowski) und verdunkelten Klassenräumen sah es beeindruckend aus. Jede Klasse hatte also sein individuelles Mandala gelegt. Alle Kinder hatten sich zu einer langen Menschenkette zusammengefunden und man ging Hand in Hand von Raum zu Raum, und was das Erstaunlichste war: Es herrschte Stille. Die Aktion, die ich zuvor als lästigen Aktionismus abgetan hatte, war ein voller Erfolg und hatte selbst mich nachhaltig beeindruckt. Der weihnachtliche Gedanke wurde an dieser Schule wirklich sehr hochgehalten, was mir gefiel.

Eine weitere Aktion ist außerdem erwähnenswert. Nach jedem Adventssonntag trafen sich montags nach der großen Pause alle Schüler zum gemeinsamen Singen auf dem Hof. Nach dem ersten Advent bildete jede Klasse einen Kreis, nach dem zweiten kam es zum Zusammenschluss einer Klassenstufe, nach dem dritten trafen sich die Klassen eins und zwei beziehungsweise die Klassen drei und vier. Den vierten Advent feierten alle Kinder der Schule gemeinsam an den Händen haltend in einem riesigen Kreis. Ich fand es schön, es war für mich eine neue Erfahrung, stimmte mich auf das Weihnachtsfest ein und machte den Kindern Freude. Und ich war überrascht von mir selbst, so etwas gut zu finden.

18
Hundeleben

Das neue Jahr hatte begonnen und ich fand mich schnell in der alten Mühle wieder. „Immer der gleiche Käse", dachte ich mir. Die auffälligen Kinder hatten ihre Macken über den Jahreswechsel leider nicht verloren und die Kollegen knüpften ebenfalls genau dort an, wo sie vor den Ferien stehen geblieben waren. Es konnten nur Kleinigkeiten sein, doch schon allein über dieses penible Gehabe wunderte ich mich stets von neuem. Wieso legte eine Kollegin beispielsweise ihre Bücher immer an die obere linke Ecke des Tisches, und zwar so Plan in den rechten Winkel, dass kein Haar mehr dazwischen gepasst hätte? Oder warum verbot mein Tischtenniskollege den Schülern, die Tafeldienst hatten, die Tafel nass zu wischen? Auf die Idee, dass vielleicht die anderen über meine Macken den Kopf schüttelten, kam ich nicht. Zumindest erheiterte ich meinen Tischnachbarn mit meinem Knäckebrot, mit Käse und viel Senf bestrichen, immer wieder aufs Neue.

Um es vorwegzunehmen, das Jahr begann langweilig und barg keinerlei Höhen oder Tiefen. Ein wirklicher Lichtblick jedoch war unser zweiter Hund, wieder ein schwarzer Labrador, der auf den Namen Oskar hören sollte. Ein weiterer Trost in diesem ansonsten so tristen Schulalltag. Ich nutzte jede Freistunde, um nach den Hunden zu schauen. Glücklicherweise war die Schule nur sieben Autominuten entfernt. Ich konnte also immer einen kurzfristigen Abstecher nach Hause machen. Egal wo, ob im Auto, in der Stadt oder zuhause, jeder Ort gefiel mir unter der Woche besser als die Schule. Geplant war es nicht, doch die nächsten Wochen sollten mich leider, und das auch noch äußerst schmerzhaft, ans Haus fesseln.

Unser Franz war als junger Hund ein wahrlich ungezogener Bursche. Er war wie so manch einer meiner Schüler ein Vertreter der ADHS Fraktion. Es war unglaublich, welche Energie in diesem ansonsten liebenswerten und friedlichen Burschen steckte. Waren wir on Tour, so hatte er es auf alles abgesehen, was man jagen konnte. Besonders taten es ihm die Rabenvögel an. Wir mussten oft Minuten warten, und als Hundebesitzer, der keine Handhabe mehr über seinen Hund hat, fühlt es sich wie Stunden an, bis dieser Dickkopf die Einsicht hatte, zurück zu seinem Herrchen zu watscheln. Vielleicht hatte der ja auch noch eine

Belohnung für seine Rückkehr parat. Es konnte sein, dass Franz nur noch als kleiner schwarzer Punkt am Horizont auf einem Acker zu erkennen war und diese Biester jagte. Die Chance einem Vogel überhaupt nur annähernd gefährlich zu werden, lag bei null Prozent. Deutlich nervöser wurde ich, wenn er ein Reh erspäht hatte. Dann war er weg. Nicht das er es angefallen oder etwa gerissen hätte, bei einem Labrador trifft das Gott sei Dank nicht zu, doch er hatte anscheinend Spaß daran, den Kontrahenten stellen zu wollen. Es klappte nur nie, weil die Raben zu schlau, die Rehe zu schnell und Franz nicht ausdauernd genug war.

Doch zurück zu meiner ungeplanten Auszeit. Es war Frühling und ich vor dem Haus zugange. Franz musste in dieser Zeit unbemerkt auf die Straße gelangt sein und begann Faxen zu machen. Das heißt, er hörte nicht mehr auf meine Anweisungen und erfreute sich zunehmend daran, wie ich mich über sein Verhalten aufregte. Er hörte einfach nicht mehr. „Hier, hier! Kommst du jetzt? Aber sofort! Jetzt aber hier!" Je mehr ich herumkasperte, desto toller fand er die Sache. Kurz darauf bellte er mich sogar an, so grandios empfand er das neue Spiel. Irgendwann hatte ich ihn dann doch am Wickel, packte ihn und drehte ihn mit all meiner Kraft auf den Rücken. „Krack" machte es. Ich lag auf meinem Hund, der vor Aufregung immer noch mit dem Schwanz wedelte, und merkte gleich, dass mit meinem Körper irgendetwas aus dem Ruder gelaufen war. Auf allen vieren kroch ich zurück ins Haus. Das Bett war die nächste Anlaufstelle, solange, bis meine Frau von der Arbeit aus Frankfurt nach Hause kam. Die Schmerzen waren abnormal.

Tage später musste ich in die Röhre zur Kernspintomographie. Die Diagnose war ein satter Bandscheibenvorfall, der mich fürs Erste einmal ausknockte. Unverzüglich meldete ich diesen Befund meinen beiden Schulleitern und dass ich die kommenden zwei Wochen bis zu den Pfingstferien ausfallen würde. Die Schulleitung der Grundschule war besorgt und wünschte gute Genesung, die der Hauptschule hingegen spielte die Sache etwas herunter. Ich könnte ja in einer Woche wieder antreten, so der eindeutige Kommentar. Mein behandelter Arzt, dem ich das natürlich erzählte, meinte nur trocken, dass dieser gute Mann bisher sicher keinesfalls einen Bandscheibenvorfall gehabt haben könne, ansonsten hätte er nicht so dumm daherreden können. Von einer anderen Quelle hörte ich, dass mir der Umstand der Verletzung sicher bestens in die Karten gespielt hätte. Zwei Wochen krankgeschrieben und anschließend die Pfingstferien. Eine freche Aussage und böswillige Unterstellung, zu der mir nichts mehr einfiel. Für mich war klar, dass ich die angebotene „stets offene Tür“ mit einem gehörigen Knall zuschlagen würde. Auf solch eine Schule inklusive Schulleitung hatte ich tatsächlich keinen Bock mehr.

Nach den Pfingstferien war ich wieder soweit hergestellt und konnte meinen Dienst antreten. Den Hieb von Seiten der Schulleitung, ich hätte meine Verletzung für eine verlängerte Auszeit in die Länge gezogen, prallte von mir ab wie ein schlecht geschossener Elfmeter, der an die Latte knallt. Es war mir also auf Deutsch gesagt mittlerweile egal, was man über mich dachte. Ich kreuzte für meine Stunden auf, riss den Unterricht runter und war dann wieder fort. Unterricht nach Vorschrift sozusagen.

Die einmal im Monat angesetzten Treffen einiger Kollegen inklusive Rektor, gemeinsam in der stadtbekannten Rockfabrik abzuhotten, nahm ich nie wahr. Ich empfand diese Treffen eher als peinlich, nach dem Motto „wir sind ein starkes Team und gehen gemeinsam Tanzen“. Die coolen Lehrer lassen dann mal die Sau raus. Am nächsten Tag war dann aber wieder der biedere Alltag mit der ganzen Heuchelei Normalität. Ohne mich. Falls ich in die Disko gehen sollte, dann doch bitte mit meiner Frau oder mit irgendwelchen Kumpels. Solche Privatveranstaltungen mit Kollegen gingen mir schon immer zu weit, ob Abtanzen, Lehrerkochen oder Weihnachtsfeier im Kreis der Kollegen. Und über was wurde dann gesprochen? Über Schule natürlich. Na herzlichen Glückwunsch. Abends über die Kids abkotzen und am nächsten Morgen den verständnisvollen Lehrer spielen.

Die Zeit bis zu den großen Ferien ließ ich laufen, zuverlässig wie immer. Denn eins lasse ich mir nicht absprechen: Und zwar, dass ich meinen Job nicht ernst nehme und es mir alles andere als leicht machen würde. Bis zum heutigen Tag achte ich darauf, gut vorbereitet in der Schule aufzukreuzen, egal wie genervt ich auch von manchen Klassen oder Schülern war und bin. Die anständigen Kinder können ja nichts für ihre Klassenkameraden, die einen an der Waffel haben und den Unterrichtsbesuch als Showbühne für ihre eigene Blödheit ansehen. In der Grundschule lief es ordentlich, ich konnte zumindest nicht jammern.

Anfang des darauffolgenden Schuljahres wurde mir ein anderes

Klassenzimmer zugewiesen. Es war im Obergeschoss der Schule. Außer diesem Raum befand sich dort lediglich noch der Zeichensaal und eine neue Toilette. Mein Klassenzimmer war riesig, mit herrlichem Ausblick über die Unterstadt. Kaum ein anderer Schüler verirrte sich hierher.

Mein Stundenplan sah vor, dass ich zweimal in der Woche Nachmittagsunterricht zu halten hatte. Doof für die Hunde, dachte ich nur. Also ging ich vorsichtig in die Offensive. Mir war bekannt, dass mein Rektor kein ausgesprochener Hunde Fan war, trotz allem fragte ich nach, ob es ein Problem wäre, Franz und Oskar mit in den Nachmittagsunterricht zu nehmen. Zunächst wirkte er etwas befremdet, äußerte dann aber letztendlich nur Bedenken, ob durch die Hunde eine Gefahr für die Kinder bestünde. Zwei Labradore? Und dann noch beißen? Vor allem Kinder? Labradore lieben grundsätzlich alle menschlichen Lebensformen und kämen nie auf den Gedanken aggressiv aufzutreten oder für Gefahr zu sorgen. Völlig ausgeschlossen. Das bekam mein Vorgesetzter von mir sofort, und zwar mit Brief und Siegel.

Meine Klasse hatte ich am Vormittag bereits vorgewarnt, dass wir heute Nachmittag Besuch von meinen beiden Hunden bekommen sollten. Die Spannung war also groß. Als ich mit dem Auto auf das Schulgelände einbog, standen schon zwanzig Kinder quer bei Fuß und waren aufgeregt, was gleich aus dem Kofferraum stürmen sollte. Und sie stürmten. Und zwar alle. Meine Hunde vor Freude und Begeisterung, die Kinder vor Aufregung und Panik. Als ich meine schwarzen Chaoten endlich wieder eingefangen hatte, beruhigte sich auch der Tumult unter den Schülern und wir gingen mit großem Hallo nach oben ins Klassenzimmer.

Die erste Stunde nahm ich zur Gelegenheit, über Hunde im Allgemeinen und über die beiden Kraftpakete, die brav zu meinen Füßen lagen, zu informieren. Schon in der ersten kleinen Pause waren überraschenderweise einige Kinder damit beschäftigt, die Hunde zu streicheln und zu herzen. Es ist einfach unglaublich, wie schnell ein Hund die Aufmerksamkeit und das Herz eines Kindes erobern kann. Ab diesem Zeitpunkt waren Franz und Oskar unsere Klassenhunde. Wie cool. Was waren die Kinder stolz, mit meinen Buben hausieren zu gehen. Im Laufe des Schuljahres wurde die Warteliste der Kinder immer länger, wer welchen Hund nach oben, beziehungsweise wieder zum Auto führen durfte. Was mich zusätzlich schwer beeindruckte, waren die türkischen Kinder, die normalerweise mit Hunden weniger am Hut haben, aber genauso wie die anderen Klassenkameraden darum kämpften, Franz und Oskar führen zu dürfen. Immer wieder streute ich in die mittäglichen Doppelstunden Highlights ein, wenn es dann hieß, „auf in den Pausenhof, ein paar Runden rennen! Und vergesst die Bälle für die Hunde nicht!" Die zusätzliche Bemerkung hätte ich mir sparen können, hatten die Kinder doch schon längst die Taschen vollgestopft mit Tennis- und Softbällen. Wenn meine Frau und ich samstags, natürlich mit den Hunden, in der Stadt waren, konnte es sein, dass uns Schüler über den Weg liefen und auf uns zustürmten. Die Eltern waren da schon eindeutig vorsichtiger und hielten einen gewissen Sicherheitsabstand. Den Kindern war das egal, waren es doch ihre tierischen Klassenkameraden.

Die neue Klasse 3 war eine etwas homogenere Truppe, als die des vergangenen Jahres. Sie war nicht besser oder schlechter, nerviger oder weniger nervig. Sie war einfach anders. Es gab einige gute Schüler, vielleicht nicht die ganz großen Überflieger, aber stabil in ihren Leistungen. Einen Burschen musste ich aber trotz allem besonders im Auge behalten. Ein Junge, der sich äußerst schnell provoziert fühlte, und rasch auch mal zuschlagen konnte. Ab und an meinte er, ausflippen zu müssen, doch konnte ich das relativ schnell wieder in geregelte Bahnen lenken. Ich hatte den Vorsprung aus den höheren Klassen, und hatte schon ganz andere, durchaus schwerere Kaliber, zur Vernunft gebracht. Ich hatte ihn soweit also im Griff.

Während des Schuljahres kam ich dann, wie so oft schon zuvor an den Punkt, an dem mir alles zu viel wurde. Unterricht, Klassenpflegschaftssitzungen, Elterngespräche, Korrekturen und und und. Ich war wieder einmal da angelangt, mich zu fragen, ob ich das alles überhaupt noch schaffen konnte. Mit diesem Paket auf dem Buckel, war ich wirklich schon so weit und konfrontierte meinen Rektor. Ehrlich war ich schon immer und daher hatte ich auch nicht das Problem, ihm reinen Wein einzuschenken. So viele Kolleginnen und Kollegen hatte ich mittlerweile über die Jahre kennen gelernt, die das gleiche Problem hatten, aber zu stolz waren, über ihren Schatten zu springen und es offen auszusprechen. Sie arbeiteten einfach so weiter und hatten irgendwann den Punkt erreicht, an dem sie die Segel streichen mussten und langfristig krank waren.

Was ich bei meinem Rektor als angenehm empfand, war die Tatsache, dass wenn jemand einen persönlichen Termin mit ihm vereinbart hatte, niemand, aber auch niemand das Gespräch stören durfte. Wir saßen also im Rektorat und ich berichtete ihm davon, dass ich mich zwar noch nicht überfordert fühlte, es aber darauf hinauslaufen könnte. Ich plauderte weiter aus dem Nähkästchen und verschwieg nicht, dass ich wegen meiner Rückenschmerzen und der psychischen Belastung das Schmerzmittel Oxycodon und Antidepressiva zu mir nahm. Kurzum ich bat ihn darum, mich von meiner Klassenlehrertätigkeit für das vierte Schuljahr zu befreien. Er hörte sich alles an und entließ mich, ohne mir nennenswerte Vorschläge zu machen. Ich war trotz allem befreit, offen meine Probleme ihm gegenüber geäußert zu haben. Ich konnte das, weil ich mittlerweile ein sehr vertrauensvolles Verhältnis zu ihm aufgebaut hatte.

Die folgenden Tage liefen dahin, als ob nichts passiert wäre, doch der Hund hatte natürlich schon eine Strategie entwickelt. Eine, die an Genialität nicht zu übertreffen war. Ihm war nicht entgangen, dass ich mit meinem Tischtenniskumpel überaus gut konnte. Und er stellte ihn. Er war übrigens der Einzige, der das „Du"-Angebot meines Rektors ablehnte, mit der Begründung das „Du Arschloch" schneller ausgesprochen sei, als „Sie Arschloch". In seinem Fall durchaus berechtigt.

Während einer Mittagspause wurde mein Chef konkret und fragte ihn, ob er nicht meine Klasse, aufgrund der beschriebenen Probleme, übernehmen wolle. Mein Kollege, ein super Typ, zu dem ich schon immer einen guten Draht hatte, konnte sich das durchaus vorstellen. Das Ergebnis war dann für alle Beteiligten einfach grandios. Wir mussten natürlich Absprachen treffen. Wir einigten uns darauf, dass er der neue Klassenlehrer würde. Auch das Fach Mathematik sollte er übernehmen. Kein Thema, er war ja der Mathefreak. Ich sollte das Fach Deutsch begleiten. Etwas mehr Korrekturarbeit, für mich aber kein Problem, da ich dieses Fach schon immer gern unterrichtet habe. Hauptsache ich war die Verantwortung als Klassenlehrer los. Die Elternabende würde er übernehmen, das abschließende Schullandheim wäre aber dann meine Sache. Jetzt wurde es fies, dachte ich mir. Drei Tage Schullandheim? Ich hatte mich bis dahin vehement geweigert, mit Schülern überhaupt nur für eine Nacht zu übernachten. Lange Lesenacht? Wie toll! Klasse für die Kinder, und für mich? Und am nächsten Tag überschwängliche

Mütter, die zum gesunden Frühstück luden, während ich übernächtigt und mich in einer Weise hätte zeigen müssen, die ich von meiner Seite als nicht angebracht empfunden hätte? Lieber nicht.

Ich musste also den Kompromiss mit meinem Kollegen und Freund eingehen. Da ich meine Frau von Anfang an mit eingebunden hatte, war es kein Problem, dass sie für diese Tage Urlaub nehmen konnte. Meine Begleitpersonen waren eine Kollegin und mein Rektor. Und es sollte wider Erwarten anders werden als befürchtet.

19
Schullandheim – ein Paket mit Fragezeichen

Schon zu Beginn der Woche hatten wir Kaiserwetter. Sonne satt bei 30° Celsius. So starteten wir mit Sack und Pack, um mit dem Zug aufs Land zu fahren. Eine Fahrt von knapp einer Stunde. Dort angekommen, hatten wir einen Fußmarsch von ungefähr sieben Kilometer zu absolvieren. Es ging durch ein malerisches Waldgebiet, das immer wieder von einem Bach durchkreuzt wurde. Regelmäßig machten wir kurze Pausen, damit die Kinder sich im Wasser abkühlen und ihren Spaß haben konnten. Ich war von mir selbst überrascht, wie positiv ich auf den ganzen Trubel reagierte. Bei diesen Temperaturen konnten wir uns genügend Zeit nehmen, hatten wir uns doch erst zum Abendessen in der Jugendherberge angekündigt. Nach weiteren zwei Stunden hatten wir unser Ziel erreicht und bezogen die Zimmer. Es war alles sauber und soweit in Ordnung. Nach dem Abendbrot durften die Kinder noch eine Stunde das weitläufige Gelände erkunden. Um 20:00 Uhr sollten die Kids auf den Zimmern sein. Danach gab es einen letzten Stubendurchgang und um 21:00 Uhr war Bettruhe angesagt, das hieß, dass die Zimmer nur noch für einen notwendigen Toilettengang verlassen werden durften. Zu genau nahmen wir die Bettruhe aber nicht, solange kein Lärm außerhalb des Gebäudes zu hören war. Schließlich war es pure Aufregung für die Schüler, solch einer Klassenfahrt beiwohnen zu dürfen. Sie waren endlich einmal weg von Mamas Rockzipfel. Da durften sie zumindest am ersten Abend noch aufgekratzt sein.

Wir Lehrer machten es uns vor dem Gebäude bequem. Es war ein herrlicher Abend bei immer noch 26 Grad. Meine Kollegin hatte den perfekten Riecher gehabt, uns den Abend zu versüßen. Sie zog eine Flasche Wein aus der Tasche. Bisher war unser Miteinander nur auf den Schulalltag beschränkt gewesen, doch zu später Stunde und zunehmendem Alkoholgenuss, plauderten wir nicht mehr nur über Schule. Man trank, rauchte und quatschte. Sie wurde mir im Verlauf der folgenden Tage immer sympathischer. Eine ganz andere Seite, die ich von ihr so nie erwartet hatte. Mein Rektor mischte gut mit und genoss es sichtlich, meine zynische Art kennen zu lernen. Wir sprachen unter anderem von Geschenken zu Geburtstagen oder Weihnachten. Ich fragte ihn, ob er als

Kind auch immer „weiche Geschenke“ bekommen hatte. „Weiche Geschenke?“ Er konnte mit dieser Aussage zunächst nichts anfangen. „Na die Geschenke, die ein Kind nach dem Auspacken enttäuscht zur Seite legt, wie zum Beispiel Schlafanzüge oder Unterhosen.“ Jetzt war bei ihm der Groschen gefallen. Es war köstlich mit anzusehen, wie dieser Knabe sich amüsierte. Eine ganz neue Seite, die ich von ihm bisher nicht kannte.
Auf dem Höhepunkt der guten Laune trabten zwei meiner Mädchen an, es war immerhin schon 22:00 Uhr und eigentlich längst Schlafenszeit. Sie baten mich mitzukommen, es würde ein Problem geben. Auch das noch, dachte ich. Konnte man nicht einmal für ein paar Stunden seine Ruhe und unter Erwachsenen Spaß haben? Ich hielt mich aber zurück, weil ich nicht wusste, was auf mich zukommen würde. Das Ergebnis war ein furchtbar heulendes Mädchen, das einer Jammergestalt glich. Sie hatte Heimweh. Und das nach nur wenigen Stunden. Ich hätte es ja verstanden, wenn sie allein irgendwo hätte übernachten müssen. Aber es waren doch alle Freundinnen mit ihr auf dem Zimmer. Die Kinder taten ihr Bestes und auch ich versuchte, sie zu beruhigen und zum Bleiben zu bewegen. Es half nichts. Nach einer halben Stunde resignierte ich, rief bei ihren Eltern an und bat darum, sie abzuholen. Heulende Kinder konnte ich während unserer dreitägigen Fahrt beim besten Willen nicht gebrauchen. Es ist die Sorte der behüteten Kinder aus wohlhabendem Elternhaus. Schon mit einem knappen halben Jahr ganztägig in der Kinderkrippe und ab der Schulzeit in der Kernzeitbetreuung, bis die Mutter oder der Vater sie am späten Nachmittag abholt.

Mir war schnell klar, dass daraus nichts werden konnte. Das Kind musste also auf schnellstem Weg in die elterliche Obhut und ins eigene Bett. Und tatsächlich kreuzten die Eltern eine Stunde später mit ihrem Nobelschlitten auf, um die arme Tochter abzuholen. Für mich war damit die Sache erledigt. Was mich aber wunderte, war, dass die Eltern das Mädchen am nächsten Tag zum Frühstück wieder ankarrten, um sie abends abermals abzuholen. Am dritten Tag lief das gleiche Spielchen. Mir wäre es zu blöd gewesen. Wenn meine Tochter es nicht schaffen würde, mit der Klasse für zwei Übernachtungen außer Haus sein zu können, dann wäre sie aus dem Restprogramm rausgeflogen. Dann hätte sie Pech gehabt. Gilt aber nicht für mich, da ich keine Tochter habe. Mit war es egal. Sollten die Eltern doch für ihre Tochter jeweils vierzig Kilometer den Taxiservice spielen.

Der Anlage war auch ein Hochseilgarten angeschlossen. Für mich vielleicht nicht das Highlight, doch ich als Schisser, der mit zunehmenden Alter unter Höhenangst zu kämpfen hatte, sollte ja auch nicht das Zielobjekt sein. Die Kinder durften sich an ihre Grenzen heranwagen. Einer nach dem anderen kraxelten sie also die senkrechte Wand bis in eine Höhe von zehn Metern nach oben. Es musste ein Parcours aus schwankenden Seilen, Reifen und anderen Gegenständen durchhangelt werden. Am Ende wartete auf die Kinder noch eine rasende Abfahrt. Durchaus interessant war, dass sich die Schüler gegenseitig vertrauten und bei der Bewältigung des schwankenden Ungetüms tatsächlich einander behilflich waren. Hatten sich manche von ihnen in der Schule schon öfters Rangeleien geliefert, so blendeten die Kontrahenten den Aspekt in dieser besonderen Situation völlig aus. Sie hatten eine neue Erfahrung gemacht, die die Klassengemeinschaft ungeheuer gestärkt hatte. Das Schullandheim, das ich vorher als Horror angesehen hatte, ging nicht nur glimpflich für mich aus, es war eines der wenigen Dinge, die mir positiv im Kopf geblieben sind und die ich als Bereicherung ansehen konnte.

20
Kampf um Kopf und Kragen

Was bis heute in meinem Hirn eingebrannt ist, war eine überaus unangenehme wie auch dumme Geschichte, die mir fast den Kopf gekostet hatte. Schon seit längerem fragte ich mich, wie ich weiter mit meiner chronischen Darmerkrankung umgehen sollte. Zudem hatte ich, wie zuvor beschrieben, einen heftigen Bandscheibenvorfall erlitten und kämpfte schon seit mehr als einem Jahr tagtäglich gegen die Schmerzen an. In den Statistiken lief ich unter gesund, doch ich überlegte schon seit längerem, einen Antrag auf Schwerbehinderung zu stellen. Ich kontaktierte also meinen Rektor, vielleicht wusste er ja über die Vorgehensweise näher Bescheid. Leider konnte er mir nicht weiterhelfen, machte mir aber den Vorschlag, es doch einmal beim Amtsarzt zu versuchen. Diese seien für die ärztlichen Untersuchungen im öffentlichen Dienst doch zuständig.

Ich wurde gründlich durchgecheckt und musste diverse Formulare ausfüllen. Für alles gab es offensichtlich peinlichst genaue Vorschriften. Einige Wochen später, flatterte dann auch tatsächlich ein Brief vom Oberschulamt ins Haus. Gespannt öffnete ich ihn und verstand beim ersten Überfliegen nicht so recht, was dort geschrieben stand. Hatten sie den falschen Adressaten gewählt? Aber es stand tatsächlich meine Adresse auf dem Briefkopf. Auch die Anrede ließ keinen Zweifel daran, dass der Brief an mich gerichtet war. Als ich die Zeilen ein zweites Mal las, wurde mir ganz anders. Dort hieß es nämlich „Beabsichtigte Rücknahme Ihrer Ernennung zum Beamten zur Probe sowie Ihrer Ernennung zum Beamten auf Lebenszeit".

Bei meiner damaligen Einstellung, hatte ich keine Angaben über die Erkrankung gemacht. Der aufmerksame Sachbearbeiter hatte dies erkannt und an die nächst höhere Stelle weiter geleitet. Sie unterstellten mir arglistige Täuschung aufgrund des Verschweigens der Krankheit. Warum zum Teufel hatte ich keine Angaben gemacht? Ich kann mich erinnern, dass die Erkrankung Jahre zuvor zum Stillstand gekommen war und ich zeitweise nicht einmal mehr Medikamente nehmen musste. Zur Zeit meiner Übernahme war ich beschwerdefrei und als Läufer so trainingsbesessen, dass ich an die Krankheit überhaupt nicht mehr gedacht beziehungsweise sie einfach nur verdrängt hatte. Ein Fehler, der mir zum damaligen Zeitpunkt nicht bewusst war. Einen Vorsatz für mein Handeln zu unterstellen war aber ein völlig absurder Vorwurf. Wäre mir ersichtlich gewesen, welche Konsequenzen dieser Antrag nach sich zieht, ich hätte ihn gar nicht gestellt. Mit meiner Begründung kam ich leider nicht durch. Ich kam daher zu dem Entschluss, mir erstmalig einen Rechtsanwalt zu nehmen, weil ich in dieser ganzen Sache nicht mehr durchblickte, rechtlich sowieso keine Ahnung hatte, und ich schon jetzt nicht mehr wusste, wo mir der Kopf stand. Doch wen sollte ich kontaktieren? Ich war heillos überfordert.

Meinem ehemaligen Mentor war die ganze Angelegenheit natürlich nicht entgangen, befanden wir uns ja immer noch in ständigem Austausch. Seine Kollegin war im Personalrat der GEW, und so lag es nah, dass ich bei ihr anklopfen könnte, um mich beraten zu lassen. Leider war ich nicht in der Gewerkschaft. Sie konnte mir also nicht weiterhelfen. Immerhin hatte sie einen Tipp, an welchen Anwalt ich mich wenden könnte. Er wäre eine Koryphäe auf diesem Gebiet. Arbeitsrecht. Ich überlegte also nicht lange und vereinbarte einen Termin in seiner Kanzlei.

Schon auf der Fahrt nach Stuttgart verspürte ich einen deutlich erhöhten Pulsschlag. Ja ich hatte Bammel, immerhin fährt man nicht jeden Tag und dann noch aus Spaß zum Rechtsbeistand. Die Situation empfand ich als surreal. In der Kanzlei wurde ich freundlich begrüßt, doch ab der zweiten Minute wurde mein Anwalt durchaus direkt im Auftreten.

„Wie kann man als Beamter nur so dumm sein, freiwillig zu seinem größten Feind, dem Amtsarzt, zu gehen?“, blaffte er mich an.

Er wurde noch direkter und attackierte im Anschluss gleich das gesamte „Lehrerpack“, das für ihn die Weisheit mit Löffeln gefressen hatte und sich meist als Besserwisser aufführte.

„Am besten, sie gehen gleich in die Schweiz, dort werden Lehrer gesucht.“

„Wie Schweiz?“

Jetzt verstand ich gar nichts mehr.

„Dieser Brief hier heißt nichts anderes, als dass sie rausgeschmissen werden!“

Ich brachte keinen Ton mehr heraus und saß da wie ein begossener Pudel. Wie hätte ich mich auch wehren sollen? Was folgte, war ein

Monolog seinerseits, in dem er mir meine Dummheit und die Folgen deutlich vor Augen führte. Er hatte mich voll im Sack. Zum Schluss zählte er noch auf, was er von mir dringend benötigte. Arbeitsverträge, dienstliche Gutachten, Zeugnisse und was weiß ich noch alles. Ich fühlte eine völlige innere Leere, als er mich entließ und plötzlich wie umgedreht auftrat. Freudig erwähnte er das VfB Spiel, zu dem er nachher mit seinem Freund gehen wollte. Ich wäre auch lieber zum VfB gegangen, machte mich aber mit bleischweren Knochen auf den Weg nach Hause. Ich hatte ja noch einige Hausaufgaben zu erledigen, die mir der gute Mann aufgegeben hatte.

Als meine Frau an diesem Abend nach Hause kam, fand sie ein Häufchen Elend vor sich. Mein Anwalt hatte mich dermaßen vorgeführt, dass ich mich dumm und wie ein kleines Arschloch fühlte. Wir redeten bis tief in die Nacht, sahen wir meinen Job doch nur noch an einem seidenen Faden hängen. Immerhin hatte sie mich wieder so weit aufgebaut, dass ich wenigstens ein bisschen Schlaf fand. Am nächsten Tag war ich pünktlich vor Ort, um die Dokumente abzugeben. Ich wollte schon gehen, als er mich abfing, um mich erneut durch den Wolf zu drehen.

„Erzählen Sie von Anfang an!", befahl er mir.

Ich hatte keinen Termin und war daher völlig unvorbereitet. Ich erzählte ihm trotz allem frei von der Leber weg von meinen positiven Unterrichtsbesuchen und von meiner Laufleidenschaft, die sogar darin mündete, dass ich einen Marathonlauf zu der Zeit des Referendariats absolviert hatte. Ich berichtete ihm, dass ich jede Trainingseinheit aufs peinlichste dokumentiert hatte. Das Laufen interessierte ihn zunächst weniger, obwohl er beeindruckt von meiner Leistung war. Immerhin hatte ich die 42,195 Kilometer in 2:39 Stunden absolviert. Ihn interessierten vielmehr die Unterrichtsbesuche mit den verbalen Beurteilungen der Prüfer. Ich versprach ihm, sie am nächsten Tag vorbei zu bringen. Fürs Erste war er damit zufrieden und ließ mich ziehen.

Zuhause durchstöberte ich erneut die Regale. Bei diesem ganzen Chaos, den vielen Ordnern, Arbeitsblättern und Schülerheften, war es nicht einfach, die Dokumente auf Anhieb zu finden. Nach einer gefühlten Ewigkeit hatte ich sie dann doch und war nach der langen, panikartigen Suche erleichtert, sie endlich in den Händen zu halten. Sie waren Gott sei Dank noch nicht im Papiermüll gelandet. Ich setzte mich erst einmal und blätterte in den Papieren herum. Nochmals kamen in mir alle Unterrichtsbesuche und deren Details hoch. Alle Stunden hatte ich akribisch vorbereitet und dafür stets gute Rückmeldungen erhalten. Ich bemerkte gar nicht, dass ich mich festgebissen hatte und jede Verbalbeurteilung Wort für Wort einsaugte. Und es hörte sich von Bericht zu Bericht immer besser an. Den Beurteilungen zufolge, konnte ich kein schlechter Lehrer sein. Die Aussagen und Wertschätzungen gegenüber mir, waren klar und in einer Weise formuliert, die mich für einen Moment in eine andere Welt beamte. Ich las Beurteilungen, die mich schmunzeln ließen, ja sogar die eine oder andere Träne hatte ich verdrückt, schämte mich aber nicht dafür. Der gefühlte Traum war aber nur von kurzer Dauer.

Schon bald wedelte mich das fies über mir hängende Damoklesschwert wieder in den Zustand, den ich als psychisch labil beschreiben würde. Der Lehrer vor dem Abgrund, der sich missverstanden fühlt, aber keinerlei Chance hat, allein dem System zu trotzen. So war es dann auch. Allein wäre ich verloren gewesen. Wie hätte ich auch den ausgewiesenen Juristen entgegentreten können? Schnell war ich wieder in der Wirklichkeit angelangt, als nämlich an einem Sonntagabend das Telefon schrillte. Meine Frau hob ab und hatte einen aufgelösten Anwalt an der Strippe, der ihr entnervt ins Ohr blaffte.

„Frau Baier ... wo ist Ihr Mann? Geben Sie ihn mir."

„Der ist oben, kurzen Moment."

Es prasselte nur so auf mich ein. Ich verstand praktisch nichts und war völlig überfordert. Innerhalb weniger Momente hatte er mir Fragen um Fragen gestellt. Ich kann mich nicht einmal mehr daran erinnern, was er damals von mir wollte, so sehr stand ich neben mir. Ich weiß noch, dass ich mich erst besinnen musste, um vernünftig antworten zu können, stammelte aber meist nur unglücklich herum. Ich hörte nur noch, wie auf der anderen Seite der Hörer aufgelegt wurde. Mein Anwalt hatte geahnt, dass er für heute keine Neuigkeiten mehr erfahren konnte und legte einfach auf. Er hatte wiederum Recht behalten. Warum sollte er am Sonntagabend unnötig länger telefonieren, wenn er doch nichts Richtungsweisendes mehr erfahren konnte. Während dieser Stressphase konnte ich mich dann nur noch spärlich auf die Schule und den Unterricht konzentrieren. Ich riss meine Stunden mehr oder weniger bescheiden herunter und bewegte mich innerhalb des Schulhauses wie in Trance. Ich hatte ein anders Problem an der Backe als Unterricht und Schüler. Es ging um materielle Existenz.

Es sollte nicht das einzige Telefonat sein, das er mit mir führte. Manches Mal ertappte ich mich, dass ich ihn tatsächlich zu hassen begann. Es waren immer die Situationen, in denen er mir klar vor Augen führte, dass ich bis zum Hals in der Scheiße steckte. Mittlerweile wusste ich es ja, wollte es aber nicht mehr ständig hören. Schon allein wenn das Telefon klingelte, zuckte ich zusammen. Wieder einmal mein Anwalt, der mich zusammenfalten wollte, weil ich möglicherweise eine Kleinigkeit an Dokumenten vergessen hatte?

Es folgten unzählige Briefe, die mein Rechtsvertreter zur Verhandlung an das Oberschulamt richtete und so in ständigem Austausch mit ihnen war. Es schien Bewegung in den Fall zu kommen. Abermals lud er mich zu sich in seine Kanzlei vor und eröffnete mir, dass die Schulbehörde einem Deal zustimmen würde, mit der beide Seiten zufrieden sein sollten. Dafür musste ich mich aber selbst entlassen und freiwillig auf den Status des Beamten verzichten. Im Gegenzug durfte ich dann als Angestellter weiter im Schuldienst verbleiben. Für die Nachversicherung der sozialpflichtigen Jahre würde das Land aufkommen.

Ich schluckte erst einmal gewaltig, weil er mir unbedingt zur eigenen Kündigung riet.

„Ihre einzige Chance."

Langsam begriff ich aber, dass er nur das Beste für mich herausgeschlagen hatte. Zuhause empfing meine Frau ein Häuflein Elend. Voller Emotionen diskutierten wir bis tief in die Nacht und kamen zum Schluss, dass wir dem Kompromiss zustimmen sollten. Scheiß doch auf den Beamtenstatus, der einem Sicherheit auf Lebenszeit vorgaukelt. Wie sicher er war, haben wir ja gesehen.

Im staatlichen Schulamt durfte ich dann auch meine Entlassungsurkunde entgegennehmen. Der Schulamtsleiter, dem ich bekannt war, konnte den ganzen Vorgang überhaupt nicht verstehen. Wieso entlässt sich jemand aus einem Beamtenstatus auf Lebenszeit, nur um als Angestellter weiterhin an der Schule tätig zu sein? Ich glaube, er dachte, ich habe sie nicht mehr alle. So deutete ich zumindest seinen ungläubigen, irritierten Gesichtsausdruck. Ich hatte aber auch keine Lust mehr, die Geschichte nochmals zu erzählen, mit möglichen Fragen konfrontiert zu werden oder überhaupt in die Rechtfertigung zu gehen. Mein Anwalt hatte eine Top Leistung hingelegt und meinen Kopf noch einmal aus der Schlinge ziehen können. Die etwa einhundert Euro, die ich ab sofort weniger in der Tasche hatte, kratzten mich nicht. Auch der Verlust des Beamtenstatus verbunden mit einer möglichen späteren Pension, fand ich mittlerweile nicht mehr tragisch. Ich hatte nach den vielen Wochen der Ungewissheit wieder festen Boden unter den Füßen und weiterhin einen sicheren Job. Doch hatte mich diese nervenaufreibende Zeit einige Körner und Energie gekostet.

Den Status der Schwerbehinderung, und das auch noch unbefristet mit 50 Prozent, habe ich im Übrigen erhalten. Doch war hierfür ein nicht vorhersehbarer und verlustreicher Kampf mit inbegriffen, auf den ich zu gern verzichtet hätte. Die Vergütung für die Bemühungen meines Rechtsanwalts in Höhe von 4.483 Euro nahm ich letztendlich sportlich und hatte sie unter einem selbst verschuldeten Kollateralschaden verbucht.

21
Zurück in der Heimat

Im folgenden Sommer stand aber wenigstens noch die Fußball Weltmeisterschaft an. Ein Lichtblick am Horizont. Die Schule war da das kleinste Problem. Südafrika hatte als Ausrichter den Zuschlag bekommen. Ein Novum in der Geschichte des Fußballs. Es war die erste WM, die auf dem afrikanischen Kontinent stattfand. Die Entscheidung war meiner Meinung fast schon überfällig. Es kam zum Bruderduell der Boatengs. Kevin Prince hatte sich für das Heimatland seines Vaters, Ghana, entschieden, während Jerome für uns auflief. Das Spiel hatte im Vorfeld einen fahlen Beigeschmack, hatte doch Prince Wochen zuvor unseren Kapitän Michael Ballack im englischen Pokalfinale brutal zusammengetreten. Somit musste unser Leader die Weltmeisterschaft leider vor dem Fernseher verfolgen.

Zum Auftakt ging es gegen die Australier, die nie auch nur den Hauch einer Chance hatten und mit 4:0 untergingen. Doch schon im zweiten Vorrundenspiel kam der erste Rückschlag. Ein 0:1 gegen Serbien. Lukas Podolski verschoss sogar noch einen Elfmeter.

Gegen Ghana machte das deutsche Team mit einem knappen 1:0 Sieg den Sack zu und zog als Gruppenerster ins Achtelfinale ein.

Die nächsten zwei Spiele waren dann aber wie aus einem Guss. England bezwangen wir deutlich mit 4:1 und die Argentinier wurden mit einem 4:0 aus dem Stadion geschossen.

Im Halbfinale kam es dann zum Showdown mit den von allen als Favorit gehandelten Spaniern. Mit ihrem Tiki-Taka-Fußball spielten sie Katz und Maus mit unserer Elf. Die Folge war das Ausscheiden aus dem Turnier.

Was mich neben der Niederlage über die ganze Meisterschaft hin am meisten genervt hatte, waren diese dämlichen Vuvuzelas, die einem nachts noch in den Ohren klangen. Im Vorfeld wollten Kritiker diese lärmenden Tröten aus dem Stadion verbannen, konnten sich aber leider nicht durchsetzen. Man musste sie also akzeptieren und den Krach über sich ergehen lassen.

Die beste Mannschaft gewann dann auch verdient den Titel. Die Spanier kämpften die Holländer in der Verlängerung 1:0 nieder. Wir wurden wieder einmal Dritter und hatten ein gutes Turnier gespielt.

Das Schuljahr neigte sich dem Ende zu, und das bedeutete für uns gleichzeitig, Abschied zu nehmen. Wir hatten 2009 die fixe Idee, ein Haus zu bauen oder vielmehr hinstellen zu lassen. Wir hatten zwar in Ludwigsburg ein Reihenhaus in bester Lage und in direkter Nähe zum Schloss. Dort hätten wir durchaus alt werden können. Die Notfallambulanz war in unserer Straße, das Klinikum nur ein paar Meter entfernt und der Friedhof fünf Minuten zu Fuß den Berg hinauf. Wir wären also in allen Bereichen bestens versorgt gewesen. Zwei Argumente für unsere endgültige Entscheidung, Ludwigsburg zu verlassen hatten es uns aber angetan. Zum einen hatten wir die Fertighausausstellung in Fellbach besucht und Lunte gerochen. Was dort für geniale Häuser standen, hat uns enorm beeindruckt. Ein solches Projekt sich aber in dieser Stadt zu verwirklichen, käme einem Selbstmordkommando gleich. Die Banken hätten schnell kurzen Prozess mit uns gemacht, hätten sie uns einen Kredit in diesen Dimensionen genehmigt. Wir haben diesbezüglich aber nie nachgefragt, weil wir klar denkende Menschen sind, die in der Lage sind, rechnen zu können. Solch einen Unsinn hatten wir von vornherein ausgeblendet. In den Neubaugebieten waren die Grundstückspreise explodiert. Für einen Quadratmeter musste man sage und schreibe 625 Euro berappen. Dies wäre nur gegangen, wenn wir fett geerbt hätten, was aber - Gott sei Dank - nicht der Fall war. Den Bauplatz hätten wir zwar erwerben können, hätten aber dann die nächsten Jahre mit einem Zelt, statt dem erhofften Einfamilienhaus vorliebnehmen müssen.

Der zweite Gedanke ging in Richtung unserer Eltern. Uns war klar, dass sie nicht mehr die Jüngsten waren und mit jedem Jahr ein Stück schwächer werden würden. Die Eltern meiner Frau waren um die siebzig, voll des Tatendrangs und vernetzt in diversen Vereinen. Meine steuerten in Richtung der Achtzig und zeigten bereits Auffälligkeiten, die man weiter beobachten sollte.

Da mein Bruder seit langer Zeit in Frankfurt, und die Schwester meiner Frau seit Jahren in Portugal lebt, war es fast schon die logische Konsequenz, dass wir die Nähe zu den Eltern suchen sollten.

Wir hatten einen Bauplatz in der Pampa gefunden. Herrlich gelegen, aber wie gesagt am Arsch der Welt. Unser neues Zuhause war ein Randgrundstück mit Aussicht in die Natur. Kaum zehn Meter entfernt erschlossen sich Felder und Wiesen vor uns. Und nicht zu vergessen, der angrenzende Bach. Ein Paradies für unsere Hunde. Ein Labrador nimmt diese Gelegenheit von sich aus wahr, ohne zu fragen. Du kannst brüllen, wie du willst. Der eine Hund sitzt im Bach und ist mit der Gesamtsituation zufrieden, der andere grast auf der Wiese, da er sowieso keine Lust auf Bällchen werfen hat.

Wir hatten uns ein Holzhaus ausgesucht, offen gestaltet, mit riesigen Fensterfronten. Sehr fein, hell und Platz ohne Ende. Und wenn einem kalt wird, hilft die Fußbodenheizung. Ein tolles Haus, ein schönes Grundstück, doch anfangs vermisste ich alles. Ich konnte es nicht fassen, dass wir von dem pulsierenden Großraum Stuttgart weg in dieses verschissene Kaff gezogen waren. Wir hatten doch tatsächlich den ganzen Trubel, den eine Großstadt mit sich bringt, mit all den Orten, die wir immer wieder aufgesucht und vor allem genossen hatten, den Rücken gekehrt. War das wirklich eine gute Entscheidung?

Natürlich freute ich mich über unser schönes neues Zuhause. Aber was hatten wir uns nur dabei gedacht? Ein freistehendes Einfamilienhaus mit großem Garten. Keine direkten Nachbarn, wie es bei einem Reihenhaus in der Stadt so üblich ist. Was unsere Jobs betraf, hatten wir großes Glück gehabt. Meine Frau erhielt eine Anstellung bei einem Verpackungsmaschinenhersteller in dessen Werk in Crailsheim und hatte fortan nur noch zwanzig Minuten von zuhause zur Arbeit. Ich heuerte an meiner ehemaligen Schule an, in der ich meine Grundschulzeit genießen durfte, einen Steinwurf von meinem elterlichen Haus entfernt. Vom Standort her optimal. Ich konnte in Hohlstunden oder Pausen kurz bei ihnen vorbeischauen. Auch wenn es mit den Hunden mal zeitlich klemmte, konnte ich diese immer zwischenlagern. Und meine Schwiegereltern wohnten direkt auf dem Weg zur Schule. Wie oft hatte ich die Burschen dort morgens abgeliefert und mittags wieder abgeholt. Es war sehr entspannend für mich, mir keine Sorgen um meine Buben machen zu müssen, weil sie ab sofort bestens versorgt waren.

Mein zukünftiger Chef lud mich bereits einen Tag vor der ersten Konferenz zu sich in die Schule ein. Das Treffen war für 10:00 Uhr anberaumt worden. Ich war überhaupt nicht angesäuert, dass er zehn Minuten auf sich warten ließ. Ich war nur gespannt. Gespannt darauf, das Schulgebäude zu betreten, das ich zuletzt vor über dreißig Jahren als Grundschüler verlassen und seither nie wieder mehr aufgesucht hatte.

Und welch eine Überraschung. Ich fand alles wieder. Die Haupttreppe, die langen Gänge, selbst mein ehemaliges Klassenzimmer konnte ich noch ausfindig machen.

Wir hatten damals einen überaus tollen Lehrer, der seine Zigaretten während der Fünf-Minuten Pausen noch im Gang bei geöffnetem Fenster genoss. Das war für uns kein Problem. Es war einfach normal zu der damaligen Zeit, in öffentlichen Gebäuden zu rauchen. Geschadet hatte es auch niemandem. Mir zumindest nicht. Man muss ja nicht unbedingt im Schulhaus vor den Klassenzimmern qualmen, aber der ganze Hype ums Rauchen und „Wir müssen Vorbilder für unsere Kinder sein", finde ich überzogen.

Wie oft habe ich unsere Schüler schon beim Qualmen erwischt? Einige Male. Ich war früher nicht besser, nur wurde unser Gequalme geduldet, so lang wir die Regeln einhielten. Nicht im Gebäude, nicht auf dem Klo. Klare Ansage, die mich vor keine Probleme gestellt hatte.

Im damaligen Gymnasium gab es eine offizielle Raucherecke, in denen wir qualmen durften. Es war völlig egal, wer dort rumstand. Ich begann meine Karriere mit fünfzehn. Andere schon früher. Wir hörten Trio, die angesagten Punkbands wie Exploited und die Sex Pistols und waren links orientiert, was damals wahrscheinlich eher als links kriminell angesehen wurde. Das Jugendzentrum wurde zu meiner zweiten Heimat und wir zählten die vielen tödlichen Abstürze der Starfighter, die immer noch als „die Wunderwaffe" hochgehalten wurde, obwohl sie schon seit Jahren keine mehr war.

Im Sekretariat unterhielten sich mein neuer Rektor und ich über Dinge, die ich über die Schule und deren Abläufe wissen sollte. Während des Gesprächs interessierte er sich, warum ich denn kein Beamter auf Lebenszeit mehr sei. Ich wollte gerade Luft holen, um ihm die unangenehme Geschichte zu erzählen, als ein Kollege ins Zimmer trat und unser Gespräch einfach unterbrach. Das empfand ich schon etwas seltsam. In meiner ehemaligen Schule wäre so etwas nicht passiert. Sie sprachen über den Urlaub. Ich saß wie ein begossener Pudel da und fühlte mich ausgegrenzt – Non Existent. Nach etwa fünf Minuten verabschiedete sich mein neuer Kollege. Ich wollte meine Geschichte fortsetzen, als mein Rektor nur noch anmerkte: „Haben Sie noch Fragen? Sie können natürlich jederzeit vorbeikommen, wenn sie einen Rat benötigen", stand auf und entließ mich mit einem Händedruck. Er hatte doch tatsächlich in der kurzen Zeit vergessen, was ihn wenige Minuten vorher noch so brennend zu interessieren schien. Ich hatte den Eindruck, dass es ihn weniger interessierte, als es mir kurz vorher noch erschien. Wenn das der Fall gewesen war, dann musste ich das Gespräch, respektive meinen neuen Chef, unter der Rubrik „oberflächlich" einordnen.

Mein Schulwechsel war leider mit einem fatalen Haken verbunden, der mir schon seit Wochen im Kopf herumgeisterte und mir schlaflose Nächte bereitete. Da die zwei dritten und vierten Klassen bereits besetzt waren, musste ich in den sauren Apfel beißen. Mein Chef konnte mir nur eine erste Klasse anbieten. Das konnte doch nicht sein, gerade ich, der es mit den ganz Kleinen noch nie so hatte. Ich wälzte Bücher und hatte im Vorfeld sogar meinen ehemaligen Kollegen in den großen Ferien kontaktiert, um mir ein Bild vom Anfangsunterricht machen zu können. Während des Referendariats hatte ich zwar etwas Erfahrung im Umgang mit den Winzlingen sammeln können, dies lag aber schon mehr als zehn Jahre zurück. Wie sollte ich das nur schaffen? Ich war der Verzweiflung nicht nur nahe, ich war die Verzweiflung in Person. Ein Jammerlappen, der sein Ende in naher Zukunft als besiegelt ansah. Aber es betraf ja nicht nur mich. Während ich mich in meinem Selbstmitleid suhlte, traf es vor allem meine Frau. Sie war nämlich diejenige, die nach wie vor diesen ganzen Schulmist auffangen musste. Ob nervige Schüler, öde Konferenzen, lästige Elternabende und Termine, vor denen ich zu gern davongelaufen wäre. Meine Frau hörte immer zu, verstand die leidigen Sequenzen des Lehreralltags, musste aber im Laufe der Zeit obergenervt von mir gewesen sein, bei diesem Lehrerabgekotze nur selbstverständlich. Sie hielt mir immer den Rücken frei, war und ist bis heute die beste, ja die einzig wirklich für mich vertrauensvolle Beraterin.

Die Schulleitung hatte mich auf eine Fortbildungsveranstaltung aufmerksam gemacht, die ich im Vorfeld noch belegen sollte. Es war auf das Wochenende vor Beginn des Schuljahrs terminiert. Freitagnachmittag begann es und sollte bis Samstagabend dauern. Die Fortbildung hatte den treffendsten Namen, den man sich für so etwas hätte aussuchen können:

„Hilfe! … Hurra! … ich habe eine erste Klasse."

Das Wort „Hilfe" konnte mich zwar nicht wirklich trösten, ganz zu schweigen von „Hurra", trotz allem wollte ich nicht kneifen und schauen, was ich hilfreiches mitnehmen konnte. Schon beim Eintritt in den Veranstaltungssaal war klar, dass ich der einzige männliche Teilnehmer war. Es war also tatsächlich diese Anfangsunterrichtsveranstaltung, die ich noch vom Seminar her schon kannte. Ich befürchtete das Schlimmste. Wir saßen in einem großen Stuhlkreis, sollten uns vorstellen und unsere Erwartungen an das Seminar formulieren. Wie ich diese Vorstellungsrunden hasste. Doch es sollte erst der Anfang sein. Im Anschluss bekamen wir Liedtexte ausgehändigt. Kinderlieder, logisch. Als Lehrer einer ersten Klasse muss man ja gewappnet sein. Doch hatte ich noch nie Bock, mit Kindern groß zu singen. Eine der Seminarleiterinnen hatte ihre Gitarre dabei, um die Lieder schlagtechnisch zu begleiten. Eine zweite Gitarre lehnte an der Wand. Sie lud diejenigen, die das Gitarrenspiel beherrschten ein, doch einfach mit zu spielen. Selbstverständlich unterließ ich es, meine bescheidenen Fähigkeiten als Gitarrist zu erwähnen, so dass sie alleine die Griffe herunterschrubben musste. Ich brummte etwas mit, doch weigerte ich mich lauter zu singen, um in der fröhlichen Runde mit meiner Stimme nicht zu sehr aufzufallen. Das war aber auch gar nicht nötig, gab es doch genügend keifende Weiber, die aus voller Inbrunst hoch motiviert herumträllerten. Ich empfand es jedenfalls nicht als Genuss für mein Gehör. Diesen Mist sollte ich tatsächlich mit den Kindern singen? „Nie im Leben!", schwor ich mir.

Nach dieser ersten musikalischen Auflockerung kamen wir zum Fach Mathematik. „Endlich", dachte ich mir. Damit konnte ich dann doch hoffentlich etwas anfangen. Die Dame referierte informativ und zeigte uns diverse Materialien. Das alles hatte Hand und Fuß.

Der nächste Tag aber sollte für mich zum Fiasko werden. Nach einer stimmungsvollen Begrüßung, dem Kinderreim sei es gedankt, zogen die Verantwortlichen doch schon wieder irgendwelche Lieder heraus. Ich fragte mich, ob ich die falsche Veranstaltung ausgesucht hatte. Vielleicht würde man hier ja zum Leiter eines Kinderchors ausgebildet werden. Weiter konnte ich meine Gedanken nicht vertiefen, stand doch schon die nächste Aufgabe auf dem Programm. Zur Musik sollte nun auch noch getanzt werden. Und zwar immer mit wechselnden Partnern. Eine Ringelreinveranstaltung und mitten drin, der wohl untalentierteste

Tänzer auf Gottes Erdboden. Ich suchte verzweifelt nach dem bekannten Loch, in das ich hineinschlüpfen könnte, um zu entkommen. Ich hatte ja schon als Jugendlicher in der achten Klasse den Tanzkurs boykottiert. Ich überlegte krampfhaft, wie ich dem Dilemma entfliehen könne. Mir fiel aber nichts ein und schon wurde ich von einem dieser Weiber an den Händen gepackt und auf die Tanzfläche gezogen. Ich hatte mit dieser Art Tanz nichts am Hut und stellte mich selten dämlich an. Dieses Rumgehopse war mir einfach nur peinlich. Ich wollte nicht mehr und scherte nach der zweiten Runde aus dem Kreis der fröhlich vor sich hinlächelnden Pädagoginnen heraus. Das war definitiv zu viel für mich. Sehnlichst wünschte ich die Mittagspause herbei, die dann auch schon bald eingeläutet wurde.

Wir konnten uns vorher in Listen eintragen, was für ein Gericht wir essen wollten. Ich reichte die Liste ohne Eintrag wortlos weiter. Meine Pause verbrachte ich dann damit, im Auto zu sitzen, das mich auf schnellstem Weg nach Hause brachte. Ich hatte mich einfach abgesetzt. Im Krieg wäre ich als Fahnenflüchtiger vors Kriegsgericht gestellt und standrechtlich erschossen worden.

Der erste Elternabend stand an und ich präparierte mich so gut es nur ging. Seitenweise hatte ich mir den Ablauf des Abends notiert, um ja nicht in die noch so kleinste Falle zu tappen. Die Eltern staunten nicht schlecht, als sie einen Mann vor sich stehen sahen, ich hatte aber nicht das Gefühl, dass sie geschockt waren. Es kommt ja nicht allzu oft vor, dass ein Mann eine Eingangsklasse übernimmt. Etwa neunzig Prozent aller Lehrer, die mit einer ersten Klasse starten, sind Frauen. Ich schwor mir aber von Anfang an, dass ich nicht der verlängerte Arm des Kindergartens werden würde. Auf die Hausschuhe für die Kinder, wie sie bei einigen Lehrerinnen der Standard sind, verzichtete ich ebenso, wie auf die von vielen favorisierte Kuschelecke. Letztere finde ich sowas von eklig und sie würde bei jedem Gesundheitscheck durchfallen, weil sich in deren Polstern Millionen von Milben kuscheln und zum Angriff auf die Atmungsorgane der Schüler blasen. Viele Kuschelecken, oder auch Leseecken genannt, sind oft gut gemeinte Spenden von Eltern, aber letztendlich doch auf dem Sperrmüll besser aufgehoben.

Auch die Einschulungsfeier empfand ich als krass. War ich bisher mit meinen Drittklässlern mit der Aufführung eines kleinen Theaterstückes auf der anderen Seite tätig gewesen, so war ich nun derjenige, der dem Treiben der Kollegen zusehen durfte. Und da saßen sie also. Unzählige Kinder hockten mit monströsen Schultüten auf dem Boden und waren gerade erst dem Kindergarten entflogen. Ich musste wahnsinnig geworden sein, mich auf so einen Höllenritt einzulassen. Doch ich konnte es nicht mehr ändern und hatte im Grunde auch keine andere Wahl gehabt.

Nach der Aufführung führten die Paten, Kinder aus den vierten Klassen, die Neuankömmlinge in ihr Klassenzimmer. Die Paten sollten sich in den nächsten Wochen den Minimenschen annehmen und mit dem Alltag der Schule vertraut machen. Jeder Knirps hatte seinen persönlichen Ansprechpartner. Eine gute Sache, wie ich fand. Im Klassenzimmer konnten die Eltern die obligatorischen Bilder mit ihren Kindern machen, um sie dann für eine Stunde in meine Obhut zu geben, während sie es sich bei Kaffee und Kuchen in der Aula gemütlich machten. Die erste Unterrichtsstunde. Ich konnte es nicht fassen, als das erste Kind, gefolgt von einem zweiten, schon innerhalb der ersten fünf Minuten in Tränen ausbrach.

Den ersten Tag verbrachte ich damit, den Kindern die Schule zu zeigen, und vor allem, wo sie sich aufhalten durften und wo nicht. Neben den kleinen Basteleinheiten begann ich auch gleich mit einfachen Matheaufgaben und der Einführung des ersten Buchstabens, ich kann mich aber beim besten Willen nicht mehr daran erinnern, welcher es war. Da rechneten die Kinder also. Drei rote Bälle plus ein roter Ball sind vier rote Bälle. Einigen war es jetzt schon zu langweilig, zählten manche schon stolz bis dreißig. Eine Dimension, die wir in der ersten Klasse nicht erreichen sollten, da der Zahlenraum nur bis zwanzig reicht.

Den morgendlichen Ritualen der anderen Kolleginnen konnte ich nichts entgegenhalten. Die Kinder betreten den Raum und es wird irgendein Reim gepaart mit Gesang aufgeführt. Anschließend startete der Unterricht. Was konnte ich denn vorweisen? Nichts. Ich hatte einfach nicht ein Faible dafür, ich war nicht für die erste Klasse geboren. Ich begrüßte meine Schüler und jeder durfte etwas, was ihm wichtig erschien, erzählen. Ich fand das in Ordnung, zumal die Kinder das Bedürfnis hatten, etwas von sich zu geben. Es konnten die banalsten Dinge sein, egal, ich gab ihnen diese Plattform.

22
Glück im Unglück

Es waren noch nicht einmal zwei Wochen verstrichen und das viertägige Volksfest, das ich in diesem Jahr besonders herbeisehnte, wurde eingeläutet. Ich wusste, dass ich erst wieder am darauffolgenden Dienstag antreten musste. Die kommenden Tage verbrachte ich sowieso schon gedanklich im Zelt bei Bier und sauren Kutteln. Keine Schule, keine Schüler und vor allem keine erste Klasse. Alles schön und gut, doch weiß jeder, dass die angenehmen Ereignisse, gedacht schneller vorüberziehen als die lästigen. Ich sah mich also wieder rascher in der Mühle des Alltags, obwohl ich bisher noch keineswegs von Alltag sprechen konnte, weil es eine völlig neue Situation für mich war. Ich weiß heute nicht, wie ich dieses Martyrium weiter hätte stemmen können, wenn sich mir nicht tags darauf, es war ein Mittwoch, das Schicksal zugewandt hätte.

Ich war wie gewöhnlich zu Hause, es war etwa fünf Uhr abends, als ich wie immer meine Hunde Franz und Oskar schnappte, um mit ihnen noch eine Runde zu gehen. Die beiden freuten sich meist diebisch, sich nochmals bewegen zu dürfen. Sie hatten natürlich das Bestreben, wenn sie abgeleint wurden, ihre eigenen Interessen zu verfolgen. Ob sie nun dem nahe liegenden Bach einen Besuch abstatteten oder die Streuobstwiesen aufsuchten, die Auswahl dieser ländlichen Gegend bot viele Möglichkeiten. Vor allem für verfressene Hunde, die zudem das Wasser lieben. Als wir uns auf dem letzten Drittel unseres Spaziergangs befanden, die Hunde waren bereits angeleint und wir liefen durch den Ortskern, passierte es. Ich konnte nicht damit rechnen, da ich den Boxer auf der anderen Straßenseite, der weder angeleint noch beaufsichtigt war, nicht bemerkt hatte. In einer Zehntelsekunde, so schnell wie kein Mensch reagieren kann, hatten meine Burschen die Verfolgung aufgenommen, die Leinen fest mit meinen Handgelenken verbunden. Jeder Hundehalter weiß, was das zu bedeuten hat, wenn zwei ausgewachsene Labradore, wir sprechen von muskelbepackten Kraftpaketen, ohne Vorwarnung Fahrt aufnehmen und einem bestimmten Ziel entgegen hetzen. 70 Kilogramm Labrador-Power, die einen plötzlich wegreißen. Du hast keine Chance. Das Nächste, was ich mitbekam war, dass ich mitten auf der Straße lag und die Leinen zu sortieren versuchte. Der Boxer war mittlerweile über alle Berge und meine Hunde standen, der eine über mir, der andere auf dem Gehweg gegenüber, und wedelten aufgeregt mit dem Schwanz. Dass ihrem Herrchen die linke Hand in einem Winkel von 90° abstand, interessierte sie wahrscheinlich nicht wirklich.

Die Hunde mit der rechten Hand führend, die linke furchtbar deformiert, stolperte ich unter großen Schmerzen und Gejammer nach Hause. Ein Nachbar, der mir auf der Straße begegnete, ahnte nichts Gutes, als er mich so vorbeischleichen sah und bot mir seine Hilfe an. Eine tolle Geste, doch wollte ich erst einmal nach Hause und auf meine Frau warten, die in Kürze um die Ecke biegen sollte. Kaum war sie daheim, saßen wir auch schon wieder im Auto auf dem Weg ins Krankenhaus. Erst die lästige Wartezeit und dann das obligatorische Röntgenbild. Ein fataler Trümmerbruch wie sich herausstellte, der sicher operiert werden musste. Da es mittlerweile schon 21:00 Uhr war, wurde ich fürs erste mit Schmerzmitteln nach Hause entlassen. Ich sollte mich am nächsten Tag bei der Chefärztin einfinden, um alles Weitere zu besprechen.

Die Bilder der Röntgenaufnahmen sprachen Bände. So etwas erstaunte selbst die Frau Fachirurgin von der Gnaden, Spezialgebiet Handchirurgie. Die Operation würde ihrer Einschätzung nach zu einem Puzzlespiel der Knochen werden und solle am darauf folgenden Montag erfolgen. Ich müsse mir keine Sorgen machen, in spätestens drei Wochen könne ich wieder vor der Klasse stehen. Klare Ansage, gute Idee, nur funktionieren sollte sie. Doch es kam ganz anders, wie mir es Frau Doktor prophezeit hatte.

Es begann eine Leidenszeit für mich und mein Handgelenk, es sollte aber in einem Happy End seinen Abschluss finden. Der Schule musste ich natürlich noch Bescheid geben und konnte verstehen, dass meine Verletzung sie zu einem besonders ungünstigen Zeitpunkt traf. Das Schuljahr war erst zwei Wochen alt und die neue Klasse musste von jetzt an von einer Kollegin vertreten werden. Meine Leidenszeit, die erst beginnen sollte, war nichts gegen die meiner Frau, die ja nicht erst seit dem Unfall bestand, litt sie doch schon seit einigen Jahren unter meiner notorischen Unzufriedenheit bezüglich der Schule. Zudem kam auch noch die Tatsache, dass ich unter starken Rückenschmerzen litt. Gegen die Schmerzen hatte ich ein überaus wirksames, aber nicht zu unterschätzendes Mittel bekommen, Oxycodon. Ein Morphiumpräparat, zwar stark in der Wirkung, aber mit gravierenden Nebenwirkungen: Es machte sowohl physisch als auch psychisch abhängig. Den Stimmungsschwankungen sollten Antidepressiva entgegenwirken. Also hatten alle Seiten etwas davon, dachte ich. Starke Schmerzmittel für den Rücken, Stimmungsaufheller für den Alltag. Das konnte sich doch nur positiv auf mein Befinden auswirken. Meine Auffassung bezüglich dieser von mir aufgestellten These war natürlich Unsinn, weil ich mich überhaupt nicht mit Medikamenten und deren Wechselwirkungen auskennen konnte. Wenn man dazu noch meinen Alkoholkonsum hinzuaddierte, so musste sich niemand wundern, dass mein Gesundheitszustand sich eher im Abwärtstrend befand.

Der operative Eingriff erfolgte unter Vollnarkose und verlief nach Angaben der Ärztin hervorragend. Sie wollte mich für ein paar Tage im Krankenhaus beobachten, was ich aber ablehnte. Ich hatte einfach keine Lust dazu, ich wollte nach Hause, zu meiner Frau und meinen Hunden. Dort hatte ich mehr Möglichkeiten, mich zu beschäftigen. Ich trug eine Gipsschiene und musste einmal pro Woche zur Nachuntersuchung. Heute würde ich mich wundern, warum ich nicht schon nach ein paar Tagen zur Physiotherapie geschickt werde. Doch zum damaligen Zeitpunkt wusste ich es einfach nicht besser.

Nach vier Wochen hatte ich immer noch starke Schmerzen, die ich mir nicht erklären konnte. Die Chefärztin beruhigte mich und sprach mir Mut zu.

„Sie werden sehen, in zwei Wochen können sie wieder unterrichten."

Aus ihrer zweiwöchigen Prognose für meine Genesung waren mittlerweile sechs geworden. Nach einer weiteren Woche, fragte mich mein Bruder, warum ich eigentlich nicht zu seinem Schwager ins Klinikum der benachbarten Großen Kreisstadt gegangen war. Gute Frage! Wahrscheinlich weil ich nach dem Schock einfach nicht daran gedacht hatte. Wir hatten das naheliegendste Krankenhaus angesteuert. Warum sollte ich genau in dieser Ausnahmesituation an seinen Schwager denken, der in einem anderen Krankenhaus operierte und zu dem ich so gut wie keinen Kontakt hatte. Spezialgebiet: Handverletzungen.

Ich meldete mich telefonisch privat bei ihm und er lud mich noch am gleichen Tag zu sich nach Hause ein, um sich die Sache näher anzuschauen. Ich wage zu behaupten, dass er schon eine Vorahnung hatte.

Er stellte fest, dass der Trümmerbruch nicht ordentlich operiert worden war und empfahl mir, einen zweiten Eingriff vornehmen zu lassen. Einzige Bedingung: Ich müsse für etwa zehn Tage stationär in der Klinik bleiben. Das schmeckte mir zwar ganz und gar nicht, doch hatte ich leider keine andere Wahl, wenn ich meine Hand wieder gebrauchen wollte, und gab klein bei. Ich hatte das Glück der angeheirateten Verwandtschaft und bin mir im Nachhinein sicher, besonders zuvorkommend behandelt worden zu sein.

Nach dem ich aus der Narkose erwacht und nach einigen Stunden auf der Intensivstation in mein Zimmer gebracht worden war, tauchte kurz darauf mein Schwippschwager auf. Ein Baum von einem Mann, zwei Meter groß. Er berichtete mir vom vierstündigen Großkampf mit den vielen Knochenstückchen. Eine auch für ihn anspruchsvolle Aufgabe, die er aber, so wie er mir versicherte, zu seiner Zufriedenheit gemeistert hatte. Er habe all seine Kräfte einsetzen müssen, um die Knochen, die durch den Sturz zum Teil ineinandergeschoben worden waren, wieder einigermaßen zurechtzurücken. Das war vermutlich das Problem, das die Chirurgin bei der ersten OP hatte. Sie hatte einfach nicht genügend Kraft.

Erstaunt war ich, als schon am nächsten Tag eine Physiotherapeutin neben meinem Bett auftauchte und die ersten Bewegungsübungen mit mir durchführte. Warum hatte man nach dem ersten Eingriff darauf verzichtet, fragte ich mich. Die Dame nahm mich täglich hart ran, wofür ich sie im Moment der Sitzungen verwünschte. Ich hatte aber das Gefühl, dass sie einen guten Job machte und wusste, was sie tat.

Nach den zehn Tagen durfte ich dann endlich das Krankenhaus verlassen und freute mich vor allem auf meine Hunde, auf die ich so lange hatte verzichten müssen. Meine Frau hatte mich ja regelmäßig besucht. Euphorisch stürmte ich ins Haus und fand Franz auf seinem Bett liegend, der mich kaum eines Blickes würdigte. Das war aber eine tolle Wiedersehensfreude. Wahrscheinlich dachten sie, ich wäre im Urlaub, oder hatten einfach kein Zeitgefühl und die Dauer meiner Abwesenheit nicht einschätzen können. Es dauerte tatsächlich noch geschlagene drei Wochen, bis ich wieder für die Schule einsatzbereit war.

Kurz vor meiner Rückkehr hatte ich ein überaus angenehmes Gespräch mit meinem Schulleiter, der mir leider mitteilen musste, dass die bisherige Vertretung die erste Klasse weiterführen würde. Er wollte der

Klasse nicht nochmals einen Lehrerwechsel zumuten. Das Wort „leider" klang in meinen Ohren wie „Gott sei Dank". Ich hatte doch tatsächlich die Minimenschen dank meiner Hunde von der Backe. Er konnte mich für das weitere Schuljahr nur noch als Krankheitsvertretung einsetzen. Es war mir egal. Besser als zurück in die erste Klasse, dachte ich bei mir.

Trotz allem hielt sich die Freude in Grenzen, war ich doch schon deutlich eingeschränkt, was die Wahrnehmung meiner selbst betraf. Ich musste mir eingestehen, dass ich schon seit einiger Zeit medikamentenabhängig war. Ich lechzte nur so nach dem Morphiumpräparat Oxycodon. Meine Frau hatte die Anzeichen schon längst erkannt. Mit dem Konsum von Alkohol waren die Wirkungen der Präparate nicht mehr zu steuern. Und dazu das große Nichtstun. Das schlug natürlich negativ auf meine Psyche. Ein Teufelskreis. Nachts würde ich halluzinieren und toben, behauptete sie felsenfest. Was sie erzählte, war zunächst erst einmal witzig. Ich würde des Nachts Luftgitarre spielen oder verwirrt durchs Haus irren, um für meine Schwester und ihren Mann den Wecker zu stellen, um irgendeinen Film im Fernsehen in der Frühe für sie aufzunehmen. Das konnte doch nicht ihr ernst sein, dachte ich.

Als sich die unglaublichen und schon mehr als peinlichen Geschichten von meinen Entgleisungen weiter hochschaukelten, ich glaubte ihr mittlerweile, nahm ich das Problem zwar wahr, war aber immer noch gefangen in diesem inneren Verlangen, die Medikamente einzunehmen. Weg von den Schmerzen mit Hilfe von Drogen und dann noch in Wechselwirkung mit dem Alkohol. Ein Desaster. Ich würde behaupten, dass dies kaum eine Frau über einen längeren Zeitraum ertragen hätte und längst über alle Berge gewesen wäre. Doch meine Frau ist stark und hält bis zum heutigen Tag zu mir.

Ich hatte also meine neue Aufgabe als Vertretungskraft aufgenommen und ging jeden Morgen gespannt den Weg zum „schwarzen Brett", auf dem die Vertretungspläne für den jeweiligen Tag hingen. War es vor Jahren noch der Horror, diesen Marsch einzuschlagen, hatte ich mittlerweile die Gelassenheit für mich entdeckt. Ich betrachtete die zu vertretenden Stunden nicht mehr als Angriff auf meine Lehrerpersönlichkeit, sondern absolvierte die Stunden unter dem Motto „ich bin ja nur die Vertretung".

In jener Zeit hatte ich mir ein neues Zeit- und Vorbereitungsmanagement zugelegt. Zuhause hatte sich über die Jahre ein enormer Fundus an Unterrichtsmaterialien angesammelt, den ich zu ordnen begann. Ich erstellte eine Mappe mit dutzenden Arbeitsblättern, die ich, wenn ich keine Materialien der erkrankten Lehrer vorfand, in allen Altersstufen einsetzen konnte. Nicht viel, aber immerhin gut genug, um die Schüler zu beschäftigen. Natürlich setzte ich auch Filme ein, warum nicht? Wieso sollte ich in einer zweiten Klasse den Kindern nicht „Charlie und die Schokoladenfabrik" zeigen. Ein herrlicher Film und zudem auf eine Doppelstunde ausgelegt. Perfekt. Es konnte sein, dass ich mir einen Schlüssel für die Sporthalle von meinem Kollegen auslieh. Ich war für die Kids der Held, wenn ich als Vertretung für das Fach Mathematik aufkreuzte und die Anweisung gab „Sachen packen, auf in die Sporthalle! Habt ihr Lust auf Völkerball?" Dem darauf folgenden Gekreische konnte ich entnehmen, nicht ganz falsch zu liegen.

23
Zurück als Klassenlehrer

Es kamen natürlich auch wieder die Einbrüche und Zweifel. Warum sitze ich hier überhaupt? Was tue ich eigentlich? Ist es das, was ich mir erträumt habe? War es das? Ich hatte mal wieder keine Ahnung. Vielleicht machte ich mir zu viele Gedanken über meinen Job. Andere kotzten ganz anders ab als ich. Ich beschwerte mich auch, aber eher außerhalb der Schule, zu Lasten meiner Frau. Doch bei den Kollegen empfand ich das große Gemeckere immer als eine Art sich künstlich aufzuregen. Keiner meiner Kollegen hat übrigens irgendeine Konsequenz aufgrund ihrer vermeintlichen Unzufriedenheit gezogen. Sie sind immer noch brav in ihrem Job, kotzen ab, aber machen genauso weiter wie bisher. Entweder ist ihr Leidensdruck noch nicht groß genug oder sie haben überhaupt keinen. Wenn ich dann noch hören muss „ich könnte mir das mit meiner Familie nicht leisten", dann frage ich mich, warum sie dann überhaupt abkotzen. Ist doch alles in Ordnung und das Schmerzensgeld scheint gut genug zu sein.

Ich murkste mich also so durch das Schuljahr mit der Aussicht, im nächsten Jahr einen Job als Klassenlehrer einer dritten Klasse zu bekommen. Diesen trat ich dann auch im September an. Ganz wohl war mir bei der Sache zunächst nicht, obwohl ich schon drei Durchgänge von Klasse drei und vier hinter mir hatte. Materialien hatte ich zur Genüge, so dass die Unterrichtsvorbereitungen nicht das Problem waren. Es war einmal mehr reine Kopfsache. Ich musste wieder Verantwortung übernehmen und die bevorstehenden Elternabende, Konferenzen und Elterngespräche belasteten mich immens. Die neue Klasse war, wie sich herausstellen sollte, eine recht leistungsstarke Truppe, mit wenigen Ausnahmen. Wie so oft saß auch das eine oder andere Früchtchen drin, mit dem ich sicherlich noch aneinandergeraten würde. Aber vor allem waren es wieder einmal bestimmte Eltern, die mir im Laufe des Schuljahres gehörig auf den Wecker gehen sollten. Bereits am zweiten Tag kamen die ersten Beschwerden.

Die Schüler erwarteten mich vor dem Klassenzimmer, um wie ein wilder Haufen ins Zimmer zu platzen. Es sah wie während eines Wettkampfes aus, jeder wollte sich den besten Platz sichern. Die einen wollten partout ganz vorne sitzen, andere machten es sich deutlich gemütlicher in den hinteren Regionen bequem. Schnell war klar, dass die Sitzordnung so auf Dauer keinen Sinn machte. In der ersten Reihe saß zum Beispiel der größte Junge der Klasse. Weiter hinten entdeckte ich die zwei Kleinsten, einer davon auch noch Brillenträger. Als sich ein drittes Kind mit Brille zu Wort meldete, er könne meine Schrift an der Tafel nicht lesen, musste ich umdisponieren. Die Brillenträger von kleinem Wuchs hatten auf meine Anweisung hin die Plätze mit den Großen zu tauschen. Eigentlich nichts Außergewöhnliches und dazu noch sinnvoll, dachte ich mir. Der Junge, der von mir nach hinten verbannt worden war, sah das aber anders und fing sofort an zu heulen. Das konnte doch nicht wahr sein. Fing der ganze Scheiß von neuem an, hatte man mir im Geheimen eine erste Klasse untergejubelt? Ich musste an die Vernunft der Kinder appellieren und schloss eine Änderung der Sitzordnung für die Zeit nach den Herbstferien nicht aus. Nach diesem ersten Drama konnte ich die Kinder, die sich wieder beruhigt hatten, endlich nach Hause schicken.

Natürlich erzählten die Betroffenen daheim ihren Eltern, die ihrer Meinung nach verübten Ungerechtigkeiten. Nach Berichten einer Mutter Jahre später wurde sie schon eine Stunde nach Unterrichtsschluss telefonisch kontaktiert. Ihr Sohn habe ihrem Kind den Platz in der ersten Reihe weggenommen, obwohl ihr Junge zuerst dort gesessen sei. Aus solch nichtigen Anlässen gehen unter den Alten oft die größten Feindschaften hervor. Auch in diesem Fall gehörte ab sofort das zuvor als gut zu bezeichnende Verhältnis der ehemals befreundeten Mütter der Vergangenheit an. Für mich unbegreiflich, wie kindisch erwachsene Menschen reagieren können, wenn es um das vermeintliche Recht der Kinder geht.

Am nächsten Morgen vor dem Unterricht, wurde ich doch tatsächlich deswegen sogar noch vor dem Lehrerzimmer abgefangen. Mir wurde von selbiger Mutter ordentlich die Meinung gegeigt und das ihr Sohn sich doch so vieles für das neue Schuljahr vorgenommen habe. Musste er deswegen in der ersten Reihe sitzen? Ihrer Meinung nach ja. Da wir die Sachlage in dieser kurzen Zeit aber nicht klären konnten, verabschiedete ich mich genervt ins Lehrerzimmer (in wenigen Minuten begann immerhin der Unterricht), wo auch gleich schon die ersten bissigen Bemerkungen auf mich einschlugen.

„Warsch mol widdor z`schdreng?“ witzelte einer, der unser Gespräch im Vorbeilaufen zum Teil mitbekommen hatte.

„Du musst die Kinder da abholen, wo sie stehen!“, kam es prompt von dem anderen Witzbold.

Ich war fürs erste bedient, kopierte die restlichen Arbeitsblätter für den Unterricht und verschwand in meine Klasse. Ich fragte mich abermals, weshalb ich immer so überpünktlich in der Schule auftauchte, wenn ich die Zeit nicht für die Vorbereitung des Unterricht nutzen konnte. Wofür gab es eigentlich eine Sprechstunde? Man könnte es auch mit dem Schriftverkehr versuchen, den aber die meisten als zu arbeitsaufwendig ansehen.

Nach nicht allzu langer Zeit fiel mir ein Knabe speziell unangenehm auf. Ein Kind mit roten Haaren, das für sich stets den eigenen Vorteil herausziehen wollte, dies aber meist etwas ungeschickt anzustellen pflegte. Kein besonders begabter Schüler, aber keine Niete. Mit seinen Eltern sollte ich noch zu einem späteren Zeitpunkt aufs Übelste zusammenrumpeln. Die Mutter, so hatte es den Anschein, überschätzte ihren Filius jedoch in seiner Begabung. Anfangs war sie mir gegenüber zuvorkommend und fast schon devot. Mit der Zeit hatte ich aber ihre Masche durchschaut. Den Vater lernte ich Gott sei Dank erst später kennen.

Dieser Junge hatte zum Beispiel die Angewohnheit im Sportunterricht das Regelwerk bestimmter Spiele für sich zu ändern. Wenn er beim Völkerball deutlich getroffen wurde, signalisierte er sofort, dass dies nicht der Fall war, und es entstanden regelmäßig nervige Diskussionen. Bei Fangspielen war es das Gleiche. Er verwies immer darauf, dass nur sein T-Shirt berührt worden sei. So etwas kann ich ums Verrecken nicht ausstehen.

Während des Unterrichts bemerkte ich, dass er ständig seinem Vordermann leicht gegen den Stuhl trat. Dieser beschwerte sich mehrmals, bevor er in Tränen ausbrach. Als ich den vermeintlich Schuldigen darauf ansprach, stritt er es wieder einmal vehement ab, was ich schon frech fand, hatte ich ihn doch über einen längeren Zeitraum dabei beobachtet. Immer wenn ich ihn zur Rede stellte, hatte er eine Ausrede parat. Manchmal gab er seine Tat zu, weil sie einfach zu offensichtlich war, holte aber sofort zum Gegenschlag aus und erfand irgendwelche abstrusen Dinge, um seine Gegenüber in schlechtem Licht dastehen zu lassen. Ich konnte auf dieser Ebene im Laufe des Schuljahres bei ihm leider keine positive Charaktereigenschaft erkennen, was sich auf die Beurteilung in der Sozialkompetenz auswirken sollte. Was er konnte, waren Abhandlungen auswendig zu lernen. Beispielsweise die Grundrechenarten. Ich hatte das Gefühl, dass er regelrecht darauf trainiert war, diese Dinge mechanisch nach „Schema F" herunter zu reißen. Verpackte ich aber die gleichen rechnerischen Abläufe in anspruchsvollere Sachaufgaben, war es vorbei. „Ich blick des nedd", musste ich mir dann oft anhören.

Der andere Spezialist war ein arrogantes Bürschchen aus akademischem Hause. Einer, der gern hausieren ging mit seiner Allgemeinbildung. Doch leider bildete er sich zu viel ein, denn wenn es ins Detail ging, musste er meist die Segel streichen. Er war der Junge, dem die Knobelaufgaben in Mathe überhaupt nicht schmeckten und der regelmäßig während der Klassenarbeiten ins Weinerliche hinüberglitt. Ein Häufchen Elend, der wegen einer keinesfalls unlösbaren Aufgabe einen solchen Aufstand machte. Befreien konnte ich ihn nicht von dieser Tortur, doch hätte er ein bisschen seine Birne eingeschaltet, anstatt sich aufs Flennen zu konzentrieren, so hätte er den einen oder anderen Punkt sicher mitnehmen können.

Ein anderer Junge war auch sehr speziell. Er hatte sich freiwillig in die letzte Reihe des Klassenzimmers zurückgezogen und genoss die Abgeschiedenheit, um von hinten Quatsch zu machen. Er war zwar ein Kasper, aber wahrscheinlich der begabteste Schüler der Klasse. Seine schriftlichen Ausführungen waren die eines typischen Jungen. Schnell hingekritzelt und auf ein Minimum reduziert, aber dafür umso aussagekräftiger.

Die Mädchen beschränkten sich, wie so oft, auf die Rolle der stillen Beobachterinnen. Bis auf eines. Sie war einfach nur schrecklich. Ein türkisches Mädchen, das ums Verrecken ihren Mund nicht halten konnte. Sie machte ständig Probleme, da sie grundsätzlich ein falsches Spiel mit allen trieb. Ein durchtriebenes Miststück, und das in diesem Alter. Sie log, dass sich die Balken bogen, und versuchte, andere gegeneinander auszuspielen, um selbst in einem besseren Licht dazustehen. Ein wirklich unangenehmes Mädchen, mit dem ich tagtäglich zu kämpfen hatte. Wäre sie doch nur nicht in meiner Klasse wünschte ich mir von ganzen Herzen und haderte mal wieder, warum es gerade mich so hart getroffen hatte. Trotz allem versuchte ich alle so zu akzeptieren, wie sie waren. In keiner Klasse wird es nur Engel geben, und wenn, wäre es dann vielleicht sogar langweilig? Und ich könnte keine Geschichten mehr erzählen, geschweige denn, mich über irgendetwas aufregen.

Es gab auch die braven Kinder. Diejenigen, die nicht auffielen, zum Beispiel die kleinen Jungs, die in der ersten Reihe saßen. Einer kam mir dabei etwas seltsam vor. Ein schwächlich wirkendes Bürschchen mit fahler Gesichtsfarbe und einer grünen Brille. Er erledigte seine Hausaufgaben aufs Peinlichste genau und sein Schriftbild glich dem eines Mädchens. Solche Schüler waren mir immer noch lieber als irgendwelche Stinkstiefel oder linke Ratten, die nie ihren Mund halten konnten.

Der Junge war ein Phänomen. Er interessierte sich nicht im Geringsten für Dinge, die den meisten Jungs in seinem Alter wichtig waren. Fußball, Sport, irgendwelche Sticker oder was auch immer. Er war stets fokussiert auf den Unterricht und hakte sofort nach, wenn er etwas nicht verstanden hatte. Das überraschte und freute mich gleichermaßen, dass ein Schüler die Zusammenhänge ergründen wollte. Dieses Kerlchen steigerte seine schulischen Leistungen von Monat zu Monat, und zwar aus dem eigenen Bestreben heraus, es immer besser machen zu wollen. So etwas hatte ich bisher nur selten erfahren.

Die Mädchen liefen nebenher. Strebsam und brav holten sie sich ihre guten Noten ab und es war für mich schon früh klar, in welche Richtung der weiterführenden Schulen es für sie gehen würde. Auffallend war deren Schüchternheit. Wenn es aber zu einer Gruppenpräsentation kam, konnten sie explodieren. Sie wussten genau, um was es ging, bereiteten sich akribisch vor, und als Mädchengruppe präsentierten sie meist auch das ansehnlichste Plakat. Ihre „Projektleiterin", ein großes, schlankes Mädchen, trat für mich unerwartet selbstbewusst und ohne Scheu auf. Eine ganz neue Erfahrung für mich, sie einmal so zu erleben. Sie hatte alle Texte auswendig gelernt und machte ihre Sache perfekt. Die anderen standen zwar in ihrem Schatten, doch die Gesamtleistung war beeindruckend. Sie bekamen von mir eine glatte Eins.

Der Schulalltag lief zwar soweit, trotz allem hatte ich immer noch das große Problem mit den Schmerzen und den Medikamenten, die ich mir dagegen verschreiben ließ. Morgens empfand ich die Wirkung noch als angenehm, leicht betäubt, es ging ja zur Schule. Abends wirkten sie aber zunehmend kontraproduktiv, nahezu destruktiv. Ich fühlte mich antriebslos, hatte keinen Appetit und heulte meiner Frau vor, wie furchtbar der Tag war. Nicht gut. Immerhin arbeitete sie in Vollzeit und hatte auch einige Päckchen zu verarbeiten.

Es fehlte mir etwas, was mir in all den Jahren Kraft und Ausgleich gegeben hatte. Das Laufen. Es war damals einfach weggebrochen. Ich hatte Verletzungsprobleme und war nie mehr wieder in die Gänge gekommen. Andere Sportarten, die mir ans Herz gelegt wurden, interessierten mich nicht wirklich. Schwimmen? Ich beherrschte es zwar und wäre bestimmt kein schlechter Schwimmer, wenn ich es trainieren würde, aber ich hatte dazu einfach keinen Bock. Radfahren? Nicht die schlechteste Alternative. Schon immer bin ich gern Rad gefahren, absolvierte sogar einmal einen Triathlon und fuhr die 35 Kilometer lange Fahrradstrecke in genau einer Stunde. Selbst mein Fahrradcomputer zeigte eine Durchschnittsgeschwindigkeit von 35,0 km/h an. Nicht schlecht. Trotz allem beschränkte sich das Rad fahren immer nur auf die Schönwetterperioden, danach war es mir einfach zu unwirtlich geworden. Rennen ja, Rad fahren jein. Doch Laufen konnte ich ja nicht mehr. Ich denke, dass die Tatsache, dass ich nicht mehr in den heimischen Wäldern joggen konnte, ganz signifikant meine Probleme mit befeuert hatten. Und das schleichend schon seit mittlerweile sieben Jahren.

Die langen Lesenächte hatte ich bislang noch abwehren können, weil sie von den Eltern nicht wirklich eingefordert wurden, um den obligatorischen Jahresausflug kam ich aber nicht herum, was in Ordnung war. Meine Kollegin, eine Frau, die ich immer mehr zu schätzen wusste, weil sie ähnlich tickte wie ich, war über Jahre hinweg eine angenehme Partnerin für diese Vorhaben. Sie pflegte wie ich einen eher klassischen Unterrichtsstil ohne großes Theater, was mir gefiel. Wir waren auf einer Wellenlänge und ich konnte mit ihr genau das praktizieren, was uns beiden wichtig war. Wir sprachen uns ab, aber im Grunde machte jeder sein Ding. Wir hatten nicht viel übrig dafür, stundenlang Konzepte und Unterrichtseinheiten zu entwickeln, dieselben Arbeitsblätter auszugeben oder identische Klassenarbeiten zu schreiben, nur dass die Eltern wieder vergleichen konnten. „Warum ist der Schnitt der Mathearbeit in der 4a besser als in der 4b?". Ich hasste diese Art von Vergleichen. Das machte es für mich um einiges leichter, mit ihr zusammenzuarbeiten.

Unsere Abschlussfahrt ging nach Schwäbisch Gmünd zur Landesgartenschau. Wir hatten ein Bilderbuchwetter mit fast schon abnormen Temperaturen von über dreißig Grad. Alles verlief, wie wir uns das vorgestellt hatten und verließen das Gelände, um uns auf einem herrlich im Schatten liegenden Spielplatz die letzten zwei Stunden bis zur Heimfahrt um die Ohren zu schlagen. Die Kinder konnten spielen, durften sich in einer angrenzenden Eisdiele ein Eis holen und ich genoss einfach nur die Ruhe. Die Schüler beschäftigten sich ja selbst miteinander. Es hätte so friedlich enden können, bis ich zu einem Tumult hinzugerufen wurde. Mein Spezialfreund hatte, laut Aussagen der aufgeregten Kinder, etwas verbrochen. An einem Karussell hatte sich ein Knäul von Schülern gebildet. Ich musste alle Kraft aufbringen, die Situation zu entschärfen.

Ein heulendes Kind, ein mit hochrotem Kopf sich verteidigender Junge, und zwei Lager, die aufeinander einschrien. Mit einem kurzen Brüller beendete ich die unsägliche Diskussion, und musste fortan als Kommissar auftreten. Was war geschehen? Dem weinenden Jungen, der immer noch völlig verzweifelt dastand, ein Häuflein Elend, war die Brille vom Kopf geschlagen worden. Ob aus Versehen oder absichtlich war zunächst nicht klar. Ich hätte mich auch nie auf irgendeine Seite geschlagen, denn wem hätte ich glauben sollen? Ich bin weder Staatsanwalt noch Richter. Nach ersten Ermittlungen und Befragungen kam ich zu dem Schluss, dass der rothaarige Junge mit großer Wahrscheinlichkeit der Täter sein musste, aber bestimmt nur im Eifer des Spiels; so etwas passiert schon mal. Ansonsten war nichts weiter geschehen. Keine Verletzung, kein weiteres Gejammer, nur diese Brille, die zu Bruch gegangen war.

Dafür wurde zu Beginn eines jeden Schuljahres eine Versicherung für solche Fälle abgeschlossen. Und Achtung: Die Versicherung kostet die Eltern pro Kind und Schuljahr einen Euro. Ein Witz.

Am nächsten Tag unterrichtete ich die Eltern des mutmaßlichen Täters telefonisch. Diese waren durch die Mutter des nun brillenlosen Jungens von dem Zwischenfall bereits informiert worden. Im Nachhinein ein Fehler meinerseits, zwischen beiden Parteien vermitteln zu wollen. Was ich mir anhören musste, war das Gleiche, das der Junge immer abfeuerte, nachdem er seine Mitschüler gegängelt hatte. Sie hatte überhaupt kein Einsehen, dass sie für den Schaden aufzukommen hatten.

„Ganz einfach. Weil ihr Sohn ihn im Gesicht getroffen hat und dadurch die Brille zu Bruch gegangen ist", so meine sachliche Bemerkung bezüglich des Hergangs, der immer so passieren kann. Sie holte weiter aus und benannte Zeugen aus der Klasse, die die ganze Geschichte anders gesehen hätten. Darauf wollte ich mich dann wirklich nicht mehr einlassen und schnitt ihr das Wort ab. Ich verwies darauf, dass hier ein Versicherungsfall vorliegen würde, der während der Schulzeit passiert war. Sie hatte doch den einen Euro bezahlt. Sie hätten nichts bezahlen müssen. Und die ganze Geschichte wäre passe gewesen. Der Aufwand war so oder so an mir hängengeblieben, da ich als Klassenlehrer den Bericht für die Versicherung schreiben musste. Doch die Dame gab nicht klein bei, erwartete sogar noch von der Gegenseite, sich für ein klärendes Gespräch zu stellen. Mit den Eltern der Gegenpartei redete ich ebenfalls. Er Arzt und sie Juristin. In Anbetracht der Konstellation gab ich den Eltern den folgenden Rat:

„Die Brille ist zwar kaputt, aber bitte tun sie sich es nicht an, über diesen Fall mit Frau X, von Angesicht zu Angesicht zu sprechen."

„Wieso?", wollte die Mutter wissen.

„Weil es keinen Wert hat und die Frau immer Recht haben will. Es würde sie nur aufregen."

Meines Wissens hatten sie den Weg der Vernunft gewählt. Auch wenn die neue Brille zweihundert Euro gekostet hatte, die Familie ist garantiert mit weniger Ärger davongekommen. Hätte sie die andere Variante gewählt, hätten sie sich durch ätzende Monologe hindurchquälen müssen, an deren Ende die gleiche Nummer gestanden wäre. Mich betraf die ganze Sache ja zum Glück nur am Rande, bis auf das lästige Telefonat. Doch sollte ich auch noch mein Fett abbekommen.

Zuhause bestimmte weiterhin die Schule die Vielzahl der Gespräche. Meine Frau musste viel auffangen und zusammen mit mir verarbeiten. Ich weiß, dass sie oft von mir und den leidigen, ständig sich wiederholendem Geheule genervt war, und das zu Recht. Sie hatte sich aber für einen Lehrer entschieden, der unter steten Stimmungsschwankungen und Selbstzweifeln zu leiden hatte.

Mittlerweile ging es schon so weit, dass ich einen Horror davor hatte, morgens das Schulhaus zu betreten. Nicht weil ich vielleicht

Angst vor dem Tag gehabt hätte, sondern weil ich mittlerweile so gegen den morgendlichen Lärm empfindlich geworden war, dass ich mich schon mit dem Tritt über die Türschwelle des Schuleingangs schwer tat. Das nervige Gebrüll der Kinder und Jugendlichen brachte mich innerlich in Rage. Am liebsten hätte ich den nächstbesten am Kragen gepackt. Warum mussten die Idioten immer so rumbrüllen? Konnte man sich nicht auf einem anderen Lärmpegel treffen?

Irgendwann holte ich zum Gegenschlag aus. Wie gesagt hatte es in mir schon seit längerem gebrodelt. Ich fühlte mich wie ein Vulkan, der unkontrolliert vor sich hin köchelt und Gefahr läuft, auszubrechen. Auf dem Gang kamen mir zwei Jungs entgegen, die es sich zum Spaß machten, grundlos herumzubrüllen, dass es einem in den Ohren wehtat. Als sie auf gleicher Höhe mit mir waren, konnte ich einfach nicht anders.

„Ich kann auch schreien!“, brüllte ich die beiden an, und zwar in einer Lautstärke, die die ihrige um einiges überschritt. Sichtlich geschockt glotzten sie mich an. Wortlos ging ich an ihnen vorüber. Innerhalb der Fluchtburg des Lehrerzimmers konnte ich wieder einigermaßen abschalten, erlitt aber des Öfteren Panikattacken gefolgt von Schweißausbrüchen, die ich aber in meiner nach außen ruhigen Art vor allen geheim halten konnte.

Meine bisherige Devise, mit dem Klingelton mich zu erheben und als einer der ersten den Weg in die Klasse zu suchen, warf ich irgendwann über den Haufen. Ich war zwar immer noch pünktlich, doch der innere Drang, den Klassenraum wieder zeitig zu verlassen und überfüllte Schulgänge zu meiden, wuchs von Woche zu Woche. Stillarbeiten nutzte ich dazu, Toilettengänge zu absolvieren, Arbeitsblätter zu kopieren und dergleichen. Ich war nie länger fort, meist nur wenige Minuten, doch hatte ich den Zwang, raus aus der Klasse zu müssen. Die verwaisten Gänge waren fast schon ein Genuss. Eben diese, die mir während der Pausen wiederum so verhasst waren.

In den Zeiten der Besinnung lief mir regelmäßig unser Hausmeister nebst seiner Frau über den Weg. Wie würde ich sie beschreiben? Ich hatte ja schon viele Hausmeister erlebt und nicht immer die besten Erfahrungen mit ihnen gemacht. Unser Meister des Hauses war jedoch ein Mann, dem ich schon nach unserer ersten Begegnung attestieren konnte, dass ich ihn nicht in die Kategorie „Arschloch“ einordnete. Ein ruhiger und freundlicher Bursche, der Nerven wie Stahl zu besitzen schien. Durchaus gute Eigenschaften bei dem ganzen Schulalltagschaos. Ich wusste natürlich, was auf die Hausmeister alles einprasselte, wie zum Beispiel „kannst du noch die Tische reinräumen, wir bräuchten noch die neuen Vorhänge und die Lampe des Tagelichtprojektors funktioniert nicht mehr. Außerdem sind die Stühle nicht groß genug. Wir brauchen noch vier Stück. Die zwei hier kannst du gleich mitnehmen."

Als Außenstehender empfand ich manche Forderungen in Ordnung, andere dagegen als überzogen. In der letzten Woche des Schuljahres ging es immer darum, das Zimmer auszuräumen, Tische und Stühle dorthin zu stellen, wo es Sinn machte, damit notwendige oder sonstige Malerarbeiten vonstattengehen konnten. Und es betraf alle Klassen im Schulhaus. Selbst wenn ich keine Helfer zur Hand gehabt hätte, diese Dinge muss dann doch nicht alle der Hausmeister erledigen. Ein paar Tische in die Mitte des Klassenzimmers ziehen, die Stühle stapeln und das war's. Eine halbe Stunde, die am Ende des Schuljahres keinem schadete. Ich zählte es für mich zu meinen Aufgaben. Außerdem kann man den Hausmeister, und wenn auch nur in kleinem Rahmen, unterstützen, reißt er sich doch sonst das ganze Jahr den Arsch für Schüler, Lehrer und sonstige Leute auf.

Seine Frau war speziell. Sie konnte so aufbrausend und laut sein. Ich dachte immer „gut, dass sie so einen ausgeglichenen und ruhenden Pol als Mann hat." Sie konnte so unglaublich aufgedreht sein. Ich erlebte sie aber auch bedrückt und in sich gekehrt, ganz weich. Das war die andere Seite von ihr. Ich mag sie, weil sie ehrlich und authentisch ist, irgendwelche Missstände knallhart und in einer Art äußert, die ich zwar nicht immer als diplomatisch empfinde, aber frei von der Leber daherkommen.

Oft schmierte ich mir mein Brötchen im Verkaufsstand oder kaufte mir eine Brezel, und es kam regelmäßig zu Gesprächen, die zum Teil ganz tief gingen. Ich erfuhr Dinge, von denen ich behaupten mag, dass sonst nur wenige bis gar keine Kollegen davon Kenntnis hatten. Sie fragte auch immer nach meinen Eltern. Im Kollegium interessierte das niemanden. Jeder machte sein Ding und hatte bestimmt seine eigenen Probleme. Meiner Hausmeisterin war es aber anscheinend wichtig, nachzufragen. Sie war besorgt, nachdem mein Vater mit Herzproblemen ins Krankenhaus eingeliefert wurde, oder meine Mutter vom Fahrrad gestürzt war. Selbst die Zeit, in der mein Schwiegervater schwer krank in der Klinik lag, ließ sie nicht kalt. Wir quatschten immer wieder darüber und es tat ihr alles leid. Wie gesagt eine spezielle Frau, aber ein sehr empathischer Mensch. Diese Gespräche gehören für mich bis zum heutigen Tag zu den schönen und ganz besonderen Momenten während meiner ganzen Schullaufbahn. Sie waren nur für mich bestimmt. In diesen Augenblicken wünschte ich der Schule den einen oder anderen Tag ohne Hausmeister. Dann könnten Kinder wie Lehrer am besten gleich zuhause bleiben und der Schulalltag kann abgehakt werden.

Ich denke, dass Hausmeister nie die richtige Wertschätzung bekommen haben, geschweige denn, dass es sich auf dem Lohnzettel bemerkbar macht. Unserem Hausmeisterehepaar muss ich hier aber das Kompliment machen, dass sie perfekt harmonieren und freiwillig mehr tun, als sie müssen. Es freut mich immer wieder, wenn ich heute mit meinem Vater und den Hunden an der Schule vorbeischleiche, und die zwei mir zuwinken oder aus dem Fenster rufen. Ich weiß nicht, ob die Lehrer sich überhaupt im Klaren sind, auf was für Kräfte sie sich verlassen können.

24
Ärger über Ärger

Ein weiteres heikles Thema betraf die Grundschulempfehlung, die es zwar noch gibt, aber nicht mehr bindend für die Eltern ist. Ein Witz. Meiner Meinung nach sollten sie es sein, das heißt, die Lehrkraft, die das Kind über zwei Jahre begleitet hat, die alle Leistungen und eine Perspektive für die weitere Schullaufbahn einschätzen kann. Außerdem kommt es im Verlauf des Schuljahres sowieso immer wieder zu Gesprächen, bei denen man sich bezüglich des Leistungsstands austauscht. Doch leider waren in meiner Klasse manche Eltern beratungsresistent, was die Leistung ihres Kindes anging. Mir ist es egal, ob ein Kind, dem ich eine Gemeinschaftsschulempfehlung gebe, dann doch in der Realschule oder im Gymnasium landet, bloß weil die Eltern eine andere Auffassung haben. Deswegen fort mit dieser leidigen Empfehlung, die nur zeitaufwendig ist und manche Eltern nicht interessiert. Die wissen nämlich schon vor dem Gespräch, wo der Weg ihres Kindes hinführen soll. Oft gab es dann aber im darauf folgenden Jahr den Weg zurück zu uns. Die Eltern hatten ihre Kinder völlig überfordert. Ich konnte nur den Kopf schütteln und war wieder einmal bestätigt, dass Lehrer keine Idioten sind und sehr wohl die Leistungen des Schülers einschätzen können und das Beste für sie anzustreben versuchen. Die zurückgekehrten Schüler konnte ich nur bedauern. Hätte man ihnen diesen ganzen Spießrutenlauf nicht ersparen können?

Ach war mir die Familie, die mit mir mittlerweile schon fast auf Kriegsfuß stand, lästig. Nicht nur die Tatsache, dass ich regelmäßig in der Schule aufgesucht wurde, um Probleme aus dem Weg zu räumen, an denen immer andere schuld gewesen sein sollten, ging mir auf die Nerven. Ich musste zudem auch bei den kleinsten Vorfällen mit Briefverkehr oder einem privaten Telefonanruf rechnen. Doch ich stellte mich tapfer den Gesprächen und wollte so gut es ging vermitteln. Es endete meist wie beim berühmten Hornberger Schießen. Ich hörte zu, machte Vorschläge, und am Ende kam wieder einmal nichts dabei heraus. Immer beharrte sie auf ihrer Meinung und Sichtweise. Auf Stunden hatten sich diese lästigen Gespräche bereits summiert. Regelmäßig sollte ich sie auch noch telefonisch kontaktieren. Das schmeckte mir überhaupt nicht, und nervte. Hinzu kamen die schriftlichen Kommentare auf den Klassenarbeiten, wie zum Beispiel „wieso bekommt er nur die Hälfte der Punkte, wenn doch das Ergebnis stimmt?", oder „mein Sohn hat gesagt, dass sie es so in der Klassenarbeit haben möchten. So haben sie es ihm beigebracht."

Ich musste mich ständig rechtfertigen. Ob das Ergebnis richtig oder falsch war, war mir zunächst vollkommen egal. Ich wollte die Rechenwege sehen, aus denen sich die Lösung erschloss. Und dass ich etwas verlangt hätte, wie der Junge es seiner Mutter Glauben machen wollte, konnte niemals sein. Er hätte wahrscheinlich nur besser zuhören sollen, dann hätte er möglicherweise den korrekten Lösungsweg in Angriff genommen. Der Rest der Klasse hatte weitestgehend die richtige Lösung gefunden.

Und jetzt saß genau dieses Ehepaar vor mir. Ich ahnte schon, dass es zu einer unangenehmen Auseinandersetzung kommen sollte, hatte ich für den Burschen leider nur eine Empfehlung für die Gemeinschaftsschule in der Tasche. Ich fing also mit meinem Vortrag an, erläuterte die Noten und die Auffassungsgabe des Jungen, die leider nur begrenzt war, was der Tatsache entsprach. Der Notendurchschnitt war für eine andere Empfehlung als die der Gemeinschaftsschule zu schlecht, so Leid es mir tat. Doch empfand ich dies nicht als Strafe für das Kind, vielmehr war es sinnvoll, den Jungen in Zukunft nicht zu überfordern.

Die Gegenseite hatte dazu natürlich eine völlig andere Meinung. Endlich ließen sie ihre Masken fallen und zeigten ihr wahres Gesicht. Es wurde auf das Feinste vom Leder gezogen. Es fing schon damit an, dass die Mutter mir vorwarf, zu schwere Arbeiten zu schreiben. Eine Frechheit, die ich aber, aufgrund der mir vorliegenden Notenliste, sofort entkräften konnte. Was sie denn gegen die Gemeinschaftsschule hätte, war meine Gegenfrage. Ich bekam nur ein zynisches Lächeln des Ehemannes zu Gesicht, der sich über die allgemeine Schulpolitik auf unterstem Niveau ausließ. Das konnte ich ja noch gelten lassen, dachte ich mir. Nicht jeder muss mit dem baden-württembergischen Schulsystem zufrieden sein, keine Frage, doch als er sich auch noch abfällig über unsere Schule äußerte, wurde es mir zu bunt. Sie wurden frech und argumentierten unsinnig. Das Übelste an Heuchelei war aber, dass die Mutter ihren Sohn aktiv mit ins Spiel brachte und auf die Tränendrüse drücken wollte. „Meinem Sohn ist ihre Meinung so wichtig. Er würde so gern von ihnen die Entscheidung für die Realschulempfehlung bekommen." Ich dachte, ich hör nicht Recht. Waren wir nun schon auf einem orientalischen Bazar angelangt, wo wir über Noten und Empfehlungen feilschten? Soweit ließ ich es natürlich nicht kommen und gab eine klare Stellungnahme ab. Mit mir war dieses verlogene Spiel nicht zu spielen. Nach einer halben Stunde hatte ich genug und erinnerte sie daran, dass die Empfehlung, die ich für ihren Sohn gegeben hatte, keineswegs als bindend anzusehen sei und sie ihn von mir aus auch im Gymnasium anmelden könnten. Meine durchaus zynische Bemerkung hatte gesessen, denn ich meinte zu erkennen, dass sie nun richtig sauer auf mich, die anderen Lehrer und überhaupt die Schule waren. War ich froh, als ich die Tür hinter ihnen schloss, nicht ohne noch einen angenehmen Tag zu wünschen. Von beiden kam nichts mehr. Ich denke, sie wünschten mir die Krätze an den Hals. Mir war es egal. Ich hatte meine Pflicht erfüllt und es nicht zugelassen, entgegen meiner Meinung eine falsche Empfehlung zu geben. Auf dieses Gespräch, das mich einige Nerven gekostet hat, hätte ich gern verzichtet.

Es gab aber auch andere Eltern. Zum einen die Einsichtigen und zum anderen die Unschlüssigen, aber ehrlich interessierten. Zu dieser Kategorie gehörten meines vorab schon erwähnten Schülers, der sich im Lauf der letzten eineinhalb Jahre immer besser entwickelt hatte. Sie kamen einmal pro Halbjahr, und zwar, was ich lobend erwähnen muss, im Doppelpack. Dieser Umstand ist ungewöhnlich, da die meisten Familien es mittlerweile nicht mehr für nötig halten, dass beide Eltern sich die Zeit nehmen, um mit dem Lehrer über das Kind zu reden. Dabei war es schon immer interessant, beide Seiten zu hören.

Diese Eltern jedoch, denen der Besuch wirklich wichtig war, quatschten nicht einfach so daher oder hatten es darauf abgesehen, mich zu manipulieren. Sie suchten Rat, weil ihnen nicht klar war, wohin die Reise des Sohnes hingehen sollte. Der Junge hatte gute Noten, gut genug für das Gymnasium. Doch waren sie sich einfach nicht sicher. Nach einigem Hin und Her kamen wir zu dem Schluss, dass er die Anforderungen für diese Schulart in Angriff nehmen sollte. Eine weise Entscheidung, denn heute ist der Knabe einer der Klassenbesten und besucht mittlerweile die neunte Klasse. So kann es dann auch gehen. Eltern, die dem Lehrer vertrauen, einen Rat suchen und diesen annehmen.

Der größte Witz sollte aber noch kommen. Am letzten Freitag vor den Sommerferien kommt es immer zum vorgezogenen „Weihnachtsfest“ für die Kinder. Die Zeugnisausgabe. Welche Noten hatte der Onkel Lehrer im Zeugnisheft notiert. Die leistungsstarken Schüler waren gespannt, aber nicht in Sorge, wussten sie doch, dass sie gute Zensuren vorfinden sollten. Den anderen ging der Arsch auf Grundeis. Jeder Schüler wurde von mir einzeln nach draußen zitiert, um das Zeugnis zu kommentieren, zu loben, aber auch um zu trösten. Denn nicht jedes Kind war damit glücklich. Es flossen etliche Tränen, die mir wehtaten, die ich aber nicht verhindern konnte. Schlussendlich gibt es eben diese Abrechnung, und zwar schwarz auf weiß.

Auch meinem Spezialfall gratulierte ich zum Endzeugnis der Grundschule und wünschte ihm alles Beste. Er war ja kein Versager, eher biederer Durchschnitt. Andere Kinder hatten schwerwiegendere Probleme, wovon dieser Bursche tatsächlich meilenweit entfernt war. Doch schon am folgenden Montag bat mich mein Chef zu sich ins Rektorat. Als er mir den Gesprächspartner nannte, mit dem er vor wenigen Minuten gesprochen hatte, ahnte ich schon, um was es gleich gehen würde. Familie X war sicher nicht mit der verbalen Beurteilung zufrieden, so mein Verdacht. Und dies war genau der Fall. Der Mann hatte sich schon vor Beginn der ersten Stunde telefonisch gemeldet und aufgebracht seinen Ärger kundgetan. Er würde rechtliche Schritte einleiten, wenn dieser eine Satz nicht gestrichen werden würde. Mein Chef hatte sich diesen Monolog eine Weile angehört, um ihn dann höflichst zu unterbrechen. Ich denke aber, dass er ihm ordentlich übers Maul gefahren war, so wie ich meinen Rektor kannte. Der Satz um den es ging, lautete: „Immer wieder kam es zu Konflikten mit seinen Mitschülern.“ Ich frage mich, was an diesem Satz so schlimm war. Schließlich hatte er im Laufe des Schuljahres einem Klassenkameraden die Brille vom Kopf geschlagen, Absicht hatte ich ihm nie unterstellt, einem anderen im Zoff die Uhr vom Handgelenk gerissen, und so manchen Mitschüler übel getriezt. Ich hätte eine noch ganz andere Beurteilung über diesen Burschen fällen können, beließ es aber bei meines Erachtens eher milden Worten. Ich warte bis heute noch auf die Anzeige dieses Schaumschlägers, bezüglich der von mir so gemeinen Verbalbeurteilung, niedergeschrieben und nachzulesen im Abschlusszeugnis der Grundschule seines Sohnes. Heute kann ich darüber lachen, damals hatte es mich aber viele Nerven und Nächte gekostet. Und wie meine Frau unter diesem Kleinkrieg, den ich tagtäglich mit nach Hause brachte, litt, war grenzwertig. Abende lang musste sie sich diesen Mist anhören, mir gut zureden, und selbst den Kopf schütteln. Ja ich wünschte dem Ehepaar, vor allem aber der Frau, die so hinterhältig und durchtrieben war, alles Erdenkliche an den Hals. Sie hatte für mich einen schlechten Charakter. Keine andere Begegnung hatte mich während meiner Schulzeit bisher mehr verärgert. Doch ich sollte tatsächlich noch eine Steigerung erleben.

Ich startete ins neue Schuljahr und war in der Schulgemeinschaft angekommen. Mir wurde erneut eine dritte Klasse übergeben, was grundsätzlich ein sinnvoller Gedanke war, hatte ich hier schon langjährige Erfahrung und die letzten zwei Jahre ohne große Probleme die Schüler an die weiterführenden Schulen übergeben.

Eine an sich nette Klasse, die aber wiederum einen Haken aufwies. Es kam die leidige Diskussion der Inklusion auf. Ein Thema, dem ich zunächst völlig unbedarft entgegengen trat. Schwieriger wurde es, als mir bewusst wurde, um wen es sich dabei in meiner Klasse handelte. Ein Mädchen mit einem Intelligenzquotient von gerade einmal 75. Unterirdisch. Zumindest nichts für eine Regelschule, so meine Meinung. Da der Vater ein beratungsresistenter Mensch war, war schnell klar, dass uns das Mädchen erhalten bleiben würde. Sie saß also in meinem Unterricht. Ein auf den ersten Blick süßes Kind, nur leider auf dem Stand einer Fünfjährigen. Sie hatte nicht den Hauch einer Chance, dem Unterrichtsgeschehen zu folgen, geschweige denn, dass sie die Hilfe und die Aufmerksamkeit bekommen konnte, die sie benötigt hätte. Ich war Klassenlehrer von 25 Kindern und hatte schon genug zu tun, Dinge doppelt und dreifach zu erklären. Wie um alles in der Welt, sollte ich mich noch um eine Schülerin kümmern, die auf dem Stand eines Kindergartenkindes war?

Ihr Zahlenverständnis ging kaum über die Zwanzig, lesen konnte sie so gut wie gar nicht und das Sozialverhalten ließ zu wünschen übrig. Das Problem war, dass diesem armen Kind schnell bewusst wurde, dass sie nicht mithalten konnte und damit begann, die Aufmerksamkeit auf sich zu ziehen. Es war nur furchtbar. Sie ließ sich zum Beispiel unvermittelt vom Stuhl fallen und begann zu lachen oder schreien. Sie konnte dem Unterricht zu keiner Zeit folgen und war leider zu dumm dafür.

Gespräche mit den Erziehungsberechtigten fruchteten von Anfang an nicht, egal was für Geschütze man auffuhr oder welcher Taktik man sich bediente. So viel Zeitaufwand ohne Ergebnis war frustrierend.

Es gab weitere Inklussionsschüler an unserer Schule, die unter anderen Problemen litten. Egal, ob Autismus oder körperliche Gebrechen, diese Kinder waren von der Intelligenz her auf einem Level, um dem Unterricht folgen zu können.

Ich hatte ein debiles Kind zu unterrichten, eigentlich nur zu hüten, Dank des sturen Vaters. Die Schülerin wäre in einer anderen Schule weit besser aufgehoben gewesen als bei uns. Es gab Phasen, in denen ich mich ausschließlich um dieses Kind kümmern musste. Dabei hatte ich den Unterrichtsstoff für die anderen vierundzwanzig zu vermitteln, um diesen und deren ehrgeizigen Eltern gerecht zu werden. Ich konnte mich bei Gott nicht noch mehr auf dieses Kind fokussieren, das nichts verstand und nur den Unterricht störte. Und genau an diesem Punkt beginnt in meinen Augen der Inklusionsquatsch. Alle haben die gleichen Rechte. In Ordnung. Alle möchten dem Regelunterricht beiwohnen. Kein Problem. Dann sollte aber auch von den Entscheidungsträgern die entsprechenden Voraussetzungen geschaffen werden, dass unter anderem Fachleute vor Ort sind, um sich um die betroffenen Klienten zu kümmern. Eine Lehrkraft kann das nicht, wenn sie eine ganze Klasse, mit all den unterschiedlichen Charakteren und Biographien, kompetent und so gut es geht individuell betreuen muss. Mir fällt dann immer der Spruch meines Kollegen ein, den er mir vor kurzem erst serviert hatte und den ich im Studium so oft zu hören bekam. „Man muss die Schüler dort abholen, wo sie stehen.“ Für mich der größte Irrtum der Pädagogik. Ich kann vielleicht in einer Nachhilfe, meinetwegen auch noch in einer Kleingruppe, den Schüler tatsächlich dort abholen und mit ihm individuell an den Defiziten arbeiten, aber doch nicht in einer Klasse mit fünfundzwanzig Schülern, die eine Bandbreite von oberstem Gymnasial- bis unterstem Hauptschulniveau besitzt.

Es war zu jeder Zeit schwierig mit dieser Schülerin, deren Leistungsniveau weit unter dem einer Regelschule war. Doch musste ich mir klar machen, dass sie in meiner Klasse war, und das hatte ich zu akzeptieren. Genau hier liegt meines Erachtens der Fehler im System. Eltern, die desinteressiert sind, sich nicht kümmern, und die wohlgemeinten Ratschläge der Lehrer in den Wind schießen. Natürlich dürfen diese Kinder weiter an der Schule bleiben, ist ja Gesetz. Ich hielt schon länger nichts mehr von diesen Gesetzen und davon, dass Eltern alle wohlgemeinten Ratschläge ignorieren und ihren Willen durchsetzen können. „Mein Kind kommt nicht auf eine Schule für Dumme!", so die Aussage des Vaters. Der gute Mann hatte nichts begriffen. Seine Tochter war leider minderbegabt. In einer speziell für solche Kinder orientierten Schule hätte sie eine deutlich bessere Förderung erhalten, als es bei uns jemals der Fall sein konnte.

Das Kind bekam dann aber tatsächlich Förderung. Es wurde eine Kraft abbestellt, die mir zur Seite stand und sich in den Stunden, in denen sie anwesend war, um das Kind individuell kümmerte. Nur ein paar Stunden zwar und nicht jeden Tag, aber immerhin. Es war eine Sonderschulpädagogin aus genau jener Schule, die man dem Vater versucht hatte schmackhaft zu machen. Seine Tochter bekam also regelmäßig mehrmals in der Woche Nachhilfe. Den Rest musste das Kind erneut im Klassenverband verbleiben, ohne Aussicht auf Besserung. Wäre der Vater über seinen Schatten gesprungen und hätte sein Einverständnis für den so wichtigen Schulwechsel gegeben, dann hätte das Mädchen die kurzfristig engagierte Kollegin aus der Förderschule öfter genießen dürfen. Und sie hätte ganz sicher davon profitiert.

Die Förderschulen verschwinden, weil egoistische und ignorante Eltern sich über Empfehlungen hinwegsetzen und meinen, ihr Kind könne am Regelunterricht teilnehmen.

Nicht nur, dass es zu wenig fachliches Personal für deren Betreuung gibt, auch architektonische Mängel können für die körperlich beeinträchtigten Schüler zum Problem werden. In meiner Schule hätte ein Rollstuhlfahrer nicht die Spur einer Chance. Kein Fahrstuhl, lediglich eine Rampe im Erdgeschoss, doch leider so steil, dass sie kein Grundschulkind ohne Hilfe bewältigen könnte.

Ich unterrichtete aber auch Kinder, die der Bezeichnung „Inklusion" in anderer Weise äußerst nahe kamen. Kinder also, die kein ausgewiesenes Handicap vorzuweisen hatten, mich aber dennoch an den Rand des Wahnsinns brachten. An einen Jungen, der völlig verpeilt war, kann ich mich bestens erinnern. Er hatte meiner Meinung nach ein Aufmerksamkeitsdefizit, und zwar von der feinsten Art. Dieser Junge war vollkommen ungeordnet. Etwas Krasseres hatte ich bisher noch nicht erlebt.

Seine Mutter gab dies offen zu und erhoffte sich eine Verbesserung, aufgrund der neuen Situation in der dritten Klasse. Neue Lehrer, neues Klassenzimmer und der Umstand, dass er jetzt so langsam zu den Großen in der Grundschule gehörte. Er war ein freundlicher und fröhlicher Kerl, aber leider total nervig.

Nach etwa zwei Wochen musste ich feststellen, dass er sämtliche Arbeitsblätter ins Fach unter dem Tisch gestopft hatte, obwohl wir es ausführlich anders besprochen hatten. Es fiel mir auf, als sämtliches Material hervorquoll und einzeln zu Boden fiel. Jeder Schüler hatte sein eigenes großes Regalfach und ich bestand darauf, dieses regelmäßig aufzuräumen beziehungsweise auszumisten.

Ab sofort beschäftigte ich mich Tag für Tag persönlich mit ihm, um sein Chaos in den Griff zu bekommen. Doch es half nichts. Ich hatte das Gefühl, dass er es weder besser konnte noch wollte. Irgendwann hatte ich die Schnauze voll. Ich drehte seinen Tisch um, um das ganze Chaos besser sichten zu können. Ich traute meinen Augen nicht. Alle Hilfen und Hinweise, die ich ihm gegeben hatte, waren ignoriert worden. Ich höre mich noch sagen: „Das Blatt kommt in den Ordner, das solltest du noch ins grüne Heft kleben, die Klassenarbeit musst du aber noch unterschreiben lassen, und die Arbeitsblätter für Deutsch kommen ins rote Heft." Es war einfach nur nervig. Ich denke, der Junge hatte tatsächlich ein Problem sich zu organisieren.

Ich war in regelmäßigem Kontakt mit der Mutter und wir hatten uns auf ein Konzept einigen können, dass mir einleuchtete. Der Junge bekam unterschiedlich farbige Ordner für jedes Fach. Er konnte sich also an den Farben der Unterrichtsfächer orientieren. Rot stand für Deutsch, Blau für Mathe, Grün für den Heimat- und Sachunterricht und so weiter. Das sollte doch funktionieren, so hoffte ich. Pustekuchen. Ich weiß nicht, was in dessen Hirn abging. Sollte er tatsächlich eine Schaltstörung haben, war es nicht mehr meine Aufgabe. Der Bub war trotz der Hilfen immer noch der gleiche Chaot. Ein lieber Kerl, aber völlig unstrukturiert. Der Mutter war das alles natürlich nicht entgangen, so dass ihr Ton mir gegenüber schärfer wurde. Es war für mich der typische Fall. Ich konnte nicht mehr tun, keine abgesprochene Maßnahme fruchtete. Die Mutter hätte aber ihren Filius niemals an eine andere Institution übergeben. Er war ja ihrer Meinung nach intelligent. Ich fand ihn leider fehl am Platz. Die Eltern taten sich keinen Gefallen damit, verwiesen aber immer häufiger auf meine Unfähigkeit. Ich war für sie offenkundig der Schuldige. Aber der Junge litt weiter unter seinem Problem.

Mittlerweile ließ ich mir nicht mehr alles gefallen und gab Contra. Ich schätzte die Mutter zwar als furchtbare Zicke ein, doch dass sie ein solch hinterlistiges Spiel mit mir treiben würde, hätte ich nie auch nur annähernd erwartet. Eines Tages, die Klasse war voll in der Arbeit am Wochenplan und ich auf dem Sprung, noch einige Arbeitsblätter zu kopieren, kamen mir mein Rektor und die Mutter des Chaoten im Treppenhaus entgegen. Sie strebten mein Klassenzimmer an. Das Gesicht, das sie mir darbot, wirkte gespenstisch. Es war ein zur Fratze verzogenes Grinsen, das mich darauf schließen ließ, dass sie irgendeinen Teilsieg errungen haben musste. Bisher hatte ich ja noch keine Ahnung, um was es ging.

Als ich von meinem Kopiergang zurückgekehrt war, einen Toilettengang hatte ich taktischer Weise noch mit eingestreut, um dieser unmöglichen Kuh nicht nochmals begegnen zu müssen, war ihr Sohn nicht mehr anwesend. Ich fragte die Schüler, die mir nur folgendes antworten konnten: „Der wurde gerade mitgenommen.“ Wie mitgenommen? Entführt? Von der Mutter abgeholt, weil er sich nicht wohlgefühlt hatte? Ich war baff, kümmerte mich aber erst einmal um meine restlichen Schüler.

Am Ende des Schultages wurde ich erwartungsgemäß ins Rektorat gerufen. Ich war schon gespannt, was die ganze Sache um den spurlos verschwunden Schüler auf sich hatte. Nach den ersten Ausführungen meines Rektors konnte ich allmählich heraushören, dass anscheinend die Kommunikation zwischen mir und der Mutter in der Vergangenheit nicht optimal gewesen sei. Das konnte ich fürs Erste durchaus nachvollziehen. Doch dass diese hinterhältige Frau den Weg zum Rektor eingeschlagen hatte, und ich zu diesem Gespräch nicht hinzugezogen worden war, ohne meine Sicht der Dinge darlegen zu können, empfand ich als Dolchstoß in meinen Rücken. Was hatte die Frau bestimmt über mich und meine Unfähigkeit, ihrem Sohn gerecht zu werden, abgelästert. So zumindest war mein Gefühl. In der Zeit, in der ich meine Geschäfte getätigt hatte, wurde der Junge also kurzerhand in die Parallelklasse versetzt, ohne dass ich auch nur ansatzweise in Kenntnis gesetzt worden war. Im Nachhinein erinnere ich mich noch häufig an diesen Gesichtsausdruck. Dieses hämische Grinsen, einen Sieg davon getragen zu haben. Es widerte mich an.

Es gab im Übrigen kein klärendes Gespräch mehr von Seiten der Schulleitung. Es hieß nur, dass beide Seiten nicht schuldlos an der Situation gewesen seien. Wieder einmal ein Tiefschlag für mich, und zwar von der Härte eines George Foreman, den ich verarbeiten musste. Man hatte mich tatsächlich nicht zu dem Problem angehört, mich nicht zum Gespräch mit der Mutter und der Schulleitung hinzugezogen, und was das Allergrößte war: den Schüler in eine andere Klasse versetzt. Und das alles während kaum fünf Minuten meiner Abwesenheit. Was für eine schwache Schulleitung, dachte ich mir. Lassen sich etwas von einer Mutter erzählen, ohne meine Sicht der Dinge anzuhören, und knicken ein, ohne mich auch nur zu unterrichten.

Im Nachhinein war ich nicht unglücklich, diesen Chaosbruder weiter unterrichten zu müssen. Außerdem hatte ich eine furchtbare Besserwisserin von der Backe. Trotz allem stand ich als Verlierer da. Die Schulleitung hatte mich im Stich gelassen, was ich zwar schnell abhaken sollte, sich aber tief in mein Inneres eingebrannt hatte. Meine Frau war außer sich, als ich ihr die Geschichte erzählte. Wie viel Mist musste sie denn noch von mir hören, ertragen und zusammen mit mir an langen Abenden verarbeiten?

Die Klasse, abzüglich des verlorenen Schülers, hatte einige Kinder, denen ich eine enorme Leistungsstärke attestieren konnte. Diese waren hochmotiviert und arbeiteten bestens mit. Es war nicht schwer, die Kinder zu fordern. Auch der erste Elternabend ging ohne große Probleme vonstatten. Ich musste nicht einmal den Wink hin auf den Anpfiff der Champions League geben. Ein alles in allem entspannter Elternabend. Der Alltag hatte sich soweit eingespielt und die Klasse funktionierte, bis auf meine Problemschülerin. Die Lehrerin, die mir zur Seite gestellt wurde, war top, eine Frau, die man einfach mögen musste. Unkompliziert und fachlich vom Feinsten. Eine, die in sich ruhte und genau wusste, was sie machte oder zu machen hatte. Ich arbeitete wirklich sehr gern mit ihr.

Im Laufe der Zusammenarbeit kam unser beider Faible für Hunde ans Licht. Sie, Besitzerin eines Riesenschnauzers, ich, der sich mit zwei ausgewachsenen Labradorrüden herumzuschlagen hatte. Unsere Gespräche verliefen zwar meist auf schulischer Ebene, aber immer wieder ertappte ich mich, dass das Thema Hund uns beiden doch wichtig erschien.

Für mich war sie eine große Hilfe. Sie war die Fachkraft für die schwierigen Fälle, der Engel, der mich für ein paar Stunden von meiner minderbegabten Schülerin befreite, um einen Unterricht ohne Störungen halten zu können.

An einen Jungen habe ich die besten Erinnerungen. Ein pfiffiges Bürschchen mit hervorragenden Zensuren. Er hatte jederzeit Ideen und originelle Geschichten parat, die er zum Besten gab. Nicht auf die plumpe Weise, indem es einfach herausplatzte. Nein, er pirschte sich oft an das Lehrerpult heran, zupfte mich am Hemd oder dem T-Shirt und fragte: „Kann ich dir mal was sagen?" Er durfte. Es war zum Schießen, auf welch freundliche Art er seine Bedürfnisse loswerden wollte.

Im Gegensatz dazu saß unter den Schülern ein Mädchen, die das pure Gegenteil war. Sie quatschte so daher, wie ihr der Schnabel gewachsen war. Ein durchaus intelligentes Kind, aber das eine oder andere Mal etwas anstrengend..

Ein weiteres Kind, dem ich Aufmerksamkeit widmen möchte, war ebenfalls ein Mädchen, begabt, sozial eingestellt, mit einer ruhigen Art. Ich würde sie als eine der gewissenhaftesten Schülerinnen der Grundschule einstufen, die ich je unterrichtet habe. Von den Leistungen her war sie top, Klassenbeste. Meist bewegten sich ihre Noten in Richtung Eins. Zensuren jenseits der Zwei sollten die absolute Ausnahme bleiben. Hausaufgaben erledigte sie peinlichst genau und während des Unterrichts fiel sie durch ihre fleißige Mitarbeit auf.

Ich wurde stutzig, als sich ihr Vater für ein Gespräch in der Schule angekündigt hatte. An sich hatte ich damit kein Problem, ist es doch grundsätzlich lobenswert, wenn Eltern Interesse am Austausch mit dem Lehrer zeigen. Doch was ich zu hören bekam, verstörte mich. Nachdem ich seine Tochter über die Maßen hin gelobt hatte, wollte er ein Problem ansprechen. In diesem Moment konnte ich mir weiß Gott noch nicht vorstellen, wo das Problem liegen sollte.

„Meine Tochter hat Angst vor Ihnen", kam es aus seinem Mund.

Ich dachte, nicht recht zu hören und fragte nach.

„Meine Tochter hat Angst vor Ihnen."

Ich hatte mich tatsächlich nicht verhört und hing wie ein angezählter Boxer auf meinem Stuhl. Ich schaute ihn an und dachte, er wolle mich verarschen. Doch er meinte es anscheinend ernst. Ich fragte höflich nach, wie er auf so etwas käme. Ich wäre oft zu laut, seine kurze und lapidare Bemerkung. Seine Tochter würde Lärm nicht ertragen. Aber nur weil es ab und zu laut im Klassenzimmer zugeht, hat man doch noch lang keine Angst. Vor allem doch bitte nicht vor mir, der kaum eine Gelegenheit auslässt, sich selbst hochzunehmen.

Er ließ sich von seiner Meinung aber nicht im Geringsten abbringen und nannte mir Beispiele, dies hätten ihm Zeugen bestätigt, die er aber nicht nennen wolle. Was für ein Feigling. Erst die Katze aus dem Sack lassen, und dann mir nicht die Chance geben, andere Eltern zu sprechen, um diesen Quatsch zu entkräften.

Unkontrollierte cholerische Wutanfälle, darauf wollte er hinaus. Ab diesem Zeitpunkt hatte ich dann doch genug. Immerhin ging es darum, meinen Ruf zu verteidigen. Diesen haltlosen Vorwurf und Unfug konnte ich so nicht stehen lassen. Er bestand auf seiner Version, ich auf der meinigen.

Als er sich verabschiedete, kochte es in mir. Was bildete sich dieser Idiot nur ein, mir so einen Mist zu unterstellen? Er charakterisierte mich als schreiendes Monster, das Kindern Angst einflößt. So einen Blödsinn hatte ich bisher noch von niemandem gehört. Die Schule ist leider zu einem Ort verkommen, an dem Lärm tatsächlich zur Belastung werden kann. Diesem Problem musste ich mich schon seit über zehn Jahren stellen und konnte es zum Teil selbst nicht mehr ertragen. Dass ein Lehrer sich gegen den Lärmpegel einer Klasse durchsetzen muss, steht auf einem anderen Papier. Leider fiel mir zu spät ein, ihn mit einem gut gemeinten Rat nach Hause zu schicken. Wenn dem Kind der Lärm zu viel sei und es Angst vor seinem Klassenlehrer habe, dann sollten die Eltern sie doch besser an einer Privatschule anmelden. Kleine Klassen, verständnisvolle Lehrer und Kinder aus wohlhabendem Elternhaus. Ein Traum.

Mit dem Gedanken, dass ich Kindern Angst einjage, musste ich mich ab diesem Zeitpunkt auseinandersetzen. Das hatte der blöde Hund immerhin geschafft. Immer wieder erörterte ich zusammen mit meiner Frau die missliche Lage. Ein Kind, das die besten Noten schreibt, immer mitarbeitet, unaufgefordert die Hausaufgaben dem Lehrer zeigt, bei Verständnisproblemen selbstbewusst nachfragt und stolz darauf ist, wenn wieder einmal die Musterlösung ihres Aufsatzes der Klasse vorgelesen wird und ein Halbjahresnotendurchschnitt von einer 1,2 vorzeigen kann - so ein Kind soll Angst vor mir haben? Schlichtweg absurd!

Die Lage spitzte sich zu, als der zweite Elternabend bevorstand. Unsere Schulsozialarbeiterin war in die Sache mit involviert. Plötzlich stand nicht mehr der Vorwurf im Raum, dass ich den Kindern Angst einflößte. Es wurde ein ganz anderes Fass aufgemacht. Die Familie habe Beziehungsprobleme vertraute sie mir hinter vorgehaltener Hand an. Nun wunderte mich gar nichts mehr. Doch leider sollte ich mich noch mehr wundern, hatten die zwei doch ein fieses Spiel hinter meinem Rücken abgezogen.

Der Elternabend begann mit der obligatorischen Begrüßung und der Abhandlung des ersten Tagesordnungspunktes, dem Bericht über die Klasse. Ich hatte nichts zu monieren und war voll des Lobes. Doch als die Mutter meiner etwas vorlauten, aber guten Schülerin, sich äußerst ungehalten über den von mir gestalteten Wochenplan beschwerte, nahm die Geschichte Fahrt auf. Ich war irritiert, warum sie solch eine Schärfe in die Veranstaltung brachte. Eine unmögliche Person, die sich wie ein Elefant im Porzellanladen aufführte. Ich hatte alle Mühe, mich aus diesem Dilemma zu befreien, in das sie mich gedrängt hatte. Die Stimmung kippte. Auf der einen Seite die Eltern, die mit dem Plan nicht zufrieden waren und sogleich nachlegten, auf der anderen die Eltern, die mit meiner bisherigen Arbeit einverstanden waren und nur ungläubig mit dem Kopf schüttelten.

Als dann auch noch der „Oberaufseher des Schulfriedens“ sein Wort erhob und erneut damit anfing, dass ich den Kindern Angst einjagen würde, platzte mir der Kragen. Kurzschluss. Ich fuhr ihn an, was dieser Mist denn solle. Erstens hätte dies hier nichts zu suchen und zweitens solle er zuhause erst einmal seine eigenen Baustellen angehen. Ich war so dermaßen außer mir, dass ich den Elternabend für mich beendete und das Weite suchte. Eine Kollegin wollte mich zwar noch zur Rückkehr bewegen, doch hatte ich die Schnauze gestrichen voll von diesem Armleuchter. Was bildete er sich eigentlich ein? Ich hatte absolut keinen Gesprächsbedarf mehr, und zwar mit niemandem außer mit meiner Frau, die mich ungläubig anstarrte, als ich deutlich früher zuhause auftauchte, als erwartet.

Diese Person mit seinen unqualifizierten und absurden Äußerungen ist unter anderem mitverantwortlich für meine Situation, in der ich mich derzeit befinde. Das sollte ihm klar sein, und ich hoffe, dass er solch ein schlechtes Gewissen für sich aufgeladen hat, dass er keinen Schlaf findet. Das Gleiche gilt übrigens auch für die aufbrausende Kuh, die mich wegen des Wochenplans so saudumm angegangen hatte, sowie für die Alte, die mir im Jahr zuvor das Leben schwer gemacht hatte.

Absprachen möchte ich niemandem unterstellen, doch was ich verdächtig fand, war, dass alle drei Familien in unmittelbarer Nachbarschaft zueinander lebten. Ein Schelm, der Böses denkt. Doch ich habe so meinen Verdacht.

Und immer wieder kamen die Bilder der Kinder hoch. Schüler, die einen lobenswerten Job machten und einen guten Draht zu mir hatten.

Der nächste Tag ist mir leider ebenfalls in bester Erinnerung geblieben. Ich wurde ins Rektorat gerufen. Klar. Vor mir saßen meine Vorgesetzten, die alles andere als angetan waren, ob dem vorzeitigen Ende des gestrigen Elternabends. Mein Chef zeigte zudem Null Verständnis. Es gehe schließlich um den Ruf der Schule so sein Vorwurf. Der Ruf der Schule? Welcher Ruf?

Ein Rektor hat zu jeder Zeit eine besondere Stellung, die es ihm einfacher macht, Dinge anzugehen und zu verteidigen. In der gleichen Situation hätte kein Elternteil die Frechheit besessen, gegen ihn so vorzugehen, wie sie es bei mir getan hatten. Ich glaube nicht einmal, dass er wusste, wie übel mir mitgespielt worden war. Und dann noch mit Hilfe unserer Sozialpädagogin. Das Einzige was der Schulleitung wichtig war, war die Außendarstellung der Schule. Ich für meinen Teil kann darauf verzichten, vor allem wenn es zu Lasten des Lehrerpersonals geht. Ich hätte schon erwartet, dass die Schulleitung meine Version der Geschichte erfragt, bevor sie ihre Entscheidung trifft. Stattdessen war sie ausschließlich darum bemüht, die Wogen bei den Eltern zu glätten, um damit den sowieso schon angekratzten Ruf der Schule aufzupolieren.

Der Unterricht ging weiter, ohne Frage, aber ich war angezählt und fühlte mich von der Schulleitung im Stich gelassen. Warum hatten sie nicht Partei für mich ergriffen oder zumindest versucht mich zu verstehen? Ich hatte bisher zu jeder Zeit meine Pflicht erfüllt und hatte daher, mehr Rückhalt erwartet. Ich war absolut enttäuscht und frustriert über deren Verhalten. So musste ich die Demütigung also notgedrungen auf mich und das ganze Ausmaß wieder einmal mit nach Hause nehmen.

25
Endlich wieder Weltmeister

In mir rumorte es nicht nur, ich hatte mittlerweile eine Aversion, zur Schule zu gehen. Natürlich war ich täglich anwesend und riss meinen Unterricht herunter. Das war ja meine Arbeit, für die ich bezahlt wurde, aber es gestaltete sich von Woche zu Woche schwieriger. Ich dachte, nicht mehr richtig zu ticken. Ich war beschissen worden, und die Schulleitung nahm das einfach hin. Und jetzt sollte alles in gewohnter Weise weiterlaufen? Nach dem Motto: „Halt dein Maul und lass Gras über die Sache wachsen." Ich empfand die damalige Situation als unerträglich.

Wie kann man bei solch einem Umstand vor der eigenen Klasse und im Kollegium noch richtig funktionieren? Konferenzen und Schulevents wurden zum lästigen Übel. Ich dachte nur noch daran, den Tag abzuhaken und aus dem Schulhaus zu flüchten. Kaum ein Kollege interessierte sich für meine Situation, ich denke sogar, dass die wenigsten von dem Eklat wussten. Es hätte ja für die Schule peinlich werden und bei einer negativen Außendarstellung Schüler kosten können, die aber dringend benötigt wurden.

Der Unterrichtsalltag lief, doch ich verspürte immer größeres Unbehagen. Wie sollte ich diese Klasse weiterführen mit den Bleischuhen, die man mir angezogen hatte. Ich ging also in die Offensive. So wie es mein Rektor schon immer gewünscht hatte, suchte ich nicht das Gespräch, sondern schob meine schriftlichen Ausführungen ins Fach der Schulleitung. Lang hatte ich mit mir gekämpft und mit meiner Frau die letzten Geschehnisse aufgearbeitet. Wir kamen beide zum Schluss, dass es das Beste sei, meinen Klassenlehrerjob abzugeben. Es war mir egal, was die Zukunft brachte. Eine erste Klasse würde es sicher nicht sein. Und das war doch ein Lichtblick. Mein Antrag wurde schnell angenommen, denn ich wurde kaum drei Tage später ins Rektorat zu einem Gespräch geladen. Die Vorkommnisse der letzten Zeit, konnte selbst mein Rektor nicht mehr wegleugnen und er hatte die Einsicht, dass eine Fortsetzung meines Auftrags in dieser Klasse nicht mehr sinnvoll war. Es war ein Ding der Unmöglichkeit geworden, mit den zuvor erwähnten Eltern überhaupt noch ein Wort zu wechseln. Das erste Mal in meiner Schulkarriere war ich also eingeknickt und hatte aufgegeben.

Dass ein Lehrer aufgibt, kommt selten vor, die meisten hören früher auf, weil sie sich in den Krankenstand verabschieden. Ich stand zu meiner Schwäche und äußerte offen meine Bedenken bezüglich eines weiteren Schuljahrs als Klassenlehrer. Eine Kollegin wurde gefragt, ob sie den Job übernehmen könne. Sie nahm sich der Sache an und war meiner Meinung nach die beste Alternative in dieser misslichen Situation. Eine engagierte Lehrerin, die im musikalischen Bereich seit Jahren die ganze Schule rockt.

In diesem Zusammenhang, darf nicht unerwähnt bleiben, dass ich viele aufmunternde Briefe von entsetzten Eltern bekam, die mit dieser unangenehmen Sache überhaupt nicht einverstanden waren und mich in meinem Handeln voll bestärkten. Sie waren mit meiner Arbeit zufrieden. Einige kontaktierten mich sogar privat, um mich aufzumuntern. Das waren tolle Gesten, die mir zwar für den Moment etwas Trost spendeten, was aber nicht darüber hinwegtäuschen konnte, dass sich der Verlauf meiner psychischen Verfassung, im Abwärtsstrudel befand.

Als dann auch noch die unangenehm laute und distanzlose Mutter, die ich vorher schon erwähnt hatte, ihr Kind zu einer Psychologin schleifte und mir das Gutachten in Kopie vorlag, dachte ich zu träumen. Was muss sie für haarsträubende Geschichten über mich verbreitet haben. Ich wäre bei der Sitzung nur zu gern zugegen gewesen, um die Balken an der Decke zu beobachten, wie sie sich bogen. Das war das Allerletzte, das mir gefehlt hatte, war ich doch zu diesem Zeitpunkt sowieso schon angeschlagen. Und dann noch von einem Kind, das im Unterricht genauso selbstbewusst auftrat, wie ihre Mutter. Ich bin mir sicher, dass dem armen Mädchen die Ängste, die sie vor dem großen bösen Wolf in Person von mir hatte, fein säuberlich in den Mund gelegt worden waren.

Ich war außer mir, aber wenigstens hatte ich jetzt etwas Schriftliches in der Hand. Meine Frau und ich hielten abends wieder einmal ein Krisengespräch, und ich entschied mich letztendlich für den Gang zum Rechtsanwalt. Diese Rufschädigung wollte und konnte ich unter keinen Umständen auf mir sitzen lassen. Mein Anwalt riet mir allerdings von einer Klage ab, da es seiner Einschätzung nach bestimmt zu einem Hauen und Stechen kommen würde. Kurz gesagt, Aussage gegen Aussage. Ich solle meine Nerven schonen und den Fall für mich abhaken. Das tat ich dann auch beziehungsweise versuchte es, musste mir aber eingestehen, dass mich die ganze Sache mehr belastete, als gedacht.

Wenigstens war das Ende des Schuljahres noch mit einem Highlight gespickt, dem ich schon seit Wochen entgegengefieberte. Die Fußball WM in Brasilien.

Hoffnungsvoll traten unsere Jungs die Reise gen Westen an, um sich den Gegnern in der Vorrunde zu stellen. Mit Portugal, Ghana und den USA zwar keine Hammergruppe, aber bei Weitem nicht zu unterschätzen. Die selbsternannten portugiesischen Superstars schienen das schwerste Los zu sein. Eine Mannschaft, die sich oft selbst unter Druck setzt und zumindest mit dem Maul als potentieller Titelanwärter auftritt. Doch leider kamen die Herren mit 4:0 furchtbar unter die Räder und mussten gleich zu Beginn des Turniers Angst haben, nach der Vorrunde die Segel streichen zu müssen.

Unser zweiter Gegner hieß Ghana. Ein kampfbetontes Match, in dem sich beide Mannschaften nach 90 Minuten mit einem 2:2 zufriedengeben mussten.

Das letzte Spiel gegen die USA sollte also die Entscheidung bringen, wer ins Achtelfinale einziehen durfte. Was waren die Amis denn schon im Fußball? Doch die eigentliche Gefahr lauerte nicht auf dem Spielfeld, sondern saß auf deren Bank. Kein geringerer als Jürgen Klinsmann, der ehemalige Stürmerheld und Trainer der legendären Elf vom Sommermärchen 2006, hatte das Sagen. Ausgerechnet er, der den deutschen Fußball aus dem ff kannte, wollte uns den Todesstoß geben.

Gott sei Dank kam es nicht soweit, denn wir konnten die Amis zwar knapp, aber mit 1:0 besiegen. Es war das einzige Spiel der Deutschen, das ich nicht live am Fernseher mitverfolgen konnte, da ich mit meiner Frau auf einem Joe Satriani Konzert war. Ein Held an der E-Gitarre und Teil meiner Obsessionen, neben dem Fußball.

Der Live-Ticker musste also herhalten. Und das nicht wie heute üblich auf einem Smartphone mit großem Display, sondern auf meinem damaligen Minihandy. Mit Bier und Currywurst saßen wir da und starrten in das Mistding, konnten aber kaum etwas erkennen. Beim Stand von nur 1:0 eine durchaus angespannte Situation, wenn keine Live-Bilder, sondern nur Zahlen und Texte über das Display huschen. Gott sei Dank machte uns Klinsi keinen Strich durch die Rechnung, so dass wir das Spiel mit diesem dünnen Vorsprung nach Hause schaukeln konnten. Das Satriani Konzert wurde somit zu einem doppelten Genuss.

Im Übrigen durften die Portugiesen tatsächlich die Koffer packen. Durch die hohe Niederlage im Auftaktspiel, hatten sie es vermasselt. Ihre Tordifferenz war schlechter als die der Amerikaner.

Im Achtelfinale fing erstmals das Gewürge an. Verlängerung. Und das auch noch gegen den krassen Außenseiter Algerien. Schlussendlich konnten die Deutschen aber den Platz als glückliche Sieger verlassen.

Der nächste Gegner Frankreich war aber dann der wirklich gefürchtete Brocken in der K.O.-Runde. Wiederum konnten wir mit 1:0 in Führung gehen und gaben diese bis zum Schluss nicht mehr ab.

Es sollte im Halbfinale zum absoluten Knaller kommen. Brasilien gegen Deutschland. Millionen von Einheimischen waren euphorisiert und sehnten den sechsten Weltmeistertitel herbei. Deutschland sollte nur eine Durchgangsstation sein. Doch was sich in den nächsten neunzig Minuten ereignete, war eine nationale Katastrophe, die selbst die pessimistischsten brasilianischen Fußballanhänger nie erahnen konnten. Die Deutschen gingen schnell mit 1:0 in Führung. Was darauf folgte, war der absolute Wahnsinn. Innerhalb von nur wenigen Minuten schoss das fulminant auftretende deutsche Team gegen diese desolate Abwehr vier Tore und zog auf 5:0 davon. Es war famos und keiner konnte diesen Klassenunterschied begreifen. Als in der zweiten Halbzeit auch noch das 6:0 und 7:0 fiel, konnten einem die brasilianischen Kicker wirklich leidtun. Ich hatte das Gefühl, dass auf den Rängen mehr heulende Menschen versammelt waren, als die Gesamtanzahl an treuen Vereinsmitgliedern des VfB Stuttgart. Es mussten Zehntausende gewesen sein. Selbst der Treffer zum 7:1 in der letzten Minute war für keinen Brasilianer mehr Trost. Es war eine peinliche und beschämende Vorstellung gewesen. Uns konnte das egal sein. Wir waren ja wieder einmal im Finale. Und das gegen einen gefürchteten Gegner: Argentinien. 1986 verloren, 1990 gewonnen. Ein offener Schlagabtausch über neunzig Minuten, in dem keiner der beiden Mannschaften der entscheidende Knockout gelang. Wieder einmal Verlängerung. Das Spiel sollten letztendlich die Deutschen, mit ihren allseits gefürchteten Tugenden, für sich entscheiden. Die physische und konditionelle Stärke. Es durfte niemandem entgangen sein, dass die deutsche Mannschaft in der Verlängerung meist den längeren Atem hatte und eiskalt zuschlug. Eine Flanke von Andre

Schürrle nahm Mario Götze mit der Brust an und schloss mit dem linken Fuß ab. Ein Stich mitten ins Herz der Argentinier, die besiegt waren und mit hängenden Köpfen vom Platz schlichen. Wir waren also wieder wer. Und das vierundzwanzig Jahre nach dem letzten WM Titel.

Der einzige fahle Beigeschmack für mich war, dass die Schulleitung den Lehrern freigestellt hatte, bei der Ansetzung eines deutschen Spiels, den Unterrichtsbeginn am nächsten Tag nach hinten zu verlegen, und zwar für diejenigen Kinder, die eine Stunde später antreten wollten. Ich fand es nicht in Ordnung, dass die Lehrer zur ersten Stunde anzutanzen hatten, um eine Handvoll Schüler, die sich nicht für Fußball interessierten, bzw. die Eltern sie zeitig in die Schule geschleift hatten, zu beschäftigen. Fair wäre es vielmehr gewesen, von vornherein alle Schüler und Lehrer eine Stunde später einzubestellen. Eine Freundin, ebenfalls Lehrerin und Mutter von drei Kindern, konnte meine Argumentation nicht verstehen.

„Ach, das ist doch total in Ordnung, wenn die Kleinen etwas später zur Schule kommen dürfen."

Die meisten der Kleinen, ich spreche von Kindern um die sieben Jahre, nicht von den Teenagern der Sekundarstufe, haben doch sowieso keine Ahnung mehr, was vor ihnen nach 21:00 Uhr auf dem Bildschirm flimmert. Sie sollten zeitig ins Bett, damit sie uns am nächsten Tag nichts vorgähnen, einschlafen oder einfach nur unleidig sind.

26

Ein Jahr ohne große Verantwortung - Krankheitsvertretung

Das folgende Schuljahr begann für mich als klassische Vertretungskraft. Das einzige, was mir etwas Sorgen bereitete, war die Tatsache, dass ich zu jeder Zeit an eine andere Schule abgezogen werden konnte. Darauf hatte ich nun wirklich keinen Bock, kannte ich diese Situation ja schon, vertraute aber darauf, dass der allgemeine Krankenstand an unserer Schule hoch genug blieb, wie die Jahre zuvor, um an Ort und Stelle zu verbleiben. Meine Hoffnungen wurden nicht enttäuscht, denn ich konnte praktisch jeden Tag meinen Namen auf der Vertretungstafel lesen.

Mittlerweile hatte ich mir einen Beamer besorgt, mit dem ich DVD`s abspielen konnte. Wir hatten zwar zwei im Haus, doch waren diese allseits begehrt und daher oft vergriffen. Für mich ein Unding in meiner Situation. Ich wollte unabhängig sein und nicht jedes Mal diesem verdammten Beamer hinterherrennen, um ihn für mich einzukassieren. Zuhause konnte ich auf einen Fundus an DVD`s zurückgreifen, die für jeden etwas bereithielten. Ob Dokumentationen, Kinderfilme oder angesagte Blockbuster, ich habe hunderte der Scheiben. Und ich setzte sie ein. Wieso sollte ich die Kids mit irgendeinem Mist plagen? Oft war ich ja nur ein oder zweimal in der gleichen Klasse. Was hätte ich ihnen erzählen sollen? Langeweile kam schon genug im regulären Unterricht auf, da musste ich nicht auch noch den Vertretungsoberlangweiler spielen.

In einer zweiten Klasse, in der ich eine Doppelstunde zu vertreten hatte, zeigte ich „Charlie und die Schokoladenfabrik". Ein genialer Film wie ich finde, aber zugegeben auch ein wenig schräg. Am nächsten Tag hatte ich schon den Salat. Eine Mutter hatte sich bei der Klassenlehrerin beschwert, dass ihr Kind nachts Albträume gehabt und kaum geschlafen habe. Mein Gott, wie peinlich, dachte ich mir. Was Kinder in jungen Jahren alles verarbeiten müssen, und dann noch diese Beschwerde. Für diese Klasse würde ich das nächste Mal ein Best of „Sandmännchen" oder „Teletubbies" bereithalten, schwor ich mir. Wahrscheinlich stünde mir abermals Ärger ins Haus, hatte man doch in der Zwischenzeit den pädagogischen Wert der Teletubbies angezweifelt.

Ich hatte extra einen Film ausgewählt, der eine Empfehlung für

Kinder ab „null Jahre“ hatte. Ich hätte ein Kindergartenkind dort ohne schlechtes Gewissen platzieren können, ohne auch nur einen erhobenen Zeigefinger des Gesetzes sehen zu bekommen. Doch die Finger mancher Eltern erheben sich leider deutlich schneller, wenn es um das Wohlbefinden ihres Kindes geht. Es war wie verhext, egal was ich auch wie anpackte, immer meinten irgendwelche Eltern, ihren Senf dazugeben zu müssen. Möglicherweise sind es genau die, die heimlich die Pornoseiten im Internet durchforsten und schmutzigen Gedanken frönen.

Lässiger waren die Stunden bei den älteren Schülern. Wenn ich keine Materialien meiner Kollegen vorfand, überlegte ich mir, was sie interessieren könnte. Dokumentationen waren immer schon mein Steckenpferd. Als ich die verdutzten Schüler nach den besten Boxern der Geschichte fragte, es war eine neunte Klasse, erwartete ich einige Namen. Dass ich Joe Louis oder Max Schmeling nicht zu hören bekommen würde, war mir von vornherein klar. Aber der Name Klitschko, Hut ab vor diesen Kämpfern, die über Jahre das Schwergewicht dominiert hatten, langweilte mich dann doch. Wo waren die Alis, die Formans und Fraziers der siebziger Jahre, wo die Tysons, Holyfields oder Lewis der Achtziger und Neunziger. Nichts kam außer „ei Alder … Klitschko“. Wahrscheinlich war ich diesbezüglich schon immer zu streng, da ich mich als wandelnden Statistik Verrückten bezeichnen würde.

Ich wollte meinen Neuntklässlern Nachhilfeunterricht in Sachen Boxgeschichte geben und hatte hierfür den ultimativen Fight parat. „The Thriller of Manila“. Schon die Stadt „Manila“ zeigte mir, dass die Schüler weder in Sportgeschichte, noch in Geographie eine Ahnung hatten. Das Manila auf den Philippinen liegt und Muhammad Ali der größte Boxchampion aller Zeiten ist, konnten sie nicht wissen. Ich fragte erst gar nicht nach, wo sich die Philippinen denn befänden, keiner hätte mir die richtige Antwort geben können. Ich wollte ja auf den Boxkampf hinaus. Ich pries ihn als den brutalsten Kampf der Geschichte an, wobei ich mit meinen Ausführungen bestimmt nicht übertrieben hatte. Ali gegen Frazier waren immer die härtesten und brutalsten Kämpfe gewesen und in die Geschichte eingegangen. Auf der einen Seite der großmaulige und zugleich smarte Ali, der sich geweigert hatte in den Vietnamkrieg zu ziehen und dafür eine einjährige Kampfessperre in Kauf nahm. Nur knapp war er dem Gefängnis entkommen, aber er hatte Größe gezeigt, indem er die Nordvietnamesen nicht als Feinde ansah. „Kein Nordvietnamese hat mich je Nigger genannt", so seine Aussage. Ali war ein Kämpfer für Frieden und Gerechtigkeit. Dass er sich dem Kriegsdienst verweigerte, war nur eine logische Konsequenz. Auf der anderen Seite stand Joe Frazier, ein Tier, „Smoking Joe". Schlug seine Linke ein, abgefeuert in geduckter Haltung, war es in der Regel vorbei mit dem Gegner. Diese bittere Pille musste auch Ali schon schlucken.

Es kam zum entscheidenden Kampf. Ali war seinem Gegner, was die Vorstellung anging, haushoch überlegen. Ali spielte mit seinen Worten und ließ Joe wie einen kleinen Schuljungen aussehen. Er machte sich über seinen Gegner lustig, der nichts erwidern konnte, weil ihm die sprachlichen und intellektuellen Zugänge fehlten. Ali machte ihn auf dieser Bühne nicht nur fertig, sondern auch noch lächerlich.

Im Ring sah dann alles ganz anders aus. Frazier kam wie ein Bulle aus der Ecke. Einen Kopf kleiner und auf einem Auge sehbehindert. Es war genau der Kampfstil, um sein geschwächtes Auge zu schützen. Linksausleger, doch er wusste, wo seine Schwäche lag, auf der rechten Seite. Deswegen schirmte er diese ab und wanderte linksherum. Ständig duckte er sich, um Alis Schlägen zu entgehen. Und dann kam „Smoking Joe" unvermittelt mit seiner brachialen Linken, ansatzlos geschlagen, die einschlug wie eine Bombe. Der Kampf war das reinste Gemetzel. Beide Kontrahenten schlugen aufeinander ein, als ginge es um Leben oder Tod. Ich hatte bisher nicht einen einzigen Fight gesehen, der solch eine Brutalität ausgestrahlt hatte. Sie wollten sich tatsächlich gegenseitig umbringen. Vierzehn Runden prügelten sie aufeinander ein, und das bei einer Luftfeuchtigkeit von fast einhundert Prozent und 35° Celsius. Es war der pure Wahnsinn. Heute lässt man die Boxer nicht einmal mehr über diese Distanz boxen. Waren es damals noch 15 Runden, so sind es mittlerweile maximal zwölf Runden. Man begnügt sich mit Boxern, die drei bis vier Runden durchstehen und dann das Handtuch werfen, oder in einem langweiligen Fight die Einschaltquoten zu ihren Gunsten beeinflussen wollen.

Meine Schüler wussten nichts von Muhammad Ali, geschweige denn von Joe Frazier oder George Foreman. Ich ließ also die Doku laufen und war beeindruckt, wie die Jugendlichen dem Streifen ihre Aufmerksamkeit widmeten, hatte ich bisher doch immer die Erfahrung gemacht, dass nachdem der Film gestartet wurde, sich die Schüler lieber mit ihrem Smartphone beschäftigten. Das war die Normalität, aber ich hatte keine Lust mehr, noch dazu als Vertretungslehrer, einzuschreiten. Ich hatte mir einen Schutzmantel angelegt. Entweder es interessiert sie, oder nicht. Das Erstere würde mich freuen, für die andere Variante reagierte ich nur noch so, wie ich mir den Job als Vertretungslehrer vorgestellt hatte. Es fiel kein Unterricht aus und ich bot etwas an. Ob es dann angenommen wurde, war mir scheiß egal.

In diesem Fall war es kurios. Die Schüler waren beeindruckt von der Prügelei. Trotz allem war ihnen nicht bewusst, dass sie einem Jahrhundertkampf beigewohnt hatten. Ich hatte schon den nächsten Kampf im Kopf und zudem auf DVD. In der nächsten Vertretungsstunde würde ich „Rumble in the Jungle" zeigen, das Box Drama Ali gegen Foreman. Der Austragungsort war Zaire in Afrika. Gleichzeitig hätte ich noch eine Einheit in Politik zum Besten geben können. Der üble Diktator Mobutu wollte sich vor der Welt als good Guy ausgeben, war aber ein Tyrann der schlimmsten Sorte.

Das Beste sollte aber noch kommen. Wochen später, ich irrte aufgrund meiner Vertretungen wieder einmal von Klassenzimmer zu Klassenzimmer, wurde ich von zwei Mädchen aufgehalten. Es waren mir bekannte Gesichter aus der neunten Klasse.

„Könnten wir sie kurz sprechen?", so ihre höfliche Anfrage.

„Kein Thema. Um was geht es, kann ich euch weiterhelfen?"

„Es geht um die Projektprüfung."

Jetzt kamen wir an einen Punkt, der mich aufhorchen ließ. Ich war kein Klassenlehrer und wurde von zwei Mädchen der neunten Klasse kontaktiert, die mit mir über die Projektprüfung reden wollten. Bestandteil der Hauptschulabschlussprüfung. Eine Gruppe von Schülern muss ein Thema den Prüfern vorstellen und wird dafür bewertet. Ich war höchst gespannt, was sie von mir wissen wollten.

„Können wir bei Ihnen die Projektprüfung machen?", so ihre Frage.

Ich war nicht nur erstaunt, ich fühlte mich fast schon überfahren. Normalerweise suchen sich die Schüler ihren Klassenlehrer oder Fachlehrer aus, mit denen sie regelmäßigen Kontakt haben, um über die Themen zu reden. Das wäre der Normalfall. Ich war ja nur Vertretungslehrer und hatte keine großen Berührungspunkte zu irgendeiner Klasse. Die Neuntklässlerinnen standen also vor dem Lehrerzimmer und ich war ganz Ohr. Dass es um die Projektprüfung gehen sollte, wusste ich nun, deshalb beschleunigte ich die ganze Sache und fragte nur: „Dann lasst mal hören!"

„Wir wollten bei Ihnen unsere Projektprüfung über Muhammad Ali machen."

Das war aber einmal eine Ansage. Es gab also Schüler, die tatsächlich mich auserwählt hatten für ein Thema, das ich ihnen schmackhaft gemacht hatte. Wie geil war das denn?!

Logisch, dass ich der Truppe grünes Licht gab, aber nicht, ohne sie vorher zu warnen. Muhammad Ali ist grundsätzlich eine super Idee für eine Projektprüfung, aber sie würden einen Insider und Fan während der Präsentation vor sich haben, der Fragen stellen würde, die unbequem werden könnten. Als Erstes schickte ich sie zu ihrer Klassenlehrerin. Sie hatte letztendlich zu entscheiden. Eine liebenswerte und beliebte Junglehrerin. Auch sie hatte keine Einwände bezüglich des Themas, und ich glaubte zu spüren, dass es ihr sogar recht war, dass sie mich zur Seite hatte.

Die Vorbereitung auf das Thema „Ali" konnte ich mir zumindest aus den Ärmeln schütteln. Ich war erfreut, dass die Gruppe den Kampf Ali gegen Frazier, den „Thriller of Manila", zum Anlass nahm, sich Gedanken zu machen. Ich fand das spannend und konnte den Schülern, drei Mädchen und ein Junge, schon vorab etwas Stress herausnehmen.

„Ihr müsst das Thema selbst erarbeiten, aber ihr könnt immer zu mir kommen und bekommt Tipps, falls ihr Hilfe braucht."

Einer davon war Alis erster Weltmeistertitel gegen Sonny Liston. Es war klar, dass sie das nicht wissen konnten. Ich gab aber nur den Namen preis. Recherchieren mussten sie schon selber. Ich fand das fair. Sie hatten sich auf etwas fokussiert und trotz aller Unwissenheit in Angriff genommen. Respekt. Und die Truppe arbeitete fleißig, ohne wirklich Hilfe von mir zu fordern.

Das Schuljahr plätscherte so vor sich hin, die Investition für den Beamer, hatte sich schon gelohnt. Phasenweise lief er heiß, so viele Filme zeigte ich. Dies sollte sich aber Anfang des Jahres 2016 schlagartig ändern. Mein Chef hatte mich zum Rapport gerufen, um mir mitzuteilen, dass eine Kollegin schwer erkrankt sei und längerfristig ausfallen würde. Mir war klar, auf was es hinauslief. Die Kollegin war bisher die Klassenlehrerin einer achten Klasse und er benötigte möglichst schnell eine Vertretung, die sich das zutrauen würde. Ich willigte ein, hätte unter diesen Umständen aber gern auf dieses Engagement verzichtet. Das ganze Kollegium machte sich große Sorgen. Heute können alle froh sein, dass sie für geheilt erklärt ist und dieses Martyrium hinter sich hat.

Ich trat also meinen neuen Job an. Eine Achterklasse. Warum nicht?, dachte ich mir. Es war mir bewusst, dass ich ab sofort deutlich mehr gefordert sein würde, als im lockeren ersten Halbjahr, in dem ich mich zumeist zurücklehnen und durch die Filme wenigstens meine Stimme schonen konnte. Ich empfand die Klasse auf den ersten Blick als in Ordnung, bis auf zwei Stinker, mit denen ich noch die größten Probleme bekommen sollte.

Der eine war ein Rialo, also ein ausgewiesenes Riesenarschloch. Kein Bock auf nichts, unfreundlich, unverschämt und dazu noch faul. Er saß allein in der ersten Reihe und hing in seinem Stuhl, als säße er besoffen in einer Kneipe. Seine dämlichen Bemerkungen fielen mir schnell auf, genauso wie sein permanentes unentschuldigtes Fehlen. Am Anfang rannte ich ihm noch hinterher, um Entschuldigungen einzutreiben oder bei den Eltern anzurufen, wo ihr Sohn denn überhaupt sei. Später war mir das egal. Sollte er doch kommen und gehen wann er wollte. Irgendwann war ich nur noch froh, dass dieser missmutig dreinblickende, bocklose Jugendliche mich keine Nerven mehr kostete. Mein Rektor, ein schlagfertiger Mann mit Humor, schenkte es ihm eines Morgens gehörig ein. Er musste auf dem Rektorat erscheinen und bezüglich der unentschuldigten Fehlzeiten Rede und Antwort stehen. Wie immer betrat er das Zimmer in seiner typisch rotzigen Art.

„Kommst du eigentlich aus der Sprachheilschule?", wollte er von dem verdutzten Schüler wissen, der keine Ahnung hatte, auf was er abzielte.

Meinem Chef missfiel dessen unfreundliches Auftreten und die Tatsache, dass diese dürre Wurst mit der fahlen und krank aussehenden Gesichtsfarbe nicht einmal, wie es sich gehört, einen „guten Morgen" aus seinem Mund herausbrachte. Ich an seiner Stelle, hätte mich cleverer verhalten, da es gleich zu einer durchaus ernsthaften Unterredung mit dem Rektor kommen würde, in der der Schüler kaum zu Wort kommen und gnadenlos sein Fett abbekommen sollte. Zu Recht.

Auch ich hatte meine Verhaltensweise gegenüber ihm grundsätzlich geändert. War ich anfangs noch freundlich und wollte ihn motivieren, schlug es nach einigen Wochen in puren Zynismus um. Ab sofort war er Freiwild für mich. Ich war selbst über mich erschrocken, auf welch ein Niveau ich mich begab. Mein pädagogisches Verständnis hatte ich leider völlig über Bord geworfen, um genau wie der Jugendliche zu handeln, wie ein Arschloch. Durch sein Verhalten fühlte ich mich mittlerweile persönlich so provoziert, dass ich keinen anderen Ausweg mehr sah, mich und die Klasse zu schützen. Ich war an einem Punkt angelangt, der für jeden Pädagogen gefährlich ist. Du fühlst dich grundlos persönlich angegriffen, allein durch die Präsenz des Schülers. Dem war ich nämlich völlig egal, ich war es nur, der sich so sehr in die Geschichte hinein gesteigert hatte. Niemals hätte ich es soweit kommen lassen dürfen. Doch war er es, der das Fass zum Überlaufen gebracht hatte. Er war das letzte Glied in der ganzen, sich seit vielen Jahren schon hochschaukelnden, kranken Situation. Ich erinnere nur kurz an den Schüler, der vor Jahren auf dem Schrank gesessen und mich fast zum Wahnsinn getrieben hatte. Was war mit dem Burschen, der seine Drecksschuhe an meiner Hose abgestreift hatte und es auch noch lustig fand. Und dann noch die Reaktion meines Rektors, der mir das pädagogische Verständnis durch die Blume hindurch, abgesprochen und seinen eigenen Kollegen dadurch verraten hatte.

Jedes Jahr lud ich mir ein neues Paket auf und befand mich mittlerweile in einem Zustand der Unzufriedenheit, der Frustration. Ich war keineswegs mehr der lockere Lehrer, der gern zur Schule ging. Zuhause fing es wieder von vorne an. Aus dem durch die bisherige Krankheitsvertretung halbwegs entspannten Ehemann fand meine Frau erneut den verkrampften und unzufriedenen Partner vor, der die täglichen Gespräche durch diese neu aufgeflammten Vorfälle wieder befeuerte. Unverzeihlich, was ich ihr zugemutet habe.

Dem Jugendlichen, der meinte, sich so aufzuführen, wie er es denn wollte, entgegnete ich ab sofort nur noch herablassend. Ich war an einem Punkt, wo ich mir und vor allem den Mitschülern, schützend entgegentreten musste. Er hatte nicht nur meine Nerven überspannt, sondern auch den Unterricht in einer Art boykottiert und gestört, die ich so nicht dulden wollte und konnte. Ich konnte über diesen peinlichen Burschen nicht mehr lachen, nahm ihn nicht mehr ernst, was er als Beleidigung empfand. Seine Angewohnheiten waren aber besonders billig. Fühlte er sich im Unrecht oder war er beleidigt, packte er seine Sachen und verpisste sich unerlaubt vom Unterricht. Mir war das gerade Recht. So konnte ich das Tagebuch mit den tollsten Bemerkungen füllen, die mit der Grund für seinen Ausschluss waren. Ich hatte wenigstens fürs Erste Ruhe, um meinen Unterricht so fortzuführen, wie ich es mir vorgestellt hatte und wie es notwendig war.

Mein Chef hatte mittlerweile die Faxen dicke und schickte die Konrektorin vor, die eines Tages unvermittelt im Klassenzimmer auftauchte und der Klasse offenbarte, dass sich Schüler X freiwillig dafür entschieden hatte, die Schule zu verlassen. Sein blödes Gesicht hätte man fotografieren sollen. Er durfte seine Schulbücher auf dem Tisch stapeln und hatte noch die Gelegenheit bekommen, sich von seinen Klassenkameraden zu verabschieden, was er natürlich nicht machte. Missmutig wie immer zog er von dannen. Die erste Baustelle hatte ich also hinter mir. Dem Idiot war zu diesem Zeitpunkt wahrscheinlich nicht einmal bewusst, was dies für ihn bedeutete. Er verließ die Schule ohne Abschluss und nur mit einer Halbjahresinformation, die auch noch miserabel war. Bei uns hatte er es sich ordentlich verschissen und keiner weinte ihm eine Träne nach. Es war einfach nur ein nerviger Schüler, der das Schwänzen für sich entdeckt hatte und unverschämt aufgetreten war. Ich fragte mich, wieso dieser Junge keinerlei Hilfe angenommen hatte. Warum war er nicht einen Schritt auf mich oder andere Lehrer zugekommen? Die Chancen dazu hatte er zu jeder Zeit. Vielleicht hätte er doch noch die Kurve gekriegt. Doch hatte ich keinen Zugang mehr zu ihm gefunden. Wenn nicht ich, dann doch möglicherweise die Klassenkameraden. Nichts. Absolut nichts. Er hatte sich auf seine stinkige Art festgelegt und sich dem Klassenverbund endgültig entsagt. Nicht nur ich, sondern die ganze Klasse konnte ihn nicht mehr erreichen. Es war zwar tragisch, aber immerhin war er schon lange kein Grundschüler mehr und sich seines Verhaltens sehr wohl bewusst und musste daher nun die Konsequenzen tragen.

Der andere Schüler, mit dem ich noch meine Probleme bekommen sollte, war in meinen Augen ein Kleinkrimineller mit großer Schnauze. Ein gefährlicher ADHS Spinner. Er war ein kleiner, mieser Dieb, der schon vor unserer ersten Zusammenkunft polizeibekannt war, bevor es zu jenem unglaublichen Vorfall in der Schule kam. Ich schickte meine Schüler, wie immer pünktlich, in die große Pause und schloss das Zimmer ab. Aufgeregt kam der besagte Junge auf mich zu und meinte, er habe etwas im Klassenzimmer vergessen. Ich dachte mir nichts Böses und schloss nochmals auf. Keine zehn Sekunden später huschte er wieder an mir vorbei, nicht ohne sich bei mir zu bedanken. Zuvorkommend war er immerhin, dachte ich bei mir. Nach der großen Pause wunderte ich mich, dass ich mein Smartphone nicht mehr an dem Ort wiederfand, an dem ich es vermutete, dem Lehrerpult. Oder hatte ich es im Lehrerzimmer abgelegt? Den Schülern hatte ich mittlerweile eine Stillarbeit aufgegeben und machte mich währenddessen auf die Suche nach dem verschollenen Objekt. Im Lehrerzimmer war es nicht. Vielleicht in der Schultasche? Fehlanzeige. Hatte ich es in einem anderen Klassenzimmer vergessen? Langsam wurde ich nervös. Es konnte doch nicht sein, dass sich dieses Scheißteil in Luft aufgelöst hatte. Den ganzen Vormittag nutzte ich die Pausen, um durch die Gänge der Schule zu tigern und dieses verflixte Ding zu suchen. Vielleicht hatte es ja jemand gefunden und beim Hausmeister abgegeben. Es sollte die letzte Chance an diesem Morgen sein. Natürlich Fehlanzeige. Es blieb verschwunden. Vielleicht hatte ich es ja doch zuhause liegen lassen. Meine Hoffnungen wurden aber enttäuscht. Mir schwante Böses.

Am nächsten Tag setzte ich die Schulleitung in Kenntnis, die mir in meiner verzweifelten Lage mit dem saudummen Spruch „Gelegenheit macht Diebe" nicht gerade hilfreich war. Was sollte diese Phrase? Was an der Schule alles herumliegt, schien ihnen nicht bewusst zu sein. Locker hätte jeder ins Rektorat spazieren und die Tasche meiner Konrektorin leerräumen können, ohne überhaupt in irgendeinen Verdacht zu geraten. Mich hätte es brennend interessiert, wie sie in diesem Fall auf den Spruch „Gelegenheit macht Diebe" reagieren würde. Es kann doch nicht sein, dass man seine Sachen nicht mehr auf dem Lehrerpult ablegen kann, ohne gleich beklaut zu werden. Niemand hat sich an irgendwelchen Sachen zu vergreifen, die ihm nicht gehören. Selbst wenn ein Hundert Euro-Schein von mir dort liegt. Scheiß egal, was auch immer es ist.

Ich hatte zwar einen Verdacht, wollte ihn aber nicht öffentlich äußern, da ich keine Beweise dafür hatte ... noch nicht.

Am nächsten Tag kam Dynamik in die Sache. Zwei Mädchen der Klasse wollten etwas gesehen haben, aber nur aussagen, wenn ich es für mich behalten würde. Mit Loyalität hatte ich nun wirklich keine Probleme. Sie erzählten, dass der Schüler um den es ging, zwei Tage zuvor während der großen Pause sich seiner Heldentat gebrüstet und das Smartphone mehreren Schülern gezeigt hatte. Es war genau der Jugendliche, dem auch ich den Diebstahl zutraute, und bereits in Verdacht hatte. Wie blöd muss man nur sein, sein Diebesgut auch noch öffentlich zur Schau zu stellen.

Mein Rektor hatte mittlerweile Wind von der Sache bekommen und rief mich zu sich ins Rektorat.

„Ich denke, sie werden den richtigen Schluss ziehen. Ich kann ihnen keinen Rat geben, aber sie werden schon die angemessenen Schritte einleiten", so seine für mich eindeutige Aussage.

Natürlich zeigte ich den Burschen bei der Polizei an. Ein nagelneues Smartphone für über zweihundert Euro. Das wollte ich nicht auf mir sitzen lassen. Es ging mir weniger um den materiellen Schaden, ich fand es einfach nur widerlich, dass der Mistkerl in meiner Privatsphäre herumschnüffeln konnte. E-Mails, Kontakte und WhatsApp Nachrichten sind mir heilig und gehen niemand etwas an. Schnell war der Bursche überführt, vor allem weil er kalte Füße bekam und die Sache nicht so gelaufen war, wie er es sich vorgestellt hatte. Im Nachhinein habe ich dann die wahre Geschichte erfahren. Er wollte meine Daten vom Smartphone löschen, doch schien das nicht zu klappen beziehungsweise war er einfach nur zu doof dafür. Anschließend zerstörte er die Sim-Card und wollte das Gerät an der Realschule weiter verchecken. Irgendwie war das Smartphone aber wieder zurückgekehrt, weil sich wohl kein Abnehmer gefunden hatte. Die Polizei hatte soweit Druck gemacht, dass er am nächsten Tag mit seiner verzweifelten und heulenden Mutter vor dem Lehrerzimmer stand. Ich hoffte, dass er ein wirklich schlechtes Gewissen hatte, und knöpfte ihm noch vierzig Euro ab. Zum einen für die zerstörte Sim-Card und zum anderen für die Kosten der Handy Sperrung. Mit den vierzig Euro kam er bei Gott gut davon, weil zudem noch mein gesamtes aufgeladenes Restguthaben am Arsch war. Ich meine zu behaupten, dass ich noch um die dreißig Euro auf dem Konto hatte. Ich konnte es aber leider nicht nachweisen.

Die Zukunft sollte mich aber eines Besseren belehren. Der Junge hatte vorerst nichts aus dieser Sache gelernt, trotz der Sozialstunden, die er aufgebrummt bekommen hatte. Es sollte nicht der letzte Diebstahl bleiben. Und so durfte er auch weiter fleißig Sozialstunden abarbeiten. Welch ein Hirni, dachte ich nur. Ich hoffte, dass sich wenigstens sein Verhalten innerhalb der Klassengemeinschaft dadurch verändern würde. Fehlanzeige. Keine Chance. Er mimte weiterhin den Kasper und störte den Unterricht zu jeder Zeit. Erwischte man ihn aber auf dem falschen Fuß, konnte er explodieren und wurde zu einer wirklichen Gefahr für Andere. Ich wunderte mich aber auch nicht darüber, wenn ich sah, mit welchen Schwachmaten er abhing. Jungs, die nichts anderes konnten, als dumm daher zu quatschten und Scheiße im Kopf hatten. Und mit diesem Typ sollte ich mich noch eineinhalb Jahre herumschlagen? Na herzlichen Glückwunsch. Aber es musste irgendwie funktionieren, da er nach dem Vorfall leider nicht in die Parallelklasse verwiesen worden war. Auch das wiederum ein Unding meiner Meinung nach. Ich werde beklaut, im Polizeipräsidium vorstellig und die Schulleitung lässt alles beim Alten. Ich fragte mich, wie ich unter diesen Voraussetzungen noch objektiv handeln und fair ihm gegenüber entscheiden sollte.

Ein weiterer Jugendlicher in der Klasse war der Poser vor dem Herrn. Ein Bodybuilder. Ich dachte, mich trifft der Schlag. Ich kannte die peinlichen Typen noch aus den achtziger Jahren. Da war Bodybuilding en vogue. Die ärmellosen T-Shirts, vielleicht noch eine Packung Kippen im Shirt über die Schulter geklemmt, die damaligen Karottenhosen, dazu weiße Turnschuhe oder einfach nur Slippers. Die vo-ku-hila-Dauerwelle obligatorisch. Mein Schüler war durchaus smart, aber faul. Kurze glatte Haare und immer darauf bedacht, seinen Körper zur Schau zu stellen. Ich fand sein Auftreten etwas schmierig daherkommend. Der Typ hatte schlichtweg einen an der Waffel. Schule interessierte ihn überhaupt nicht, er war halt da und verschwand Sekunden nach dem mittäglichen Läuten. Wohin wohl? Genau. In seine Muckibude, in der er schon seit Längerem unentgeltlich aushalf und sich in meinen Augen ausnehmen ließ. Mir war das egal. Trotz allem sprach ich ihn darauf an. Es wäre sein Hobby und überhaupt wolle er bei seinem Chef den Beruf des Fitnesskaufmanns erlernen. Er habe sogar schon die Zusage für das nächste Ausbildungsjahr. Davor konnte ich nur meinen Hut ziehen. Zwar war ihm schulisch alles egal, aber darum ging es nicht mehr. Wichtiger war ihm seine Zukunft und die hatte er zielgerichtet im Fokus. Er würde einen bescheidenen Hauptschulabschluss machen, doch hatte der nichts mehr zu bedeuten, weil er seine Obsession dazu nutzen wollte, das zu tun, was ihm Freude bereitet. Die besten Voraussetzungen für einen erfolgreichen beruflichen Werdegang und letztlich zufriedenes Leben. Innerlich dachte ich, dass er mir, trotz seiner gerade einmal fünfzehn Jahre, etwas voraushatte. Einem Job nachzugehen, der ihn glücklich macht!

Ein Jahr nach seinem Abschluss sehe ich ihn regelmäßig dort, die Muckibude liegt im Obergeschoss, im Erdgeschoss der Getränkemarkt, den ich normalerweise ansteuere, um Bier, Wein und Sprudel einzukaufen, um den Abend, an denen die ganzen Schulgeschichten, die mich in diese Situation gebracht haben, regelmäßig hochkochen und emotional belasten, überhaupt ertragen zu können.

27

In der Abwärtsspirale

Die achte Klassenstufe, in der ich mich als frischgebackener Klassenlehrer befand, sollte für die Zukunft der Schüler eine besondere Bedeutung haben. Es ist die Phase der Berufsorientierung, die unglaublich wichtig ist und von allen Kollegen sehr ernst genommen wird. Von manchen Schülern dagegen leider nicht. Ich hatte seit diesem Schuljahr immer häufiger mit einer Kollegin zutun, die für diesen Bereich eine Art Managerin war. Eine Person, die mir gleich sympathisch war, und das nicht nur, weil sie in den großen Pausen auch gern frische Luft in Form von Kippen zu sich nahm und man sich nebenher in Ruhe austauschen konnte. Sie war, wie ich, ebenfalls Besitzerin zweier Hunde, englischer Bulldoggen, so dass es nie schwer war, ein Thema zu finden, das uns beiden am Herzen lag.

Die Schüler hatten während des Schuljahrs zwei Praktika zu absolvieren und wir Klassenlehrer waren dabei, sie entsprechend in den jeweiligen Betrieben unterzubringen. Ein nicht immer einfaches Vorhaben, angesichts der Tatsache, dass manche von ihnen keinerlei Anstalten machten wenigstens auch nur ein bisschen mitzuspielen. Sie hatten keinen Bock. Kein Bock auf Schule, kein Bock auf ein Praktikum. Manchmal fragte ich mich, auf was sie denn überhaupt Bock hatten. Chillen, rumhängen und mit dem Smartphone Stümmelsätze verschicken, die kaum einer entziffern konnte.

„alder kb auf lern. Späta party?“

„was machste we?“

„gehen essen nom nom.“

„jip.“

Sprachforscher sind übrigens der Meinung, dass der neue WhatsApp-Stil die Schreibkompetenz nicht verschlechtert, sondern durchaus breiter fächert und zu einem positiven Ergebnis führt. Ich frage mich nur, wo die Schreibkultur stattfinden soll. Vielleicht liegt sie in der Stadt „Tempone“ begraben, wie sie vor vielen Jahren schon der Schriftsteller und Dichter James Krüss beschrieben hatte. Dort geht die Sonne nämlich genau im Norden auf, liest man Bücher vom Ende bis zum Anfang, fährt mit dem Auto rückwärts und man tankt vor allem erst, wenn die Fahrt beendet ist. Auch soll es in dieser sonderbaren Stadt ein Schulhaus geben, „das ist seltsam wie sonst keins. Für die größten Albernheiten kriegt ein Kind dort eine Eins.“ Und wer regiert diese Stadt. Natürlich Prinz Rückwärts.

Meinen die Sprachwissenschaftler diese Aussagen tatsächlich ernst, oder haben sie nur die falsche Abzweigung nach der Stadt Tempone gewählt? Denn wie endet das Gedicht von James Krüss? „Kürzlich sprach ich mit dem Sohne eines alten Stadtgeschlechts. Danach liegt die Stadt Tempone hinterm Monde – ziemlich rechts!“

Was das Praktikum anging? Meine Schüler schwankten von verhaltener Begeisterung und diszipliniertem Auftreten bis hin zur Verweigerung. Es war alles dabei. Ein Mädchen meinte tatsächlich, mich linken zu wollen. Sie sollte die Woche in einem kleinen Reisebüro verbringen und Erfahrungen sammeln. Nach dem ersten Tag kam der Anruf, dass sie krank sei. Eine Entschuldigung würde nachgereicht. Pustekuchen! Eine Entschuldigung hab ich nie gesehen. Manchmal hatte ich den Verdacht, es mit Idioten zu tun zu haben. Sie wussten doch genau, dass sie von mir oder anderen verantwortlichen Kollegen in den Betrieben besucht werden würden. Es war unsere Pflicht, nach den Kids zu schauen, was in Ordnung war. Mir machte es sogar Spaß, den Jugendlichen allein und in einer völlig anderen Umgebung zu begegnen. Dann waren sie plötzlich ganz kleinlaut und vor allem höflich. Ich als Erwachsener stand vor dem Jugendlichen und es wurde mehr oder weniger locker gequatscht. Manche konnten das perfekt, andere hatten damit aber ein Problem und standen stocksteif da. Ich frage mich immer wieder, wie diese Jugendlichen bei einem Vorstellungsgespräch für eine Lehrstelle auftreten wollten. Mich kannten sie immerhin. Und wir hatten schon das ganze Jahr mit diesem Thema zu tun. Alles hatten wir durchgespielt, Berufsberater, Praktika, Veranstaltungen.

Wieso schafften es viele von ihnen einfach nicht, in der Schule genauso freundlich aufzutreten? Wahrscheinlich wie immer die coole Gruppendynamik, die ihnen im Weg stand. Allein vor mir stehend, waren sie freundlich. Und auf einmal entdecke ich neue Facetten der Kinder. Doch sobald der Unterricht Fahrt aufnimmt, ist bei vielen das meiste auch schon wieder vergessen. Ich bin zurück in meinem Modus der Coolness, so die Devise. Und ich konnte den Schülern nicht einmal böse sein. In diesem Alter haben die Kids mehrere Möglichkeiten, wie sie auftreten. Sie entscheiden sich meist für die Variante „Ich hab kein

Bock auf Schule, den Lehrer mag ich zwar, doch darf ich mich vor den anderen nicht outen. Also muss ich cool mein Ding durchziehen." Schade eigentlich, weil ich auf so viele Schüler getroffen bin, die im persönlichen Gespräch urplötzlich eine andere Gangart offenbarten. Sie konnten zuvorkommend sein. Warum zeigten mir diese Schüler nicht öfter ihr eigentliches Wesen? Wir Lehrer könnten sie und ihre Probleme sicher oft besser verstehen.

Zurück zu den Berufspraktika und meiner Schülerin, die mich linken wollte. In diesem Fall war es besonders peinlich. Den Inhabern des Reisebüros stellte ich mich als Lehrer vor, der das Kind besuchen wolle.

„Was für eine Schülerin?", war die für mich durchaus erstaunliche Frage.

„Bei uns ist keine Praktikantin."

Sie hatte mich also verarscht und genoss die Woche zu Hause im Bett oder wer weiß wo, hackte ihre Stümmelsätze ins Smartphone und freute sich, uns eine lange Nase gezogen zu haben.

Ein anderes Mädchen meldete sich mit starken Menstruationsschmerzen ab, wofür man ja Verständnis haben konnte, hätte das gleiche Problem nicht schon zwei Wochen zuvor als Ausrede herhalten müssen, um dem Schwimmunterricht zu entkommen. Doch große Konsequenzen mussten die Schüler nicht fürchten. Ich fand es einfach nur schwach. Selbst die Faulenzer wurden am Ende des Schuljahres mit dem Zeugnis und der Versetzung in die neunte Klasse belohnt. Sollten sie doch sehen, wo sie bleiben. Wer es bis hierhin nicht kapiert hatte, musste sich ohnehin ernsthafte Gedanken machen, wie es weitergehen sollte.

Es lief so manches außerhalb der Bahn. Ich kann mich noch an den Tag erinnern, als zwei Schülerinnen meiner achten Klasse, eine davon war in den Handyklau verwickelt gewesen und hatte sich die Auszeit während des Praktikums gegönnt, mich nochmals bescheißen wollten. In diesem Fall wäre es mir zwar egal gewesen, ganz im Gegenteil zur Schulleitung. Die Schüler hatten regulären Unterricht an diesem Tag.

Ich wunderte mich daher, dass ich niemand im Klassenzimmer antraf. Lediglich zwei äußerst strebsame und zuverlässige Mädchen standen auf dem Gang herum und warteten. Ich schickte diese dann aber nach Hause und meldete den Vorfall im Rektorat. Meine Chefin und ich schauten auf den Vertretungsplan, ob ihr vielleicht ein Fehler unterlaufen war. Dort stand schwarz auf weiß, dass meine letzte Stunde in der Klasse ausfallen würde. Meine Konrektorin war außer sich, weil es sich nicht um ihre Schrift handelte. Irgendjemand hatte also den Vertretungsplan gefälscht. Ein Unding und dann auch noch zu blöd.

Meine Konrektorin, die für die Pläne verantwortlich war, gab sich täglich die Mühe, den Lehrern so gut es ging gerecht zu werden, es war aber eine undankbare Aufgabe, da die Verteilung der Vertretungsstunden des Öfteren immer die Gleichen traf. Ich empfand das als Pech, aber keinesfalls aus böser Absicht. Sie hatte morgens nun einmal nicht die freie Auswahl und musste sich derer bedienen, die zur Verfügung standen. Und wenn sie zwischen fünf Personen wählen musste, fragte sie eher die, bei denen sie sicher war, dass sie nicht rummotzten. Wie gesagt, eine undankbare Aufgabe, die sie aber meiner Meinung nach meist gut gelöst bekam, zumal sie sich nie zu schade war, selbst viele Vertretungsstunden zu übernehmen.

Diesmal übernahm mein Rektor die kriminaltechnischen Ermittlungen. Klar betraf es meine Klasse. Und es war zudem meine Geschichtsstunde ausgefallen. Was hatten sie sich entgehen lassen. Imperialismus, Erster Weltkrieg und Weimarer Republik waren meine Steckenpferde. Wie spannend für die Jugendlichen.

Zurück zum Beschiss. Es konnten nur Schüler aus meiner Klasse gewesen sein, denn andere hätten überhaupt keinen Nutzen daraus ziehen können. Still wurde es, als mein Chef den Raum betrat und zwei Alternativen anbot. Entweder würde sich derjenige innerhalb einer Minute melden, wenn nicht, sollte das große Programm folgen. Was er damit meinte, konnte ich mir nicht erklären, doch war es der Plan dieses Fuchses, die Schüler frühzeitig weichzuklopfen und zur Aufgabe zu bewegen. Als sich nach nicht einmal einer halben Minute zwei Schülerinnen erhoben, wusste ich, dass sein Plan aufgegangen war. Die eine Schülerin kam mit einer deutlichen Ansage noch ganz gut weg und sollte in Zukunft aus dieser Dummheit lernen. Bei der anderen sah es etwas düsterer aus. Wie gesagt hatte sie sich schon vor dem Betriebspraktikum gedrückt und auch sonst die faule Sau raushängen lassen, was ihr nun zum Verhängnis wurde. Man hat sie für eine Woche aus der Schule geschmissen. Wahrscheinlich fand sie das auch noch cool. Ob ihre Eltern der gleichen Meinung waren, interessierte mich nicht mehr. So klasse sollte es aber dann doch nicht für die selbsternannte Schwänzerin werden. Wir verdonnerten sie nämlich dazu, täglich pünktlich um 7:30 Uhr im Sekretariat anzutreten, um sich ihre Aufgaben und Arbeitsblätter abzuholen, die sie zu bearbeiten hatte.

Alles in allem hatte ich mittlerweile einen recht guten Zugang zu den Jugendlichen, was mir überaus wichtig war, befürchtete ich doch, dass ich die Klasse auch das nächste Schuljahr noch zu führen hatte. Da meine Kollegin noch nicht voll auf der Höhe war, war zu erwarten, dass sie eher im Kleinen ihre Wiedereingliederung anpacken wollte. Dafür hatte ich vollstes Verständnis und konnte mich alsbald darüber freuen, dass sie stundenweise wieder da war.

Probleme kamen immer noch von den üblichen Verdächtigen. Mein Kleinkrimineller, der mir das Smartphone geklaut hatte, war wieder der gleiche Clown wie zuvor und gegenüber mir scheiß freundlich. Aber dann wieder das zweite Gesicht. Manchmal erkannte ich in ihm die Personen Dr. Jekyll und Mr. Hyde aus der Novelle von Robert Louis Stevenson. Auf der einen Seite der gutmütige und freundliche Dr. Jekyll und auf der anderen Seite der niederträchtige Mr. Hyde, der nur Teil des guten Jekyll war.

Ich war in der neunten Klasse angekommen. Niemals zuvor hatte ich eine Abschlussklasse geführt. Es sollte eine anspruchsvolle Aufgabe auf mich zukommen. Ich musste also das Schuljahr angehen, das für alle Schüler entscheidend werden sollte. Die Hauptschulabschlussprüfung. Doch hatten wir bis dahin noch viel Zeit vor uns. Ich hatte zwei inklusive Schüler in der Klasse. Ein rumänisches Kind, das körperbehindert war und eine deutsche Schülerin, die unter Rheuma litt. Beide hatten ihre Schulbegleiterinnen. Die Frau, die meinen Rumänen betreute, war täglich da und eine große Unterstützung, da der Junge nicht ohne Hilfe gehen konnte. Er sprach nicht viel, schrieb schlechte Noten und es war mir nicht klar, warum er nicht in einer anderen Einrichtung untergebracht werden konnte, die geeigneter für ihn gewesen wäre.

Das Wort „Inklusion“ kam mir in diesem Fall wieder einmal heuchlerisch vor. Alle haben nach dem Gesetz das Recht, eine Schule nach ihrem Wunsch zu besuchen. Der Vater, beratungsresistent, hatte davon Gebrauch gemacht. Er sprach mich immer mit „Herr Professor“ an, was mich nicht störte. Ich jedenfalls fand die Entscheidung falsch.

Das Mädchen, dem ebenfalls eine Schulbegleiterin zur Seite gestellt worden war, war äußerst intelligent und selbstständig. Ihre Begleitung war eine Spanierin, die nur stundenweise anwesend war und bei der ich mich von Anfang an fragen musste, was sie hier zu suchen hatte. War die Schülerin vor Ort, so durfte man davon ausgehen, dass sie zumindest körperlich auf der Höhe sein musste. War sie es nicht, war sie nicht in der Lage zur Schule zu kommen und krank geschrieben. Helfen konnte die gute Frau meiner Schülerin zu keiner Zeit, ich würde sogar behaupten, dass es rausgeschmissenes Geld war. Wenn sie da war, saß sie nur da, laß in ihrem Buch oder stickte. Was hatte das mit Schulbegleitung zu tun? Vielmehr glich es einer Arbeitsbeschaffungsmaßnahme, die ich in diesem Fall als völlig unsinnig empfand. Unser Klassenzimmer war sowieso schon vollgestopft. Daher hätte ich gut und gerne auf sie verzichten können.

Meine Aufgabe in diesem Schuljahr bestand aber nicht nur darin, die neunte Klasse zu begleiten und auf die Prüfungen vorzubereiten. Ich hatte noch weitere Lehraufträge, die mir den letzten Rest geben sollten. Ich hatte mich im Vorfeld für ein Mathe Deputat für Klasse Sieben und Acht interessiert. Ich wusste, dass ich meine Abschlussklasse nur im Fach Deutsch und dem Fächerverbund Geschichte/Gemeinschaftskunde/Erdkunde hatte. Also gerade einmal müde acht Wochenstunden. Daher musste ich mich zielgerichtet orientieren und die Fächer auswählen, die ich zwar nicht studiert, aber auf die ich Lust hatte. Die Inhalte im Mathematikunterricht der Klasse Sieben und Acht traute ich mir locker zu. Und tatsächlich hatte ich den Zuschlag bekommen. Ich kann mich noch an den Brief erinnern, der mir in den Ferien zugestellt wurde, um mich frühzeitig darauf einstellen zu können. Ich war erfreut, ja beinahe euphorisch, dass mein Rektor mir meine Wünsche eins zu eins erfüllt hatte und er es mir zutraute. Selbst meine Frau sah endlich Licht am Ende des Tunnels und konnte mit dieser Zuteilung gut leben. Ich war gespannt und für meine Verhältnisse äußerst motiviert. Endlich einmal etwas Neues, das mich inhaltlich weder unterfordern noch überfordern sollte. Und meine eigene Klasse kannte ich ja mittlerweile gut genug, so dass ich mir überhaupt keine Sorgen machen musste. Dachte ich.

Meine neunte Klasse war nicht das Problem. Logisch, dass der eine oder andere Depp sich weiter aufspielte, oder mein Spezialfall hin und wieder ausflippte. Das gehörte mittlerweile zum Tagesgeschäft. Ich musste sie langfristig auf die Abschlussprüfung vorbereiten. Das hieß, dass wir Literaturgattungen durchgehen und die leidigen grammatikalischen Grundbegriffe zum x-ten Mal wiederholten mussten. Nicht zu vergessen: die Rechtschreibung mit all dem Regelwerk. Für die Schüler war das nicht nur eine Zumutung, sondern schlichtweg ein Graus, weil eine Vielzahl von ihnen es einfach nicht begriff. Andere wiederum schüttelten es sich aus dem Ärmel, waren begabt und fleißig. Eine Mischung, man spricht gern von der Schere zwischen starken und schwachen Schülern, die sich aber in all den Jahren immer weiter geöffnet hatte. Für manche muss die Schere aber neu erfunden werden, weil der übliche Scherenwinkel nicht mehr groß genug ist. Was also tun, wenn der Winkel einer handelsüblichen Schere, also ein stumpfer Winkel, überschritten ist? Dann müsste sich logischerweise die Schere, in Richtung eines gestreckten Winkels entwickeln. Gesehen habe ich solch eine bisher noch nicht.

Wie soll ein Lehrer bei dieser Heterogenität der Leistungsprofile überhaupt noch jedem gerecht werden können? Ein Ding der Unmöglichkeit. Verschiedenheit ist eine gute Sache, keine Frage. Zum Beispiel in der Zusammensetzung der Schülercharaktere oder der Schule überhaupt. Dutzende von Nationalitäten, die man kennen lernen und von denen man profitieren kann. Doch habe ich keine Chance, alle so behandeln zu können, wie es dieser beschissene Spruch „man muss die Schüler dort abholen, wo sie stehen" sagt. Ich hatte mich schon einmal negativ über diese Floskel geäußert, doch als Klassenlehrer einer Abschlussklasse kommt mir dieser Spruch so vor, als ob er nur von einem Idioten stammen konnte. Was in einem Abschlussjahr auf die Schüler an Input einprasselt, ist enorm. Und welchen Einsatz müssen die Lehrer dabei leisten? Wie soll man denn noch jemanden in dieser Phase abholen, wo er gerade steht? In der Neunten hole ich jemanden ab, indem ich ihm sage:

„Dein Prüfungsthema Vietnamkrieg … äähh … lass es einfach stecken."

„Wieso? Ist doch interessant."

„Keine Frage, aber das war bisher nie Thema im Unterricht und …"

„Aber ich hab erst einen Film gesehen, der war voll cool."

„Welchen denn?"

„Pearl Harbour."

Ich fragte ihn noch, wo das Land Vietnam auf der Weltkarte zu finden wäre. Klar, dass er sich für die Karibik entschied, aber das hatte leider nichts mit Hawaii zu tun. Dass er dann auch noch den Vietnamkrieg mit dem Zweiten Weltkrieg verwechselte, war zwar keine Schande, aber die Bestätigung für mich, ihm dringend von diesem Thema abzuraten. Der Film, den ich schon Jahre zuvor gesehen hatte, schlummert übrigens mit weiteren gefühlt vierhundert Filmen zuhause im Regal.

Manchmal war es unterirdisch, was ich mir anzuhören hatte, bei anderen Schülern musste ich mich präparieren, weil es motivierte und begabte Kinder waren, die lernen wollten und zudem Fragen stellten. Das beeindruckte mich immer wieder.

Ich startete also mein Matheabenteuer in der Sekundarstufe. Ich war schon gespannt, hatte mich doch problemlos vorbereitet und war guten Mutes. Die siebte Klasse war mit vielen Schülern besetzt, die ich kannte. Es waren die Kids, die ich in der Grundschule unterrichtet hatte. Und es waren überwiegend nette Jugendliche, irgendwie immer noch Kinder, im Gegensatz zur Parallelklasse, die eher ungehobelt auftraten. Dort waren die coolen Jungs und Mädels zu finden, mit denen ich nichts am Hut haben wollte. Die Jungs nervten mich schon, wenn ich sie nur durch die Gänge schlurfen sah, die Chipstüte im Anschlag. Chipstüte? Als besonders cool empfand ich das nicht. Vor allem, wenn später die leere Tüte auf dem Boden herumlag und die Reste von den Putzfrauen am Nachmittag entfernt werden mussten. Doch von diesen Typen, die ich noch kurz vorher mit ihrem Knabberzeug gesehen hatte, soll es anscheinend niemand gewesen sein. Das sind also die coolen Jugendlichen, gerade einmal dreizehn Jahre, auf dicke Hose machen, obwohl noch nichts von einer dicken Hose zu sehen ist. Und das hatte mich schon immer angekotzt. Diese aufgeschwemmten und faulen Chipsfresser, die in unserer Schule landen. Eine Statistik würde sicher beweisen, dass es in unserer Schulart, die meisten chipsfressenden Kinder gibt, die zu Vermüllung und Vandalismus neigen. Und das Schlimmste daran - es ist ihnen auch noch scheiß egal. Es gibt ja Hausmeister und Putzfrauen. Im Übrigen waren seit nicht allzu langer Zeit Chipstüten im Schulhaus verpönt und verboten, soweit ich mich erinnern kann. Aber ich hatte nicht den Eindruck, dass Wert darauf gelegt wurde, dies auch durchzusetzen. Chips am Morgen, Chips in der Pause, Chips am Mittag. Ich habe nichts gegen Chips. Aber doch nicht schon morgens. Was brüstet sich die Schule mit gesunder Ernährung und all dem Mist, schafft es aber nicht, die Chipstüten zu verbannen.

Mir war es dann aber irgendwann egal, solang es nicht in meiner Klasse war. Ich sah immer noch Schüler mit den Scheißtüten, und das auch noch während des Unterrichts. Die Schulansage „Operation Chips" hatte meines Erachtens voll versagt. Chips abends auf der Couch und in Erwartung eines Bundesligaspiels, oder den Herrn der Ringe im Blue-Ray-Recorder, ist eine feine Sache. Immer wieder sprach ich Schüler darauf an, doch hatte ich nicht den Anschein, dass sie das interessierte. Schon morgens den Gestank von Jugendlichen ertragen zu müssen, die den Begriff „Dusche" oder zumindest „Waschlappen" von den Eltern noch nicht erlernt hatten, denen Zahnhygiene weit fernlag, und dann noch die Chipstüte morgens ab 7:30 Uhr im Anschlag. Es widerte mich an und ich ließ keinen von den Burschen auch nur bis auf einen Meter an mich heran. Und dann muss ich mir von der Schulleitung anhören, dass die Schüler ein Bedürfnis haben mit einem sprechen zu wollen. Tut mir leid, kein Bedürfnis. Überall gibt es Richtlinien und Grenzwerte. Zum Beispiel beim Feinstaub. Wenn dieser Wert in Städten überschritten wird, so sollten Dieselfahrzeuge in der heimischen Garage verschwinden. Oder wie sieht es in der Atomindustrie aus. Radioaktive Ausschläge auf einem Geigerzähler lassen alle zusammenzucken, die dann zum Gegenstand für einen nationalen Ausnahmezustand werden können. Skandale in der Lebensmittelindustrie, die die Gesundheit der

Menschen gefährden und dann ich. Allein gelassen, in einem Klassenzimmer voller ausdünstender Jugendlicher, die sich nicht waschen und die Kleidung nur einmal pro Halbjahr wechseln. Pfui Teufel. Hätte man diesen Stinkezähler schon erfunden, wie schön hätte dieses Schuljahr ablaufen können.

Es betrifft aber leider auch Lehrer. Ein Blick in den Kühlschrank des Lehrerzimmers genügt, um zu wissen, dass Hygiene manchen scheinbar nicht wichtig ist. Widerlich, was sich dort so alles ansammelt, das schon lang reif für die Tonne ist. Und dann auf gesunde Ernährung machen. Das ich nicht lache.

Bei den Jugendlichen war alles auf das Peinlichste abgestimmt. Die Frisur, die alle zehn Sekunden zurecht geknetet wird, die Hose, die im Schritt so zu sitzen hat, und die weißen oder roten Markenturnschuhe, ein Outfit also, das mehrere Hundert Euro kostet. Mir war das egal, doch wunderte ich mich immer, woher das Geld für die Klamotten kam. Oft betraf es Schüler, deren Eltern nicht unbedingt den oberen Gehaltsstufen angehörten. Ich frage mich bis heute, wie Schüler an all den Luxus, egal ob Klamotten oder Handys überhaupt kommen. Ich hatte das Glück, in einer Familie aufzuwachsen, die zwar finanziell schon immer gut situiert war, doch die neue Levis Jeans oder die Adidas Allround für damals neunzig Mark waren dann doch kein Thema. Ich hatte sowieso mehr einen Faible für Puma, und der vergleichbare Schuh war damals gut zwanzig Mark billiger. Doch muss ich mir eingestehen, dass sich die Welt gedreht hat und viele Dinge nicht mehr wegzudenken sind. Handys in der Hosentasche kann man nicht mehr verbannen. Ohne sie sind die Jugendlichen nackt und aufgeschmissen. Wenn sie während des Unterrichts damit herumspielten, konnte es sein, dass ich sie bis zum Ende des Schultages einkassierte. Eine Strafe für die Kids. Aber es war an der Schule nicht erlaubt. Und das wussten die Schüler.

Die achte Klasse, die ich in Mathe bekommen hatte, sollte zum Desaster werden. Grundsätzlich hatte ich mich auf die Aufgabe gefreut. Als ich das Klassenzimmer jedoch das erste Mal betrat, fand ich das absolute Chaos vor. Grölende Jugendliche, die mich scheinbar noch nicht einmal wahrgenommen hatten. Ich setzte mich an das Pult und schaute mir alles in Ruhe an. Wieso sollte ich in der ersten Stunde schon als Berserker auftreten. Nach einer Weile beruhigte sich die Szenerie und ich konnte den Unterricht starten. Ich kitzelte alles, was sie an Vorwissen hatten und was ihnen zur Mathematik einfiel, heraus und notierte es an der Tafel. Mit dem Ergebnis konnte ich durchaus zufrieden sein und ging die erste Unterrichtsstunde an. Rationale Zahlen. „Easy“ dachte ich mir, zumal der gleiche Mist schon ein Jahr zuvor Thema war. Also nur eine Wiederholung. Während der ersten Stunde musste ich aber nochmals diverse Zahlenstrahle an die Tafel zeichnen, um zu erklären, wo sich +1 und -1 befinden. Ich machte es gern, doch war das Niveau bodenlos.

In den folgenden Stunden zeigten die Schüler dann ihr wahres Gesicht. Eine Klasse, die so nie und nimmer in dieser Zusammensetzung hätte Bestand haben dürfen. Grund dafür war, dass es zuvor zwei gut gefüllte Siebte Klassen gegeben hatte, die man in drei Gruppen aufteilen wollte. Eine grundsätzlich gute Idee. Die Klassenstärke reduziert sich, was in der Regel ein weitaus angenehmeres Unterrichten verheißt. Wenn da nicht die zwei Herren gewesen wären, die die ganze Sache befeuert hatten und einer der Schlüssel für meine Unzufriedenheit und der zukünftig unerfreulichen Geschehnisse waren. Sie fragten doch tatsächlich die Schüler, wer denn freiwillig in die neu zu bildende Klasse gehen wolle. Das Resultat war, dass die größten Chaoten sich dafür entschieden hatten die Klasse zu wechseln und alles noch unterschrieben wurde. Die Schulleitung hatte es durchgewunken. Es war meiner Meinung nach entweder Versagen auf höchstem Niveau, oder man hatte es sich bequem gemacht. Zwei erfahrenen Kollegen vertraut man natürlich, also muss die Sache doch in Ordnung sein. Und die Lehrer der neu formierten Klasse, einschließlich mir, hatten nun den Salat. Ich empfand es als Witz. Es war überhaupt nicht hingeschaut worden, welche Schüler der neuen Klasse zugehörten. Jedem hätte sofort ins Auge springen müssen, dass die Anzahl der auffälligen Schüler der neu gebildeten Klasse, denen der Parallelklassen weit voraus war. Meiner Meinung nach sollte die Schulleitung immer ein Auge darauf haben, wie die Klassen zusammengesetzt werden. Warum haben sie es also nicht getan? Viele Probleme hätten im Vorfeld unterbunden werden können. Doch es geschah nichts. Wurde es nur ignoriert oder gar unterschätzt? Den erfahrenen Kollegen, die dazu auch noch in wichtigen Positionen an der Schule tätig sind, fährt man nicht in die Parade.

Ein weiterer Faktor, der mein Aus als Lehrer besiegeln sollte.

Meine beiden Kollegen hatten das nie verstehen können. Mit dem Jüngeren von beiden hatte ich bis zuletzt immer ein klasse Verhältnis, trotz dass er Bayern Fan ist. Und als Fanabgeordneter dieses Vereins, hatte er immerhin stets mehr zu lachen als ich. Anfangs machte er seine Späße darüber, weshalb wir über die Schüler abkotzten. Er zählte immer wieder von neuem auf, wie gut man doch mit dem einen oder anderen auskommen könne.

„Der ist doch echt anständig und war bei mir nicht schlecht“, so eine seiner beliebten Zitate.

Ich bin leider auf Kaliber gestoßen, die sich anders präsentiert hatten. Zumindest hatte ich das Gefühl, dass sich der Bayern-Fan, ein Typ, den ich immer mochte, mit der Zeit Gedanken machte und den ganzen Mist, der sich innerhalb des Schuljahres in dieser Klasse auftürmte, zu Herzen nahm. Es konnte ihm nicht entgangen sein. Und ich meinte zu spüren, dass er die Situation zunehmend Scheiße fand, obwohl er als Lehrer nicht betroffen war.

Mein anderer Kollege hatte dafür weniger Verständnis. Kurz vor der Pension hatte er seine Schäfchen im Trockenen und brauchte sich um solche Kleinigkeiten nicht mehr kümmern. Er hakte es mit einem frechen Lächeln ab. Wir können ja tauschen, dachte ich mir. Doch wie immer hielt ich mein Maul, schluckte es herunter und spielte mit.

Was in der Klasse in Ordnung war, würde ich auf ein Minimum reduzieren. Einundzwanzig Schüler, eigentlich nur zwanzig, weil eine Schülerin in meinem Unterricht so gut wie nie anwesend war, da sie der deutschen Sprache nicht mächtig war und daher in der Vorbereitungsklasse saß. Von den restlichen zwanzig Schülerinnen und Schülern hatte ich folgende zu unterrichten: Zehn Idioten, als etwas anderes kann ich sie leider nicht bezeichnen. Sieben Faule und zum Teil so unbegabt, dass ich mich fragen musste, wie sie es überhaupt bis in die achte Klasse geschafft hatten. Zwei Jugendliche, die ordentliche Leistungen zeigten, aber ihren Mund nicht dazu benutzten, dem Unterricht etwas Vernünftiges beizusteuern. Lediglich ein Schüler war motiviert, machte seine Hausaufgaben, war leistungsorientiert und arbeitete mit. Ein Schüler! Das muss man sich erst einmal vorstellen! Dieser eine Schüler hatte auch im Endzeugnis die beste Note. Eine Drei. Ein Rumäne mit sprachlichen Defiziten. Er hätte die Zwei schaffen können, vermasselte sie sich aber mit zwei Klassenarbeiten, die er deutlich unter Wert abgegeben hatte. Schade eigentlich. Der Rest der Truppe war an Peinlichkeit nicht zu überbieten. Kein Interesse, nicht einmal der Wille, vielleicht der Fünf oder Sechs zu entgehen. Bei einigen hatte sich ihre Anwesenheit schnell darauf reduziert, unangenehm aufzutreten oder dumm herauszuschwätzen. In der Rubrik „Fäkalsprache", hätten sie eine glatte Eins bekommen. Es waren diese Jugendlichen, denen es ungemein Spaß bereitete, den Unterricht zu stören oder Mitschüler mit Ausdrücken oder anderen Gemeinheiten zu triezen.

Einer von ihnen war ein durchaus übles Subjekt. Er kam von der Realschule, weil er dort den Ansprüchen nicht gerecht geworden war. Mich wunderte das überhaupt nicht, schrieb er bei mir doch nur Fünfen, was ihn aber nicht zu jucken schien. Wenn die Schüler glaubten, dass mich das stören sollte, so hatten sie für eine kurze Zeit Recht behalten. Doch spätestens nach den Herbstferien war es mir scheiß egal, wer welche Note schrieb. Jeder hatte für sich selbst die Verantwortung zu übernehmen. Alt genug waren sie. Wenn es sie nicht interessierte, war es nicht mein Problem. Die Klassenarbeiten und Kurztests waren eine einzige Katastrophe. Alle Arbeiten lagen bei einem Notendurchschnitt zwischen 4,5 und 4,8. Hätte ich die einzigen zwei ordentlichen Zensuren herausgenommen, so wären wir bei einem Schnitt von 5,0 gelandet. Eine Leistung, die manche Schüler auch noch erheiterte.

Dieser Bursche konnte nicht oft genug erwähnen, dass er vorher die Realschule besucht hatte. Bei seinen Noten hätte ich lieber das Maul gehalten. Und dann noch die miese Ausrede, er sei ein Trennungskind. War ich etwa daran schuld? Bei so vielen Scheidungskindern in Deutschland wäre ein Totaleinbruch der Schulen zu befürchten, weil dann etwa ein Drittel der Schüler betroffen wären. Im Falle dieser achten Klasse lag dies aber durchaus im Bereich des Möglichen. Hier lieferten nämlich tatsächlich siebzig Prozent der Schüler Leistungen zwischen Fünf und Sechs ab. Eine Quote, die mich gegen Ende des Schuljahres eher erheiterte, weil es mir mittlerweile tatsächlich egal war.

Der besagte Jugendliche nervte jedenfalls wirklich. Eine saudumme Lache dazu und immer sein Scheiß Handy im Anschlag, um hinter meinem Rücken zu zocken. Wenn ich ihn dabei erwischte, schnappte ich mir sein Heiligtum für den restlichen Vormittag. Das darauffolgende Gezeter war nervenaufreibend und störte den Unterricht, der zwar schon lange nicht mehr nach den normalen Regeln ablief aber dennoch stattfand. Also schmiss ich ihn regelmäßig aus dem Klassenzimmer. Und dann machte das Bürschchen auch noch auf beleidigte Leberwurst. Jetzt hatte ich ihn am Haken und drehte den Spieß um. Das wollte ich so nicht unkommentiert stehen lassen und lachte ihn nahezu aus. Ich hatte jeglichen Respekt vor einigen aus der Klasse verloren und war es Leid, der nette Allesversteher zu sein. Dabei konnte der Junge auch ganz anders. Während der Praktikumswoche zeigte er in einem Forstbetrieb das nötige Engagement, was mich freute. Anpacken konnte er also, wenn er wollte.

Trotz allem versuchte ich, meinen Unterricht so gut es eben ging, durchzuziehen. Oft war es aber ein Ding der Unmöglichkeit. Auf Strafen folgte Gemaule, das den Unterricht noch mehr störte. Als Höhe empfand ich den Kommentar eines Schülers. „Können die gehen, die keinen Bock haben?“, so seine dämliche Bemerkung. Ich schaute ihn konzentriert an. Er dachte wohl, dass ich gleich ausflippen würde, sah sich aber gewaltig getäuscht. Ich sagte: „Klar könnt ihr gehen.“ Ich hatte den Eindruck, als empfanden sie es als einen errungenen Sieg. Einer nach dem anderen stolzierten sie grölend vor die Tür, um dort weiter Spaß zu haben. Sieben Schüler waren es letztendlich, die für sich entschlossen hatten, dem Unterricht zu entziehen. Sieben Störer weniger, so mein einziger Gedanke. Ob, oder wie sie den versäumten Unterrichtsstoff nachholen wollten, war mir scheiß egal.

An ein weiteres Ereignis erinnere ich mich noch bestens. Fleißig notierte ich jeden Tatbestand in das Klassenbuch, um meiner Dokumentationspflicht nachzukommen. Einmal schrieb ich „Klasse nicht zu unterrichten“ hinein, was nach sich zog, dass ich ins Büro des Rektors gerufen wurde. Ich bekam eine deutliche Rüge und die Botschaft, dass er solche Sätze zukünftig nicht mehr lesen wolle. Sollte ich also auf die Wahrheit verzichten und so tun, als sei alles in bester Ordnung? Ein Dolchstoß, wieder einmal. Die Schulleitung stand zum wiederholten Male nicht zu mir, tat so, als sei alles meine Schuld. Dabei hätte schon viel früher eingegriffen werden müssen. Aber man ließ es laufen und mich und meine Kollegen hängen.

Meine Frau und ich waren uns einig, wo eigentlich der Unterschied zwischen einer sogenannten Brennpunktschule in einer Großstadt und einer Landschule liegen sollte. Es gibt nämlich keinen. Definitiv nicht. Das einzige was auffällt, ist die kleinkarierte Haltung mancher Eltern der ländlichen Gegend, die sich immer im Recht sehen, egal wie sich ihr Kind verhält. Und das wurde auch noch gebilligt. Die achte Klasse war der Beweis.

Ich befürchtete fast schon, dass die beiden Lehrer einen guten Deal abgezogen hatten, lästige Schüler loszuwerden. Den einen oder anderen Störenfried behielten sie immerhin in ihren Klassen, diese waren aber kaum von Bedeutung, zumindest was den Unterrichtsalltag angehen sollte.

Ein anderer Schüler ging in die ähnliche Richtung des zuerst genannten Unruhestifters. Große Klappe, faul und verhaltensauffällig. Und auch hier musste ich mir von der Mutter anhören, dass der Vater über alle Berge sei. Und jetzt? Somit wurde es zu meiner Baustelle. Wenn sich die Schüler wenigstens normal aufführen würden, so hätte ich kein Problem. Doch war dieser Junge ein provokanter Dummschwätzer, der ständig, mit irgendwelchen Ausreden, dem Unterricht fern blieb. Dann hieß es immer: „Mir ist schlecht, kann ich gehen?“ Natürlich durfte er, nach telefonischer Rücksprache mit der Mutter. Mir war das gleich Recht. Erstaunlich fand ich immer nur die Phase des Störens, die urplötzlich in den Zustand des weinerlichen Jammerlappens umschlug. Eine Showeinlage, nicht einmal besonders gut gespielt.

Woran ich mich schon immer gestört habe, war, dass genau diese Problemkinder oft zu dick waren, keine Lust auf Bewegung oder Sport hatten und sich ständig irgendetwas ins Maul stopfen mussten. Bei meinem Spezialisten war es obendrein die 1,5 Liter Flasche Eistee oder Spezi. Ich frage mich, wie man so viel Zucker in sich hineinschütten kann. Er war übrigens auch einer dieser armen Jungs, der unter Trennungsängsten litt. Ich konnte es nicht mehr hören. Immer wurde diese Problematik vorgeschoben. Ich, der arme Bub, weil sich meine Eltern getrennt haben. Ich wusste Bescheid und hatte diverse Gespräche beziehungsweise Telefonate bezüglich der privaten Probleme geführt, doch leider bin ich kein Psychologe, der den Eltern Auswege aus ihren Sackgassen aufzeigen kann. Es wäre vermessen gewesen, mich überhaupt einzumischen. Wahrscheinlich litt der Junge wirklich, doch sein blödes

Geschwätz, diese Bocklosigkeit und das nervige Dauerstören überlagerten jedes Mitleid. Es kotzte mich nur noch an. Was hatte er überhaupt hier verloren. Seine Fehltage wuchsen ins Unermessliche, Klassenarbeiten wurden nicht ernst genommen, und die nötige Einsicht zur Besserung hatte der Bursche leider auch nicht. Eigentlich war ich sogar froh, dass er oft nicht anwesend war und mich nicht weiter belästigte. Ich war an einem Punkt angelangt, an dem ich mich nicht mehr abgrenzen konnte und zu viel persönlich genommen hatte. Keine gute Eigenschaft für einen Lehrer.

Ein anderer Schüler sollte ebenfalls noch besondere Aufmerksamkeit finden. Er definierte sich ausschließlich darüber, Basketballspieler zu sein. Für den Anfang fand ich das erst einmal klasse, weil ich selbst Fan war. Eine Mannschaft, die sich aus den unteren Ligen durch wirkliche Knochenarbeit und Hingabe nach oben gekämpft hatte und damals in der Zweiten Bundesliga spielte. Und sie waren richtig gut. Dieses Team hatte sogar schon die Luft der höchsten Klasse geschnuppert, war aber, aufgrund des im Vergleich zu den anderen Mannschaften dürftigen Etats, kläglich gescheitert und gleich wieder abgestiegen.

Mittlerweile spielen sie wieder im Oberhaus und haben dies absolut verdient

Mein Schüler aber hätte es verdient gehabt, wenn man ihm einmal gehörig den Hintern versohlt hätte. Ein Angeber und Schwätzer. Von den Schwätzern hatte ich ja schon genügend, doch einen selbstgefälligen Angeber konnte ich partout nicht auch noch gebrauchen. Er gab damit an, Teil dieses großen Ganzen der Basketballabteilung zu sein. Schön und gut, doch man sollte erst einmal Leistung auch in anderen Bereichen zeigen. Ich glaube nicht, dass der Chef der Basketballprofis erfreut gewesen wäre, wenn ich ihm die Verhaltensweisen des selbsternannten „Air Jordan" in Miniformat übermittelt hätte.

Grundsätzlich würde ich mich freuen, wenn er sich sportlich weiterentwickeln würde. Er spielt in einer guten Mannschaft und hat Einsatzzeiten. Bereits als Achtklässler hatte er zumindest von der körperlichen Konstitution die Voraussetzung, um mehr daraus zu machen. Groß, kräftig und austrainiert. Im Unterricht benahm er sich aber leider weniger professionell. Dabei war er kein Dummer. Er war stets einer der Besten, auch wenn er sich oft ablenken ließ und einmal mehr den Poser mimte. Wirklich nervig. Dennoch hatte er einen Zugang zur Mathematik, und wenn ihn etwas interessierte, biss er sich fest. Immerhin war er einer der wenigen, denen ich noch mit den Erziehungsberechtigten drohen konnte. Diese waren nämlich noch Vertreter der Oldschool und erwarteten von ihm zumindest die notwendige Disziplin und den Respekt vor Erwachsenen.

Besonders strapaziös war ein für sein Alter schon 1,80 Meter großer Spargeltarzan aus wohlhabendem Hause. Designerklamotten vom Feinsten, Alles saß da, wo es sein sollte. Der Junge hatte aber leider das geistige Niveau eines Sechstklässlers. Er war noch nicht fähig, zu begreifen, worum es ging. Egal welche Formel Bestandteil des Unterrichts war oder was auch immer gerechnet werden sollte, er konnte es nicht, laberte um abzulenken blöd rum, was furchtbar störte. Er war jene Art Schüler, der nichts kapiert, aber immer das letzte Wort haben muss. Egal wann. Dieses Kind musste ständig seinen Kommentar abgeben, was an meinen Nerven zerrte.

Das einzige Mal, an dem er mir eine Riesenfreude bereitete, war am Tag des alljährlichen Fußballturniers. Pünktlich zum Anpfiff hatte er sich in Schale geworfen: VfB Trikot mit seinem Namen beflockt, Stutzen, Schienbeinschoner und feinste Markenturnschuhe. Wäre ich sein Berater gewesen, ich hätte ihm tunlichst davon abgeraten. Da stand also ein Kicker, ausgerüstet mit einer Montur im Wert von circa dreihundertfünfzig Euro, der den VfB Stuttgart verkörpern wollte. Das Dumme an der ganzen Sache war, dass er fußballerisch unterirdisch begabt war. Einen Stammplatz in einer Reservemannschaft der Kreisliga B würde ich ihm für die Zukunft jedoch zutrauen, vorausgesetzt seine Mitstreiter würden die Anzahl von zehn Personen nicht überschreiten.

Die Liste der Unruhestifter in dieser Klasse des Schreckens war also lang. Einer davon war besonders strapaziös, da er seine Klappe nicht halten konnte und obendrein die Stimme eines Kleinkindes hatte. Er ging mir dermaßen auf den Sack, dass ich meinem Bedürfnis nachkam und ihn das eine oder andere Mal aus dem Unterricht entfernte. Das Schlimmste war, dass ich mit ihm unendliche Diskussionen führte, um ihn von seinen unterrichtlichen Verfehlungen zu überzeugen. Was war das für ein Schwätzer. Für die Klasse der Clown, der Stimmung brachte, für einen Lehrer der blanke Horror.

Es fing schon damit an, wenn ich mich nach der großen Pause dem Klassenzimmer näherte. Es war das absolute Chaos. Auf dem Gang hingen die Jugendlichen ab und spielten sich aufs Übelste auf. Solch Tumulte hatte ich bisher nicht gesehen. Wie Irrsinnige lagen diese Bekloppten auf dem Boden, schlugen aufeinander ein oder lachten in einer Art, die absolut befremdlich war. Der Einstieg in eine vernünftige Unterrichtsstunde war somit bereits im Vorfeld zum Scheitern verurteilt, weil die Kids so dermaßen überdreht waren, dass sie in den ersten zehn Minuten für nichts zu gebrauchen waren. Es flogen Gegenstände durch den Raum, denen ich zunächst keine Aufmerksamkeit schenkte. Ich saß am Pult und wartete ab, was weiter passieren würde. Es war interessant, die Klasse einmal nur zu beobachten. An Unterricht war zu diesem Zeitpunkt nicht zu denken und schon lange hatte ich es sein lassen, gegen diesen unerträglichen Lärm anzuschreien. Es war wie im Irrenhaus. Schule interessierte sie nicht und ich musste meine Nerven schonen. Ich hatte für mich entschieden, dass der Zug für die Klasse abgefahren und nur noch Unterricht nach Bedarf abzuhalten war. Hätten sich die Schüler nur ein klein wenig darauf eingelassen, hätten die Zensuren am Schuljahresende nicht denen entsprochen, wie sie dann tatsächlich von mir ausgesprochen wurden. Ich war nach wie vor gut vorbereitet und hätte die Motivation gehabt, den Schülern die wichtigsten Inhalte beizubringen. Doch ihr Verhalten ließ dies nicht zu.

Ich saß also da, beobachtete das Treiben und wartete darauf, dass sie mir irgendwann Aufmerksamkeit schenkten, um mit dem Unterricht starten zu können. Leider Fehlanzeige. Mein Basketballprofi, meinte auch noch, seine leere Plastikflasche aus der dritten Reihe im Mülleimer versenken zu wollen. Wie so oft, setzte er den Wurf aber daneben. Schon dafür hätte ich ihn in den Trainingsraum schicken können, verkniff es mir aber. Ich hatte keine Lust mehr auf die leidigen Diskussionen, die das Resultat des Strafmaßes nach sich ziehen würde Ich wies ihn trotzdem an, seinen Müll gefälligst vernünftig zu entsorgen. Der Junge ging auch nach vorne, aber nicht etwa um den Abfall in den Eimer zu befördern. Er ging mit der Flasche zurück an seinen Platz, um von dort einen weiteren Wurf zu versuchen. Wiederum verfehlte das Geschoss den Papierkorb. Jetzt hatte ich genug. Er flog raus, und zwar in den Trainingsraum. Er sollte sich und seine dämliche Handlungsweise reflektieren. Es folgte logischerweise ein unleidiges Lamentieren. Und der zeitlich begrenzte Rauswurf aus der Schule. Zwar nur für eine Woche, aber immerhin. Ich wusste nicht, dass der Bursche schon bei anderen Kollegen unangenehm aufgefallen war und den Gang zur Selbstreflexion antreten musste. Meine Maßnahme war sein Pech. Die Anzahl der Verweise hatten ihm das Genick gebrochen.

Toll waren auch manche Mädchen. Zwei waren wirklich der Oberknaller. Hätte ich mit ihnen die Steigerung des Wortes „dumm" näher besprochen, sie wären nie auf die richtige Lösung gekommen. Stets war ich bemüht, diese hohlen Weiber in den Unterricht zu integrieren. Aber es kam nichts zurück. Selbst die einfachsten Fragen konnten oder wollten sie nicht beantworten. Auf die Frage „was ist Acht Mal Vier?", erntete ich: „Keine Ahnung, kein Bock!" Soviel zur Motivation. Kinder der zweiten Klasse, hätten mir mit Begeisterung die richtige Antwort entgegengeschleudert. Es war wirklich peinlich. Keine Hausaufgaben und mündlich nichts. Dazu miserable schriftliche Leistungen. Am Ende des Schuljahres las es sich wie folgt: Vier Schülern hätte ich die Note ungenügend geben müssen, zehn eine mangelhaft, vier hatten eine ausreichende Leistung geschafft. Lediglich zwei Schüler konnten auf eine befriedigend hoffen. Ein Debakel. Aber was sollte ich machen. Die Zensuren waren hausgemacht und wunderten mich schon lange nicht mehr.

Kurz vor der Versetzungskonferenz wurde ich wieder einmal zu meinem Chef zitiert, der mir deutlich machte, dass er die Schüler, auch wenn sie die Note Sechs von mir bekämen, auf Probe versetzen ließe. Ich fragte ihn aus welchem Grund. Er argumentierte, dass die Schüler bei einer Wiederholung der Klasse, in den Gemeinschaftsschulbereich wechseln würden. Es wäre eine ganz andere Art des Lernens und bisher bewegten sie sich noch, als letzte Klasse an der Schule, in den Dimensionen der Hauptschule. Was für ein Quatsch, dachte ich mir. Ich unterrichtete selbst eine Gruppe von Schülern im Matheunterricht der Gemeinschaftsschule. Die Noten waren abgeschafft worden, und die Klassenarbeiten hießen nun Lernnachweise. Dazu gab es die neuen Büchlein, in denen der Lehrer Notizen für die Eltern als Rückmeldung geben konnte. Das wäre für diese Pfeifen doch das Richtige gewesen. Keine Noten mehr, sondern nur noch aussageloses Blabla, das die Eltern doch nicht verstehen und dann auf den Lehrer zukommen, um von ihm zu erfahren, was das Geschwätz denn in Noten ausgedrückt wäre. Ich konnte das nicht verstehen und hatte mich letztendlich dazu durchgerungen, auf die vier Sechser im Zeugnis zu verzichten. Ich wollte dann doch nicht, dass die Schüler nur auf Probe versetzt wurden, da sie im neuen Schuljahr dann genau unter die Lupe genommen wären und sie dem Druck niemals standhalten würden. Trotz allem standen am Ende des Schuljahres vierzehn Fünfer zu Buche. Wie peinlich.

Anderen Burschen aus dieser Klasse, musste ich schon alsbald absprechen, überhaupt normal zu ticken. Sie waren meist mit Trainingsanzug bekleidet, den sie das ganze Jahr hindurch trugen. Selbst bei fast schon unerträglichen hochsommerlichen Temperaturen hatten sie sie noch an und dünsteten in übelriechender Weise vor sich hin. Auch wenn ihnen der Schweiß von der Stirn lief, hatten sie nicht das Bedürfnis, sich ihrer Kleidung zu erleichtern. Ich hatte nicht das Gefühl, dass nur einer von ihnen dem Duschen nahe stand. Und ich musste diesen ganzen Geruchsmix auch noch ertragen.

Einer fühlte sich offenbar noch als Baby, zugegeben eher ein Riesenbaby. 1,70 Meter groß und mindestens achtzig Kilogramm schwer. Er konnte einfach seinen Mund nicht halten und redete tatsächlich in „Babysprache“. Ich konnte ihn akustisch partout kaum verstehen, aber immer gab er seinen Senf zu allem, was besprochen wurde. Es war unerträglich, so dass ich zur Gegenattacke blies und ihm sagte:

„Du musst immer das letzte Wort haben.“

„Nein, muss ich nicht.“

„Ich hab's doch gewusst. Du musst immer das letzte Wort haben.“

„Nein!“

Der Jugendliche war so nervig und uneinsichtig, was habe ich mit ihm diskutiert. Irgendwann hatte ich darauf keine Lust mehr und brach diesen leidigen Dialog, der letztlich auf Kosten des Unterrichts ging, ab. Ab sofort bekam er nur noch klare Ansagen, die ihm natürlich nicht schmeckten, so dass er erneut zu diskutieren anfing. Ich verfrachtete ihn dann kurzerhand nach draußen auf den Gang vor das Klassenzimmer. Ich konnte nicht länger zulassen, dass ein paar Typen sich meines Unterrichts bemächtigten und die Regeln ändern wollten. Wo kämen wir dann hin. Es käme zur puren Anarchie, die in dieser Klasse leider schon seit längerer Zeit leicht züngelte.

28

Und immer wieder Religion

Ich hatte aber auch noch andere Unterrichtsaufträge, die ich durchaus hätte ablehnen können, weil ich sie im Vorfeld schriftlich abgelehnt hatte. So hatte ich mich zum Ende des letzten Schuljahres dazu entschlossen, meine Tätigkeit im Fach Religion aufzugeben. Diese ganzen Schülergottesdienste konnten mich wirklich nicht begeistern. Und dazu noch in dieser Häufigkeit. Schulanfangsgottesdienst, Weihnachtsgottesdienst, Abschlussgottesdienst. Und immer wurden die Lehrer mit eingespannt. Von den Schulen aus Stuttgart und Ludwigsburg kannte ich das nicht und empfand es als zusätzliche Belastung, die ich so nicht wollte. Ich möchte vor versammelter Mannschaft nicht mit Kollegen inszenierte Geschichten erzählen, ich will nicht mit allen beten, und ich verbitte mir tunlichst, Kinder zu segnen. Wie gesagt, eine Sache, die ich schon immer sehr übergriffig fand.

Was mir bitter aufstieß, war, dass man meine Bitte nicht ernst genommen hatte. Ich traute meinen Augen nicht, als ich mein Deputat mit den einzelnen Fächern überflog. Sie hatten mir zwar Ethik zugeschanzt, doch sollte ich trotzdem eine dritte Klasse in evangelischer Religion übernehmen. „Wie soll das denn gehen?", fragte ich mich. Ich hatte vorab meine Absicht signalisiert, von der Religionslehre Abstand nehmen zu wollen, was für die Schulleitung kein Problem war. Doch jetzt stand ich plötzlich wieder auf der Liste der Religionslehrer. Das konnte doch nicht wahr sein? Entweder Ethik oder Religion. Ich hakte natürlich nach. Lapidar hieß es: „Uns fehlt jemand für die Klasse Drei in Religion, da haben wir an Sie gedacht." Na vielen Dank auch.

Im Nachhinein hätte ich eine Klasse ablehnen können. Entweder Ethik- oder Religionsunterricht. Zu beidem hätte man mich nicht verpflichten können. Ich hielt einmal mehr mein Maul und gab klein bei. Und sie hatten Glück. Ich bin schließlich nicht derjenige, der christliche Werte verteufelt oder die Kirche ablehnt. Ich bin immer noch Christ, getauft und konfirmiert. Wir feiern Weihnachten und so weiter, aber ich habe auch kein Problem mit dem Islam. Wie viele Moslems hatte ich schon in meiner Jugend kennen und schätzen gelernt. Aber ich war nun tatsächlich auch noch im Bereich der Religion tätig. Und warum? Weil es niemand anderen dafür gab oder kein anderer Dummer dazu bereit gewesen wäre.

Was mich aber maßlos ärgerte, war, dass ich den Anfangsgottesdienst mit einer Kollegin organisieren sollte. Das konnte doch alles nicht wahr sein, zumal ich nur der Notnagel für die ganze Situation war. Der Kollege hat sich aus dem Religionsunterricht verabschiedet und versucht in einer anderen Nische tätig zu werden, doch wenn Not am Mann ist, wird er verhaftet. Und das alles mit Engelszungen und dem Gesülze, wie gut man es doch die Jahre gemacht hatte.

Zudem bekam ich den Zuschlag, eine Ethikklasse zu führen. Nur welche? Natürlich die achte Klasse. Die Hälfte der Schüler waren die Idioten aus der Matheklasse, die ich eine Stunde vorher unter großem Gegröle entlassen hatte, nur um mich mit ihnen eine weitere herumschlagen zu müssen. Und dann noch die sechste Stunde von 12:00 bis 12:45 Uhr. Meiner Meinung nach eine sehr unglückliche Entscheidung, die in Schulkreisen aber gängige Methode ist. Die „unwichtigen" Fächer positioniert man als Randstunden und hat weniger Probleme mit dem Setzen des Stundenplans. Clever und ökonomisch vorgesehen in Ordnung. Doch sehe ich es leider etwas anders. Werte, die die Religionslehre oder Ethik vermitteln, werden an den Rand des Schultags gesetzt, mit dem Ergebnis, dass sie vollends verpuffen. Ich musste die Achter im Fach Ethik in der letzten Stunde des Vormittags unterrichten. Leider kam bei den Schülern gar nichts oder nicht viel an. In diesem Fall konnte ich es ihnen nicht einmal verübeln. Auch wenn sie gewollt hätten, im Kopf gab es nach so einem langen Vormittag kaum noch Platz für mehr Input. Schon gar nicht für Input, der keinesfalls oberflächlich ist.

Ich hatte meine erste Ethikklasse und mich vom Religionsunterricht befreien wollen. Ich hatte nie das Bedürfnis, mich in die Bereiche eines Pfarrers hineindrängen zu lassen. So gläubig bin ich dann doch nicht. Kirchen betrete ich, weil mich die Bauwerke und die Ruhe darin faszinieren. Aber mich deshalb als Missionar aufführen? Negativ. Mir machte es Spaß, Geschichten zu erzählen und die Kinder teilhaben zu lassen. Bei den Größeren wurden die Themen komplexer und zum Teil sehr interessant. Nur wird es zum Problem, wenn sich niemand dafür interessiert.

Die dritte Klasse in Religion. Ich hatte also eingewilligt und sah für diese zwei Unterrichtsstunden auch nicht wirklich das große Problem. Vielmehr wollte ich der Schulleitung entgegenkommen, die Schwierigkeiten hatte, alle Stunden verteilt zu bekommen. Immerhin kommen tatsächlich nur wenige in Frage, diesen Lehrauftrag zu übernehmen. Ich hatte die religionspädagogische Ausbildung, also wollte ich ihnen Kompromissbereitschaft zeigen. Von den Inhalten her kein Problem. Es war nicht die erste dritte Klasse, die ich in Religion unterrichten würde. Und ich hatte das Fach in Klasse drei und vier bisher grundsätzlich gern unterrichtet. Die Themen konnte man über Wochen in die Länge ziehen. In der dritten Klasse „Mose", wenn das nicht ein Highlight ist. Ein Jahr später bekamen es die Kinder unter anderem mit „Martin Luther" zu tun. Themen, die im Lehrplan verankert sind und richtig Spaß machen können.

Doch diese dritte Klasse sollte erneut zu einer Herausforderung werden. Hätte ich die Fähigkeit gehabt, die Zukunft zu lesen, wäre ich schreiend davon gelaufen. Schließlich hatte ich die Schnauze gestrichen voll, mich weiterhin mit schlecht erzogenen Kindern herumzuärgern. Ich hatte aber den Unterrichtsauftrag angenommen und tröstete mich, dass es nur zwei Wochenstunden waren. Doch schon zu Beginn des Schuljahres musste ich kräftig schlucken. Unser an der Schule tätiger Pfarrer nötigte mir und meiner Kollegin das Amt auf, den Anfangsgottesdienst für die Sekundarstufe vorzubereiten. Genau aus dieser Schiene hatte ich doch heraus gewollt. Jetzt hatte ich den Salat. Kneifen ging nicht, hätte ich doch die größten Probleme mit der Schulleitung bekommen, die die Gottesdienste als ungemein wichtig empfand.

Ich machte mich also ans Werk und durchforstete das Internet. Ich hatte keinen Bock auf die klassischen Themen, wie zum Beispiel „ich bin einmalig". Gähn. Das hatten wir schon zu oft. Da es die älteren Schüler betraf, fand ich die aktuelle Flüchtlingsproblematik viel spannender und vor allem zeitgemäß. Wenn ich etwas in die Hand nehme, dann möchte ich es gut verpacken und plausibel den Schülern näherbringen. Sofort kamen mir Länder wie der Jemen, Syrien und Afghanistan in den Kopf. Zu den jeweiligen Texten der ausgewählten Staaten, die die Schüler vorlesen sollten, projizierte ich mit dem Beamer Bilder aus Kriegsgebieten auf eine große Leinwand. Alles in allem konnte ich zufrieden sein. Und die Schulleitung signalisierte mir, dass ihnen der Gottesdienst gefallen hatte. Meine Befürchtung, im Verlauf des Schuljahres nochmals einkassiert zu werden, bewahrheitete sich Gott sei Dank nicht mehr.

Die dritte Klasse wäre so angenehm gewesen, wenn es nicht diese Zwillinge gegeben hätte, die mir den letzten Nerv raubten. Was waren das nur für Kinder? Freundlich und aufmerksam, aber völlig verhaltensgestört. Die zwei prügelten und triezten sich, wie ich das noch nie zuvor erlebt hatte. Und sie schwätzten ohne Unterlass, und das auch noch unaufgefordert. Es war wirklich extrem nervig und vor Beginn jeder Stunde fragte ich mich, wie ich die nächsten neunzig Minuten überstehen sollte. Es konnte sein, dass sich die zwei Verrückten während des Unterrichts auf dem Boden wälzten und gegenseitig an den Beinen durch das Zimmer zogen. Mit der Zeit hatte ich nicht einmal mehr Energie, um einzugreifen, sondern beobachtete die Hirnis fassungslos. Auf meine Frage, was sie denn noch alles konnten, entgegnete der Schlimmere von beiden nur „Scheiße machen". So genau wollte ich es dann doch nicht wissen, zumal sie mir ja Woche für Woche zeigten, dass dies zu ihren ganz besonderen Stärken gehörte.

Immer wieder gab ich kleinere Hausaufgaben auf, nichts Weltbewegendes. Ein Bild fertig malen oder einen kurzen Text in Schönschrift ins Heft schreiben, sollte für niemanden zum Problem werden. Vor allem hatten die Kinder ja eine Woche dafür Zeit. Als ich eines Tages die Hausaufgaben kontrollierte, konnten die Zwillinge sie nicht vorweisen und fingen sofort an, ihre Ausreden vorzutragen. Da sie im Labern perfekt waren, sollten sie vor der Klasse den anderen Schülern erklären, warum sie ihre Hausaufgaben nicht hatten anfertigen können. Sie sprachen geschlagene zehn Minuten und schilderten minutiös, was alles dazwischen gekommen sei. Ich traute meinen Ohren kaum.

„Am Donnerstag waren wir bei Opa und mussten im Garten helfen. Danach waren wir noch einkaufen", legte der Erste schon los.

„Und am Freitag mussten wir mit der Mama zum Arzt", ergänzte der andere.

„Am Wochenende hatten wir auch keine Zeit."

Leider kann ich mich nicht mehr an alle Einzelheiten ihrer Ausreden erinnern, so sehr wurde ich damit bombardiert. Es war unglaublich. Für jeden Tag legten sie ein wasserdichtes Alibi vor. Am Ende ihres Vortrags standen sie da vorne und schauten mich mit fragenden Blicken an. Und ich konnte ihnen einfach nicht böse sein, geschweige denn, dass ich irgendwelche Strafen in Betracht zog.

Irgendwann hatte selbst die Schulleitung ein Einsehen, da die Lage mittlerweile auch bei anderen Kollegen, die mit den Jungs zu tun hatten, verfahren war und sich die Beschwerden häuften, so dass sie getrennt wurden und ab diesem Zeitpunkt sowohl unterschiedlichen Klassen als auch Religionsgruppen besuchten. Eine deutliche Erleichterung für alle Beteiligten.

Es war ein ständiger Kampf zwischen Frustration, Resignation und Aggression. Trotz der Tatsache, dass ich die achte Klasse in Mathematik nur vier Wochenstunden zu unterrichten hatte, vermasselten mir diese Idioten mein vorerst letztes Schuljahr. Zu viel hatte sich aufgestaut. Ich merkte selbst, dass das Fass überzulaufen drohte. Ich war bedient und hatte keine Lust mehr auf Schule. Ich zog zwar noch den Unterricht nach allen Vorschriften durch, war mir aber schon längere Zeit sicher, dass nichts bei den Kids ankommt.

Ich sollte mich allerdings noch zu einem Wutanfall der ganz wüsten Art hinreißen lassen. Es herrschte wieder einmal Chaos und ausgelassene Stimmung in meiner Achter-Mathe-Klasse, als ich das Klassenzimmer betrat und mit dem Unterricht starten wollte. Doch schnell war klar, dass es dazu vorerst nicht kommen sollte. Die Chaoten schmissen mit etwas herum, dass dem Aussehen eines Scheißhaufens ähnelte. Und es war wirklich einer, immerhin nur aus Kunststoff. Traf er die Wand oder Decke, blieb er für kurze Zeit kleben. Die Belustigung unter den Schülern war grenzenlos, sie konnten überhaupt nicht mehr aufhören herum zu grölen und waren außer Rand und Band. Ich konnte es nicht fassen und saß nur da, um den Minderbemittelten bei diesem Treiben zuzusehen. Als aber einer der Mitverantwortlichen mich fragte: „Sind sie heute nicht gut drauf?", platzte mir der Kragen. Ich denke, dass ich noch nie zuvor so laut herumgebrüllt hatte. Ich war dermaßen außer mir, dass ich nah dran war, zuzuschlagen. So weit war es in den letzten zwanzig Jahren noch nicht gekommen. Ich war an einem Punkt angelangt, der absolut nicht mehr gesund war. Ich hätte dem Burschen tatsächlich fast eine reingehauen, entschied mich dann aber, Gott sei Dank, für das Mathebuch, das mit vollster Wucht gegen die Wand schlug. Ich drehte durch und verließ den gängigen Sprachgebrauch eines Lehrers. In der

Situation war mir aber alles egal. Der Unterricht an diesem Tag war gelaufen und die Schüler wenigstens für den Moment etwas geschockt, so zumindest mein Eindruck. Am Wochenende quälte mich allerdings das schlechte Gewissen. Ich malte mir wieder einmal aus, welche Eltern vor mir stehen und eine Szene machen würden. Vielleicht hatten sie schon die Schulleitung über mein Verhalten informiert. Ich wartete also ab, nicht ohne mich zumindest gedanklich zu präparieren.

Am darauf folgenden Montag war ich dann doch etwas angespannter, als ich mich auf den Weg zum Matheunterricht machte. Als ich ins Klassenzimmer trat, wunderte ich mich, dass scheinbar alles beim Alten geblieben war. Gegröle, Handgreiflichkeiten, fliegende Stifte und ein Wortschatz, den ich nicht wiedergeben möchte. Es hatte sich nichts verändert. Meine Brandrede inklusive des peinlichen Ausflippens hatten sie offensichtlich wieder vergessen, ja sie fragten nicht einmal mehr nach, was mit mir los gewesen war. Hatte mein Ausraster tatsächlich nichts bewegt? Sie verhielten sich zumindest keinen Deut anders, als vor dem Eklat. Vielleicht hätte ich doch die Option „Faust" ziehen sollen, um wirklich Aufmerksamkeit zu erregen. Aber der Schuss wäre nach hinten losgegangen und ich war froh, wenigstens noch die Kontrolle über mein Verhalten gehabt zu haben. Ab diesem Zeitpunkt wusste ich aber, dass mich keiner aus der Klasse mehr provozieren konnte. Nicht sie, sondern ich hatte aus der letzten Stunde gelernt und meine Konsequenzen gezogen. Ich ließ es nur noch laufen. Hausaufgaben erteilte ich keine mehr, da sie sowieso niemand machte und ich mir somit den Ärger und den Aufwand der Korrektur ersparte. Für mich stand fest: Schuljahr abhaken und mich nicht mehr aufreiben.

29
Versöhnlicher Abschluss

Es gab aber auf der anderen Seite noch meinen Hauptauftrag an der Schule. Den in der neunten Klasse. Immerhin war ich der Klassenlehrer und musste sie im Fach Deutsch für die Hauptschulabschlussprüfung formen. Aber nicht nur dieses Fach stand im Fokus. Ich hatte es noch immer auf den Fächerbund Welt-Zeit-Gesellschaft abgesehen. Und dieses Fach ließ sich herrlich mit Deutsch kombinieren. Wir waren mitten im Ersten Weltkrieg angelangt. Als Literatur wählte ich „Im Westen nichts Neues" von Erich Maria Remarque aus. Ein Klassiker der Literaturgeschichte. Zwar hart, aber ich meinte, es den Schülern zumuten zu können. Nebenbei mussten diese ein Lesetagebuch führen, das ich am Ende benotete. Mir machte es Spaß, hatte ich das Buch doch seit dreißig Jahren nicht mehr gelesen. Außerdem konnte ich zwei Fliegen mit einer Klappe schlagen. Den Literaturbereich im Fach Deutsch und die damaligen Geschehnisse in die Geschichtsnote mit einfließen zu lassen.

Die Weimarer Republik musste für die Schüler deutlich zäher gewesen sein als der Erste Weltkrieg. Als es aber in Richtung Machtergreifung ging und wir dem Thema „Hitler" näher kamen, stieg das Interesse spürbar an. Mit unserer Parallelklasse besuchten wir das ehemalige Konzentrationslager Dachau. Ein Wahnsinn, der die Schüler, soweit ich es beurteilen konnte, zumindest ansatzweise berührt hatte. Die ganze gigantische Anlage des Horrors und dazu noch die Ausführungen der Frau, die uns führte, waren wirklich sehr beeindruckend.

Zu dieser Zeit hatte ich mittlerweile etwas mehr Kontakt zu meinem Kollegen aus der Parallelklasse. Es war klar, dass wir einige Dinge unternehmen wollten. Ein Jahr zuvor wäre das noch unvorstellbar gewesen. Als er an unsere Schule kam, dachte ich nur, was das denn für ein komischer Kauz sei. Groß, gut gebaut und mit Rauschebart. Dabei durfte der Bursche noch gar nicht so alt sein. Seine Vorstellung im Kollegium beschränkte sich auf das Nötigste. Er war äußerst introvertiert. Anfangs war es sogar schwierig, ihm überhaupt irgendetwas zu entlocken. Selbst der Guten-Morgen-Gruß war auf das Minimalste reduziert. Zuerst dachte ich mir nur: „Was ist denn das für ein Heini?", doch sollte ich mich gewaltig täuschen. Wir hatten zunächst kaum Kontakt untereinander, doch konnte ich schon schnell ausmachen, dass es in eine

Richtung gehen sollte, die mir überaus sympathisch war. Er redete zwar nicht viel, doch wenn er das Wort erhob, hatte es Gehalt. Ein linksorientierter Spiegelleser, dazu noch Fußballfan. Alles Dinge, die mich ansprachen. Er war zwar ein SC Freiburg Fan und ich im Lager des VfB ansässig, aber das war für mich kein Problem. Ich mochte den SC, doch im Derby war ich der VfB-ler ohne Wenn und Aber. Durch sein ruhiges und souveränes Auftreten hatte er auch schnell die Schulleitung hinter sich. Wenn ihm etwas gegen den Strich ging, so explodierte er nicht, wie manch andere Kollegen, sondern argumentierte sachlich, oder machte es mit sich selbst aus. Mitte dreißig, unverbraucht, gelassen und mit vorzüglichen Ideen. Für mich der Lehrer der Zukunft. Unsere Zusammenkünfte waren dementsprechend. Ohne großes Geschwätz und alles schnell auf den Punkt gebracht. Das kam mir entgegen. Ich hatte das Gefühl, dass wir uns immer besser ergänzten. Dabei machte jeder sein Ding. Im Tagesgeschäft ließen wir uns in Ruhe und fuhren bestens damit. Dinge, die wir gemeinsam in Angriff nahmen, wie Ausflüge oder die Abschlussfahrt nach Berlin, wurden zum Genuss. Und als er mich irgendwann abfing und fragte, ob wir nicht „frische Luft" tanken wollten, war der Bann zwischen uns gebrochen.

Für die Schüler der neunten Klasse wurde es ernst. Die Hauptschulabschlussprüfung stand an. Das hieß für uns Lehrer, auf zum Korrekturmarathon. Ich verbrachte Stunden, um mich durch den Wust an Blättern zu kämpfen, und hatte die Befürchtung, dass zwei meiner Wackelkandidaten dem Leistungsdruck nicht gewachsen waren. Ich versuchte, jeden Punkt aus der Arbeit zugunsten der Schüler herauszuquetschen, und konnte am Schluss aufatmen. Zumindest im Fach Deutsch hatten sie eine noch ausreichende Note erreicht. Bei den restlichen Schülern war ich deutlich entspannter. Es gab tatsächlich auch Leistungen mit einer Eins vor dem Komma. In den anderen Prüfungsfächern lief es ebenfalls nach Plan, so dass es danach aussah, als würde jeder Schüler seine Hauptschulabschlussprüfung in der Tasche haben.

Lediglich einem ersparten wir die Prüfungen. Eigentlich eine arme „Sau". Er war so minderbegabt, dass er nicht auch nur ein Fünkchen Chance gehabt hätte, die Prüfung zu bestehen. Darin waren sich alle einig. Er war so schwach, dass er sich nicht einmal Inhalte eines einfachen Textes erschließen konnte, geschweige denn, die Aufgabenstellungen verstand. Es wäre für ihn zu einer Demütigung geworden, was weder ich, noch die übrigen Kollegen wollten. Ich konnte manche Erziehungsberechtigte nicht mehr verstehen. War es falscher Stolz oder wollten sie es sich nicht eingestehen, dass der Junge meilenweit entfernt von den Ansprüchen einer Hauptschule war. Ich fand es nur schrecklich für den Burschen. Er war sportlich und zuvorkommend. Aber schon allein mit der deutschen Sprache hatte er Probleme wie kein anderer, der ähnlich lange Zeit in Deutschland verbracht hatte. Und es wurde nicht besser. Für einige Stunden in der Woche stand ihm eine Sonderpädagogin zur Seite, nur ein Tropfen auf den heißen Stein. Während wir unsere Aufgaben durchzogen, saß er zwar mit im Klassenverband, rechnete jedoch auf dem Niveau eines Drittklässlers. Mehr ging nicht. Manchmal tat er mir richtig leid, wie er mit seinem Übungsheftchen der Grundschule so dasaß. An der Situation des armen Burschen konnte ich leider nichts ändern, was mir einmal mehr ein ungläubiges Kopfschütteln über unser Schulsystem entlockte. Der Fisch stinkt eben bekanntlich vom Kopf.

Es fehlte nur noch die Projektprüfung, die gesondert im Zeugnis erschien, sowie die mündliche Prüfung. Sie war zwar keine Pflicht, doch hatten einige dadurch die Chance, ihre Note noch zu verbessern.

Einer der Prüflinge, der sich für die mündliche Prüfung entschieden hatte, hatte eine besonders eigenartige Selbstwahrnehmung. Er glaubte doch tatsächlich, trotz der Tatsache von mehr als fünfzig Fehltagen, sich notentechnisch noch steigern zu können. Es konnte meiner Meinung nach nur in die Hose gehen, aber ausreden wollte ich es ihm nicht. Der Bursche hatte zudem nicht die Veranlagung, den notwendigen Biss an den Tag zu legen, um die fehlenden Wissenslücken zu schließen. Es kam, wie es kommen musste. Er rückte zwar pünktlich zum Termin seiner Prüfung an, druckste aber herum. Auf meine Frage, was er denn wolle, antwortete er:

„Ich glaube, das macht doch keinen Sinn."

„Hast du denn nicht gelernt?"

„Nicht wirklich."

Ich hatte es geahnt, dass dieser faule Sack sich die letzten Tage zurückgelehnt hatte. Schade eigentlich, denn der Schüler war nicht blöd, nur faul. Was ich aber nicht in Ordnung fand, war, dass er immer die anderen für sich arbeiten ließ. Das kam besonders bei der anstehenden Projektprüfung zum Vorschein.

Eine Gruppe von Schülern musste sich zusammentun und sich ein Thema für die Präsentation überlegen. Die drei Jungs wählten die Aufgabe: „Der Kalte Krieg". Eine hochinteressante Problematik, auf die ich schon gespannt war. Alle Gruppen bekamen vorab genügend Zeit, um im Computerraum zu recherchieren. Als ich sie so sah, wie sie völlig orientierungslos im Internet surften, musste ich eingreifen. Ein paar Tipps, fand ich, waren durchaus angebracht. Die Aufarbeitung der gesamten Materie wäre uferlos gewesen. Also schränkten wir die ganze Sache etwas ein. Berlin und der Mauerbau lagen ihnen vor allem am Herzen. Mit meinem Vorschlag, der Kubakrise, konnten sie gar nichts anfangen. Während der drei Tage, in denen die Gruppen sich intensiv vorbereiten durften, glänzte mein fauler und desinteressierter Schüler erneut durch Abwesenheit. Ich fand es mies von ihm, seine Gruppe im Stich zu lassen, zumal er sich nicht einmal krankheitsbedingt abgemeldet hatte. Am Präsentationstag stand er dann aber plötzlich da, zu spät für die anderen, die im Alleingang ihre Präsentation ohne ihn vorbereitet hatten.

Mein Kollege und ich waren schon gespannt, was die kalten Krieger uns auftischen würden. Das bescheidene Plakat war leider kein guter Einstieg, doch fingen sie sich im Laufe des Vortrags und zeigten ein ordentliches Bild der Problematik. Deutlich gefährlicher war da schon das darauf folgende Kreuzverhör. Natürlich wollte ich etwas über die Wende von 1989 aus den Jungs herauskitzeln. Ich fragte nach Michail Gorbatschow. Ich wollte die Schlagworte der damaligen Zeit von ihnen hören, die mit ihm in Verbindung gebracht werden konnten. Perestroika und Glasnost. Sie kamen aber nicht darauf. Lediglich einer von den drei versuchte sich mit einer Antwort. „Meinen Sie vielleicht Wodka Gorbatschow?" Mein Kollege und ich schauten uns verdutzt an und mussten uns schwer zusammenreißen, nicht in Gelächter auszubrechen. Wir beließen es dabei und schickten die Jungs vor die Tür, um uns über deren Noten zu beratschlagen.

Kaum fiel die Tür ins Schloss, explodierten wir. Wir konnten uns einfach nicht mehr zusammenreißen und brachen in wildes Gelächter aus. Es brauchte eine Weile, bis wir uns wieder beruhigen konnten. Doch wollten wir den Jungs gerecht werden und wendeten uns unserer eigentlichen Arbeit zu. Zwei von ihnen kamen ordentlich davon, der

Dritte, der nach der desaströsen Vorbereitung logischerweise nur daneben gestanden war und so gut wie nichts dazu beigetragen hatte, wurde abgestraft. Er bekam eine fette Fünf. Während des Vortrags hatte er nur etwas, wahrscheinlich von den anderen vorbereitet, von einem Zettel abgelesen. Weder dass er frei gesprochen, noch diesen Fetzen fehlerlos vorgetragen hatte. Ansonsten hielt er sich im Hintergrund auf und war damit beauftragt, die kurzen Sequenzen der „YouTube-Filmchen" anzuklicken. Was für eine Heldentat. Für uns leider zu wenig.

Am nächsten Tag wunderte ich mich, warum die Klasse so stumm war. Ich überlegte, ob ich ihnen vielleicht übel mitgespielt hatte? Nein, sie hatten eine kurzfristige Abschlussparty abgehalten und tüchtig über den Durst getrunken. Manche Lehrer hätten den pädagogischen Weg gewählt und das Gespräch mit den minderjährigen Schülern gesucht. „Muss das denn sein? Man kann doch auch ohne Alkohol lustig sein." Ich grinste mir eins, da ich vollstes Verständnis für meine Schüler hatte, war ich doch im gleichen Alter nicht besser gewesen. Mit fünfzehn Jahren konsumierte ich regelmäßig Bier, genoss die Musik der Woodstock Generation und hatte mir mit meinen Kumpels aus dem Jugendzentrum den ersten Joint reingezogen. Ich wäre mir peinlich vorgekommen, den Kids ein schlechtes Gewissen zu machen, bloß weil sie ihren Abschluss mit zu viel Bier gefeiert hatten. Der Tag lief somit erstaunlich ruhig, ohne Gemotze oder anderer Ärgernisse ab.

Es sollte ein versöhnliches Finale des neunten Schuljahres folgen. Unsere Abschlussfahrt nach Berlin. Im Vorfeld hatte es natürlich das große Lamentieren gegeben. „Die letzte Klasse ist nach Italien, nach Südtirol gefahren, und wir sollen nur nach Berlin?", kommentierte einer der Schüler. Nur Berlin? Kaum einer von ihnen war überhaupt jemals in unserer Bundeshauptstadt gewesen, ich behauptete sogar, dass sich die meisten seit ihrer Geburt noch nie aus ihrem Heimatort fortbewegt hatten. Was wussten diese Kids überhaupt über Berlin, immerhin eine Großstadt mit dreieinhalb Millionen Einwohnern.

Mein Kollege gab von vornherein die Richtung vor, in die es gehen sollte. Er sagte gleich, dass Berlin das Ziel sein würde. Nach den ersten Beschwerden ließ er immerhin eine Alternative zu. „Entweder Berlin oder nirgendwo hin." Ich fand das auf den Punkt gebracht. Den Schülern knallhart den Wind aus den Segeln nehmen. Die Fahrt war also gebongt. Meine Frau hatte sich für die betreffende Woche Urlaub genommen, da unsere Buben ja umsorgt werden mussten. Ich wusste, dass sie die Woche allein zuhause durchaus genießen würde. Die Hunde an ihrer Seite und der nervige Mann für ein paar Tage weit weg.

Ich hatte weniger das Problem, meine Schüler von der Berlinfahrt zu überzeugen. Doch die Klasse meines Kollegen begehrte auf und verweigerte sich. Es waren die Mädchen, die fast geschlossen der Fahrt fern bleiben wollten. Ich empfand das als Witz, vor allem wenn ich mir die Weiber näher anschaute. Es war unter anderem die Wortführerin in dieser ganzen Sache. Ich hatte sie zu Grundschulzeiten unterrichtet. Eine Schülerin, die nicht zu den begabtesten gehörte und die mir mit ihrem dümmlichen Gelächter schon früher auf die Nerven gegangen war. Sie hatte sich hin zu einer Kuh entwickelt, die zwar grundsätzlich freundlich war, die Meckerei aber im Laufe der Zeit deutlich überhandnahm, ein Bauerntrampel vom Feinsten. Sie war es, die gehörig Stimmung gegen diese Fahrt machte und konnte einige Mädchen auf ihre Seite ziehen. Auf die Frage, warum sie nicht mitgehen wolle, antwortete sie nur: „Kein Bock! Ich will lieber chillen."

Das Wort „Chillen" musste ich von den Jugendlichen immer öfter hören. Doch näher erklären konnten sie es mir nicht, so mein Eindruck. Ich dachte immer, „chillen" wäre eine Art abhängen, Musik genießen und mit Freunden quatschen. Mit der Zeit kam ich aber auf den Trichter, dass sie zwar herumgammeln wollten, aber das Wichtigste ihr Handy war. Andere Zeiten, andere Interessen.

Wir nahmen also den Berlintrip in Angriff. Ich, mein SC Freiburg-Vertreter und eine Referendarin, die sich bereit erklärt hatte, uns als weibliche Begleitperson zu unterstützen. Eine angenehme Junglehrerin, deren Anwesenheit für alle Beteiligten ein Glücksgriff war.

Einen Zwischenfall gab es schon während unserer ersten Pause auf einer Autobahnraststätte. Klare Ansage, dass wir in einer halben Stunde weiter fahren wollten und alle pünktlich am Bus sein sollten. Als der Fahrer den Motor für die Weiterfahrt gestartet und wir durchgezählt hatten, fehlte doch tatsächlich ein Schüler, mein Schüler. Ein völlig verpeilter Junge, dazu noch Einzelgänger. Es war klar, dass wir uns auf die Suche machen mussten. Er hatte unseren Bus nicht mehr auf dem

Schirm und irrte vermutlich irgendwo herum. Aber wo wir auch suchten, das leptosomische Papiergewicht war wie vom Erdboden verschluckt. Irgendwann nahm ich einen Typ seiner Konfektionsgröße wahr, doch auf der anderen Seite der Autobahn. Eine Autobahnraststätte, die zwei Parkplätze mittels einer Überführung miteinander verbindet. Was hatte er dort zu suchen? Und dazu noch auf der anderen Straßenseitseite. Wie gesagt, er war ein Schüler, den ich von Anfang an als speziell wahrgenommen hatte. Kurze Zeit später hatten wir ihn Gott sei Dank eingefangen und konnten die Fahrt fortsetzen, und zwar ohne eine weitere Pause. Vielleicht wäre sonst mein Sonderling beim nächsten Halt in einen Linienbus gestiegen und für immer verschwunden gewesen. Wer weiß, was diesem Burschen noch alles eingefallen wäre.

In Berlin bezogen wir zuerst unsere Zimmer und vereinbarten einen Termin, um einige Ansagen zu machen. Wir Lehrer warteten am Treffpunkt und die Schüler tröpfelten nach und nach ein. Es war klar, dass sie es mit der Pünktlichkeit nicht so genau nahmen, was wirklich nervte. Meinem Kollegen war es schnell zu bunt geworden und er setzte für die nächsten Tage klare Richtlinien. Für jede Minute, die die Schüler zu spät kamen, waren fünfzig Cent fällig. Sie hatten begriffen, trotz allem kam der eine oder andere Euro in die Klassenkasse.

Für den nächsten Tag hatten wir eine Bus- „Hopp on- Hopp off"-Tour gebucht und steuerten die obligatorischen Sehenswürdigkeiten an. Mir gefiel es. Ob die Schüler genauso beeindruckt waren, konnte ich nicht feststellen. Wohl eher nicht. Wir zogen sie einfach hinter uns her. Es hatte den Anschein, dass für sie sowieso der Abend das Wichtigste am Tag sein sollte. Dann verkrochen sie sich nämlich auf ihre Zimmer und chillten oder was auch immer – so genau wollten wir das gar nicht wissen. Wir ließen sie an der langen Leine, solange es kein Theater gab. Bis 23:00 Uhr gewährten wir ihnen Ausgang, was ich in Ordnung fand. Doch leider sollte es zu einem Ärgernis der größeren Art kommen.

Am zweiten Tag trafen wir uns erneut pünktlich um 19:00 Uhr an unserem Treffpunkt im Innenhof des Hostels. Drei Jungs fehlten. Kaum eine Minute später schlichen sich merkwürdig verhaltende Gestalten mit Lidltüten an uns vorbei und wollten diese noch schnell auf ihr Zimmer bringen. Das kam uns doch recht seltsam vor. Wir pfiffen sie mitsamt der Schmuggelware zurück. Auf die Frage, was für wichtige

Geschäfte man bei Lidl denn so erledigt hätte, kam die Antwort „Chips kaufen". Es mussten wahrlich Chips gigantischen Ausmaßes sein, so schwer wie die Tüten waren. Ihr fast schon panikartiger Gesichtsausdruck ließ nichts Gutes erwarten. Nach und nach griff mein Kollege in die Tüte und fischte allerhand Alkoholika heraus. Bier, Wein und eine Flasche Hugo. Mit dem Hugo hatten sie wahrscheinlich bei den Mädchen punkten wollen. Wie konnte man sich nur so dämlich anstellen. Hätten sie auf dem Nachhauseweg nur einen winzig kleinen Zahn zugelegt, wäre das Ganze nicht aufgeflogen. Die Deppen hätten doch auch in der Stadt ein Bierchen trinken können. Solange sie nicht herumgelallt hätten, wäre ihnen nichts geschehen. Jetzt aber mussten wir handeln. Zuerst schickten wir die Übeltäter auf ihre Zimmer und beratschlagten. Immerhin war Alkohol absolut tabu. Das hatten wir uns vor der Fahrt sowohl von den Eltern, als auch von den Schülern schriftlich versichern lassen. Die Konsequenz folgte auf dem Fuß. Nach kurzer Rücksprache mit unserem Rektor, kontaktierten wir die Eltern und schilderten den Zwischenfall. Es gab nichts mehr zu diskutieren. Unser Entschluss stand fest.

Am nächsten Morgen mussten sie die Heimreise antreten. Mit dem ICE und einem Zwischenstopp in Nürnberg, sollten die Jungs nicht überfordert sein. Da von den Dreien zwei aus meiner Klasse waren, hatte ich die Aufgabe, sie zum Bahnhof zu führen und für die Tickets zu sorgen. Treffpunkt war Punkt 6:00 Uhr in der Früh. Das stank mir natürlich gewaltig. Wegen diesen Deppen musste ich somit schon kurz vor halb sechs aufstehen. Als ich die Treppe nach unten lief, sah ich sie schon draußen mit ihren Trollis stehen. Ein Bild für Götter. Einer von ihnen nahm nochmals einen letzten Anlauf, mich von dem Vorhaben der Verbannung abzubringen. Ich konnte es nicht mehr hören. Egal für was ein Schüler zur Rechenschaft gezogen wird, irgendwann kommt immer diese beschissene „letzte Chance" ins Spiel. Meistens hatten sie ja vorher schon die vorletzte und schließlich die letzte Chance erhalten. Alles Gejammer half also nicht. Wir zogen ab Richtung S-Bahn Haltestelle, die etwa zehn Minuten zu Fuß entfernt lag. Mit deutlichem Sicherheitsabstand schlichen sie gesenkten Hauptes hinter mir her. Wie sie ihre Karren hinter sich herzogen war Komik vom Feinsten. Dazu das Rattern der Räder auf dem Asphalt. Es war für die Jungs leider nur zu einem Kurztrip gekommen, der sich zudem aus wirtschaftlicher Sicht nicht gelohnt hatte. Satte einhundertvierzehn Euro mussten sie für das Bahnticket berappen. Autsch!

Trotz allem wurde die Reise ein voller Erfolg. Schüler, die in Ordnung waren, entspannte Kollegen und ein abwechslungsreiches Programm. Einen weiteren Glanzpunkt der Fahrt hatte mein Kollege eingefädelt. Den Besuch des Reichstags konnte ich ja noch als Standard ansehen, aber dass er eine Führung im Kanzleramt organisiert hatte, war große Klasse. Ich war tief beeindruckt von dem Bau, ja, überhaupt von allem.

Mit einigen Schülern besuchte ich am nächsten Abend eine Disko. Für die Kids war es logischerweise das Highlight schlechthin. Bis Mitternacht waren wir unterwegs. Die Diskothek war gestopft voll mit Schülern und Lehrern, mit denen wir dann auch etwas quatschen konnten. Und egal mit wem ich sprach, jeder hatte sein Päckchen zu tragen und kotzte gewaltig ab. Ob es um Schüler, Eltern oder unfähige Jugendämter ging, irgendwie hatte ich alles schon einmal gehört, fühlte mich bestätigt, verstanden, und nicht allein auf dieser Welt.

Doch am vereinbarten Treffpunkt sollte mich erneut die Realität einholen. Ein Schüler tauchte nicht auf. Und zwar nicht irgendeiner, sondern derjenige, der mir damals das Handy geklaut und auch danach immer wieder mit dummen Aktionen für Aufregung gesorgt hatte. Ich hatte ihn wie gesagt zur Bewährung mit auf die Fahrt genommen und war bis zu diesem Zeitpunkt zufrieden mit ihm und seinem Verhalten gewesen. Jetzt sah die Sache jedoch anders aus. Wir wollten eigentlich zur S-Bahn, was wir vorerst abhaken konnten, weil wir uns auf die Suche nach dem Deppen machen mussten. Hatte er sich abgesetzt oder schwirrte er vielleicht noch in den Katakomben der Disko herum? Also nochmals in die Disse, doch weit und breit keine Spur des Abtrünnigen. Mir wurde langsam mulmig, konnte ich ja nicht mit einem Schüler weniger im Hostel aufkreuzen und ihn als verloren abhaken. Wir suchten Straße um Straße ab, bis uns irgendwann ein überaus gut gelaunter, fast schon aufgedrehter Jugendlicher entgegenkam. Der Statur und dem Verhalten nach musste es der Entflohene sein. Auf der einen Seite war ich stinkig, auf der anderen froh, mit der vollständigen Mannschaft den Rückweg antreten zu können. Dass wir knapp eine Stunde später als geplant in unserem Quartier einliefen, war mir mittlerweile egal.

Mein Kollege war ein Phänomen. Sportlich und von großem Wuchs.

Außerdem wunderte ich mich über seine Statur. Bei einem Menschen, der Mengen essen konnte, die für mich undenkbar waren, hätte man eine deutlich korpulentere Figur erwarten müssen. Ich bin wahrlich kein Maßstab, was das betrifft, aber der Bursche konnte wirklich ohne Ende futtern. Selbst nachts um 1:00 Uhr suchten wir noch eine Pizzeria um die Ecke auf, weil sein Blutzuckerspiegel gefährlich in den Keller gerutscht sein musste, da er nach Essen nur so lechzte. Da ich nach der Diskothekenaktion meines Chaoten sowieso noch nicht das Bedürfnis hatte ins Bett zu gehen, begleitete ich ihn. Wir saßen gemütlich bei Pizza und einem Absackerbier im hinteren Bereich des Lokals und wunderten uns, als urplötzlich zwei unserer Mädchen auftauchten, die anscheinend den gleichen Gedanken wie wir gehabt hatten. Nur war es schon nach ein Uhr und die vereinbarte Zimmerruhe war für 23:00 Uhr veranschlagt worden. Interessant war, sie beim Bestellen ihrer Pizza zu beobachten. Wir sahen einfach nur zu und amüsierten uns, ohne groß Aufstand zu machen. Sollten sie doch nachts ihre Pizza genießen, obwohl es meiner Einschätzung nach figurtechnisch besser gewesen wäre, darauf zu verzichten. Sie staunten nicht schlecht, als ich die beiden am nächsten Tag fragte, wie ihre Pizzen geschmeckt hatten.

„Was für eine Pizza?", fragte die Schülerin aus meiner Klasse, während die andere mich schockiert anglotzte.

„Na die mit Thunfisch und die zweite mit Salami und Schinken", so meine trockene Antwort.

Die beiden Teenager schauten sich kurz an, blickten zu mir und mussten loslachen. Nach mehrmaligem Nachfragen, woher ich das wissen und sogar auch noch die Zutaten aufzählen konnte, löste ich die Geschichte auf. Wir waren ja auch nicht wirklich sauer, dass sie zu dieser späten Stunde ihre Bedürfnisse befriedigt hatten. Aber jetzt wussten wir immerhin, wie der Hase lief.

Wenn wir im Bett waren, ging die Party unter den Schülern erst los. Wir konnten es nicht hören, weil unsere Zimmer in einem anderen Gang lagen. Es waren die etwas Nobleren, die mit ordentlichen Hotels vergleichbar waren. Ich war jedenfalls angenehm überrascht. Ich möchte gar nicht wissen, wie viele Schüler nachts noch abgeordnet wurden, um eine Pizza zu besorgen. Wahrscheinlich haben mehr, als wir überhaupt erahnen konnten, die Regeln gebrochen. Doch ist das nur eine Vermutung, die nicht zu beweisen ist.

Es war ja auch der letzte Abend, und außer dem Alkohol-Eklat war alles in geordneten Bahnen gelaufen. Sollten die Schüler doch auch ein Recht darauf und ihren Spaß dabei haben, uns in manchen Situationen zu überlisten. Immerhin ist es ein Ding der Unmöglichkeit, Jugendliche in diesem Alter, ihrer Sturm und Drang Zeit, vierundzwanzig Stunden zu überwachen, was wir ohnehin nie beabsichtigt hatten. Sie sollten ihre Freiheiten bekommen und für sich sein dürfen, ohne dass alle fünf Minuten ein Lehrer misstrauisch die Rübe ins Zimmer streckt. Und so oder gerade deshalb hat es dann auch funktioniert. Und ich denke, dass es den Schülern gefallen hat. Wir waren für sie da, bestimmten das Programm, gaben Ansagen, zogen uns dann aber wieder zurück, um zu signalisieren, „wir vertrauen euch". Und wir wurden nicht enttäuscht. So kann Pädagogik funktionieren.

Die Heimreise war die pure Entspannung. Die Schüler waren völlig fertig von den Eindrücken und den Programmpunkten, die wir herunter gerissen hatten. Die meisten hingen in ihren Sitzen und pennten. Endlich konnten auch wir nach dieser ereignisreichen Woche entspannen, ohne das übliche Schülerbusgeschrei. Ein paar Stunden später waren wir Zuhause angekommen und warteten auf unseren Taxiservice. Meine Frau war als Erstes zur Stelle. Von meinem Kollegen verabschiedete ich mich zur Abwechslung per Handschlag. „Heute einmal förmlich", war sein einziger Kommentar. Der Typ konnte einen solch trockenen Humor abrufen, meine Frau fand es einfach nur köstlich. Das hatte sie nicht erwartet, wunderte sich aber auch nicht über ihn, dank der vielen abendlichen Erzählungen, was Schule und Kollegen betraf.

Der Schulalltag sollte wieder Einzug halten, aber in deutlich lockerer Form. Die Prüfungen waren erledigt und wir wollten ein Programm für die Abschlussfeier vorbereiten und möglichst zeitnah einstudieren. Leider fielen manche Schüler wieder zurück in ihre allseits bekannte Lethargie. Andere wiederum nahmen die letzten beiden Wochen zum Anlass, dem Unterrichtsbetrieb überhaupt fern zu bleiben. Eine frustrierende Situation, wenn man bedenkt, dass die Schüler doch gemeinsam etwas für ihren Abschluss auf die Reihe bringen sollten. Es blieb wieder einmal an denen hängen, auf die schon das ganze Schuljahr Verlass gewesen war und die obendrein noch motiviert waren. Es entwickelte sich zu einer zähen Angelegenheit. Sie hatten keine Ideen, und die, die sie ins Spiel brachten, zum Beispiel einen Tanz, wurden schnell wieder verworfen. Es sollte ihre Abschlussfete sein und das auch noch vor versammelter Elternschaft. Grundsätzlich war es mir egal, doch schwante mir Böses. Sollten sie sich doch vor ihren Eltern und Großeltern blamieren, aber ich fühlte mich nicht gut dabei, schließlich war ich ja einer der Bausteine im Gesamten der Klasse. Ein Lied sollte her. „Ein Hoch auf uns" von Andreas Bourani durfte doch zu stemmen sein. Sie behaupteten jedenfalls, alles im Griff zu haben. Eine Schülerin druckte sogar den Text aus. Doch war es bis zum vermeintlichen Tag, der Abschlussfeier, nicht zu einer einzigen Probe gekommen. Das machte mich stutzig. Aber ich vertraute der Bande, weil der Song ja in aller Munde war, selbst ich kannte ihn. Ich sollte mich übelst täuschen, was die Interessen von Liedgut meinen Schülern nahe stand.

Des Weiteren wollten sie ein Quiz veranstalten und mich dafür gewinnen. Mein Kollege hatte allen schon vorab eine Absage erteilt, der feige Hund. Eigentlich gebührte mir der Part des feigen Hundes, hasste ich es nämlich, mich auf einer Bühne zu präsentieren. Jetzt griff meine Schulbegleiterin ein, die mir ihre Meinung geigte. Sie meinte, dass ich mich als Klassenlehrer doch nicht so fortschleichen könne. Es wäre doch der Abschluss und die Kids wollten mich als Mitspieler. Ich knickte ein. Sollten sie mich doch auf der Bühne vorführen. Sie sollten an ihrem Tag ihren Spaß haben.

Der Tag der Feier begann mit der Peinlichkeit schlechthin und ließ meine Alarmglocken läuten. Es war verabredet worden, dass wir uns am Morgen in der reservierten Halle pünktlich um 9:00 Uhr treffen wollten. Wie meist waren mal wieder die Unzuverlässigen und Bocklosen nicht da. Ich hätte im Vorfeld eine Namensliste der Fehlenden erstellen können und wäre nicht danebengelegen. Immerhin mussten wir den Saal bestuhlen und die Generalprobe durchführen. Die Bestuhlung war kein Problem, unser Hausmeister war vor Ort und koordinierte das Wichtigste. Doch die Proben drifteten ins Unerträgliche ab. Ich war davon ausgegangen, dass jeder Jugendliche den Bourani Song auf der Pfanne hatte. Von wegen. Ich wunderte mich, dass ich das Lied textsicherer mitsingen konnte, als meine Schüler. Sie konnten es nicht einmal auswendig, geschweige denn, dass sie etwas mehr Ernsthaftigkeit an den Tag legten. Es war nur peinlich und mir graute vor der Aufführung.

Das Quiz wurde nur kurz angerissen und hinterließ ein großes Fragezeichen bei mir.

Mein Kollege hatte mit seiner Klasse ebenfalls zu kämpfen. Mehr konnten wir aber nicht tun. Wir hofften darauf, dass die Schüler am Abend ihren Kampfgeist mit auf die Bühne bringen würden, um nicht eine peinliche Show abzuliefern, für die man sich in den Boden schämen musste.

Abends standen sie dann da. Ein Outfit vom Feinsten. Kleider und Kostüme, die ihres Gleichen suchten. Jedes Mädchen hatte sich so präpariert, als ginge es um eine Hochzeit. Selbst einige Jungs hatten sich in einen Anzug gezwängt. Und die Show sollte beginnen. Gott sei Dank hatten sie den Ernst der Situation begriffen, ja man sah manchen sogar an, dass sie doch ziemlich nervös vor ihrem großen Auftritt waren. Die Show verlief deutlich besser, als der lumpige Aufgalopp am Morgen. Es war zwar nichts Weltbewegendes, doch kämpften sie sich tapfer durch das Programm. Das Quiz ließ ich über mich ergehen und verlor. Es wurden Fragen zu Schülern unserer Klasse gestellt. Einige hätte ich ohne Probleme beantworten können, doch war ich leider zu langsam, den Buzzer rechtzeitig zu drücken. Ich hatte die Partie verloren, und das war mir auch recht so. Weshalb sollte ein Lehrer bei solch einem Anlass nicht den Kürzeren ziehen. Die Schüler standen im Fokus und sollten Spaß an diesem Abend haben.

Gewurmt hatte mich nur, dass ich nicht auch ein Originaltrikot meines Lieblingsvereins bekam, wie mein Kollege. Der heimste nämlich eins vom SC Freiburg ein. Ich durfte mich immerhin mit einem Bilderalbum des letzten Jahres zufriedengeben, was mich aber auch gefreut hatte.

Im Anschluss gab es dann die feierliche Übergabe der Abschlusszeugnisse durch den Rektor. Ich saß noch gemütlich mit einigen Kollegen zusammen und verpisste mich zeitig gegen halb elf. Ich hatte genug, war aber zufrieden, wie es gelaufen war. Mit der Verabschiedung der neunten Klasse war dann auch das Schuljahr durch. „Das war's für mich", dachte ich.

Die ersten Wochen meiner Auszeit fühlten sich noch nach Ferien an. Doch wie wird es im neuen Schuljahr mit mir und meiner Psyche weitergehen, wenn der Rest des Kollegiums wieder ran muss und für mich die eigentliche Ruhephase beginnt? Werde ich mich in eine völlig andere Richtung orientieren, oder wird es darauf hinauslaufen, dass ich ein Jahr später wieder in der Mühle des Schulalltags stecke? Derzeit undenkbar, zu viel hat sich aufgestaut. Nach all den Vorfällen in den letzten zwanzig Jahren, bin ich an einem Punkt angelangt, an dem ich weder Schüler mit dem damit verbundenen Lärm, noch irgendwelche Konferenzen vermissen werde. Doch wie konnte es überhaupt so weit kommen? Zu jeder Zeit hatte mir meine Frau dabei geholfen, den Schulalltag mit dem ganzen psychischen Stress zu ertragen und zu verarbeiten. Es sind aber auch bestimmt Dinge, die weit in der Vergangenheit zu suchen sind. Meine läuferischen Ambitionen sind im Jahr 2005 mit einem Schlag zusammengebrochen. Von bis zu einhundert Kilometer pro Woche mit einem Mal auf die Kilometerzahl Null heruntergestürzt. Das war und ist für mich auch heute noch hart, da ich schon immer ein Läufertyp war und bin. Wahrscheinlich war der Wegbruch dieses mehr als Hobby anzusehenden Ausgleiches einer, wenn nicht der einschneidenste Punkt meines schleichenden Niedergangs. Alle anderen Probleme sollten die logische Konsequenz sein und sich wie ein Rattenschwanz über die Jahre dahinziehen. Der Entschluss, mich für eine Zeit aus der Schusslinie nehmen zu können, verdanke ich den unzähligen Gesprächen mit meiner Frau, die mir immer beigestanden und sogar dazu geraten hat. Doch für eines muss ich der Schule unendlich dankbar sein. Ohne sie gäbe es nicht die vielen Geschichten und Anekdoten, wenngleich ich auch auf die ein oder andere hätte gut und gerne verzichten können.

30

Schlusswort

27. Juni 2019, 20:10 Uhr. Die Auszeit, die ich mir in Absprache mit meiner Frau gegönnt habe, neigt sich in Kürze dem Ende zu. Aus einem Jahr sind zwei geworden. Doch was habe ich daraus gelernt, oder welche Schlussfolgerungen habe ich aus dieser Phase gezogen? Schwer zu sagen, zu viel hat sich gerade während dieser Zeit in meinem, in unserem Leben ereignet.

Kaum dass ich den Schulschlüssel im Sekretariat abgegeben hatte, begann etwas, was meiner Frau und mir so unendlich leid tat und für uns der Horror schlechthin war. Oskar, der jüngere unserer beiden Labradore, erkrankte schwer. Ein malignes Lymphom wurde festgestellt, sprich Lymphdrüsenkrebs, ohne Chance auf Heilung. Umso besser war die Situation, dass ich mich praktisch rund um die Uhr um diesen Burschen kümmern konnte. Die wöchentlichen Fahrten in die Stuttgarter Tierklinik zur Chemotherapie empfand ich nicht als Stress. Ich konnte mit der Situation leben und war in jenen Momenten mit der Entscheidung, der Schule für eine Weile den Rücken gekehrt zu haben, glücklich. Wer hätte sonst den Fahrdienst übernehmen sollen? Ich machte es gern und wir freuten uns, dass wir Oskar noch fünfzehn Monate lang begleiten durften. Es war eine gute Zeit. Die immer wieder auftretenden Rückschläge mussten wir in Kauf nehmen.

Ein Engagement in einem Tierkrämatorium konnte ich mir nach einem Besuch am Tag der offenen Tür tatsächlich als Alternative zum Schulalltag vorstellen. Das Gespräch mit der Inhaberin war angenehm, doch leider konnte sie mir keinen Teilzeitjob anbieten. Schade eigentlich, doch hätte ich die beiden niemals so lange allein lassen wollen.

Vor ein paar Jahren hätten wir die Möglichkeit gehabt, sie zum Beispiel bei meinen Eltern für einige Stunden unterzubringen. Doch leider ist das zum Ding der Unmöglichkeit geworden, da die Demenz bei beiden mittlerweile voll zugeschlagen hat. Sie ist so weit fortgeschritten, dass nun eine 24 Stunden Pflegekraft im Haus wohnt und sich um vieles kümmert. Ein Segen, denn meine Schwester und ich wären mit der Arbeit vollkommen überfordert. Es gibt dennoch genug zu regeln. Neben den organisatorischen Dingen muss das finanzielle im Auge behalten werden. Ein Wahnsinn, dessen man sich erst bewusst wird, wenn man tatsächlich in diese Situation kommt.

Ich habe mich letztendlich dann doch wieder für die Schule entschieden. Ob es der richtige Weg ist, wird sich zeigen. Zehn Wochenstunden sind zumindest überschaubar und sollten mich nicht überfordern. Was es mit meinem Kopf machen wird? Keine Ahnung. Ich lasse es auf mich zukommen. Angst habe ich vor der Aufgabe nicht, zu viele Jahre stand ich schon vor Klassen und habe unterrichtet. Ob als Klassen-, Fach-, oder Vertretungslehrer. Von der ersten bis zur zehnten Klassenstufe habe ich meine Erfahrungen gemacht. Gute, aber auch weniger angenehme, die ich auf den vorherigen Seiten ausführlich beschrieben habe. Und es betraf nicht nur die Schüler. Mit vielen Eltern hatte ich zutun, die mir gegenüber mild waren, andere konnten wiederum so böse sein und einem das gesamte Schuljahr vermiesen.

Ich weiß, dass es in Zukunft nicht einfacher wird, die „Helikopter-Eltern" einem noch mehr zu Leibe rücken werden. Dennoch wage ich den Wiedereinstieg. Und hoffe auf eine Grundschulklasse mit motivierten Kindern, aber auch auf Eltern, die die Arbeit der Lehrer mit Respekt begegnen.

In diesem Moment denke ich auch zurück an die Jahre, in denen ich regelmäßig zum Tauchen am Roten Meer war. Es waren Erlebnisse, die mir bleibend in Erinnerung sind. Glasklares Wasser, eine Mannigfaltigkeit an Korallen und Fischen, und das Staunen über dieses Wunder der Natur. Dass meine Frau ebenfalls Spaß an dieser speziellen Art von Hobby fand, war für uns beide ein besonderes Erlebnis.

Immer wieder äußerte ich den Gedanken, dass mich der Beruf des Tauchlehrers reizen würde. Eine schöne Inspiration, um etwas Neues in sein Leben zu bringen. Wohin hätte es uns gebracht? Auf die Sinai-Halbinsel vielleicht? Dort, wo es zwar herrliche Tauchgebiete, ansonsten aber nur Sand, Staub und Steine gibt. Für jemanden, der die Jahreszeiten genießt und liebend gern durch saftig grüne Wälder stapft eher keine dauerhafte Lösung. Ein wirklich ernsthaftes Thema war es dann doch nicht. Und ich wäre von Schule eins zu Schule zwei gewandert. Und wäre wieder auf Schüler getroffen.

Was mir in der Phase meiner Schulabstinenz Freude bereitete, war das Schreiben. Mein Erstlingswerk „Ursa", ein Fantasy-Abenteuer für Kinder und Jugendliche, konnte endlich gedruckt werden. Alles in Eigenregie. Viel Arbeit steckte dahinter, meine Frau eine strenge Korrektorin. Es kostete enorm viel Zeit, den Text zu überarbeiten, doch hat es sich im Nachhinein gelohnt. Ich konnte ein eigen geschriebenes Buch druckfertig in den Händen halten. Ein gutes Gefühl.

Der eigentliche Beweggrund, mich noch intensiver mit dem Schreiben auseinanderzusetzen, entsprang aus einer durchaus dramatischen Information, die meine Familie mütterlicherseits betraf. Es wurde bekannt, dass ein Familienmitglied in den Rosa Luxemburg Mord direkt verwickelt war. Und zwar als der vermeintliche Mörder! Das schlug bei mir erst einmal wie eine Bombe ein, obwohl die Tat schon einhundert Jahre zurückliegt. Sofort recherchierte ich und fasste den Gedanken, diese Begebenheit in einem Roman niederzuschreiben. Motiviert machte ich mich ans Werk, kontaktierte sogar eine professionelle Lektorin, die mir helfend zur Seite stehen sollte.

Unser erstes Treffen im Sommer 2018 verlief zwar angenehm, doch wurde ich mit Fragen und Vorgaben so bombardiert, dass ich wenige Wochen später die Übersicht über das Projekt verlor und sich eine Schreibblockade einschlich. Ich hatte keinen Kopf mehr, mich auf das Schreiben zu konzentrieren und teilte meiner Lektorin mit, das Handtuch zu werfen. Überraschenderweise verstand sie mich und kommentierte meine Situation überaus süffisant. Sie verglich mich mit einem Schneiderlehrling, der sein Meisterwerk, ein opulentes Hochzeitskleid für eine Familie hohen Adels, schneidern wollte. Natürlich hatte sie Recht mit ihrer Aussage. Dennoch musste ich diesen Tiefschlag, mein vorläufiges Scheitern erst einmal verarbeiten. Hatte ich mir zu viel zugemutet? Eine Zeit lang hatte ich das Gefühl.

Als uns ein befreundetes Ehepaar einen Besuch abstattete, es war schon spät am Abend, die Zunge deutlich lockerer vom Alkohol, kamen immer wieder Anekdoten aus meiner Schulzeit auf den Tisch. Wir amüsierten uns köstlich und genossen den Abend, auch wenn manche Geschichten für mich als Lehrer damals nicht witzig waren, als der Mann mir eine Frage stellte, die mein Schreiben in eine ganz andere Richtung lenken sollte.

„Wieso schreibst du nicht alles, was du in der Schule erlebt hast, einfach mal auf? Das ist doch mal richtig cooler Stoff für ein Buch."

Auf die Idee war ich bis zu jenem Zeitpunkt noch gar nicht gekommen. Doch er hatte Recht. Geschwätzt hatte ich genug, warum nicht den ganzen Mist auf Papier verewigen, bevor auch bei mir die Demenz zuschlägt?

Ich machte mich tatsächlich tags darauf daran, meine Erfahrungen aus der eigenen Schulzeit, dem Studium und der zwanzigjährigen Lehrertätigkeit aufzuschreiben. Und es lief mir erstaunlich leicht von der Hand. Innerhalb kürzester Zeit füllte ich Seite um Seite. Viele Geschichten und Anekdoten kamen mir vor, als ob sie erst vor kurzem geschehen waren, obwohl sie schon viele Jahre zurücklagen.

Nebenher ließ ich das dritte Schreibprojekt laufen, welches ich nie ganz aus den Augen verloren hatte und in dem ich mich derzeit befinde. Es soll der geschichtshistorische Roman werden, der mich anfangs so überforderte. Der Schneiderlehrling meldet sich zurück. Nachdem ich die Schreibblockade überwunden und mich an der Fortsetzung des Textes festgebissen habe, möchte ich nun unter allen Umständen diese Geschichte zu Ende bringen.

Vielleicht kann ich ab September 2019 sogar zwei Fliegen mit einer Klappe schlagen. Zum einen mit der Reduzierung des Unterrichtsdeputats eine gewisse Gelassenheit im Schulalltag zurückbekommen, zum anderen die freie Zeit dazu nutzen, das Schreiben nicht aus den Augen zu verlieren. Ich bin guter Hoffnung, dass es mir gelingen wird.